Intime conviction

DU MÊME AUTEUR AUX ÉDITIONS MIRA

Miami Confidential
L'Alibi

CHRISTIANE HEGGAN

Intime conviction

Roman

MIRA

Titre original :
DECEPTION
publié par MIRA®

Traduction de l'américain par ELENA ROLLAND

Photos de couverture
Route de montagne : © PHOTONICA / GETTY IMAGES
Nuages : © MARK OATNEY / GETTY IMAGES

83/85 boulevard Vincent Auriol 75646 PARIS CEDEX 13.

ISBN 2-280-85558-5 — ISSN 1765-7792

Aux deux hommes dernièrement apparus dans ma vie,
Zak et Alek,
avec tout mon amour.

Et à Bob, qui rend toute chose parfaite.

Prologue

La pluie torrentielle qui s'abattait sur l'asphalte transformait la petite route de montagne en patinoire. Malgré le danger évident, une jeep surgit en trombe au détour d'un virage, et vint s'arrêter à la hauteur d'une Ford gris foncé garée près d'un ravin.

Un homme vêtu d'un anorak bleu bondit hors de la jeep et courut vers la Ford, sans se soucier de la pluie qui lui fouettait sauvagement le visage et les épaules. Il ouvrit la portière, et se pencha vers le tableau de bord pour allumer les phares. Puis il revint à la jeep dont il avait laissé le moteur tourner.

Il ouvrit prudemment le hayon arrière, et extirpa du véhicule un corps mou et flasque qu'il tira jusqu'au siège du conducteur en grognant sous l'effort.

Bien qu'il fût extrêmement essoufflé, il ne s'arrêta pas une seule fois pour reprendre haleine. Il installa le corps derrière le volant, puis, tout en s'efforçant de le maintenir droit, il entreprit de boucler la ceinture de sécurité. Lorsqu'il eut terminé, il enclencha le levier de vitesse et desserra le frein à main. Puis il recula rapidement et claqua la portière.

La pente escarpée fit le reste : la jeep se mit immédiatement à rouler vers le ravin, d'abord lentement, puis de plus en plus vite. Finalement, elle percuta le garde-fou, survola le rebord de pierre et piqua du nez dans l'abîme.

En s'écrasant, elle fit un tel fracas que l'homme ne put s'empêcher de sursauter. L'espace d'un instant, il demeura immobile comme une statue de sel, inconscient de la pluie qui ruisselait sur son visage et formait une flaque à ses pieds. Seuls le bruit de sa respiration et la haine farouche qui brillait dans ses yeux le différenciaient du cadavre dont il venait de se débarrasser si lestement.

Quand la voiture explosa, une gigantesque boule de feu s'éleva vers le ciel sombre et orageux. L'homme ferma les yeux comme s'il s'apprêtait à prier.

— J'espère que tu vas brûler en enfer, fils de pute ! implora-t-il entre ses dents.

Il avait l'air soulagé, comme si on lui avait ôté un énorme poids des épaules. Il tourna le dos au ravin, courut vers sa voiture et s'installa au volant. Il venait de boucler sa ceinture lorsqu'une nouvelle déflagration, plus terrible que la première, rompit le silence de la nuit. Mais l'homme ne se départit pas de son calme : il mit le moteur en marche et, lentement, reprit la route tortueuse.

1.

Les joues barbouillées de mousse à raser, une serviette de bain nouée autour de la taille, Dan Santini maniait son rasoir d'une main experte, tout en passant en revue les épreuves qu'il allait soumettre à ses étudiants, d'ici à une heure. Comme la classe n'était pas très chargée, il les avait autorisés à réviser jusqu'à aujourd'hui. Par conséquent, il ne lui restait qu'un seul jour avant les vacances d'hiver pour corriger les copies et poster les résultats de l'examen.

Bien sûr, certains allaient prétendre qu'une journée supplémentaire ne leur suffisait pas, mais Dan était persuadé qu'ils s'en tireraient sans problème. Au sein de ce groupe d'étudiants particulièrement doués, il y avait, notamment, dix jeunes gens tellement brillants que Dan se sentait fier d'être leur professeur.

Trois ans plus tôt, jour pour jour, il avait commencé sa carrière au Glenwood College, à Oak Park, dans la banlieue de Chicago. Au début, il doutait de sa vocation d'enseignant ; il se demandait s'il n'était pas plutôt un homme de terrain. Mais il s'était très vite aperçu que ses étudiants appréciaient son franc-parler et ses opinions très personnelles. L'échange était motivant pour tout le monde.

New York ne lui manquait même pas. Pas plus que la police… Non, ce n'était pas tout à fait vrai, songea-t-il en relevant le menton pour faire glisser le rasoir le long de son cou. Il lui arrivait de regretter son travail à la criminelle : la recherche des indices, la découverte des pistes, et même les interrogatoires.

Surtout les interrogatoires ! Il était fasciné par la réaction des hommes lorsqu'ils se trouvaient sous pression. S'il avait accepté d'enseigner la psychologie criminelle appliquée, c'était à cause de sa fascination pour le cerveau malade du criminel.

Dan avait travaillé pendant dix ans comme inspecteur au sein de la brigade criminelle du NYPD, et c'était au moment de l'arrestation d'un célèbre tueur en série new-yorkais, en 1993, qu'il avait, bien involontairement, fait parler de lui.

A l'époque, tout le monde pensait qu'il allait passer rapidement lieutenant, mais cette prédiction ne s'était jamais réalisée.

En 1994, lors d'une enquête sur un meurtre commis dans un immeuble du sud de Manhattan, le suspect numéro un avait tiré sur les policiers et en avait blessé deux grièvement. Il était en train d'en viser un troisième lorsque Dan l'avait descendu. Aussitôt après la fusillade, il avait appris l'âge du criminel : quatorze ans.

Dan s'était senti bouleversé à l'idée d'avoir tué un enfant et, pendant des semaines, sa conscience ne lui avait pas laissé un seul moment de répit. Le fait qu'Eddy Delgado fût un dangereux voyou affligé d'un lourd casier judiciaire ne changeait rien à l'affaire.

Deux mois plus tard, malgré les protestations de ses supérieurs, Dan avait démissionné de la police et s'était lancé à la recherche d'un nouveau job. Au départ, il n'avait aucune intention de quitter New York et sa famille. Pourtant, lorsque le président du Glenwood College, impressionné par son expérience et sa maîtrise de psychologie, lui avait proposé de venir à Chicago pour un entretien, Dan y avait vu une chance de repartir de zéro.

Le jour même, il s'était vu offrir un poste de professeur adjoint, un salaire confortable et la possibilité d'enseigner la discipline qu'il aimait par-dessus tout : la psychologie criminelle appliquée.

Il n'avait jamais regretté sa décision.

Dan était en train de verser quelques gouttes d'après-rasage dans le creux de sa main lorsque le téléphone sonna. Il sourit. Il n'y avait qu'une personne pour l'appeler si tôt : sa mère.

Il ne s'était pas trompé, mais, à la place du joyeux bonjour auquel il était habitué, Angelina Santini le salua gravement, puis ajouta d'une voix tremblante :

— Danny, tu es au courant pour Simon Bennett ?

Dan se demanda ce qui avait bien pu arriver à son ex-beau-père dont il n'avait pas entendu parler depuis des années.

— Non, répondit-il. Quelles sont les nouvelles ?

— Il est mort, Danny. Il était dans les Catskill Mountains. Il rentrait chez lui. Sa jeep a quitté la route et s'est écrasée dans un précipice.

Dan n'en croyait pas ses oreilles. Il secoua la tête, comme pour refuser ce qu'il venait d'entendre. Pas Simon ! C'était impossible. Cet homme semblait indestructible !

— Quand est-ce arrivé ? demanda-t-il.

— Il y a quelques jours. Mais je viens seulement de l'apprendre. Joe et Maria ont passé toute la semaine dernière dans l'Ohio, chez la mère de Maria, et j'ai tellement de boulot avec les petits que j'ai à peine eu le temps d'écouter les informations.

Il y eut un silence, puis la mère de Dan reprit :

— Tu devrais appeler Jill. Je suis sûre que ça lui ferait plaisir.

Soudain, Dan sentit son estomac se nouer. Jill adorait son père. Elle devait être complètement anéantie.

— D'accord, dit-il. Je lui passerai un coup de fil.

Après avoir raccroché, Dan demeura immobile, le regard rivé sur le téléphone. Son ex-femme et lui n'avaient pas échangé un mot depuis leur divorce. C'est-à-dire depuis douze ans. Il songea qu'il devait être la dernière personne à qui Jill avait envie de parler en ce moment. Pourtant, il se devait d'appeler. Il ne pouvait pas faire autrement.

Il se rappelait parfaitement le numéro de Jill. C'était le leur, autrefois : il n'avait pas changé. A la quatrième sonnerie, le répondeur se mit en marche, et il entendit la voix joyeuse de son ex-femme :

— *Désolée, je ne peux pas vous répondre, mais vous connaissez la marche à suivre. A vous de jouer ! Je vous rappellerai dès que possible. Au revoir !*

Dan raccrocha sans attendre le signal. Il ne savait jamais quoi dire quand il tombait sur un répondeur. Et, cette fois, c'était pire que d'habitude. Quel message aurait-il pu laisser dans un moment pareil ? Il décida de rappeler dans un jour ou deux… Oui, mais Jill allait sans doute lui raccrocher au nez. La meilleure solution consistait peut-être à envoyer une carte de condoléances ?

Tout au fond de lui, Dan gardait un esprit de flic. Il chercha dans son répertoire le numéro de Wally. Il voulait des détails concernant l'accident. Wally Becker était commissaire de police à Livingston Manor, où se trouvait la résidence d'été des Bennett. C'était aussi un ami proche de la famille. Dan l'avait rencontré treize ans auparavant, le jour de son mariage avec Jill. Le fait qu'ils fussent tous les deux flics les avait instantanément rapprochés, et ils s'étaient vite liés d'amitié.

A la première sonnerie, Wally répondit de son ton bourru :

— Becker.

— Wally, c'est Dan Santini.

La voix de Becker devint immédiatement chaleureuse.

— Dan, vieille branche ! Qu'est-ce que tu deviens ?

— Je suis plus riche, maintenant qu'un certain copain tricheur ne me vide plus les poches au poker !

Wally se mit à rire.

— Tricheur mon cul ! Je suis blanc comme neige. Tu n'es qu'un mauvais perdant !

Pendant un instant, ils gardèrent le silence. Quand Dan reprit la parole, sa voix était grave.

— Je viens d'apprendre pour Simon.

Wally fit claquer sa langue en signe de compassion.

— Oui, c'est terrible. Hier, il pétait de santé et, aujourd'hui, il ne reste de lui qu'une poignée de cendres !

— Tu es sûr que c'était lui ?

— On l'a identifié grâce aux clichés dentaires.

— Qu'est-ce qui s'est passé, Wally ? Simon connaissait cette route comme sa poche.

Becker poussa un long soupir, et Dan l'imagina en train de se passer les doigts dans ses cheveux grisonnants.

— Un temps de chien pour un 1er décembre. Je suppose que c'est surtout ça… plus le fait que Simon avait pas mal bu, ce soir-là.

— Ça ne lui ressemble pas. Il aimait bien s'envoyer un scotch de temps en temps, mais jamais quand il devait conduire.

— Il l'a pourtant fait, cette nuit-là. On en a trouvé des preuves dans la maison.

— Alors, pour toi, il s'agit d'un accident et rien d'autre ?

— Seigneur ! Tu ne vas pas t'y mettre, toi aussi ! grommela Wally d'une voix exaspérée.

Dan fronça les sourcils.

— Quelqu'un d'autre pense qu'il y a anguille sous roche ?

— Jill. Elle se demande si son père n'a pas été assassiné.

En entendant le nom de Jill, Dan sentit de nouveau cet étrange pincement au cœur. Mais il s'efforça de l'ignorer, et reprit :

— Pourquoi ça ?

— Quelques jours avant sa mort, Simon semblait très préoccupé. Quand Jill lui a demandé la raison de sa nervosité, il a balayé sa question d'un revers de main, et lui a répondu qu'elle avait trop d'imagination. Et puis, deux jours après son décès, en examinant le contenu de son bureau, elle est tombée sur une demande de permis de port d'armes.

— Tu as procédé à l'enquête de routine ?

— Mon adjoint et moi, on a passé au crible le lieu de l'accident. J'ai même envoyé des gars du labo chez Simon. Ils n'ont rien découvert de louche. Alors, la réponse à ta question est : oui. Pour moi, il s'agit d'un accident. Il y a six ans, il s'est passé exactement la même chose au même endroit. On a installé des panneaux supplémentaires pour signaler le danger, mais…

Il poussa un nouveau soupir et s'interrompit sans achever sa phrase.

Mais Dan, qui connaissait parfaitement son ex-beau-père, refusait d'accepter la thèse de l'accident. Simon était un conducteur chevronné et très prudent. Il devait toujours être extrêmement vigilant sur ce tronçon de route, et cela par n'importe quel temps.

— A propos, que faisait-il à la montagne en cette saison ? Il ne skiait pas, que je sache ?

— Non, mais, ce week-end, il faisait doux et sec — jusqu'à dimanche soir, en tout cas. Peut-être qu'il voulait faire une dernière randonnée avant l'hiver. Tu sais à quel point il raffolait de cet endroit ?

Oui, Dan le savait parfaitement. Simon aimait la chasse et la pêche. Il avait acheté ce grand terrain sur un coup de foudre, en l'espace de quelques jours, et il avait l'habitude d'affirmer que c'était le paradis sur terre.

Finalement, Dan se força à poser la question la plus difficile.

— Et Jill ? Est-ce qu'elle tient le coup ?

— Ça a été un choc terrible pour elle. Mais tu la connais : elle n'est pas du genre à se laisser abattre ! Je ne peux pas en dire autant d'Amanda. Simon et elle venaient de fêter leur trente-sixième anniversaire de mariage... A propos de Jill, ajouta Wally après un silence, est-ce que tu l'as appelée ?

Son ton était détaché, et même insouciant, comme s'il s'était agi d'une question parfaitement anodine. Sans trop savoir pourquoi, Dan s'abstint de parler de son coup de fil.

— Non.

— Tu vas le faire, pas vrai ?

Dan ne put retenir un sourire. Sur le plan professionnel, Wally passait pour un vrai dur, mais, au fond, il était tendre et sentimental comme une jeune fille... sans parler de sa vocation de marieur ! Tout comme Simon, il s'était mis en quatre pour empêcher Jill et Dan de divorcer, douze ans plus tôt. Dan ne pouvait pas résister au plaisir de le voir enfourcher son cheval de bataille.

Comme il s'y attendait, Wally prit son silence pour un signe d'encouragement, et passa à l'attaque.

— La petite a vraiment besoin qu'on lui remonte le moral, en ce moment. Qu'est-ce que tu en dis ?

— Ça n'a jamais été mon rayon, Wally, tu le sais bien !

— Puisque tu le dis…, répliqua Wally d'un air de regret.

Après quelques minutes de conversation amicale et la promesse de se voir la prochaine fois que Dan viendrait à New York, ils raccrochèrent. Dan s'approcha de la fenêtre, et resta un long moment à contempler la vue qui s'étendait devant lui. Il ne se lassait pas d'admirer Chicago au lever du soleil : l'immense surface scintillante du lac, à l'est ; les tours majestueuses des gratte-ciel, au nord, et le quartier animé de l'université de Chicago, à l'ouest.

Pourtant, aujourd'hui, cette splendeur le laissait indifférent. Le regard dans le vague, il pensait à Simon Bennett. Pendant toute la durée de son mariage, Simon s'était montré envers lui aussi bon et aussi compréhensif qu'un véritable père. Après le divorce, ils avaient continué à s'appeler régulièrement pendant plus d'un an. Puis, l'agitation et les soucis quotidiens l'avaient emporté sur leur amitié, et ils avaient fini par se perdre de vue. Mais Dan n'avait jamais oublié Simon.

Et si l'intuition de Jill était la bonne ? se demanda-t-il, les yeux rivés sur le lac que le soleil de décembre transformait en une immense étendue d'or liquide. Si Simon avait été assassiné, et si l'on avait maquillé ce meurtre en accident ?

« Ce n'est pas ton problème, mon vieux, se dit-il en soupirant. Plus maintenant. »

Toutefois, pour une raison qu'il ne parvenait pas à saisir, il fut incapable de chasser Jill de son esprit durant tout le reste de la journée.

Installée dans le bureau de Wally Becker, à la mairie de Livingston Manor, Jill Bennett s'efforçait de ne pas penser à la dernière fois qu'elle était venue ici en compagnie de son père.

Dix jours s'étaient écoulés depuis sa mort. La douleur déchirante s'était transformée en souffrance sourde et lancinante. Pourtant, de temps à autre, le vide devenait proprement insupportable.

Pendant les vingt-quatre heures qui avaient suivi l'accident, la jeune femme avait refusé d'admettre que son père ne lui ferait plus de clins d'œil complices, qu'elle n'entendrait jamais plus son rire chaleureux. Et puis, après l'enterrement, la brutale réalité lui était apparue dans toute son horreur.

Depuis ce jour-là, elle n'arrêtait pas de faire des cauchemars. Elle voyait la jeep de son père glisser sur la chaussée mouillée, sauter par-dessus le parapet de pierre, s'écraser sur les rochers, puis exploser dans une immense gerbe de feu.

Jill secoua la tête pour tenter de chasser ces visions d'épouvante, et s'efforça d'observer Wally qui fouillait dans son tiroir à la recherche d'un dossier.

Le commissaire était un homme petit et replet, avec un visage taillé à la serpe, orné d'une moustache en broussaille de la même couleur grisâtre que sa chevelure. Depuis que Simon Bennett lui avait construit sa résidence d'été, vingt ans auparavant, Wally était devenu un ami de la famille.

— Tiens, le voici, Jill ! dit Wally en posant le classeur devant la jeune femme. Le rapport détaillé sur les résultats de mon enquête. Je sais que ce n'est pas ce que tu attends de moi, mais je maintiens ce que j'ai dit à la messe commémorative, la semaine dernière : la mort de ton père est un accident. Un accident terrible et absurde, mais rien d'autre qu'un accident.

— Impossible ! affirma Jill d'une voix tendue par l'émotion. Mon père était un conducteur hors pair, et il connaissait cette route comme sa poche !

Wally se renversa dans son fauteuil, et étouffa un soupir.

— Il était tard, et ton père devait être fatigué.

— Avez-vous parlé au mécanicien ? Est-ce qu'on a examiné la voiture ?

Wally acquiesça d'un signe de tête, puis précisa :

— Il ne restait plus grand-chose à examiner, mais Marcus affirme que les tubulures de frein n'ont pas été sectionnées. Le maître-cylindre n'a pas été vidé de son liquide de freinage.

— Et la maison ? Quelles empreintes y avez-vous découvertes ?

Jill se sentait un peu gênée. C'était parfaitement idiot d'interroger un policier professionnel comme s'il avait été un novice ! Mais, comme Wally n'avait pas pris ses soupçons au sérieux lorsqu'elle les lui avait confiés, la semaine précédente, elle devait s'assurer qu'il n'avait négligé aucun détail.

— Les empreintes que nous avons relevées appartiennent toutes aux membres de votre famille — ce qui n'a rien de surprenant, puisque vous avez fêté Thanksgiving au chalet.

Bien qu'elle eût décidé de se montrer forte, quoi qu'il pût arriver, Jill sentit ses yeux se brouiller de larmes. Ils étaient tous si heureux ce jour-là ! Au cours du repas de Thanksgiving, la dinde avait bien failli brûler, ce qui avait provoqué un fou rire général. Après le dîner, oncle Cyrus s'était installé au piano pour jouer des chants de Noël. L'instant d'après, toute la famille chantait en chœur, terriblement faux mais avec beaucoup de conviction. Même la cousine Olivia, qui parvenait toujours à gâcher les réunions familiales, avait été tout sucre tout miel, ce jour-là.

— Nous avons également découvert de l'alcool renversé sur le guéridon, près du verre de ton père, déclara gravement Wally. Et une flaque de whisky sur le sol.

— Que voulez-vous dire ? demanda Jill en fronçant les sourcils.

— Que ton père avait sans doute forcé sur la boisson, ce soir-là, et que ses réflexes n'étaient peut-être pas aussi sûrs que d'habitude. Il faut ajouter à cela l'heure tardive et l'orage qui se déchaînait. Une combinaison infernale ! conclut Wally en secouant la tête d'un air fataliste.

— Ça non plus, ça n'a aucun sens, répliqua la jeune femme d'un ton sec et tranchant. Mon père ne buvait jamais avant de prendre le volant !

— Ma chérie, le fait est qu'il avait bu. Ce sont bien ses empreintes que nous avons trouvées sur le verre et sur la bouteille. Tu as dit toi-même qu'il avait l'air perturbé, ces derniers temps. Nous ignorons ce qui le rendait soucieux, mais c'est certainement cette affaire qui l'a poussé à boire plus que de raison et à se comporter d'une manière inhabituelle.

Comme Jill baissait les épaules d'un air découragé, Wally désigna du menton le dossier qu'il venait de poser sur son bureau.

— Jette un coup d'œil sur mon rapport, petite. Ça ne te prendra qu'une minute, et tu comprendras mieux ce qui s'est passé.

Tout en lissant sa moustache, Wally regarda la jeune femme parcourir les six pages du dossier qu'il avait constitué depuis la mort de Simon Bennett, dix jours plus tôt. Rien qu'à la voir, assise devant lui, la tête gracieusement penchée vers le classeur, il comprenait pourquoi son nouvel adjoint était resté bouche bée en la découvrant pour la première fois.

Si le caractère de Jill tenait plutôt des Bennett, c'était de sa mère, Amanda, qu'elle avait hérité sa beauté. Elle avait le même port de reine qu'Amanda, la même épaisse chevelure auburn aux reflets dorés, la même bouche sensuelle et mobile. Seuls ses yeux, du même bleu profond que ceux de son père, rappelaient qu'elle était une Bennett.

A la différence d'Amanda, qui était très consciente de sa beauté et cherchait toujours à la mettre en valeur, Jill ne semblait pas prêter la moindre attention à son physique. Même sa façon de s'habiller révélait ses goûts simples et le peu de cas qu'elle faisait de son statut social. Wally nota également que, contrairement à Amanda, la jeune femme avait respecté la volonté de son père qui ne voulait pas qu'on portât le deuil après sa mort. Aujourd'hui, sa tenue ressemblait à un éclatant bouquet de couleurs d'automne qui renforçait sa beauté naturelle et soulignait la minceur de sa silhouette : une veste en daim rouille sur un pull jaune, et un étroit pantalon marron glissé dans de longues bottes. Certes, Wally ignorait tout de la mode, mais il savait tout de même reconnaître une tenue élégante.

Jill avait terminé l'école d'architecture de Columbia et, même dans son travail, elle avait un style à la fois raffiné et décontracté, savant mélange de classique et de moderne. Sa première réalisation importante — la salle de concerts symphoniques de Tucson, en Arizona — avait fait d'elle l'un des architectes les plus recherchés de sa génération. Un reporter, qui travaillait pour l'*Architecture Record*, avait écrit un jour que, si Simon Bennett était l'esprit génial qui assurait le succès de la Bennett & Associés, Jill en était le cœur et l'âme.

Sans son caractère de vraie battante, Jill n'aurait jamais réussi à s'imposer dans un métier encore largement dominé par les hommes. Pourtant, il y avait en elle une sorte de fragilité toute féminine, irrésistible et touchante à la fois. Au moment du divorce, Wally prit pleinement conscience du côté vulnérable de la jeune femme. La pauvre enfant avait craqué, et Simon avait tout fait pour l'aider à s'en sortir…

Pour l'heure, Jill avait terminé sa lecture et refermait le dossier.

— Merci, Wally. J'apprécie le temps que vous m'avez accordé.

Elle lui adressa un sourire courageux et, l'espace d'un instant, il faillit croire qu'elle avait accepté l'inévitable conclusion qui s'imposait à propos de la mort de son père. Mais la façon dont elle le regardait, les yeux dans les yeux, le persuada qu'elle n'allait pas renoncer aussi facilement. Elle était sans doute apaisée, mais pas convaincue. Wally en frissonna de peur. Lui qui était veuf et qui n'avait jamais eu d'enfant, il s'était profondément attaché à Jill, et il ne supportait pas de la voir s'obstiner ainsi dans sa quête d'une vérité imaginaire.

— Laisse tomber, Jill, dit-il une fois encore, tout en sachant qu'il prêchait dans le désert. Fais le deuil de ton père, et continue à vivre ta vie. C'est ce que Simon aurait souhaité.

Jill ne répondit rien. Elle se sentait envahie par l'inquiétude. Elle se leva et s'approcha de la fenêtre. A la mi-décembre, l'hiver s'était déjà installé dans les Catskill. Une mince couche de neige recouvrait le parking. On entendait, venant des collines, le grondement des énormes chasse-neige qui nettoyaient les routes de montagne.

Jill balaya du regard les sommets enneigés, tout en songeant, avec un pincement au cœur, que son père avait l'intention d'apprendre à skier, cette année.

« Et c'est toi qui vas me donner des leçons ! » lui avait-il dit un jour, au cours d'une de leurs fréquentes randonnées en montagne.

Bien qu'elle eût adoré cette idée, elle n'avait pas pu s'empêcher de le taquiner.

— Qu'est-ce que tu t'es mis en tête ? A ton âge ! s'était-elle exclamée en feignant la frayeur.

Son père avait répondu par un éclat de rire.

— Tu vas voir ce que tu vas voir ! Je te montrerai de quoi ma vieille carcasse est encore capable !

A ce souvenir, Jill sentit ses yeux se remplir de larmes, et elle se mordit la lèvre jusqu'au sang. Elle avait assez pleuré pendant ces dix derniers jours. A partir de maintenant, elle allait utiliser son énergie de manière plus constructive. Pour commencer, elle devait découvrir ce qui était réellement arrivé à son père. Et si, comme elle le soupçonnait, il avait été assassiné, elle ne s'arrêterait pas au milieu du gué. Elle démasquerait son meurtrier.

La jeune femme se détourna de la fenêtre pour dévisager Wally.

— Je dois y aller, maintenant. Maman va appeler chez moi pour voir si je suis bien rentrée. Depuis quelque temps, elle se méfie des routes de montagne, ajouta-t-elle avec un petit sourire triste.

— Naturellement, fit Wally en se levant.

Alors qu'ils s'avançaient vers la porte, Wally prit Jill par les épaules d'un geste protecteur et rassurant.

Sur le parking, elle l'embrassa affectueusement sur la joue.

— Pardon de vous avoir pris tout ce temps… et causé tant de soucis.

Il balaya ses excuses d'un revers de main.

— Tu sais que ça n'a aucune importance, grommela-t-il en lui rendant son baiser. Donne-moi de tes nouvelles, veux-tu ?

— Entendu.

Il la suivit des yeux pendant qu'elle se dirigeait vers sa vieille BMW verte. Son pas était ferme et rapide, exactement comme celui de Simon Bennett.

En quittant le parking, elle donna un coup de Klaxon et agita la main. Wally lui répondit par le même geste, tout en regrettant de ne pas pouvoir lui rendre tout le bonheur qu'elle lui procurait.

2.

Il était environ 18 heures lorsque Jill retourna à Greenwich Village. Après avoir garé sa voiture dans le parking situé sous Washington Square, elle se dirigea vers MacDougal Street.

Greenwich Village — ou West Village, comme l'appelaient les riverains — avait été la Mecque des dealers et des toxicomanes avant de devenir un quartier bourgeois. Des habitants d'un nouveau style, à la fois plus chic et plus bohème, avaient investi le quartier : écrivains, peintres, musiciens de jazz et, bien sûr, les inévitables comédiens en herbe sans qui New York n'aurait pas été New York.

Avec la tombée de la nuit, les nuages menaçants s'étaient dissipés, et le vent froid qui soufflait depuis l'Hudson chassait les rares promeneurs qui se hâtaient de rentrer chez eux.

Sur un coup de tête, Jill s'arrêta chez Eddie's Market, une petite épicerie dans Bleeker Street, afin d'acheter ce qu'il lui fallait pour préparer une omelette. Elle s'offrit même une tranche de gâteau à la citrouille fait maison, agrémenté d'un pot de chantilly. Elle était toujours plus efficace quand elle avait quelque douceur à consommer.

En ouvrant la porte de son appartement, elle se sentit immédiatement enveloppée par sa chaleur rassurante et ses odeurs familières. Même si ce deux pièces était minuscule en comparaison de la maison où elle avait grandi, dans Upper East Side, il constituait son refuge, le seul endroit où elle se sentît vraiment chez elle.

Elle était tombée amoureuse de ce duplex dès le premier coup d'œil. C'était pendant l'été 1984. Elle cherchait alors un petit nid d'amour, un foyer où Dan et elle pourraient commencer leur vie de jeunes mariés. Deux jours plus tard, ils signaient le bail.

Beaucoup d'eau avait coulé sous les ponts, depuis lors. Leur idylle s'était terminée par un divorce, un an plus tard, et l'appartement que Jill avait fini par acheter avait subi une transformation complète. Les meubles bon marché que Dan et elle avaient dénichés au marché aux puces du New Jersey avaient fait place à une table en chêne, un canapé moelleux tapissé de chintz aux motifs floraux flamboyants et plusieurs tapis turcs. La minuscule cuisine était équipée des appareils les plus modernes, et la salle de bains, extraordinairement spacieuse pour ce quartier, était revêtue d'un carrelage de marbre dans une variété infinie de tons bleus.

La décision de Jill de ne pas rentrer au bercail après son divorce avait déconcerté Simon Bennett. Il ne parvenait pas à comprendre pourquoi elle préférait l'inconfort et les incertitudes de la vie dans un quartier agité au calme et au luxe de leur maison familiale.

La jeune femme n'avait pas cherché à expliquer son point de vue à son père. Comment aurait-elle pu, d'ailleurs, alors qu'elle ne se l'expliquait pas elle-même ? Elle ignorait si sa décision était motivée par un besoin d'indépendance ou par une certaine réticence à couper le dernier fil qui la reliait à Dan Santini.

Comme elle sortait ses provisions, elle aperçut, sur la table de la cuisine, le mot de condoléances de son ex-mari qu'elle avait reçu trois jours après l'enterrement de son père. Le message, rédigé d'une main ferme, était bref et concis. C'était Dan tout craché.

« Chère Jill,

» J'ai été vraiment désolé d'apprendre le décès de ton père. Je l'ai su trop tard, sinon je serais venu à l'enterrement. Je te prie de transmettre mes condoléances et toute ma sympathie à ta mère et aux autres membres de ta famille.

Dan. »

Dan… Autrefois, le seul fait de prononcer ce prénom suffisait à déclencher des frissons de plaisir dans tout son corps. Maintenant, la seule émotion qu'elle était capable d'éprouver lorsqu'elle pensait à lui, c'était un profond ressentiment. Ce qui était tout à fait logique. Dan était entièrement responsable de leur rupture. Si seulement il avait été moins orgueilleux ! Si seulement il n'avait pas tant tenu à mener sa barque tout seul ! S'il avait accepté l'aide qu'on lui proposait… ils seraient toujours ensemble, aujourd'hui !

Jill prit une bouteille de châteauneuf-du-pape dans le placard, et entreprit de la déboucher avec des gestes nerveux et agacés. Si elle nourrissait toujours autant de rancœur envers son ex-mari, pourquoi diable pensait-elle constamment à lui, ces derniers temps ? Pourquoi les souvenirs de leur vie commune lui revenaient-ils à la mémoire pour un oui, pour un non ?

Un léger coup frappé à la porte écarta provisoirement ces questions embarrassantes.

— Qui est-ce ? demanda la jeune femme.

— Ashley.

En entendant la voix de son amie, Jill eut un petit sourire, puis alla ouvrir.

Les deux jeunes femmes s'étaient connues à la fac de Columbia. Ashley Hughes habitait l'étage en dessous, et possédait une boutique de vêtements d'occasion de l'autre côté de la rue. Elle avait de longs cheveux bruns et bouclés qui mettaient en valeur ses yeux verts pétillants de malice. Ses lunettes rondes de grand-mère la faisaient paraître plus âgée que ses trente-trois ans, tout en lui donnant un air vulnérable. Ashley et son mari, Drew, habitaient l'immeuble depuis un an lorsque Jill et Dan étaient venus s'y installer. En fait, c'était Ashley qui avait averti Jill qu'un appartement se libérait dans son immeuble. Son mariage avait duré quelques années de plus que celui de Jill et de Dan, mais, finalement, il n'avait pas résisté aux frasques de ce coureur impénitent qu'était Drew.

— Je t'ai entendue arriver, dit Ashley en tendant à son amie une casserole dont s'échappait un délicieux arôme d'ail et de sauce tomate. Je me suis dit que tu ne refuserais pas un peu de nourriture terrestre. Je me trompe ?

— Ashley Hughes, tu es un don du ciel ! déclara Jill solennellement.

Elle se pencha vers la casserole et demanda d'un air gourmand :

— Poulet *cacciatore* ?

— Tu brûles… mais ce n'est pas ça ! répondit Ashley en se dirigeant vers la cuisine. Lasagnes aux épinards ! Et j'en ai préparé assez pour deux, alors, si tu es d'accord, je vais me joindre à toi. J'ai bossé toute la journée sans interruption, et j'ai une faim de loup.

— Je parie que c'est encore le mariage de la jeune Summerfield ! dit Jill en posant sur la table deux verres à pied.

— Comment as-tu deviné ?

— Grâce à ton regard. Après les visites de Lucinda Summerfield, on y lit systématiquement l'envie de tuer.

Ashley poussa un soupir rageur qui fit voleter les boucles de sa frange.

— Cette femme est une furie échappée de l'enfer ! La pauvre fiancée n'a pas mérité une telle mère !

— Qu'est-ce qu'elle a encore fait ?

— Elle vient de déclarer que la robe de sa fille n'avait pas suffisamment le look des années 20. Alors qu'il ne reste que six jours avant le mariage ! En plus, elle veut que j'ajoute une traîne d'un mètre de long, tu imagines ? Elle va tout simplement gâcher cette merveille ! Et je ne parle pas des difficultés que je vais avoir à dénicher un tissu ancien assorti à la robe.

— Que dit la fille ? Il s'agit de son mariage, après tout !

— La pauvre, répliqua Ashley, elle est au bord du suicide ! Je crois qu'elle attend d'être mariée pour envoyer promener sa mère.

Tout en écoutant son amie, Jill avait dressé la table pour deux personnes, et versé le vin dans les verres.

— Et toi, ça a été ? lui demanda Ashley en sirotant son vin. J'espère que tu as passé une journée plus gratifiante que la mienne.

— Pas vraiment, répondit Jill en regardant fixement le contenu de son verre. Je suis allée voir Wally.

— Et alors ?

— Il a classé l'affaire, Ash, et je ne peux pas dire que je lui en veuille.

— Il n'a rien découvert ?

— Non. Rien de déterminant.

— Alors, il doit, effectivement, s'agir d'un accident, dit Ashley d'une voix douce et prudente.

Jill s'abstint de répondre. Elle avait entendu cette affirmation dans la bouche de tant de gens qu'elle s'étonnait de ne pas en être elle-même convaincue.

— Je n'en sais rien, Ash. Il y a trop de choses qui ne collent pas. Le comportement nerveux de mon père, le fait qu'il ait bu, ce soir-là, alors qu'il savait pertinemment qu'il devait rentrer à New York en voiture… Et, surtout, ce permis de port d'armes dont il avait fait la demande, ajouta-t-elle en avalant une gorgée de vin. Sans ce dernier détail, j'aurais sans doute accepté la thèse de l'accident. Mais, là, je ne peux pas m'y résoudre. Mon père était inquiet à propos de quelque chose, ou de quelqu'un, au point de vouloir se protéger. De quoi ? De qui ? C'est ce que je veux découvrir.

— Il était probablement préoccupé par le taux de criminalité qui ne cesse d'augmenter. Il travaillait tard le soir, n'est-ce pas ?

— En effet, mais, à ma connaissance, il n'a jamais eu peur pour sa propre sécurité.

Ashley posa soudain les yeux sur la carte de Dan, et elle dévisagea de nouveau son amie, tout en lui demandant d'un petit air innocent :

— Si ces soupçons te troublent à ce point, pourquoi ne pas appeler la cavalerie à la rescousse ?

— La cavalerie ? répéta Jill sans comprendre.

— Eh bien… quelqu'un d'expérimenté, quelqu'un qui connaît les criminels et leur façon d'agir…

Elle but une gorgée de vin, sans quitter Jill des yeux.

— … comme Dan, par exemple, précisa-t-elle.

Jill détourna la tête en rougissant.

— Tu as perdu la raison ? murmura-t-elle. Pourquoi m'adresserais-je à lui ?

— Parce qu'il était le meilleur inspecteur de la brigade des homicides que le NYPD ait jamais connu. Et aussi parce que, au moment de votre divorce, il a dit que, si jamais tu avais besoin de lui, tu n'avais qu'à lui passer un coup de fil.

— Et je lui ai répondu : « Merci, je m'en passerai. »

Ashley eut un petit rire indulgent.

— Ce ne sont pas les termes que tu as employés. Si ma mémoire est bonne, tes mots précis étaient : « Quand les poules auront des dents ! »

Jill tenta de réprimer un sourire.

— Oui, bon… c'est la même chose. Et mes sentiments envers lui n'ont pas changé. Jamais de la vie, je ne demanderai à Dan Santini de m'aider ! En plus, il est prof, maintenant. Il est sûrement devenu un crétin prétentieux et barbant qui ne se rappelle même plus le B.A.BA d'une enquête criminelle !

— Hum…, fit Ashley avec une moue dubitative. J'ai vraiment du mal à imaginer Dan en crétin barbant et prétentieux.

— Pas moi ! répliqua Jill.

Elle se sentait agacée par le tour qu'avait pris la conversation, et aussi par le fait qu'elle ne parvenait pas à chasser de sa mémoire l'image de son ex-mari.

— Je t'en prie, Ash, laissons Dan s'occuper de ses copies à la gomme, et dînons tranquillement ! lança-t-elle en servant les lasagnes. Je me sens affamée, moi aussi.

*
* *

Le taxi arrêta Jill à l'angle de la Ve Avenue et de la 59e Rue, devant la tour Vangram, toute de verre et d'acier, dont la société Bennett & Associés occupait les quatre derniers étages.

Simon Bennett, que l'on qualifiait parfois de pape du modernisme, avait conçu ce gratte-ciel près de trois décennies auparavant. A l'époque, cet immeuble ultramoderne avait provoqué un véritable scandale au sein du lobby new-yorkais conservateur, malgré l'enthousiasme de quelques architectes en avance sur leur temps. Deux mois après la cérémonie d'inauguration de la tour, une banque britannique avait chargé la Bennett & Associés de construire un immeuble similaire pour abriter leur nouveau siège à Los Angeles. Cette commande avait fait de Simon Bennett une vedette du jour au lendemain.

Jill consulta sa montre, et constata avec soulagement qu'elle n'avait que quelques minutes de retard. Le message que son oncle avait laissé sur son répondeur, la veille, pour lui fixer ce rendez-vous matinal, l'avait préoccupée. Depuis la mort de son père, la B & A avait déjà perdu deux clients importants qui avaient l'un et l'autre affirmé que la disparition du patron mettait leurs projets en péril. Ni Jill ni son oncle Cyrus n'avaient su trouver les mots pour les convaincre que la talentueuse équipe d'architectes de la B & A était à même de mener à bien les projets les plus compliqués et les plus ambitieux. Si cette absurde débandade continuait, l'avenir de la société serait sérieusement menacé.

Jill traversa l'immense vestibule, rejoignit les ascenseurs et monta au cinquantième étage. Une jolie réceptionniste, assise devant un impressionnant bureau sur lequel trônaient trois ordinateurs et plusieurs appareils téléphoniques, sourit en apercevant Jill.

— Bonjour, mademoiselle Bennett.

— Bonjour, Lucy, lança Jill en se dirigeant d'un pas pressé vers le bureau de son oncle.

Elle emprunta une longue galerie au sol dallé de marbre vert, dans laquelle étaient exposés les modèles conçus par la B & A depuis plus de trente ans.

Dans le bureau de son père, la jeune femme trouva Cecilia Ramson occupée à agrafer des notes de service. Cette petite femme tout en rondeurs, discrète et efficace, avait été bouleversée par la mort de son patron et avait accepté avec joie de devenir la secrétaire de Cyrus.

— Bonjour, Cecilia. Mon oncle est-il arrivé ?

Cecilia posa son agrafeuse, et désigna de la tête la porte fermée sur laquelle une plaque de cuivre ouvragé indiquait : « Président ».

— Il vous attend, Jill. Vous pouvez y aller.

Jill découvrit son oncle enterré sous des montagnes de paperasses, son beau visage marqué par une grimace soucieuse tandis qu'il parcourait la volumineuse correspondance de Simon.

Bien que Jill eût reçu en héritage la majeure partie des actions de son père, sa mère et elle avaient décidé que, au sein du conseil d'administration, Cyrus était le mieux placé pour devenir le nouveau président de la B & A. Lorsque ce dernier avait suggéré par la suite que Jill occupât le poste de vice-président, le conseil d'administration avait approuvé cette proposition. Sa nomination n'avait provoqué qu'une seule objection : celle de sa cousine Olivia, la belle-fille de Cyrus, ce qui était d'ailleurs prévisible puisque leurs relations n'avaient jamais été au beau fixe.

Manifestement, Cyrus n'avait pas entendu sa nièce entrer. Après avoir refermé la porte, la jeune femme s'arrêta pour l'observer.

L'oncle Cyrus faisait penser à un ours débonnaire plutôt qu'à un homme d'affaires avisé. Sa chevelure rousse striée de gris soulignait le bleu de ses yeux — les légendaires yeux des Bennett — et la veste élégante de son costume mettait en valeur sa large poitrine et ses épaules d'athlète. En le contemplant ainsi, Jill se rendit compte à quel point il ressemblait à son père. Ses lunettes, les mêmes que celles de Simon, et toute l'expression de son visage, tendu sous l'effort de la réflexion, rendaient cette ressemblance tellement frappante que Jill sentit sa gorge se serrer.

A cet instant, il leva les yeux du document qu'il était en train d'examiner.

— Salut, petite ! dit-il avec un sourire.

— Comment fais-tu, oncle Cyrus ? demanda-t-elle en lui souriant en retour. Tu devines toujours la présence des gens sans même les avoir entendus arriver.

Elle alla s'asseoir en face de son bureau, et posa son grand sac en daim à même le sol, à côté d'elle. Son oncle, qui l'avait observée d'un œil amusé, ôta ses lunettes et se renversa dans son vaste fauteuil à bascule.

— Il s'agit de toi, en l'occurrence, pas de n'importe qui, répondit-il. Peut-être s'agit-il de télépathie ?

Elle se dit que Cyrus avait sans doute raison. Ils avaient toujours été très proches. A tel point qu'un jour, son oncle l'avait appelée son âme sœur. Après ses parents, il était l'être auquel elle était le plus attachée. Depuis son enfance, elle adorait cet homme doué d'une patience et d'une tendresse infinies. En grandissant, elle avait aussi appris à apprécier son intelligence et sa vivacité d'esprit. Mais, le plus important, c'est qu'il avait toujours été là lorsqu'elle avait eu besoin de lui.

Oui, oncle Cyrus s'était toujours intéressé à elle. C'était lui, et non pas son père, qui assistait aux ballets dans lesquels elle dansait, lorsqu'elle était enfant. C'était également lui qui l'emmenait au zoo, le dimanche, qui lui avait appris à faire du vélo, à monter à cheval... Durant toutes ces années, Simon Bennett était continuellement absent, en voyage d'affaires ou occupé par des réunions de travail. Jill était donc allée chercher l'affection et la disponibilité chez son oncle ; elle avait pris l'habitude de se reposer sur lui. Et, dans les circonstances actuelles, elle en avait grand besoin.

— Eh bien, comment s'est passée ta rencontre avec ce bon vieux Wally, hier ?

— Il n'a pas changé d'avis, oncle Cy, répondit-elle en l'appelant par le surnom qu'elle lui avait donné dans son enfance. Il est toujours persuadé que la mort de papa était accidentelle.

— Ce qui n'est pas ton avis, apparemment.

Jill savait que son oncle ne partageait pas ses craintes, lui non plus. Elle le regarda, néanmoins, droit dans les yeux, sans sourciller.

— C'est vrai, dit-elle. Je n'arrive toujours pas à admettre cette version des faits.

Les coudes appuyés sur la table, Cyrus se pencha vers elle.

— Jill, écoute-moi. Tu es une jeune femme belle et talentueuse. Ta carrière a bien démarré ; tout marche comme sur des roulettes pour toi. Et tu as toute la vie devant toi. La dernière chose que ton père aurait souhaitée, c'est te voir passer ton temps à pourchasser un tueur imaginaire !

— Ce n'est pas mon intention. Je ne vais pas non plus négliger mes responsabilités à la B & A, si c'est ce qui te préoccupe.

— Ce qui me préoccupe, ma petite, c'est toi. Toi et cette… croisade que tu t'obstines à mener.

— Sois sans inquiétude, oncle Cy, répliqua la jeune femme en souriant avec une feinte insouciance. Tu veux bien me dire pourquoi tu m'as demandé de passer aujourd'hui ?

Cyrus, qui était habitué à avoir le dernier mot, faillit ajouter quelque chose, mais il y renonça, sans doute persuadé que c'eût été en pure perte. Il demeura silencieux quelques instants, puis poussa un long soupir.

— J'ai bien peur d'avoir de mauvaises nouvelles à t'apprendre. Le groupe Maitland a décidé de confier la création de la tour Church Hill à l'un de nos concurrents.

Jill laissa échapper une exclamation de dépit. La tour Church Hill était un projet de rêve qui pesait plusieurs millions de dollars. Il s'agissait de concevoir un luxueux immeuble d'habitation de soixante-quatre étages à Church Hill District, le quartier historique de Richmond. C'eût été également le premier gratte-ciel que Jill eût construit en dehors de New York. En cas de réussite, cette réalisation lui aurait permis de s'imposer comme l'un des architectes les plus importants à l'échelle du pays.

— Quand l'as-tu appris ? demanda-t-elle à son oncle, en s'efforçant de cacher sa déception.

— Hier après-midi. Ben Maitland craint que, sans ton père, l'aspect créatif du projet ne soit compromis.

— La tour Church Hill est mon projet, pas celui de mon père. Je l'ai pensé du début à la fin.

— Je sais, mais Simon était là pour te conseiller et te surveiller. Ben et ses associés sont convaincus que son absence remet en cause le succès de toute l'entreprise. Ils n'ont rien contre toi, Jill. Ils apprécient ton travail. Simplement, Simon était la raison même de leur accord. Sans lui, ils n'auraient jamais confié…

Jill tapa violemment sur la table.

— Ça ne va pas se passer comme ça ! Je ne renoncerai pas sans me battre, oncle Cy ! Pendant deux mois, j'ai trimé comme un âne sur les ébauches. Je les présenterai à Ben Maitland et à ses abrutis d'associés, qu'ils le veuillent ou non ! Après ça, s'ils sont toujours décidés à nous laisser tomber, je m'inclinerai. Mais ils devront me le dire en me regardant dans les yeux, pas en chargeant une petite secrétaire de nous transmettre le message.

Cyrus eut un sourire d'approbation. Il avait l'air moins surpris que la jeune femme ne l'avait imaginé.

— Tu ne vas pas les traiter d'abrutis pendant les négociations, n'est-ce pas ?

En dépit de sa mauvaise humeur, Jill finit par sourire à son tour.

— Non.

— Parfait. Quand penses-tu avoir terminé ces ébauches ?

— Lundi. Il faudra que je travaille d'arrache-pied, mais c'est possible.

Cyrus approuva d'un bref hochement de tête.

— Alors, remets-toi au boulot. Si tu as besoin d'un coup de main, tu sais où me trouver.

— Merci, oncle Cy.

Sur ces mots, Jill se leva, ramassa son sac, et se dirigea vers la porte. A mi-chemin, elle se retourna d'un air hésitant.

— A propos, Olivia est-elle déjà arrivée ?

— Je l'ai vue dans l'atelier, il y a un quart d'heure. Elle est venue de bonne heure, aujourd'hui : elle voulait aider Griffin et son équipe à se préparer pour ce concours organisé par l'*Architecture Magazine*. Elle doit être encore avec eux.

Jill remercia son oncle d'un signe de tête, quitta le bureau, et partit à la recherche de sa cousine.

3.

Comme toujours à l'heure de midi, Body Perfect, l'un des clubs de forme les plus huppés de Manhattan, était plein à craquer. Des cadres supérieurs ravagés par le stress y transpiraient en s'efforçant de chasser leur angoisse, des top models s'appliquaient à conserver leur forme éblouissante, et des matrones fortunées espéraient réparer l'irréparable outrage des ans.

Bien qu'Olivia Bennett n'eût pas un gramme de graisse superflu, elle venait ici tous les jours pour s'infliger deux heures d'aérobic et de musculation, suivis de quelques longueurs de piscine s'il lui restait assez d'entrain et de souffle. A trente-sept ans, on ne saurait être trop prudente, se disait-elle. Surtout quand on est encore célibataire.

Ses cheveux noir de jais retenus par une bande élastique, son corps parfait moulé dans un body pourpre, elle venait de commencer un nouvel exercice : juchée sur un vélo d'entraînement, elle pédalait aussi furieusement que si elle s'était employée à piétiner sa pire ennemie. Lorsqu'on est rongé par la haine, rien de tel que de suer sang et eau ! De fait, après ce que sa chère cousine Jill s'était permis le matin même, Olivia suait littéralement la haine.

Elle n'avait pas toujours nourri de tels sentiments à l'égard de sa cousine. A une époque, les deux femmes étaient même des amies. Tout avait changé quand Jill avait obtenu sa maîtrise d'architecture. Olivia travaillait au département des relations publiques de la société de Simon Bennett depuis deux ans lorsque sa cousine avait débarqué à la B & A pour occuper auprès de son père la place qu'elle croyait lui revenir de droit.

Depuis lors, leur amitié avait fait long feu. La façon éhontée dont sa cousine avait été parachutée dans la société empêchait Olivia de dormir et la faisait grincer des dents. Quelques années plus tard, Olivia avait été promue directrice du département des relations publiques, mais cela ne l'avait pas apaisée. La récente nomination de Jill au poste de vice-président de la société avait été la goutte d'eau qui avait fait déborder le vase. Olivia n'attendait plus qu'un prétexte pour déverser son trop-plein de haine sur sa cousine.

— Ralentis, Olivia ! Je transpire rien qu'à te regarder, lui dit sa mère qui pédalait sur le vélo voisin du sien.

A cinquante-huit ans, avec ses cheveux blond cendré et son teint de porcelaine, Stephanie Bennett était une femme très attirante dont la ligne impeccable rendait jalouse une bonne moitié des clientes de Body Perfect.

— Si je ralentis, je vais exploser, répondit Olivia en pédalant de plus belle.

— Qu'est-ce qui ne va pas ? lui demanda sa mère.

— Sa Majesté la reine Jill est à peine installée dans son nouveau poste qu'elle se fait déjà les griffes ! expliqua Olivia. Elle vient de rédiger une note stipulant que, à partir de maintenant, il faudrait obtenir son accord pour toutes les dépenses supérieures à deux cents dollars. Elle me l'a appris personnellement, tout en me faisant la leçon à propos de ma tendance à « jeter l'argent par les fenêtres ».

Elle s'interrompit pour reprendre son souffle et essuyer la sueur qui perlait à son front, puis elle reprit :

— Comment pourrais-je faire marcher correctement un département de relations publiques en rechignant sur les dépenses ?

— La société traverse une passe difficile, Olivia.

— A qui la faute ? lança la jeune femme d'un air de défi. Si les membres du conseil d'administration m'avaient écoutée, on roulerait tous sur l'or, à l'heure qu'il est !

— Oh, Olivia, ce n'était pas une bonne solution que de vendre des parts à un grand conglomérat !

Olivia redoubla d'efforts, comme si la punition qu'elle s'infligeait l'aidait à évacuer sa colère.

— Mais si ! C'était la solution idéale. La firme Kasper & Willard a accès à des projets internationaux de grande envergure qu'on ne pourra jamais obtenir par nos propres moyens. Un tel partenariat nous aurait ouvert des horizons dont on peut à peine rêver. On aurait eu accès à des marchés fabuleux : l'Europe, l'Asie, l'Australie…

— Tu en as parlé à Cyrus ?

Olivia eut un petit rire sarcastique.

— Naturellement ! Mais il n'écoute que sa petite chérie : Jill. Il a toujours fait ses quatre volontés.

— Ce n'est pas vrai : tu exagères !

Les yeux noirs d'Olivia étincelèrent.

— Il faut être aveugle pour ne pas le voir ! Ces deux-là ont toujours été complices. Tu as remarqué sa façon de parler d'elle, comme si elle était la seule femme à des kilomètres à la ronde ? Voyez-vous ça : belle, intelligente, cultivée… un trésor de femme ! Et si jamais elle se plante, il est là pour la tirer d'affaire : ce n'est pas sa faute, elle est encore si jeune… Par contre, si je fais la moindre bêtise, il se déchaîne contre moi comme si j'étais une triple idiote.

— C'est parce qu'il t'aime. Il veut que tu sois la meilleure.

— A d'autres !

La sueur ruisselait sur ses joues, mais elle s'acharnait à maintenir le même rythme, comme si l'énergie ainsi dégagée pouvait anéantir sa rivale.

— Cyrus ne m'aime pas. Il ne m'a jamais aimée. Il se contente de me tolérer parce que je suis sa belle-fille.

— Olivia, tu es injuste ! Tu sais à quel point Cyrus a été gentil avec toi quand ton père est mort. Et après, rappelle-toi : il était au comble du bonheur lorsqu'il a enfin pu t'adopter et te donner son nom.

— C'était uniquement parce que mon père et lui étaient amis, et que Cyrus lui avait promis de veiller sur moi.

— Non. C'était beaucoup plus qu'une promesse faite à un mourant. Cyrus t'aime réellement.

— Mais il préfère Jill.

— Olivia, ne parle pas comme ça. Cyrus aime Jill parce qu'elle est sa nièce et qu'il a participé à son éducation. Maintenant que Simon est mort, il se sent obligé de la protéger, de l'aider à faire le deuil de son père et à surmonter son chagrin. Mais il est absurde d'affirmer qu'il l'aime plus que toi. Comment puis-je t'en persuader, à la fin ? Il faut que tu te débarrasses de ces pensées : elles t'empoisonnent l'esprit.

— Dans ce cas, pourquoi a-t-il nommé Jill vice-présidente, et pas moi ?

— Pour exaucer les vœux de Simon.

A l'autre bout de la salle, une copie conforme d'Arnold Schwarzenegger la dévisageait intensément. Elle l'ignora. Certes, sa dernière aventure datait déjà de plusieurs mois, mais, aujourd'hui, elle ne se sentait vraiment pas d'humeur à batifoler.

— Ce poste me revenait de droit, reprit-elle, la respiration un peu plus haletante. Je suis l'aînée. Sans parler de mon expérience et de mon savoir-faire. Rappelle-toi : j'ai débuté comme simple secrétaire, et je ne dédaignais aucun boulot : apporter le courrier, tailler les crayons, préparer le café, ranger les dossiers… Pendant ce temps-là, j'apprenais les ficelles du métier. C'est seulement plus tard que j'ai eu mon premier job important. Est-ce que Jill a fait autant d'efforts, autant de sacrifices que moi ? Que dalle ! La fille du patron ne se serait pas abaissée à des tâches subalternes ! Dès qu'elle a débarqué à la B & A, elle a été bombardée au sommet, au poste d'assistante du président. Est-ce que c'était juste, maman ?

— Non, chérie, ça ne l'était pas, reconnut Stephanie avec cet air résigné qu'elle affichait souvent lors de leurs polémiques. Mais c'était Simon qui en avait décidé ainsi.

— Tu parles ! Ça s'appelle du népotisme. Du favoritisme. Voilà comment elle a fait carrière !

— Simon ne l'aurait pas gardée comme assistante si elle ne s'était pas montrée à la hauteur, ou si elle l'avait déçu un tant soit peu. Jill est une très bonne architecte, Olivia. Et une excellente femme d'affaires, par-dessus le marché. Même si tu ne la portes pas dans ton cœur, tu es obligée de l'admettre.

Olivia ralentit un peu l'allure. Elle avait le visage contracté par l'effort autant que par la fureur. Elle se sentait prête à avouer qu'elle commençait à s'essouffler, mais sûrement pas à reconnaître les mérites de Jill.

— Moi aussi, j'ai toujours été à la hauteur, dit-elle avec une voix teintée d'amertume. Et je n'ai jamais déçu personne. Je me demande pourquoi on ne chante pas mes louanges !

Il était 22 heures lorsque Jill arriva chez sa mère, dans le ravissant bâtiment fin de siècle de la 92e Rue, qui constituait sa résidence new-yorkaise. Elle avait l'intention de dîner avec Amanda, mais une réunion de dernière minute avec Cyrus et un important client de la côte Ouest l'avait obligée à quitter son bureau bien après l'heure du dîner.

Maintenant, elle se tenait au milieu du salon et parcourait du regard la vaste pièce confortable qui avait constitué son univers pendant tant d'années. Les somptueux canapés, les tapisseries d'Aubusson et l'impressionnante collection de porcelaine de Chine reflétaient davantage les goûts luxueux et traditionnels d'Amanda que ceux de Simon. Pourtant, ce décor n'avait rien d'excessif ni de prétentieux. Comme dans le reste de la maison, tout, ici, respirait l'amour de l'espace, de la lumière et du confort.

— Mademoiselle Bennett, je ne vous ai pas entendue arriver.

Jill se retourna vers Henry, le majordome de sa mère, dont la frêle silhouette se profilait dans l'ouverture en arcade qui donnait sur la salle à manger. Henry avait près de soixante ans. Il avait passé un tiers de sa vie au service de la famille Bennett qui le considérait davantage comme un ami que comme un simple domestique.

Il portait, comme à son habitude, une chemise blanche amidonnée, un pantalon noir et une veste grise à fines rayures noires.

— Bonsoir, Henry, répondit Jill en faisant tinter ses clés. Excusez-moi : j'aurais dû vous signaler ma présence.

Henry parut satisfait.

— Désirez-vous manger quelque chose ? demanda-t-il à la jeune femme en lui prenant son manteau. Il reste de la tourte. Faite maison, ajouta-t-il comme si cette précision allait décider Jill.

Elle réprima un sourire.

— Merci, Henry, mais j'ai dîné au bureau, répliqua-t-elle en laissant tomber ses clés dans son sac. Est-ce que maman est déjà couchée ?

— Depuis un quart d'heure. Mais je ne pense pas qu'elle dorme…

— Je ne veux pas la déranger. En fait, je suis venue consulter quelques ouvrages dans la bibliothèque de papa. Je n'en ai pas pour longtemps : environ une heure.

— Puis-je, au moins, vous apporter quelque chose à boire ? Du thé ? Du café ?

— Une tasse de thé, volontiers.

Il s'esquiva aussi discrètement qu'il était apparu. Jill se dirigea résolument vers le bureau de son père, tout en songeant à la tâche qu'elle s'était assignée. Elle ne savait pas exactement ce qu'elle était venue chercher, mais, comme il fallait bien commencer par quelque chose, elle décida de fouiller, tout d'abord, dans les papiers de son père.

La pièce était telle que Simon l'avait laissée : bien rangée, encore imprégnée d'une vague odeur de cigares de luxe. Le sanctuaire de Simon, comme l'appelait Amanda, révélait sa personnalité et son goût pour la création. Les murs recouverts de vernis rouge mettaient en valeur les chaises et les fauteuils tapissés de cuir noir, ainsi qu'une grande bibliothèque en teck dont les rayonnages, qui s'élevaient du sol au plafond, étaient chargés de livres. Au-dessus du canapé, plusieurs toiles signées Dali, Warhol, Chamberlin... Jill comprenait pourquoi son père se sentait aussi bien dans cette pièce.

Elle passa rapidement en revue ce qui se trouvait sur la table : des stylos et des crayons, une loupe, du papier à en-tête de la Bennett & Associés, ainsi qu'un carnet d'adresses plein de noms qu'elle connaissait depuis des années. A première vue, aucune de ces personnes, amis et connaissances de Simon, n'avait de raisons de l'assassiner. Elle décida, pourtant, de vérifier leurs alibis et leurs mobiles éventuels, même si, pour l'instant, elle n'avait pas la moindre idée de la façon dont elle allait s'y prendre.

Le contenu des tiroirs se révéla tout aussi décevant. Les livres d'art et les quelques romans qui s'y trouvaient révélaient l'érudition de Simon... mais c'était tout.

Jill referma le dernier tiroir avec un sentiment de frustration, puis elle jeta un coup d'œil désespéré alentour. Son regard tomba sur les quelques photos qui étaient accrochées au mur.

Certaines évoquaient la carrière de son père, comme celle qui le représentait, un sourire radieux aux lèvres, devant la célèbre tour Seigler à Houston, lors de la cérémonie d'inauguration. Ainsi que celle où Simon échangeait une poignée de main avec le président Reagan. D'autres photos, plus personnelles, touchaient à la vie privée de Simon. Sur l'une d'entre elles, on voyait la jeune femme, le jour de ses seize ans, en train de danser avec son père. Elle portait autour du cou une chaînette d'or avec un pendentif en diamant taillé en forme de larme, cadeau d'anniversaire de Simon.

Jill étudia la photo en retenant un sanglot. Bien qu'il fût moins grand et moins robuste que son frère Cyrus, Simon Bennett était un homme imposant, avec un visage aux traits fins et une indomptable tignasse rousse. Son léger embonpoint trahissait son penchant pour les sucreries, surtout pour les délicieux desserts dont Henry avait le secret.

Soudain, la jeune femme fut envahie par l'atroce sentiment de l'avoir trahi. Malgré tous ses efforts pour ne pas pleurer, ses yeux se brouillèrent de larmes.

— Oh, papa, murmura-t-elle, que t'est-il arrivé, cette nuit-là ? Et comment pourrai-je le découvrir ?

Un coup léger frappé à la porte la fit sursauter. Puis Henry entra avec un plateau chargé d'une tasse de thé fumante et d'une assiette remplie de petits gâteaux aux amandes.

— Ce sont vos préférés, dit-il. J'ai pensé que cela vous tenterait. Quand vous étiez enfant, vous riiez de plaisir en les mangeant.

— Je les aime toujours autant, affirma Jill. Comme c'est gentil de vous en souvenir encore aujourd'hui !

— Comment pourrais-je l'oublier ? répliqua Henry avec un sourire. A l'époque, vous les mangiez plus vite que je ne les préparais.

Sur ces mots prononcés d'un air grave, il sortit de la poche intérieure de sa veste une épaisse enveloppe kraft.

— Après l'enterrement, votre mère m'a dit de donner les vêtements de M. Bennett à une œuvre de charité. Avant de le faire, je les ai envoyés au pressing, et M. Wang, le teinturier, m'a rapporté ça.

Il considéra l'enveloppe un instant, puis la tendit à Jill.

— J'avais peur que cela fasse de la peine à Mme Bennett. Je l'ai donc gardée en attendant votre visite.

— Qu'est-ce que c'est ?

— Quelques affaires personnelles que M. Wang a trouvées dans les poches d'un des costumes de votre père… Je suis désolée, mademoiselle Bennett, j'ai dû oublier de vérifier…

L'air affligé, il s'interrompit.

— Ce n'est pas grave, Henry, lui dit doucement Jill. Nous étions tous trop bouleversés, après la mort de papa.

Elle ouvrit l'enveloppe et examina rapidement les objets : un mouchoir orné du monogramme de son père, un peigne en écaille de tortue et un cigare dans son étui.

— Et ça, qu'est-ce que c'est ? murmura-t-elle en désignant ce qui ressemblait à un billet d'avion récemment utilisé.

— Je suppose que c'est le billet de M. Bennett pour Miami. D'après mes souvenirs, il portait ce costume le jour où il devait s'y rendre.

Après un nouvel examen, Jill leva les yeux vers Henry en fronçant les sourcils.

— Ce billet n'est pas pour Miami mais pour Washington.

— Impossible, affirma Henry en lui prenant le billet pour l'inspecter à son tour.

L'instant d'après, il déclara d'un air perplexe :

— Curieux… Je ne comprends pas. Les 3 et 4 octobre, M. Bennett s'est rendu à Miami, j'en suis certain. Je l'ai moi-même conduit à l'aéroport.

— Il a probablement changé ses plans au dernier moment, dit Jill.

Mais pourquoi l'aurait-il fait ? se demanda la jeune femme. La société Bennett & Associés était en compétition avec deux autres concurrentes pour le chantier du nouvel aquarium de Miami. Son père souhaitait vivement se charger de ce projet, et il attachait beaucoup d'importance à cette réunion à Miami. Jill se rappelait même qu'il avait été très irrité en apprenant qu'une autre firme avait décroché le contrat.

— Peut-être que votre mère est au courant, dit Henry. Ou Mlle Cecilia, au bureau.

— Je leur poserai la question demain matin.

Il devait y avoir une explication très simple, songea Jill après le départ d'Henry. Son père se rendait dans tous les coins du pays plusieurs fois par an. Pourquoi se monter la tête à propos de ce voyage ? Mais elle était trop intriguée pour abandonner cette pensée. Elle décida même de satisfaire sa curiosité sans attendre. Cecilia se couchait rarement avant 23 heures. Il y avait donc toutes les chances pour qu'elle fût encore debout, se dit Jill en attrapant le téléphone.

On décrocha dès la deuxième sonnerie.

— Cecilia, c'est Jill, dit-elle en reconnaissant la voix de la secrétaire.

— Jill ! Vous êtes encore en train de travailler ?

— Non, je suis chez ma mère, mais j'ai une question à vous poser…

Jill savait que Cecilia ne se serait jamais permis une indiscrétion. Elle hésita donc quelques instants. Mais, après tout, elle avait besoin de cette information pour des raisons bien plus graves que le secret professionnel ! Et Cecilia était la personne la plus fiable vers laquelle elle pût se tourner.

— Cecilia, vous vous souvenez du voyage d'affaires que mon père devait faire les 3 et 4 octobre ?

— Bien sûr ! répondit la secrétaire d'une voix qui ne trahissait ni hésitation ni réticence. Il s'est rendu à Miami pour rencontrer Carl Jenner, l'un des membres du comité de direction pour le projet de construction du nouvel aquarium. Vous le connaissez bien, d'ailleurs.

— En effet. Savez-vous si mon père a changé ses plans à la dernière minute ? Je veux dire, s'il est parti pour une autre destination que Miami ?

— Sans m'en informer ? J'en doute. Il prévoyait ses itinéraires dans les moindres détails. Mais… pourquoi toutes ces questions, Jill ? Que se passe-t-il ?

— On a trouvé le talon d'un billet d'avion dans l'un des costumes de mon père. Le billet est à son nom, les dates correspondent, mais la destination n'est pas Miami. C'est Washington.

— Bizarre… S'il a changé ses plans, il ne m'en a pas avertie.

— Que pouvait-il bien avoir à faire à Washington ? Avec qui aurait-il eu rendez-vous, là-bas ?

— Je n'en ai pas la moindre idée. Il n'avait pas l'habitude de se rendre à Washington. Vous devriez peut-être appeler Carl Jenner. Il vous confirmerait si M. Bennett est allé à Miami ou pas. Je peux vous donner son numéro personnel, si vous le souhaitez.

— Merci, je l'ai.

Jill raccrocha, puis elle feuilleta le carnet d'adresses de son père, et composa le numéro de Carl Jenner.

— Jill ! Comment allez-vous ? J'ai été bouleversé d'apprendre la mort de votre père. C'est une énorme perte pour tous ses collègues.

— Merci, Carl.

— Vous savez, je n'ai jamais eu l'occasion de vous dire combien je regrettais que le projet de l'aquarium n'ait pas été confié à la Bennett & Associés. Même aujourd'hui, sans votre père, je suis sûr que vous auriez réalisé un travail remarquable.

Tout en l'écoutant, Jill gardait les yeux fixés sur le presse-papiers en cristal qui se trouvait sur le bureau de son père. Quelle étrange façon de parler ! Carl Jenner faisait pourtant partie de ceux qui avaient rejeté la B & A !

— Moi aussi, j'ai été très déçue, répliqua-t-elle poliment. Mais ce n'est pas la raison de mon appel. J'ai l'impression que notre agence de voyages a fait une confusion entre deux factures. Pourriez-vous vérifier à quelle date mon père est venu à Miami ? Votre réunion devait se tenir les 3 et 4 octobre, n'est-ce pas ?

— En effet, répondit Jenner d'une voix curieusement perplexe. Mais votre père m'a appelé, la veille, pour m'annoncer qu'il était obligé d'annuler son voyage, à cause d'un cas de force majeure.

— Je vois, dit Jill.

En réalité, elle ne voyait rien du tout — et elle cherchait désespérément à le dissimuler. Heureusement, Carl ne sembla pas s'apercevoir de sa confusion.

— Au moment où j'ai reçu son coup de fil, j'étais persuadé de pouvoir fixer une nouvelle date pour notre réunion, et je le lui ai confirmé. Si seulement nous avions eu le temps de nous rencontrer ! Malheureusement, le comité a insisté pour que la décision soit prise sur-le-champ, conclut-il d'une voix pleine de regret.

— Je comprends, balbutia Jill.

Naturellement, elle ne comprenait toujours rien à cette histoire abracadabrante. L'explication de Carl ne ressemblait pas du tout à celle que son père lui avait donnée.

— Notre agence a dû se tromper, dit-elle. Je vous remercie, Carl.

Elle raccrocha lentement, tout en réfléchissant. Le récit de Carl n'avait aucun sens. Son père n'aurait jamais annulé lui-même une réunion qui lui tenait tant à cœur. Jill se rappelait son excitation le jour où le président du comité l'avait appelé pour lui annoncer que la Bennett & Associés avait réussi la première épreuve de sélection. Il avait même commandé une bouteille de dom Pérignon et invité les membres du conseil d'administration dans son bureau pour fêter l'événement.

Que s'était-il donc passé dans la vie de son père entre ce jour marqué par la joie et l'espoir, et le 3 octobre ? Et quel pouvait être ce cas de force majeure qu'il avait soigneusement caché à tout son entourage ?

4.

— Faites vos jeux, s'il vous plaît, dit le croupier en promenant son regard aigu sur les joueurs.

Olivia était assise à la table de roulette. Elle était vêtue d'un tailleur bleu de nuit de soie fine qui moulait son corps mince et souple comme un roseau. Elle se mordilla la lèvre inférieure en considérant sa mise.

C'était au moment de quitter la tour Vangram, alors qu'elle piétinait dans un ascenseur plein à craquer, qu'elle avait pris la décision d'aller faire un tour au casino d'Atlantic City, pour se consoler de cette journée pourrie.

Jusque-là, elle n'avait fait que perdre. De toute évidence, ce n'était pas son jour.

Comme le croupier répétait son avertissement, elle compta dix jetons de quarante dollars, et les réunit en une pile qu'elle posa soigneusement sur le numéro quinze noir.

Elle avait quinze ans lorsqu'elle avait perdu sa virginité. Ce chiffre allait peut-être lui porter chance.

— Rien ne va plus ! annonça le croupier en faisant tourner la roulette d'un mouvement leste du poignet et en lançant la boule de métal.

Celle-ci s'arrêta sur le trois rouge. Olivia ferma les yeux en étouffant un juron. Depuis le début du mois, elle avait perdu un peu plus de cinq mille dollars au casino.

Elle savait qu'elle aurait dû en rester là et remercier le ciel de n'avoir pas encore perdu sa voiture, comme c'était le cas de cette pauvre femme, à côté d'elle.

Olivia s'apprêtait à renoncer, mais ses voisins l'encouragèrent à miser une dernière fois, en lui affirmant que la chance allait enfin lui sourire.

Elle jeta un coup d'œil autour d'elle, à la recherche du chef de salle qui, elle le savait par expérience, n'était jamais loin. Lorsqu'elle l'eut repéré, elle lui adressa un discret signe de tête. Il vint se placer près d'elle, les mains derrière le dos. Ce soir, ses traits fins et son nez aquilin le faisaient plus que jamais ressembler à un vautour.

— Que puis-je pour vous, mademoiselle Bennet ?

Elle lui offrit son sourire le plus enjôleur, tout en s'efforçant de lui cacher son désespoir. Le Golden Palace n'hésitait pas à aider les perdants, à condition qu'ils remboursent leurs dettes promptement.

— J'ai besoin d'une petite rallonge sur mon crédit, Charles, dit la jeune femme en cachant ses mains tremblantes. Mille dollars feront l'affaire.

Charles garda une expression froide et impénétrable.

— J'ai bien peur que ce ne soit impossible, mademoiselle Bennet. Vos limites sont déjà largement dépassées…

— Je vous rappelle que je suis l'une de vos meilleures clientes ! répliqua-t-elle d'une voix haut perchée. Vous auriez tort de l'oublier.

Charles, qui était habitué à traiter avec des joueurs de toutes sortes, des plus dociles aux plus récalcitrants, demeura imperturbable.

— Désolé, mademoiselle Bennet : je ne fais qu'obéir aux ordres.

Olivia hésita à lui rappeler que le Golden Palace avait été conçu par sa société, et que c'était elle qui avait persuadé les rédacteurs de l'*Architecture Magazine* de mettre la photo du casino en couverture, l'année précédente.

Mais elle finit par y renoncer. Elle s'était déjà rendue indésirable dans deux autres casinos d'Atlantic City : elle ne pouvait pas se permettre d'en ajouter un troisième à la liste.

Avec un air détaché, elle remercia Charles et quitta sa place. Elle s'apprêtait à quitter les lieux le plus discrètement possible lorsqu'elle tomba nez à nez avec Pete Mulligan qui l'observait avec une expression amusée.

Le patron de la Mulligan & fils avait hérité de l'entreprise de construction de son père, deux ans auparavant, mais il n'avait pas encore réussi à obtenir un seul des projets hautement cotés conçus par la B & A. Peu avant la mort de Simon, les deux hommes avaient eu une discussion houleuse à ce propos. Mulligan avait alors accusé Simon d'avoir favorisé illégalement une autre partie contractante, si bien que Simon l'avait jeté dehors sans autre forme de procès.

Avec sa tignasse noire, ses yeux sombres à l'expression audacieuse et ses manières négligées, Mulligan fils possédait la beauté rude et un peu fruste des aventuriers du Far West. C'était son insolence, plus encore que la teneur de ses propos, qui avait mis Simon hors de lui.

Olivia le regarda venir à sa rencontre de sa démarche décontractée.

— Mademoiselle Bennet, quel heureux hasard !

Un petit signal d'alarme résonna dans l'esprit de la jeune femme. Elle n'avait jamais cru aux coïncidences.

— Monsieur Mulligan ! Pour une surprise…

— Nous avons tous besoin d'une petite détente de temps en temps.

Son regard glissa négligemment vers la table de jeu où la roulette continuait à tourner sans Olivia.

— Je m'apprêtais à prendre un dernier verre avant de rentrer. Je vous invite ?

— Merci, pas ce soir. J'ai une longue route à faire.

Comme elle ne voulait surtout pas le vexer — après tout, elle était dans les relations publiques —, elle esquissa un sourire pour atténuer son refus.

— Allez, un petit verre ne vous fera pas de mal ! Prenez un Club soda, puisque vous conduisez.

Il se pencha vers elle, et prit une voix douce, presque caressante, pour ajouter :

— Je vous promets que vous ne le regretterez pas.

Cette dernière phrase piqua la curiosité d'Olivia.

— Que voulez-vous dire ? demanda-t-elle en fronçant les sourcils.

— Vous allez voir !

Pete la prit par le coude, et l'entraîna vers le petit salon qui se trouvait au rez-de-chaussée du casino. Il choisit une table à l'écart des autres, aida la jeune femme à s'y installer, puis commanda deux Club sodas.

— Vous aimez le jeu, n'est-ce pas ? dit-il en s'asseyant en face d'elle.

Cette idée semblait lui plaire, voire l'amuser. Olivia savait qu'il aurait été vain de nier : il l'avait observée, pendant qu'elle jouait, et il avait sûrement deviné le sens des propos qu'elle avait échangés avec Charles.

— De temps à autre, répondit-elle sèchement.

— Voilà une habitude qui revient cher !

— Mes habitudes ne regardent que moi, répliqua-t-elle.

— Naturellement. Je suis désolé.

Il n'en avait pas l'air. Au contraire, il semblait de plus en plus amusé.

Une serveuse leur apporta leurs Club sodas, puis s'éloigna en faisant virevolter sa jupe noire autour de ses genoux.

— Que la chance vous accompagne ! dit Mulligan en faisant tinter son verre contre celui d'Olivia.

Elle sirota son soda en se demandant ce qu'il avait derrière la tête. S'il avait arrangé cette rencontre, comme elle le soupçonnait, quel était son but ? Qu'attendait-il d'elle, au juste ?

— Eh bien, dit-elle en s'efforçant de parler sur un ton neutre, que vouliez-vous dire en affirmant que je ne regretterais pas votre invitation ?

— Je songeais à un petit service que nous pourrions nous rendre l'un à l'autre, répondit-il avec un sourire mystérieux.

— Ah, bon ? fit-elle, de plus en plus intriguée.

— Je n'ai pas pu m'empêcher de surprendre votre conversation avec Charles, tout à l'heure.

— Vous connaissez Charles ?

— Oui. Très bien, même, répondit-il avec ce petit air insolent qui avait le don d'exaspérer ses interlocuteurs. Moi non plus, je ne dédaigne pas le jeu…

Il se pencha vers elle, rapprocha son visage du sien, et baissa la voix, comme s'il s'apprêtait à lui faire une confidence.

— Combien devez-vous, en tout ?

Olivia eut un mouvement de recul et frissonna. Personne, pas même sa mère, n'était au courant de ses virées régulières à Atlantic City, mais elle sentait que Mulligan, qui devait flirter avec la mafia, ainsi que certains le prétendaient, savait exactement combien elle avait perdu au casino.

— Cela ne vous regarde pas, répliqua-t-elle, sans même se donner la peine de dissimuler sa colère.

Elle détestait qu'on se mêlât de ses affaires.

Mulligan ne broncha pas. Ni sa réponse, ni son ton furieux, ni même l'expression hostile qu'elle arborait à présent, ne semblaient le décontenancer.

— Vous n'avez donc pas compris, mademoiselle Bennet ? Je cherche à vous donner un coup de main.

— Vous avez parlé d'un service réciproque.

— Un tout petit. Vraiment insignifiant.

Mulligan rapprocha sa chaise de telle manière que ses genoux touchent ceux de la jeune femme, puis, le visage toujours impénétrable, il tira de sa poche une enveloppe qu'il poussa vers elle.

— Voilà, Olivia : vos problèmes n'existent plus. Dix mille. Cinq pour que des goujats comme Charles arrêtent de vous embêter, et cinq autres pour que vous vous amusiez un peu.

Le changement à peine perceptible de sa voix qui s'était faite plus familière, ainsi que le fait qu'il l'eût appelée par son prénom, n'avait pas échappé à Olivia. On aurait dit qu'ils étaient déjà complices dans quelque affaire louche.

Elle considéra l'enveloppe en se mordillant la lèvre, mais elle s'abstint d'y toucher. Elle avait une bonne douzaine de raisons de refuser l'argent d'une canaille comme Mulligan. D'un autre côté, le manager du Golden Palace l'avait prévenue que, si elle ne remboursait pas ses dettes avant la fin de la semaine, il l'assignerait en recouvrement judiciaire.

Cela dit, elle était bien trop intelligente pour ne pas comprendre que la générosité de Mulligan n'était pas gratuite.

— Que voulez-vous en retour ?

Il se renversa dans son fauteuil, et la dévisagea tranquillement.

— J'ai appris que la Bennet & Associés avait été chargée de construire un grand magasin dans la partie sud de Manhattan.

— En effet.

— Votre beau-père reçoit actuellement des devis concernant le contrat de construction.

A présent, elle savait ce qu'il voulait. A cette idée, elle sentit un frisson glacé lui parcourir le dos. Pourtant, si elle avait appris une chose en travaillant dans les relations publiques, c'était bien l'art de se maîtriser en toutes circonstances.

— Et alors ? fit-elle.

— Je veux connaître le montant du devis le moins élevé.

— Je crains que ce ne soit impossible, répondit-elle en secouant la tête.

— Vous n'avez pas encore entendu toutes mes propositions.

Elle étudia les yeux sombres aux paupières tombantes de Mulligan. Hélas, il demandait vraiment l'impossible ! C'était beaucoup trop risqué. Elle jeta un coup d'œil déçu sur l'épaisse enveloppe, et inspira profondément.

— La réponse est toujours non.

— Vous faites une erreur, Olivia. Voyez-vous, ces dix mille dollars sont simplement destinés à sceller notre amitié, et… à vous mettre en appétit. Si j'obtiens le contrat — et j'espère que ce sera le cas avec votre aide —, je vous reverserai dix pour cent de mes bénéfices.

Olivia se livra à quelques calculs rapides. La construction du grand magasin était évaluée à environ cinq millions de dollars. L'entreprise qui décrocherait le marché allait empocher le cinquième de ce montant. Dix pour cent de un million, ça faisait cent mille dollars.

— Et puis, pourquoi s'arrêter en cours de route ? poursuivit Mulligan. Plus ça va, mieux ça va. Avec chaque contrat que j'obtiendrai de la B & A avec votre aide, on pourra continuer la même petite combine.

Il s'interrompit pour couler un regard discret vers le premier étage où se trouvait la salle de jeu, puis il regarda de nouveau la jeune femme, une lueur d'excitation dans les yeux.

— Pensez à ce que vous pourriez faire avec autant d'argent ! lui dit-il d'une voix de conspirateur.

Olivia sentait son cœur battre la chamade. Cent mille dollars, c'était, effectivement, beaucoup d'argent. En modérant ses appétits, elle pourrait faire durer ce pactole plusieurs mois…

Malheureusement, il lui était tout à fait impossible de faire ce que Mulligan lui demandait. C'était complètement illégal. Et si elle était prise la main dans le sac ?

L'enveloppe, sur la table, lui parut soudain plus épaisse, plus importante… Pourquoi se ferait-elle prendre ? Qu'avait-elle de si dangereux à faire ? Entrer dans le bureau de son beau-père au moment où il était absent, jeter un coup d'œil sur les devis, et appeler Mulligan. Un jeu d'enfant ! Et qui le saurait ?

— Olivia ?

— Je dois y réfléchir.

Elle se mordit la langue : elle n'aurait pas dû répondre aussi vite !

— A la bonne heure ! dit Mulligan. En attendant, gardez l'argent.

— Non, je ne…

— Bien sûr que si ! Ce n'est pas sain d'avoir des dettes dans un casino. Vous ne pouvez pas vous imaginer jusqu'où s'étendent leurs relations, ajouta-t-il avec un clin d'œil.

Que voulait-il dire ? Etait-ce une menace voilée ou des propos en l'air ? Elle prit l'enveloppe d'une main tremblante, et la glissa dans son sac.

— Appelez-moi demain matin, dit Mulligan avec un sourire entendu, comme s'il connaissait d'avance sa réponse.

Elle se leva, puis lui adressa un bref signe de tête. En se dirigeant vers la sortie, elle sentit son regard qui ne la quittait pas.

Dès qu'elle eut quitté le casino, Olivia se sentit plus riche qu'elle ne l'avait été depuis des mois. Elle tendit un billet de cinq dollars au voiturier, et s'installa au volant. Avant de démarrer, elle jeta un rapide coup d'œil à son reflet dans le rétroviseur. Elle remarqua ses yeux cernés et injectés de sang. Un vrai monstre marin ! Comme chaque fois qu'elle perdait une forte somme au jeu, elle avait une tête affreuse.

Au moins les choses avaient-elles l'air de s'arranger. Pour commencer, sa dette au casino était pour ainsi dire remboursée. La prochaine fois qu'elle verrait Charles, il se mettrait en quatre pour lui faire plaisir. Oui, c'était un petit jeu que l'on pratiquait encore plus fréquemment que la roulette, dans cette ville. Aujourd'hui, on te porte aux nues ; demain, on te voue aux gémonies.

Son amour du jeu avait commencé d'une façon bien innocente. Un an plus tôt, par un pluvieux samedi après-midi, un ami l'avait amenée à Atlantic City et lui avait appris à jouer à la roulette. Pendant l'heure suivante, Olivia avait gagné six cents dollars. Folle de joie, elle s'était précipitée dans la première boutique de luxe qui s'était trouvée sur son chemin, et s'était offert une paire de chaussures Charles Jourdan.

A l'époque, elle envisageait le jeu comme un passe-temps plaisant, et rien de plus. Mais, très vite, ses escapades devinrent régulières, ses mises plus importantes, son désir de jouer plus fort… jusqu'à devenir irrésistible. Oui, le plaisir de gagner s'était révélé plus excitant que le sexe, plus enivrant que le whisky de cent ans d'âge.

Olivia n'aurait su dire à quel moment exactement l'habitude de jouer s'était transformée en obsession. Du jour au lendemain, elle s'était aperçue qu'elle devait de l'argent à tout le monde : à sa mère, à ses amis, et même à deux ou trois anciens amants. Le mois précédent, elle avait vendu tous les bibelots de valeur qui se trouvaient dans son appartement, ainsi que quelques meubles. Cela lui avait permis de payer une partie de ses dettes. Car, à part son salaire, et ses cinq pour cent d'actions de la B & A — qui ne lui servaient pas à grand-chose dans l'immédiat puisqu'elle ne pouvait pas les vendre —, elle n'avait plus un sou.

Pour tenter de contrôler les exigences de sa nouvelle passion, elle s'était inscrite à des séances de thérapie de groupe. Quelle sinistre plaisanterie ! Une douzaine de paumés se tenaient assis en cercle, et racontaient, à tour de rôle, des histoires larmoyantes, tout en essayant de comprendre pourquoi ils se faisaient systématiquement arnaquer par tout le monde. Nuls et moches comme ils étaient, ça n'avait rien d'étonnant, songeait Olivia avec mépris.

Elle s'était forcée à assister à deux séances. Tout ce qu'elle avait appris pour ses trois cents dollars consistait en ceci : elle n'avait aucune estime pour elle-même ; elle ne faisait pas confiance aux gens, et elle était rongée par l'angoisse du sexe.

Elle appuya sur l'accélérateur, et s'engagea sur l'autoroute. « Angoisse du sexe, mon cul ! » songea-t-elle. Etait-ce sa faute si elle n'avait jamais rencontré l'homme de sa vie ? Si chaque connard qu'elle avait croisé était soit marié, soit au chômage, soit accro à la coke ?

Elle eut un petit rire amer. Elle les attirait, ou quoi ? Des ratés, rien que des ratés ! Et voilà à quoi se résumait l'histoire de sa vie — de sa vie privée, tout au moins.

Alors que les lumières d'Atlantic City disparaissaient derrière elle, elle mit la radio, trouva un air de blues, et sentit la tension la quitter peu à peu en se laissant bercer par la douce mélodie.

Parfois, le meilleur moyen de résoudre un problème, c'est de l'ignorer.

Lorsque Jill revint de chez sa mère, elle avait la tête encore plus encombrée de questions insolubles que le matin. Trop épuisée pour travailler aux esquisses du projet Church Hill, elle se glissa dans son lit. Mais elle était trop énervée pour dormir. Les mains derrière la nuque, elle demeura allongée dans l'obscurité, et s'efforça, une fois encore, de réunir les morceaux d'un puzzle qui paraissait de plus en plus compliqué.

En réfléchissant à une conversation qu'elle avait eue avec son père, en octobre, elle prit conscience que la façon dont il avait expliqué pourquoi le projet de l'aquarium de Miami leur était passé sous le nez n'avait aucun sens.

— Jenner voulait un architecte qui habite sur place, lui avait-il dit. Un type capable de résoudre les problèmes dans l'heure qui suit.

Il lui avait menti. Et la grande question était : pourquoi ?

Une vague pensée qu'elle avait déjà chassée sans s'y arrêter revint la tourmenter.

Une autre femme.

Jill secoua la tête. Elle ne pouvait que rejeter cet infâme soupçon. Son père était incapable d'une telle infidélité. Il avait adoré sa femme pendant trente-six ans. Jusqu'à son dernier souffle.

Pourtant, à la manière d'une migraine tenace, cette sournoise pensée tenaillait la jeune femme.

Des heures plus tard, alors que les premières lueurs de l'aube éclairaient timidement la ville, Jill essayait toujours de voir clair dans le dédale de ses idées enchevêtrées.

5.

— Maman ! Quelle bonne surprise ! s'exclama Jill.

La jeune femme quitta sa table de travail encombrée, et s'avança à la rencontre de sa mère.

Depuis la mort de son mari, Amanda s'efforçait d'être courageuse, mais le chagrin avait laissé des marques ineffaçables sur son beau visage. Ses yeux marron, d'habitude si clairs et si expressifs, paraissaient ternes, et sa pâleur était inquiétante.

Pourtant, en la regardant ôter son manteau de vison, Jill trouva qu'il y avait quelques signes d'amélioration. La manière dont ses cheveux auburn étaient bouclés trahissait la main experte d'un coiffeur, et les vêtements de deuil avaient fait place à un pantalon gris perle et à un chemisier blanc.

— Henry m'a signalé que tu voulais me voir, dit Amanda en souriant pour la première fois depuis plus d'une semaine. Eh bien, me voilà !

— Maman, il ne fallait pas te déranger. J'avais l'intention de venir déjeuner à la maison.

— Je sais, dit Amanda en retirant ses gants. Mais j'ai pensé qu'il était temps de suivre tes conseils et de sortir, au lieu de rester enfermée entre mes quatre murs. L'air frais m'a fait du bien. Et puis, j'ai échappé à la tutelle d'Henry pendant un moment !

Elle contempla le bureau de Jill encombré de plans et d'esquisses.

— J'ai l'impression que j'ai mal choisi mon moment, chérie : tu es en plein travail !

— Ne t'inquiète pas, maman : j'avais justement besoin d'un petit break.

Elle conduisit sa mère vers l'immense baie vitrée devant laquelle étaient artistiquement disposées plusieurs chaises tapissées de bleu. Par-delà, s'ouvrait une vue splendide sur Central Park et la patinoire Woolman qui formaient un ensemble digne d'un tableau de maître.

— Tu veux quelque chose ? Une tasse de thé ? Ma secrétaire a sûrement quelques petits gâteaux dans son tiroir.

— Merci, pas tout de suite, répondit Amanda.

Puis elle lança en direction de sa fille un long regard pénétrant.

— Tu voulais me voir pour une raison particulière ?

Tout en brossant soigneusement sur sa jupe un grain de poussière imaginaire, Jill demeura silencieuse. Elle savait que sa mère croyait à la thèse de l'accident. Le jour où elle lui avait parlé de ses soupçons, Amanda avait rétorqué :

— C'est une idée parfaitement absurde ! Arrête de te couvrir de ridicule, Jill, et laisse ton père dormir en paix.

Or, la jeune femme n'avait pas suivi ses conseils. Elle s'éclaircit la voix, et demanda :

— Tu te rappelles ce voyage d'affaires que papa a fait le 3 octobre ?

Amanda fronça les sourcils, et une lueur d'irritation apparut dans ses yeux.

— Jill, de quoi s'agit-il ? Tu t'es remise à jouer les détectives ? J'espérais que tu avais repris tes esprits.

Bien décidée à ignorer les commentaires de sa mère, Jill poursuivit :

— Maman, tu te souviens de ce voyage ? répéta-t-elle doucement.

— Evidemment que je m'en souviens ! répondit Amanda d'un ton impatient. Ton père est allé à Miami pour assister à une réunion importante.

— C'est ce qu'il t'a dit ?

— C'est ce qu'il a fait, Jill. Tu le sais aussi bien que moi.

Jill plongea la main dans sa poche, en sortit le talon du billet d'avion pour Washington, et le tendit à sa mère.

— Jette un coup d'œil là-dessus.

Avec un soupir agacé, Amanda prit le billet et l'examina pendant un instant. Lorsqu'elle releva les yeux vers Jill, elle était blanche comme un linge, mais sa voix était ferme.

— Où as-tu trouvé ça ?

— C'est M. Wang, le teinturier, qui l'a découvert dans la poche d'un des costumes de papa.

Le visage contracté, Amanda regarda de nouveau le morceau de papier.

— Washington, dit-elle lentement.

— En effet. Il n'est jamais allé à Miami.

— Qu'est-ce que tu en sais ?

— Je le sais. Hier soir, j'ai appelé Carl Jenner. Il m'a raconté que papa lui avait téléphoné, la veille du jour prévu pour la réunion, afin de tout annuler. Papa lui a parlé d'un empêchement de dernière minute, d'un cas de force majeure qui l'obligeait à remettre son voyage à plus tard.

— Ridicule ! Quel cas de force majeure ?

— J'espérais que tu allais me l'apprendre.

— J'ai bien peur que non.

Amanda se tut un instant, puis reprit d'une voix tendue :

— Je suis certaine qu'il s'agit d'un autre voyage d'affaires. Maintenant que j'y pense, je me demande s'il n'en a pas parlé devant moi. Tu sais à quel point je suis distraite pour ces choses-là !

Jill se raidit. Sa mère mentait.

Cette évidence la laissa muette de stupéfaction. Ses parents lui avaient inculqué les valeurs essentielles auxquelles elle croyait sans réserve : l'amour, la famille et, par-dessus tout, la confiance. Le fait que sa mère pût lui mentir la choquait profondément et la mettait mal à l'aise.

— Papa a-t-il jamais parlé d'une relation à Washington ou dans les environs ? demanda-t-elle enfin. Un vieux copain, peut-être ? Un camarade de régiment ?

— Non, répondit Amanda en secouant la tête d'un air convaincu. Jamais.

— Et pourtant, il y est allé. En plus, il a gardé ce voyage absolument secret. Il n'a même pas averti Cecilia.

— Tu en as parlé à Cecilia ?

— Maman, elle était sa secrétaire privée ! S'il avait dû tenir quelqu'un au courant d'un changement dans son emploi du temps, c'était bien elle.

— Et il l'a fait ?

— Non. Elle semblait aussi déconcertée que nous.

— Qu'est-ce que tu cherches à prouver ? demanda Amanda en lançant à sa fille un regard inquisiteur. Où veux-tu en venir ?

— Je cherche simplement à découvrir ce qui est arrivé à mon père.

— Nous le savons déjà, répliqua Amanda en sortant de son sac un mouchoir en dentelle et en se tamponnant délicatement les yeux.

Jill eut un petit pincement au cœur. Même si sa mère dissimulait quelque chose, il était inutile et cruel de la questionner ainsi, une dizaine de jours après la mort de Simon. Elle allait devoir trouver un autre moyen de résoudre le mystère qui se cachait derrière ce voyage à Washington.

— Je te demande pardon, maman, dit-elle. Je t'en prie, ne pleure pas !

Avec un nouveau soupir, Amanda rangea le mouchoir dans son sac.

— Alors, promets-moi que tu…

Le regard de Jill s'arrêta brusquement sur la porte.

— Qu'est-ce qu'il y a ? lui demanda sa mère en lançant un coup d'œil dans la même direction.

— La porte, murmura Jill.

Les nerfs tendus à se rompre, elle se leva et traversa la pièce d'un pas silencieux.

— Tu l'as fermée en arrivant ?

— Bien sûr !

Mais, à présent, la porte était entrouverte.

La jeune femme s'efforça de réprimer un frisson.

Quelqu'un avait écouté leur conversation.

Quand Jill ouvrit la porte, il n'y avait, bien sûr, plus personne dans le couloir.

Cathie, la secrétaire de Jill, n'avait pas pu l'éclairer car elle avait, justement, quitté son bureau pendant la visite d'Amanda.

A présent, installée dans le taxi qui la ramenait chez elle après une longue journée de travail sur les ébauches du projet Church Hill, elle se creusait la tête au sujet de cet incident. Quelqu'un avait cherché à surprendre leur conversation. Qui ? Une secrétaire trop curieuse ? Un coursier qui s'était trompé de bureau ? Ou bien, quelqu'un qui avait des intentions plus inquiétantes ?

A l'intersection de la Ve Avenue et de la 9e Rue, la voiture s'arrêta brusquement, et la secousse tira Jill de ses pensées. L'avenue était embouteillée et inondée par les lumières clignotantes rouges et bleues de la police et des ambulances.

Le chauffeur de taxi se tourna vers Jill :

— Désolé, mademoiselle. La rue est complètement bouchée, dit-il avec un fort accent oriental.

— Ce n'est pas grave, répondit Jill en sortant quelques dollars de son sac. Je vais descendre ici.

— Vous êtes sûre ? lui demanda-t-il avec une note d'inquiétude dans la voix. C'est pas bon, le Village, tard le soir.

Il consulta la pendule du tableau de bord qui indiquait minuit, puis dévisagea de nouveau sa passagère en secouant la tête.

— Ça va aller, affirma Jill en souriant. J'espère que vous ne resterez pas bloqué trop longtemps.

Elle lui tendit l'argent et descendit.

Puis elle releva le col de son manteau, se faufila entre les voitures, puis s'éloigna d'un pas pressé, laissant derrière elle les lumières de l'avenue.

Un vent glacial, qui avait fait tomber la température en dessous de zéro, balayait les rues désertes. Comme elle s'approchait de

Washington Square, Jill aperçut deux jeunes tout de noir vêtus qui fumaient, adossés à un arbre. Ce n'est qu'après les avoir dépassés qu'elle reconnut les effluves douceâtres et légèrement écœurants du cannabis.

Elle ne fut ni choquée ni même surprise par leur audace. Greenwich Village était fréquenté par deux faunes différentes : des artistes, le jour ; des maquereaux, des prostituées, des skinheads, des loubards, la nuit. Heureusement, cette nuit-là, le temps glacial ne les incitait pas à quitter leurs repaires.

Dix minutes plus tard, la jeune femme avait atteint MacDougal Street. Cette rue, si animée dans la journée, pleine de jolies boutiques et de passants, avait maintenant l'air d'une sinistre venelle déserte, plongée dans l'obscurité, fenêtres et vitrines dissimulées derrière des stores solidement verrouillés. Deux des trois lampadaires qui se trouvaient devant son pâté de maisons étaient éteints, ce qui l'agaça sans vraiment la surprendre. Les fonds de la municipalité se réduisaient tous les ans, et il fallait parfois écrire des dizaines de lettres recommandées et attendre de longues semaines avant que la moindre ampoule fût remplacée.

Jill ressentit une soudaine appréhension. Elle pressa le pas tout en fouillant dans son sac à la recherche de ses clés. Peut-être aurait-elle dû écouter le conseil du chauffeur de taxi et attendre dans la voiture la fin de l'embouteillage.

Quand elle aperçut l'entrée de son immeuble, elle poussa un immense soupir de soulagement.

Elle s'apprêtait à ouvrir la porte d'entrée lorsqu'elle sentit une présence derrière elle.

Un long frisson parcourut son corps tout entier. Elle se retourna courageusement, juste à temps pour voir une silhouette sombre se ruer sur elle.

Obéissant à son instinct, elle fit un bond de côté et se mit à courir de toutes ses forces. Dans sa course, elle laissa tomber son sac, et ne s'arrêta pas pour le ramasser. Si son agresseur en avait après son argent, il n'avait qu'à se servir.

Elle se dirigeait vers Washington Square, parcourant en sens inverse le chemin qu'elle venait de faire, le long des portes sombres et des stores verrouillés. Elle tenta de crier, mais aucun son ne sortit de sa gorge nouée.

Elle entendait derrière elle des pas précipités. Son agresseur la suivait. Elle manquait de souffle, mais elle redoubla d'efforts. La lumière, au bout de la rue, l'appelait comme un phare, et lui donnait des ailes. Encore deux pâtés de maisons, et…

Trop tard. Une main la saisit violemment par les cheveux et l'attira en arrière d'un mouvement brusque. Le souffle coupé, la jeune femme tomba par terre. L'instant d'après, un homme se tenait assis à califourchon sur elle, l'écrasant de tout son poids.

Pétrifiée d'horreur, elle sentit ses mains gantées lui encercler la gorge et serrer de toutes ses forces.

Bien qu'elle fût envahie par la panique, elle s'efforça de résister avec l'énergie du désespoir. Glissant ses doigts autour de ceux de son agresseur, elle tenta de diminuer la pression sur sa gorge, tout en lui assenant de furieux coups de pied. Elle sentait le sang battre à ses tempes et résonner à ses oreilles. Très vite, elle comprit qu'elle perdait la bataille. Elle leva les yeux, et tenta de distinguer les traits de son assaillant, mais son visage était enduit d'une substance qui ressemblait à du cirage noir.

Elle allait mourir de la main d'un assassin sans visage.

— Hé, vous ! s'exclama soudain une voix. Lâchez-la !

L'homme eut un moment d'hésitation et desserra légèrement son étreinte. Aussitôt, Jill rassembla ses forces, et le repoussa des deux mains. Manifestement, il ne s'y attendait pas. Il eut un mouvement de recul, puis se releva rapidement et s'éloigna en courant le long de MacDougal Street, dans la direction opposée à Washington Square.

— Ça va ? Je peux vous aider ?

C'était une voix masculine étonnamment jeune.

L'instant d'après, l'homme à qui elle devait la vie s'accroupit près d'elle.

— Mademoiselle ? Est-ce que ça va ?

Jill s'assit avec effort, et avala avidement une grande goulée d'air tout en palpant sa gorge.

— Je crois, répondit-elle d'une voix tremblante.

— Allez, courage !

Il la prit par la taille et l'aida à se relever.

— Vous avez vu à quoi il ressemblait ? Est-ce que vous pourriez le reconnaître ?

— Il faisait trop sombre, répondit Jill en secouant la tête. En plus, son visage était couvert de cirage noir.

A cet instant, une fenêtre s'éclaira au-dessus d'eux. Jill leva les yeux vers son sauveur… et s'immobilisa sous l'effet d'un nouveau choc.

Il était très jeune, à peine sorti de l'adolescence. Très grand, aussi, et maigre comme un fil. Un jean noir et une veste de cuir moulaient sa silhouette dégingandée, et un anneau d'or brillait à sa narine droite. Sa chevelure rouge, laquée, se dressait sur son crâne comme les piquants d'un porc-épic. Cinq minutes plus tôt, rien qu'à le voir, Jill se serait enfuie à toutes jambes. Mais, à présent, ce visage clownesque avait à ses yeux la beauté et la grâce d'un ange descendu du ciel.

Elle lui tendit la main.

— Je m'appelle Jill Bennett.

Il répondit par une poignée de main étonnamment ferme.

— Jerry Kranski.

— Je vous dois une fière chandelle, Jerry. Si vous ne m'aviez pas tirée de là, à l'heure qu'il est, je serais…

Elle s'interrompit pour jeter un coup d'œil dans la direction où son agresseur avait disparu.

— … Je ne sais pas où j'en serais, conclut-elle.

Sa reconnaissance semblait mettre l'adolescent mal à l'aise.

— Vous êtes sûre que ça va, maintenant ? Vous devriez peut-être appeler les flics.

— Je le ferai en arrivant chez moi.

Elle avait peu d'espoir que la police mît la main sur son agresseur, mais peut-être que la municipalité se déciderait à remplacer les ampoules dans sa rue.

— Qu'est-ce que vous faisiez ici toute seule ?

Pour maîtriser le tremblement qui l'agitait, Jill s'appliqua à rajuster ses cheveux.

— Je rentrais après une longue journée de travail.

— Le patron de maman lui paie toujours un taxi quand elle reste tard au bureau.

Jill faillit éclater de rire. L'ironie de la situation ne lui échappait pas : un adolescent arborant une tenue démentielle de punk lui faisait la leçon sur l'insécurité de la ville, la nuit !

— J'ai pris un taxi, mais nous avons été bloqués dans un embouteillage. Alors, j'ai décidé de rentrer à pied.

Jerry acquiesça d'un signe de tête, puis jeta un coup d'œil hésitant à la ronde.

— Je devrais peut-être vous raccompagner chez vous. Juste au cas où ce type se pointerait de nouveau. J'habite à quelques pâtés de maisons d'ici. Là-bas, dans Jones Street. Ma mère travaille à l'hôtel de ville.

Jill eut un sourire. Décidément, ce garçon lui plaisait de plus en plus.

— Je serais ravie que vous me raccompagniez chez moi, lui dit-elle. Comme je vous l'ai dit, je vous dois une fière chandelle, et j'ai l'intention de vous prouver ma reconnaissance.

— Oh, n'en parlons plus ! Je n'ai fait que passer ici au bon moment.

Comme ils rebroussaient chemin vers son immeuble, elle aperçut son sac au milieu du trottoir. Elle se pencha pour le ramasser, mais Jerry la devança.

L'espace d'un instant, elle se demanda s'il n'allait pas se volatiliser avec son butin, et elle se sentit rougir lorsqu'il lui tendit le sac.

— Tenez.

— Merci, Jerry.

Ils continuèrent à marcher en silence. Maintenant qu'elle n'était plus seule, la rue lui paraissait moins menaçante, mais la peur panique qu'elle avait éprouvée quelques minutes plus tôt semblait lui coller à la peau. Elle sentait encore les mains puissantes de l'homme lui encercler la gorge, et elle entendait sa propre respiration saccadée. Elle se retourna plusieurs fois, persuadée qu'il rôdait encore dans les parages, mais elle ne remarqua personne.

Dans l'entrée de son immeuble, elle appuya sur l'interrupteur. En pleine lumière, Jerry Kranski n'avait pas l'air aussi effrayant que sous le maigre éclairage de la rue. Il avait même l'air enfantin, avec ses grands yeux bleus, sa jolie bouche de fille et sa fossette au menton. Son physique formait un contraste frappant avec sa tignasse pourpre hérissée et l'anneau qu'il portait à la narine. Jill songea que c'était justement ce mélange de vrai dur et d'adorable gamin qui lui conférait tout son charme.

Sous le regard de la jeune femme, il perdit son peu d'assurance.

— Eh bien… Maintenant que vous êtes en sécurité, je vais y aller. Maman tient à ce que je respecte le couvre-feu.

Jill sortit une carte de visite de son portefeuille.

— Votre mère sera-t-elle chez elle demain matin ?

— Je ne sais pas. Pourquoi ? demanda-t-il avec une soudaine méfiance dans la voix.

— Parce que je voudrais passer chez vous pour lui dire à quel point son fils est courageux. Et aussi, parce que je voudrais faire quelque chose pour vous remercier, ajouta-t-elle doucement.

— Je vous ai dit qu'il valait mieux oublier ça, rétorqua-t-il en relevant le menton d'un air de défi. Je ne veux pas d'argent.

— Jerry, vous m'avez sauvé la vie. Ça compte, vous ne croyez pas ? Je ne suis pas près de l'oublier, et je ne vais pas vous laisser partir comme ça.

Comme il demeurait silencieux, elle sortit son calepin et un stylo argent Cross.

— Vous voulez bien noter votre adresse ?

Elle l'observa, tandis qu'il traçait chaque lettre avec application.

— Bien. Alors, à demain ?

— Si vous y tenez, répliqua-t-il en haussant les épaules.

Après avoir refermé la porte d'entrée derrière Jerry, elle prit l'ascenseur, et appuya sur le bouton du troisième étage. Comme la cabine montait lentement, elle s'adossa à la paroi d'acajou, et poussa un long soupir. Ses mains tremblaient toujours ; sa gorge lui faisait mal, ainsi que son dos qu'elle avait heurté en tombant.

Mais, tandis que les images de ce qu'elle venait de vivre se succédaient devant ses yeux, une pensée encore plus terrifiante commençait à se former dans son esprit.

On ne l'avait pas agressée par hasard. Quelqu'un avait essayé de la tuer.

6.

Jerry Kranski était effectivement un gamin de dix-huit ans qui venait de terminer le lycée. Il vivait avec sa mère, qui travaillait à l'hôtel de ville, et sa sœur de neuf ans, Ginny.

Si Carol Kranski était très fière de l'exploit de son fils, elle refusait obstinément d'accepter l'argent de Jill. Alors que les deux femmes et Jerry discutaient en prenant un café accompagné de délicieux pains au raisin, ils finirent par tomber d'accord sur la solution idéale : un job pour Jerry à la Bennett & Associés. Cela arrangeait tout le monde et tombait à pic : le magasin d'équipement électronique où Jerry travaillait depuis qu'il avait terminé l'école allait fermer.

— Ne vous inquiétez pas pour sa coiffure délirante ni pour l'anneau qu'il porte à la narine, chuchota Carol au moment où Jill allait partir. Il peut changer d'apparence du jour au lendemain si c'est nécessaire : ça ne lui pose pas de problème.

Elle jeta un coup d'œil à son fils qui était occupé à débarrasser la table, puis soupira.

— C'est un bon garçon, gentil et consciencieux, mais je suis toute seule à l'élever. Il est difficile pour un seul parent de s'opposer à l'influence des copains. C'est pour ça que je suis ravie que vous lui proposiez ce job. Il pourra enfin se faire des amis ailleurs que dans la rue.

Jill ignorait tout des difficultés que l'on peut rencontrer lorsqu'on élève seul un adolescent, mais elle se rappelait comment elle était elle-même à l'âge de Jerry : indisciplinée et douée d'un fort esprit de contradiction.

— Je ne me ferais pas trop de souci à votre place, Carol. Vous avez inculqué à Jerry des valeurs qui ne s'oublient pas simplement parce qu'on fréquente des gamins des rues. Et je suis certaine qu'il sera à la hauteur à la Bennett & Associés.

— Merci de votre gentillesse. Ah oui, à propos, je verrai ce que je peux faire pour ces lampadaires dans votre rue ! Mon patron travaille avec le maire, et il se vante constamment de l'influence qu'il a sur lui. Je le mettrai au défi, pas plus tard que lundi matin ! ajouta-t-elle en souriant.

— Je vous en suis très reconnaissante.

Elle n'était pas rentrée depuis cinq minutes que quelqu'un sonna à sa porte.

— Jill, c'est Ashley. Je sais que tu es là : inutile de te cacher.

Surprise par cette entrée en matière, Jill s'empressa d'ouvrir. Elle n'avait jamais vu Ashley aussi agitée et aussi furieuse à la fois. Ses pommettes flamboyaient, tandis que ses yeux jetaient des éclairs de colère teintée de peur. Elle avait une épingle sur sa manchette gauche, signe qu'elle avait quitté sa boutique à l'improviste.

— Pourquoi me cacherais-je ? lui demanda Jill.

— Ne joue pas les innocentes ! s'exclama Ashley en se campant devant elle, les deux poings sur les hanches. Tu as failli te faire tuer, hier soir, et tu n'avais pas l'intention de m'en parler, n'est-ce pas ? Avoue-le !

Tout en refermant la porte, Jill dévisagea gravement son amie.

— Franchement, non. Je n'avais pas envie de t'inquiéter. Tu es déjà suffisamment sur les dents avec ces préparatifs de mariage. Si ça peut te consoler, je n'en ai parlé à personne, à part la police. Pas même à ma mère.

— Et tu n'as pas pensé que je l'apprendrais ? Dans un quartier aussi petit que le nôtre ?

— Comment as-tu appris cette histoire ?

— J'ai ouvert tôt, aujourd'hui, pour m'occuper de la robe de la jeune Summerfield, et voilà que je vois s'amener deux énormes flics, de véritables armoires à glace. Ils ont entendu dire qu'il m'arrivait de travailler tard, et ils voulaient savoir si j'avais vu ou entendu quelque chose de louche dans le quartier, hier soir. Quand je leur ai demandé ce qu'il s'était passé, ils m'ont raconté tes mésaventures, et ils m'ont conseillé d'ouvrir l'œil et de faire attention.

— Je n'imaginais pas qu'ils ameuteraient tout le voisinage, dit Jill en s'installant sur un tabouret de la cuisine. Quand j'ai fait ma déposition, hier, ils m'ont affirmé que les chances de retrouver ce type étaient nulles puisque j'étais incapable de le décrire.

Il était impossible à Ashley de rester fâchée avec Jill longtemps. Elle s'approcha de son amie, et l'enlaça avec fougue.

— Jill, j'ai eu tellement peur quand j'ai appris cette histoire ! Est-ce que ce monstre a vraiment essayé de t'étrangler ?

— Oui, mais maintenant, ça va, répondit la jeune femme en caressant le col roulé de son pull rose. Il me reste à peine quelques bleus et des égratignures sur le cou et sur le dos.

— Les flics m'ont dit qu'un garçon t'avait sauvée.

— Un ado qui a eu le courage de s'interposer. Il est très sympathique, d'ailleurs. Il s'appelle Jerry Kranski. Sans lui, tu serais déjà en train de te confectionner une tenue de deuil pour mon enterrement, ajouta-t-elle avec un rire forcé.

— Telle que je te connais, tu as dû offrir une fortune à ce gosse !

— Oui, mais il l'a refusée. Tout comme sa mère. Alors, j'ai proposé à Jerry un job à la Bennett & Associés. Il commence lundi.

Ashley esquissa un petit sourire sans joie, puis insista :

— Raconte-moi tout par le menu, Jill.

Elle écouta attentivement le récit de son amie, puis, quand ce fut terminé, elle lui demanda :

— Tu es sûre qu'il en avait vraiment après toi ? Il attendait peut-être le premier venu pour le braquer. Ça pouvait être aussi un acte de violence gratuit.

— Je l'ai cru, au début. Mais non, c'est impossible. Un loubard aurait pris mon sac et aurait filé. Or, ce type m'attendait, Ash. J'ai même eu l'impression…

— Quelle impression ?

Jill regarda son amie droit dans les yeux.

— … que je le connaissais.

Ashley frissonna.

— Comment ça ? Où l'aurais-tu rencontré ?

— Je n'en ai aucune idée, répondit Jill en se frottant le cou.

— Et moi, je n'ai aucune idée de la raison pour laquelle quelqu'un souhaiterait ta mort, dit Ashley.

Comme Jill demeurait silencieuse, elle fronça les sourcils et ajouta :

— Et toi ? Tu peux imaginer ça ?

— Peut-être, répondit Jill.

Elle raconta l'incident qui était survenu la veille, lorsqu'elle avait failli surprendre quelqu'un en train d'écouter la conversation qu'elle avait avec sa mère.

— Qu'est-ce que vous vous disiez de si important, ta mère et toi ? lui demanda Ashley d'un air surpris.

Jill ne répondit pas tout de suite. Quelle que fût son affection pour Ashley et la confiance qu'elle lui accordait, elle ne pouvait pas se décider à lui révéler que son père avait peut-être eu une aventure extraconjugale. C'était trop personnel. En plus, elle avait besoin d'autres éléments pour en être elle-même persuadée.

— Je ne peux pas te le dire, Ash. Pas encore.

— D'accord, ce n'est pas grave, affirma la jeune femme en balayant sa question d'un revers de main. Dis-moi seulement si tu comptes le raconter à Wally.

— Impossible.

— Comment ça ? Seigneur, tu as failli te faire assassiner ! Si tu crois que cet incident est lié à la mort de ton père, il faut mettre Wally au courant.

— Essaie de comprendre, Ash. Comment prouver que mon agresseur n'était pas un vulgaire voyou, ou un tueur en série, ou je ne sais encore quel barge ? Dieu sait que les cinglés ne manquent pas dans cette ville.

— Dans ce cas, raison de plus d'abandonner tes recherches. Ou bien tu laisses tomber ton enquête, ou bien tu engages un détective privé.

— Ce n'est pas une solution non plus. Je n'accepterai jamais qu'un inconnu vienne fouiner dans les affaires de ma famille.

Ma mère est déjà assez mal en point : je ne veux pas aggraver son angoisse en engageant un détective.

En voyant l'expression d'Ashley, Jill pouvait deviner ce qu'elle allait dire. Avant que son amie eût le temps de prononcer le nom de Dan, elle consulta sa montre et enchaîna :

— Ecoute, je ne veux pas te mettre à la porte, mais il faut que je bosse, maintenant. Ben Maitland a accepté de voir mes ébauches, mais si je continue à glander, elles ne seront jamais prêtes pour lundi.

— Oui, moi aussi je dois retourner travailler, dit Ashley. Je t'en supplie, sois prudente !

— Oui, Ash, c'est promis, dit Jill en souriant.

Dan courait à longues foulées souples et régulières, le long de Lake Shore Avenue, ce samedi matin.

Bien que la température matinale fût tombée au-dessous de zéro, les habitants courageux de Chicago continuaient à venir chaque jour sur la piste de jogging pour entretenir leur forme. C'était une ville de durs à cuir, songea Dan. C'était pour cela qu'il l'aimait.

Hormis les jours où une vraie tempête de neige sévissait sur la ville, Dan s'obstinait, lui aussi, à courir tous les matins. Cet exercice lui permettait d'avoir l'esprit clair et le corps bien entraîné. Sans parler de la vue splendide sur Chicago dont il jouissait, par la même occasion : l'immense étendue argentée du lac Michigan, d'un côté, et les contours des gratte-ciel scintillant sur fond de nuages colorés, de l'autre.

Comme il se dirigeait vers le nord, il dépassa le Planétarium, puis le célèbre Grant Park qui abritait les musées les plus connus de la ville. De son allure toujours souple et rapide, il traversa la Chicago River pour atteindre Navy Pier Park, où il décrivit un vaste cercle avant de rebrousser chemin.

Quand il arriva à la hauteur de Mercy Hospital où il avait garé sa voiture, il était en nage et se sentait prodigieusement bien. Sa montre indiquait 9 heures. Il avait juste le temps de prendre une douche et de se changer avant son rendez-vous avec le chef de la police. Brennan lui avait demandé un coup de main pour enquêter sur cette série de meurtres atroces qui avaient ensanglanté la partie sud de la ville. Ce genre de mission ne déplaisait pas à Dan, car elles lui permettaient d'utiliser à bon escient son expérience des tueurs en série et d'offrir à ses étudiants l'occasion de mettre en pratique leurs connaissances théoriques.

Quand il entra dans son appartement, dix minutes plus tard, le téléphone sonnait.

Il décrocha, tout en laissant glisser sa veste sur le sol.

— Allô !

— Dan, ici Ashley Hughes, l'amie de Jill.

Dan sentit tous les muscles de son corps se raidir sous l'effet de l'appréhension.

— Jill va bien ?

— Oui, répondit Ashley d'un ton brusque. Je veux dire : maintenant, elle va bien.

— Pour l'amour du ciel, Ashley, dites-moi ce qui ne va pas !

— On a essayé de la tuer, jeudi soir.

Dan eut l'impression de recevoir un coup de poing dans l'estomac.

— Seigneur ! murmura-t-il en passant les doigts dans ses cheveux. Où ça ?

— Devant son immeuble. Il était tard, et un cinglé s'est rué sur elle par-derrière et a tenté de l'étrangler.

Les mâchoires contractées, il demanda d'une voix sans timbre :

— Vous êtes sûre qu'elle va bien ?

— Absolument. Un ado qui habite le quartier a voulu prendre sa défense, et l'autre salaud s'est enfui.

Dan eut un soupir de soulagement.

— Est-ce qu'on l'a attrapé ?

— Non. Et ça n'est pas pour demain. Il faisait trop sombre pour que Jill puisse le décrire. Dan… elle pense que c'était intentionnel, ajouta Ashley après un silence. Ce type avait l'intention de la tuer.

— Pourquoi pense-t-elle ça ?

— Elle mène une enquête sur la mort de son père. Elle n'a jamais cru à la thèse de l'accident. Moi non plus, d'ailleurs. Il y a trop de choses qui ne collent pas et, maintenant, il faut ajouter cette tentative de…

Sa voix s'éteignit.

En d'autres circonstances, l'idée de Jill jouant les détectives amateurs aurait fait sourire Dan. Elle avait toujours eu un esprit imaginatif et curieux, et ne dédaignait pas les polars avec une bonne énigme à la clé. Ce côté Nancy Drew était l'un des traits de caractère qu'il aimait le plus chez Jill. Mais Ashley avait raison : il ne fallait surtout pas sous-estimer l'importance de cette agression.

— C'est Jill qui vous a demandé de m'appeler ?

Il entendit un rire étouffé à l'autre bout du fil.

— Pensez-vous ! C'est mon idée, et je regrette déjà de l'avoir suivie.

Il y eut un nouveau silence, puis Ashley reprit d'un ton grave :

— Vous êtes le seul à pouvoir l'aider, Dan. Le seul qu'elle écoutera.

Cette remarque le fit rire.

— Vous avez la mémoire courte, Ashley. Jill n'a jamais été douée pour écouter qui que ce soit. Et surtout pas moi !

— C'était il y a treize ans. Elle a beaucoup mûri, depuis cette époque-là.

Bien qu'il connût parfaitement la réponse, il demanda :

— Que voulez-vous que je fasse exactement ?

Ashley eut un nouveau rire, un petit rire angoissé et tendu.

— L'idéal serait que vous démasquiez le meurtrier. En supposant que Jill ait raison et que Simon ait été assassiné.

Dan s'accorda quelques instants de réflexion avant de répondre. Le temps n'était pas un problème : les vacances venaient de commencer, et il disposait de tout un mois de liberté. En plus, s'il allait à New York, il en profiterait pour passer Noël dans sa famille, à Brooklyn. Naturellement, Brennan, le chef de la police, serait déçu, mais Dan pouvait le mettre en contact avec l'ancien agent du F.B.I. spécialisé dans les tueurs en série, qui n'habitait qu'à soixante kilomètres de Chicago.

La question essentielle était ailleurs. Dan avait-il envie de revoir Jill ? De remuer tous ces anciens souvenirs, troublants et douloureux ? Si la réponse était non, il devait donner à Ashley les coordonnées d'un bon détective new-yorkais, et effacer cet appel de sa mémoire. Naturellement, ce serait difficile de convaincre Jill d'engager un privé alors qu'elle était décidée à faire elle-même le boulot ! La pauvre Ashley risquait de passer quelques moments difficiles…

— Dan, vous êtes là ?

— D'accord, dit-il en soupirant.

Il allait s'en repentir, il en était certain, mais tant pis.

— Je prends le premier vol pour New York.

7.

Dan arriva à l'aéroport juste à temps pour attraper le vol de 11 h 20 à destination de La Guardia.

Tout en sirotant le soda que le steward venait de lui servir, il contemplait les nuages par le hublot, tout en songeant à Jill. Il essayait d'imaginer sa réaction lorsqu'elle le verrait. Il repensait aussi à leur mariage orageux… Et pourtant, il s'était bien promis de ne jamais remuer ces souvenirs.

Mais Jill avait toujours eu le don de s'insinuer dans ses pensées. Même maintenant, après toutes ces années, elle y parvenait encore sans difficulté. Pour elle, en somme, c'était un jeu d'enfant.

Il l'avait rencontrée au cours du printemps 1984. Il était alors sergent au NYPD, et elle, étudiante de deuxième année à l'université de Columbia. Leurs chances de se croiser, sans même parler de tomber amoureux l'un de l'autre, étaient de une contre mille. Mais, par cette douce nuit d'avril, l'esprit de Dan n'était certainement pas préoccupé par la théorie des probabilités. Dan n'eut aucun mal à se transporter treize ans en arrière, et il revécut la scène comme si elle datait d'hier…

Il rentrait chez lui après une longue journée de travail lorsqu'il aperçut une BMW décapotable garée le long du trottoir, à Soho. Une rousse d'une étonnante beauté, vêtue d'une robe de soirée, se tenait à côté du véhicule, les poings sur les hanches, et regardait d'un air furieux le pneu arrière crevé.

Quand Dan s'arrêta pour lui offrir son aide, elle accepta sur-le-champ, avec un soupir de soulagement. Elle releva sa longue robe, s'accroupit à côté de lui, et lui expliqua qu'elle rentrait d'une soirée. Elle redoutait un peu la réaction de son père car il était presque 2 heures du matin.

— Il n'arrive pas à comprendre que j'ai vingt et un ans !

D'après le ton de sa voix, on aurait dit qu'elle avait la trentaine bien sonnée.

— Il me croit incapable de m'occuper de moi-même.

Tandis qu'elle parlait, son parfum enveloppait Dan comme un voile magique, aiguisant ses sens et éveillant son désir. Il mit deux fois plus de temps qu'il n'en faut habituellement pour changer une roue. Pendant qu'il dévissait chaque boulon avec une lenteur étudiée, il apprit qu'elle voulait devenir architecte, comme son père, et qu'un jour, elle dessinerait les plans des plus beaux gratte-ciel du pays.

Il remarqua qu'elle avait des jambes de rêve. Quant à sa façon de rejeter en arrière sa longue chevelure flamboyante, elle lui parut tout simplement irrésistible.

Dix minutes plus tard, Dan avait fini. Elle lui demanda alors son numéro de téléphone.

— J'ai envie de vous remercier comme il faut, lui expliqua-t-elle.

Il ne comprit pas vraiment ce qu'elle entendait par là, mais quelle importance ? Il était aux anges.

Le lendemain matin, Simon Bennett lui-même appela Dan pour le remercier. Puis, une heure plus tard, Jill débarqua au commissariat. Tous les policiers avaient les yeux rivés sur elle.

Elle entra dans le bureau de Dan, et l'invita à déjeuner. Son regard était brillant d'admiration.

Dan n'avait pas besoin d'être particulièrement diplomate pour s'apercevoir qu'elle était folle de lui. Mais il n'avait pas l'intention d'encourager ce penchant, d'autant plus qu'il connaissait, depuis peu, leur différence sociale.

Comme elle était jeune, douce et fragile, il tenta de lui expliquer avec tact qu'elle ne lui devait rien pour son coup de main. N'était-il pas policier de son état, habitué à porter assistance aux citoyens en difficulté ? En outre, pour éviter tout malentendu, il précisa qu'il n'avait pas un moment de libre entre son job et les cours qu'il suivait à l'université de New York.

Loin de se sentir découragée, Jill lui téléphona tous les jours. Ces coups de fil faisaient le bonheur des collègues de Dan et provoquaient la risée de ses collègues que ce harcèlement amusait au plus haut point.

Enfin, un jour, à bout de résistance, Dan céda, et décida d'emmener la jeune femme déjeuner, non pas dans un de ces restaurants chic auxquels elle était habituée, mais chez Mama Rosa, une minuscule pizzeria au cœur de Little Italy, où les pâtes étaient inégalables.

Jill fit honneur au repas et affirma son amour immodéré pour la cuisine italienne. Séduit par sa beauté et sa candeur, Dan tomba sous son charme. Et, à partir de cet instant, il appartint à Jill, corps et âme…

Deux mois plus tard, ils étaient mariés. Mais Dan avait posé une condition à leur union : ils devaient vivre uniquement sur le salaire de Dan, sans l'aide de sa famille et sans avoir recours à la fortune personnelle de Jill.

Au début, leur bonheur fut sans nuage. Ils adoraient leur appartement de Greenwich Village, et ils exploraient leur nouveau quartier avec délices chaque fois que leurs horaires respectifs le leur permettaient.

Mais, peu à peu, des problèmes commencèrent à se présenter. Leur différend le plus grave concernait l'idée que Dan abandonnât ses cours à l'université pour prendre un deuxième job afin de financer les études complémentaires que Jill avait l'intention de suivre.

— C'est idiot : mes études n'ont rien à voir avec toi ! lui répétait-elle. J'avais décidé de les entreprendre avant de te connaître. Par conséquent, c'est ma responsabilité, et je dois l'assumer seule. Je n'ai aucun problème de financement !

En espérant mettre fin au débat, elle ajouta :

— D'ailleurs, mon argent est ton argent. Ça ne sert absolument à rien de t'obstiner à fermer les yeux là-dessus.

L'orgueil implacable de Dan ne lui permettait pas de suivre ce raisonnement. Aucun homme de sa famille n'avait jamais accepté un sou de sa femme, et ce n'était pas lui qui allait commencer.

Il n'aurait su dire quand les vrais problèmes avaient débuté. La fissure qui était apparue dans leur vie commune était trop ténue pour que l'un ou l'autre pût s'en rendre compte immédiatement. A mesure que les semaines, puis les mois s'écoulaient, Jill devenait de plus en plus nerveuse, de plus en plus irritable. Elle lui reprochait de travailler trop, de la laisser seule ; elle se comparait à une veuve plutôt qu'à une jeune mariée.

— Sois patiente, chérie : ce sera différent quand je serai passé inspecteur, lui répétait-il pour la rassurer.

Mais leurs prises de bec continuaient, accompagnées d'accusations réciproques, de cris et de portes claquées.

Un jour, juste avant leur premier anniversaire de mariage, Dan proposa à Jill de divorcer…

Maintenant qu'il regardait en arrière, Dan se rendait compte qu'à l'époque, il n'avait pas la moindre idée de ce que signifiait le mariage et la vie commune. Obsédé par l'idée d'assumer seul tous les problèmes financiers, il avait par trop manqué de patience et de compréhension. Sa hantise l'avait empêché de comprendre que, pour réussir un mariage, il faut fonctionner en équipe. Quand il se fut pleinement rendu compte de ses erreurs, il était trop tard.

Au fil des ans, il avait dû faire face à une autre vérité. Il n'avait jamais réussi à chasser Jill de son esprit. Ce n'était pas faute d'avoir essayé. Il était souvent sorti avec des jeunes femmes aussi belles et aussi désirables que son ex-épouse. Il avait même failli se remarier — juste pour se prouver qu'il se fichait du passé comme d'une guigne et que, émotionnellement, il était de nouveau libre comme l'air. Et puis, au dernier moment, il avait mesuré sa folie : épouser une femme que l'on n'aime pas dans l'espoir d'oublier celle que l'on aime, ce n'est vraiment pas le meilleur moyen de fonder une famille heureuse…

Sept mille mètres au-dessous de l'avion, New York apparut, et Dan sentit une foule de souvenirs l'assaillir impitoyablement. Le signal lumineux « Attachez vos ceintures » s'alluma devant lui, et le Boeing 737 commença sa descente vers l'aéroport de La Guardia. Dan avala une dernière gorgée de soda, et tendit le verre vide au steward.

Peut-être le fait de revoir Jill lui permettrait-il d'apporter une réponse à ses interrogations. Peut-être allait-il enfin parvenir à se débarrasser de son image obsédante.

Trois heures plus tard, Dan gara sa Land Rover de location dans la XVIIIe Avenue de Brooklyn, au cœur du quartier Bensonhurst où il avait grandi. Il jeta un regard alentour, le cœur débordant de la même nostalgie qu'il éprouvait chaque fois qu'il revenait chez lui.

Bensonhurst était à Brooklyn ce que Little Italy était à Manhattan : un quartier animé et riche en traditions. Pour Dan, il était surtout plein des souvenirs d'une enfance sans nuage, au sein d'une famille heureuse et unie. Il contourna le terrain où il avait joué si souvent au base-ball avec ses deux frères, passa devant le magasin où il se régalait de milk-shakes à la fraise… Plus tard, à l'adolescence, il avait paradé dans cette rue, au volant de sa première voiture, une Mustang 1968, qu'il bichonnait comme le plus précieux des trésors.

Brooklyn avait changé, au fil des ans, mais, curieusement, cette partie de la ville était demeurée telle qu'elle était dans le souvenir de Dan. L'épicerie Santini Deli était toujours là, au coin de la rue, ainsi que le petit cordonnier, et le magasin où l'on pouvait louer des tenues de soirée. Même le vieux cinéma où les frères Santini avaient l'habitude de passer tous leurs samedis après-midi était fidèle au poste.

Dan poussa la porte de l'épicerie. Un tablier gris noué autour de la taille, Angelina Santini venait de couper une tranche de mozzarella fraîche et la disposait sur la balance.

A soixante-sept ans, la veuve de Mario Santini avait résisté au temps et au chagrin mieux que toutes les femmes que Dan eût jamais rencontrées. Son visage aux joues rebondies était presque dénué de rides, et elle n'avait même pas besoin de lunettes pour lire les chiffres sur la balance. Elle avait enterré un mari et un enfant, mais elle avait trouvé la force et le courage de survivre aux deux drames sans baisser les bras ni sombrer dans la mélancolie. Son énergie et sa bonne humeur étaient légendaires dans le quartier, et elle se levait toujours à 6 heures du matin pour préparer le saucisson et la mozzarella dont elle détenait jalousement les recettes.

Dan l'observa tandis qu'elle enveloppait la tranche de fromage dans une double couche de papier, puis tendait le paquet à sa cliente.

— Voilà, madame Remundo. Une livre de la mozzarella la plus fraîche de la ville. Vous m'en direz des nouvelles ! Si vous trouvez mieux, la prochaine fois, vous l'aurez gratuitement.

La ménagère éclata de rire.

— Aucune chance, j'en suis sûre !

Angelina sourit à son tour, tout en rendant la monnaie. Puis elle leva la tête et aperçut Dan.

— Danny ! s'écria-t-elle.

Elle contourna son comptoir, et courut vers lui aussi vite qu'elle le put.

— Toi ! Je n'arrive pas à le croire !

Dan la prit dans ses bras et la serra affectueusement contre lui en riant de bonheur.

— Bonjour, maman.

Les yeux de sa mère brillaient de larmes.

— Mais qu'est-ce que tu fais ici ? Qu'est-ce qui t'amène ?

— J'ai pris l'avion, et me voilà ! répliqua-t-il évasivement.

Angelina passa son bras sous celui de Dan, et présenta fièrement son fils à sa cliente.

— Madame Remundo, je ne crois pas que vous connaissiez mon fils aîné. Il est professeur de collège.

Dan échangea une poignée de main avec la femme.

— Je viens de m'installer dans ce quartier, lui expliqua-t-elle. Votre mère n'arrête pas de parler de vous et de faire votre éloge. Elle est aussi fière de vous que de son fromage ! ajouta-t-elle en quittant l'épicerie avec un rire jovial.

— Pourquoi ne nous as-tu pas prévenus de ton arrivée ? dit Angelina en se tournant vers Dan. Ton frère aurait pu venir te chercher à l'aéroport. Et moi, je t'aurais préparé ta chambre.

— Je ne voulais pas vous causer de soucis, maman. Je suis parfaitement capable de préparer ma chambre tout seul.

— Tu vas donc passer Noël avec nous ? s'écria-t-elle avec une joie qui émut profondément Dan. Ce n'est pas une de tes visites en coup de vent ?

— Oui, je vais rester pour Noël… et même un peu plus, si tu veux bien de moi, répondit-il à sa mère en l'embrassant.

— Si je veux bien de toi ? C'est à moi que tu oses dire ça ?

Ses yeux noisette, de la même couleur que ceux de Dan, se voilèrent de larmes, démentant sa voix joyeuse.

— Ah, Danny, je te vois si rarement !… Au fait, ajouta-t-elle d'un ton soucieux, est-ce que tu as appelé Jill ?

— J'ai essayé, mais il n'y avait personne. Je lui ai laissé un message.

— Tu aurais dû appeler chez sa mère. Elle y a passé plusieurs jours.

— Cela veut dire que toi, tu lui as parlé ?

Angelina acquiesça d'un signe de tête.

— Pauvre petite ! Elle a essayé de se montrer courageuse, mais j'ai bien deviné que c'était de la comédie. Moi aussi, je m'efforçais de cacher mon chagrin quand ton père est mort. Je sais ce que c'est… Quand comptes-tu aller la voir ?

— Voyons, qu'est-ce qui te fait croire que j'en ai l'intention ? répliqua Dan en réprimant un sourire.

L'étincelle malicieuse qu'il connaissait si bien s'alluma dans les prunelles d'Angelina.

— *Filio mio*, je te connais sur le bout des doigts, et mieux que tu ne te connais toi-même ! Il me suffit d'un coup d'œil pour constater que tu n'es pas simplement venu pour passer Noël en famille. Tu sais que Jill traverse une passe difficile, et tu as voulu la voir.

A quoi bon le nier ? se dit-il. Sa mère avait mis dans le mille, ou presque. Elle avait toujours eu un don d'observation qui suscitait chez lui autant d'admiration que d'embarras.

— Pas de commentaires, maman : tu es trop fine mouche !

— Alors, ne t'avise pas de l'oublier !

Elle lui pinça la joue comme elle le faisait quand il était enfant. Puis, comme la nourriture avait toujours été pour elle un moyen de communication privilégié, elle ajouta :

— Tu as faim ? Tu veux que je te prépare un petit quelque chose ? Je viens de recevoir un jambon de Parme : celui que tu aimes tant. Que dirais-tu d'un sandwich avec un peu de…

— Maman, j'ai déjeuné dans l'avion, et il n'est que 14 heures, répliqua-t-il en la retenant par le bras alors qu'elle se dirigeait déjà vers l'arrière-boutique.

— Et alors ? On peut manger à toute heure, non ?

— Uniquement si on a faim. Et ce n'est pas mon cas.

Angelina fit claquer sa langue d'un air désapprobateur.

— Vous, les jeunes, la façon dont vous vous nourrissez est une véritable calamité ! On se demande comment vous tenez encore debout.

— Je mange très bien, maman. Arrête de te faire un sang d'encre pour rien !

Il lança un coup d'œil vers l'arrière-boutique où sa mère préparait sa fameuse mozzarella et entreposait ses provisions. A travers le rideau légèrement écarté, il aperçut le tablier de son frère orné d'une caricature d'un gros policier avec une tête joviale et souriante.

— Joe est au commissariat ? demanda-t-il.

Angelina acquiesça.

— Cette semaine, il est de permanence de 8 heures à 16 heures. Maria est sortie acheter des cadeaux de Noël, et les enfants sont à l'école. Ils seront tous ravis de te voir, en rentrant.

— Moi aussi, je suis impatient de les embrasser.

Angelina prit son fils par le bras, et le poussa doucement vers la porte.

— En attendant, va donc voir Jill. Quand tu rentreras, j'aurai préparé un bon dîner pour fêter ton arrivée. Comme entrée, je vais peut-être faire cette *carbonara* aux crevettes dont tu raffoles. A moins que tu préfères un peu de *bracciolo*…

Dan eut un grand sourire. Il était chez lui.

8.

Jill travaillait, vêtue d'un jean et d'un vieux T-shirt, quand un coursier vint lui apporter une enveloppe. C'était le dossier que lui avait préparé son agence de voyages : un aller-retour pour Richmond, Virginie, un itinéraire détaillé, les cartes d'embarquement et une demi-douzaine d'étiquettes à bagages en plastique. Sur le chemin du retour, une escale de deux heures était prévue à Washington.

Maintenant que ses billets étaient réellement réservés, elle se sentait impatiente de commencer à réunir les fragments de ce satané puzzle, afin de résoudre l'énigme de la mort de son père et, avec un peu de chance, attraper son assassin.

Instinctivement, elle posa la main sur sa gorge dissimulée par son pull à col roulé. Sur le plan physique, elle n'avait que quelques vilains bleus et des égratignures qu'elle s'était, d'ailleurs, faites elle-même en tentant de se libérer. Sur le plan psychologique, par contre, il lui restait des blessures bien plus importantes.

Elle était encore en train de vérifier les billets lorsqu'on sonna à la porte. Elle retourna dans l'entrée et demanda :

— Qui est là ?

— Dan.

Jill sursauta violemment, comme si elle avait reçu une décharge électrique. Puis elle demeura immobile, tétanisée, submergée par toute une tempête d'émotions : stupéfaction, colère, douleur. Lorsqu'elle se décida enfin à ouvrir la porte et qu'elle découvrit Dan sur le seuil, son émotion fut si forte qu'elle fut incapable de prononcer le moindre mot.

— Salut, Petite Flamme, lui dit-il.

Ce surnom familier éveilla en elle une foule de souvenirs qu'elle tenta d'ignorer. Comme d'habitude, Dan avait l'air très sûr de lui. Les mains dans les poches, un léger sourire aux lèvres, il posa sur Jill un regard approbateur. L'espace d'un instant, elle cessa de respirer.

— Qu'est-ce que tu fais ici ? lui demanda-t-elle finalement.

Elle regretta aussitôt le ton brusque sur lequel elle avait parlé. Quelle que fût sa réaction, elle ne devait pas manifester la moindre émotion en sa présence.

— Est-ce que je peux entrer ?

Répondre à une question par une question, ça lui ressemblait tout à fait.

La première impulsion de Jill fut de lui claquer la porte au nez. Ce geste aurait été une réponse à la mesure de sa question stupide. Non, franchement, qu'est-ce qu'il s'imaginait ? Qu'il pouvait, à sa guise, faire irruption dans sa maison et dans sa vie, sans se donner la peine de la prévenir ?

Pourtant, au lieu de refermer la porte, elle l'ouvrit toute grande pour le laisser entrer.

Physiquement, il n'avait pas changé. A part, peut-être, quelques fines ridules au coin de ses yeux noisette. Il avait les cheveux plus courts, ce qui lui donnait un air sérieux tout en le faisant paraître plus jeune que son âge. Pourtant, cette mèche rebelle qu'elle avait si souvent essayé de coiffer en arrière retombait sur son front exactement comme avant.

Son blouson ne cachait pas ses épaules d'athlète ni sa poitrine large et solide. Il ne ressemblait toujours pas à un flic, songea Jill. Encore moins à un professeur de collège — du moins pas à ceux qu'elle avait connus. En comparaison, avec la forme éblouissante qu'il affichait, elle-même était une véritable ruine !

Machinalement, elle se passa les doigts dans les cheveux, cherchant à donner un semblant de forme à ses boucles auburn. Puis, furieuse contre elle-même pour ce sursaut de vanité, elle réprima un juron. Pourquoi diable devait-elle s'inquiéter de son apparence devant cet homme dont elle n'avait plus rien à faire ?

— Je suis désolé pour ton père, Jill, dit-il d'une voix sincèrement triste. J'ai essayé de t'appeler, mais tu n'étais pas là.

Elle n'avait aucune envie de discuter avec lui de la mort de son père. D'une part parce que cela ne le regardait pas — plus maintenant, en tout cas — et, d'autre part, parce qu'il avait le don de réveiller en elle les émotions les plus profondément enfouies, et de la bouleverser totalement.

Or, il n'était plus question pour Jill de se laisser attendrir ou troubler par Dan Santini !

— Tu n'as pas répondu à ma question, lui dit-elle sèchement. Qu'est-ce que tu fais ici ?

— Je passais dans le quartier, et j'ai décidé de monter te dire bonjour.

— Menteur !

Dan soutint son regard. Il se sentait irrésistiblement attiré par ses yeux bleus de sirène. Seigneur ! Elle était encore plus belle que par le passé ! Son visage n'était plus le charmant minois naïf et un peu enfantin qu'il avait connu autrefois ; il reflétait une nouvelle maturité, un curieux mélange de force et de fragilité, d'obstination et de douceur. Seuls ses cheveux n'avaient pas changé, bien qu'elle les portât court, à présent. Il adorait cette couleur rouille teintée d'or. A travers la fenêtre, les derniers rayons du soleil couchant enflammaient ses boucles, comme si elle avait été auréolée d'une couronne de feu.

Elle n'était plus simplement belle, songea-t-il, la gorge nouée. Elle était fascinante. Irrésistible.

Spontanément, il baissa les yeux sur sa main gauche. Elle ne portait ni alliance ni bague de fiançailles. Il en ressentit un profond soulagement, et s'empressa d'interpréter ce détail d'une façon toute rationnelle : sa mission serait plus facile s'il n'avait ni mari ni fiancé jaloux dans les jambes. Mais, en son for intérieur, il savait qu'il jouait à cache-cache avec lui-même.

— Bon, écoute, dit-il enfin, ravi d'avoir recouvré sa voix habituelle. Je te dévoilerai la véritable raison de ma présence si tu m'offres une tasse de café.

— Parce que tu espères que je vais te recevoir comme un invité ? rétorqua-t-elle en croisant les bras d'un air de défi.

Il réprima un sourire. Après tout, elle n'avait guère changé. Elle s'était toujours révoltée contre ce qu'elle appelait « l'injustice des relations entre les sexes ».

— Tu veux que je le prépare moi-même, ce café ? Je le ferai avec plaisir.

Elle passa le bout de sa langue sur ses lèvres, geste qui le ramena des années en arrière.

— Ce ne sera pas nécessaire, riposta-t-elle froidement. Je m'apprêtais à en préparer, de toute façon.

Il la suivit dans la cuisine. La pièce était maintenant équipée des derniers appareils à la mode, et ne ressemblait plus du tout à l'image que Dan en avait conservé. Comme il regardait autour de lui, il aperçut les billets d'avion posés sur la table.

— Tu pars en voyage ?

— A Richmond. Lundi.

— Pour longtemps ?

— Une journée. L'un de nos clients les plus importants s'apprête à nous laisser tomber. J'espère le convaincre de changer d'avis.

— Pourquoi veut-il vous laisser tomber ?

Elle haussa les épaules d'un air las.

— Manque de confiance. Maintenant que papa n'est plus là, ils ont tous peur qu'on ne soit pas à la hauteur, que la qualité ne soit plus la même.

Jill se mit alors à préparer le café, et demeura quelques instants silencieuse.

— Alors, pourquoi es-tu ici ? demanda-t-elle à Dan une fois encore.

— Ashley. Elle m'a passé un coup de fil.

Mais bien sûr ! Ashley ! « J'aurais dû m'en douter ! » songea Jill avec irritation.

— Qu'est-ce qu'elle t'a raconté ?

— Que quelqu'un avait essayé de te tuer.

— Et c'est pour ça que tu es venu ?

Elle écarquilla les yeux de surprise. Heureusement qu'il ne pouvait pas voir son visage ! En fait, elle se sentait touchée par l'intervention de son amie et la démarche de Dan. Même si elle refusait de se l'avouer, il fallait rendre justice à Dan : il s'était comporté en gentleman.

— Le chevalier sans peur et sans reproche, volant au secours d'une pauvre femme en détresse ! dit-elle d'un ton ironique.

— Si tu veux, dit-il simplement.

La voix de Dan lui faisait un drôle d'effet. Jill se sentait envahie par les souvenirs de leur vie commune : le jour où il l'avait soulevée pour lui faire passer le seuil de l'appartement, la première fois qu'ils avaient fait l'amour dans l'antique lit en forme de traîneau, la tempête de neige qui les avait obligés à rester enfermés plusieurs jours, leur première dispute…

— Jill. Tu veux bien me raconter ce qui s'est passé ?

Le ton câlin de sa voix la ramena au moment présent, à la triste réalité qui était la leur.

— En quoi cela te regarde-t-il ?

— Je voudrais t'aider, c'est tout. Résoudre les énigmes criminelles, c'est plutôt de mon ressort, tu te rappelles ? Si ton père a été assassiné…

Jill se retourna d'un bloc, et le foudroya du regard.

— Qu'est-ce qui te fait croire ça ?

— Rien. Je n'en sais rien, bien sûr… mais j'ai discuté avec Wally, peu après l'enterrement de ton père. Il m'a fait part de tes soupçons.

— Quoi ? s'écria Jill qui n'en croyait pas ses oreilles. Tu as appelé Wally ?

— J'étais curieux. Ma mère ne savait rien de précis, et j'espérais que Wally pourrait me renseigner.

— Il a dû te dire qu'il n'avait rien découvert.

— Oui.

Tout en fronçant les sourcils, elle rajusta une mèche bouclée en la plaçant derrière son oreille — encore un geste que Dan se rappelait parfaitement. Etrange… Tous ces détails surgissaient de sa mémoire d'un seul coup, comme si, pendant toutes ces années, il les avait gardés secrètement dans un coin de son esprit.

— Bon, alors ? demanda-t-elle. Toi aussi, tu penses que je suis folle et que je perds mon temps ?

Pour tenter de maîtriser le trouble dans lequel le plongeait la présence de Jill, Dan gardait les yeux fixés sur la cafetière que la jeune femme venait de poser sur la table.

— Tu as toujours eu énormément d'intuition, lui dit-il. Si tu es persuadée que ton père a été assassiné, ça vaut la peine d'y regarder de plus près. Surtout après ce qui t'est arrivé l'autre nuit.

— J'apprécie ta sollicitude, Dan, mais je préfère m'occuper de cette affaire toute seule.

— Tu es prête à servir de cible à ce type autant de fois qu'il le faudra ?

Jill prit deux tasses dans le placard, et les disposa sur la table.

— La prochaine fois, je saurai l'accueillir, marmonna-t-elle entre ses dents.

— On n'est jamais prêt pour affronter un tueur, Jill. Toi qui as été la femme d'un flic, tu es bien placée pour le savoir.

Elle se retourna et le regarda droit dans les yeux.

— Tu oublies quelque chose, Dan. Tu n'es plus responsable de moi.

— Je ne me sens pas responsable. Je veux simplement te donner un coup de main. Qu'est-ce qui te gêne là-dedans ?

— Tout, répondit-elle en remplissant les tasses. Entre autres, le fait que j'aurais une dette envers toi.

Décidément, se dit Dan, ils étaient aussi orgueilleux l'un que l'autre !

— Et si je te disais que je le fais pour Simon ? Je l'aimais énormément, tu sais. Quand mon père est mort, Simon s'est occupé de moi. Il m'a remonté le moral, il m'a aidé à traverser cette période difficile. Je ne l'ai pas oublié.

En entendant Dan parler de son père, Jill ressentit un petit pincement au cœur. Mario Santini était mort subitement, d'une crise cardiaque. Il n'avait pas souffert, mais sa mort avait été un désastre pour sa famille. Après l'enterrement, Simon avait emmené Dan dans les Catskill, où il possédait un chalet, et ils avaient passé une semaine à pêcher et à faire de la randonnée dans la montagne. Dan était revenu à New York méconnaissable, plein de forces et d'énergie.

— Alors, qu'en dis-tu ? demanda Dan avec son sourire le plus désarmant. Tu acceptes mon aide ? Au nom de tout ce qu'on a vécu…

Elle continua à siroter son café en réfléchissant. Elle devait bien s'avouer qu'elle ne connaissait rien aux enquêtes criminelles. Pire : elle n'avait pas la moindre idée de la façon dont elle allait assurer sa propre sécurité. En revanche, Dan était un véritable expert en la matière. Il pouvait se prévaloir de longues années d'expérience ainsi que de remarquables facultés de déduction.

— Si j'accepte ton aide, répliqua-t-elle prudemment, ce sera à condition que nous fassions équipe.

— Pas de problème. De toute façon, j'aurai besoin d'une assistante.

— Reviens sur terre, Santini ! Je ne serai pas ton assistante mais ta partenaire. Et je disposerai des mêmes droits que toi. Je veux être au courant de tout ce que tu entreprendras, des informations que tu obtiendras, des indices que tu…

— Et toi ? Tu feras la même chose, de ton côté ?

— Bien sûr !

Elle pensait aux billets d'avion posés sur le comptoir de cuisine. Si elle avait voulu se montrer honnête, elle aurait dû lui confier son intention d'aller à Washington, lundi. Mais elle décida de ne lui en parler qu'à son retour. Et seulement si elle avait appris quelque chose.

— Il reste juste une chose à mettre au point avant que j'accepte ton aide, ajouta-t-elle.

— Laquelle ?

— Ta rémunération. Je voudrais que notre accord repose sur des bases purement professionnelles.

Elle vit son visage se crisper.

— Il n'est pas question que j'accepte ton argent. Je fais ça uniquement parce que j'en ai envie.

— Mais tu vas y consacrer beaucoup de temps, et…

— Je n'accepterai pas ton argent, Jill.

Le ton sur lequel il avait prononcé cette dernière phrase prouva à Jill que ce sujet était toujours aussi délicat pour lui. Mais, comme elle le comprenait beaucoup mieux que par le passé, elle acquiesça.

— Entendu, dit-elle simplement. Et merci.

— Tu n'as pas à me remercier.

— Je voudrais préciser encore un détail, ajouta-t-elle en remplissant la tasse de Dan. Cette affaire n'aura pas de conséquences. Tu devines à quoi je fais allusion.

— Entièrement d'accord, dit-il en souriant.

— Quand ce sera terminé, chacun reprendra sa vie comme si de rien n'était.

— Je n'ai jamais envisagé les choses autrement.

Elle le dévisagea un long moment, les yeux dans les yeux, puis déclara :

— Dans ce cas, affaire conclue. Que veux-tu savoir ?

— Commence par me raconter ce qui t'est arrivé jeudi soir.

Il était soudain tout à leur problème, concentré à l'extrême mais aussi débordant d'énergie, au point que sa vitalité et son enthousiasme devenaient contagieux.

— Chaque détail est important. Quels sont les détails qui t'ont frappée chez ce type ? Une odeur que tu pourrais identifier ? Sa façon de se déplacer ? Etait-il agile ou maladroit ? Etait-il essoufflé comme un homme qui manque d'entraînement ? Ou, au contraire, avait-il l'air plutôt sportif ?

— Eh bien, finalement, répondit-elle, surprise par la clarté avec laquelle certains éléments lui revenaient à l'esprit, je me rappelle pas mal de choses.

— Je t'écoute.

— Il devait être dans une assez bonne forme car il avait moins de mal à respirer que moi. Quand il s'est sauvé, il courait comme un lapin.

— Etait-il grand ? Robuste ?

— Pas très corpulent, mais doué d'une force impressionnante. Je ne me souviens pas de son odeur, et je n'ai pas vu son visage. Il était complètement barbouillé de noir.

— C'est parfait. Tu te débrouilles bien. A présent, raconte-moi tout ce que tu sais au sujet de la mort de Simon. Commence par les faits tels que tu les connais, puis parle-moi de tes soupçons et des raisons qui te semblent les justifier.

Jill se concentra, et raconta le comportement étrange de son père, peu avant sa mort, sans oublier la demande de permis de port d'armes qu'elle avait découverte dans un tiroir de son bureau.

Dan la laissa parler sans l'interrompre. Elle s'attendait qu'il sortît un calepin pour prendre des notes, à l'exemple des deux policiers qui l'avaient interrogée, la nuit précédente, ou bien qu'il l'arrêtât pour lui demander de revenir en arrière.

Il n'en fit rien.

Lorsqu'elle eut terminé, il lui demanda :

— A ton avis, qui pouvait souhaiter la mort de ton père ?

— Pas la moindre idée, répondit-elle en secouant la tête avec dépit. Je me suis posé la question une bonne centaine de fois sans trouver le début d'une réponse. Tout le monde l'adorait. Il était bon, généreux, passionné par son travail et par celui des autres. Naturellement, il avait des ennemis, comme nous tous, je suppose. Mais de là à le supprimer…

— Pourrais-tu être plus précise ? Je veux dire, au sujet de ses ennemis.

— Oh, ce n'était qu'une façon de parler ! De vrais ennemis, il n'en avait pas.

— Réfléchis, Jill. Il peut s'agir d'un ancien employé rancunier, d'un rival sur le plan professionnel, d'un client mécontent.

Une fois de plus, elle s'étonna de l'habileté avec laquelle il lui soutirait des informations.

— Eh bien… Il y a peut-être Pete Mulligan.

— Le chef d'entreprise ?

Elle confirma d'un signe de tête.

— Il haïssait mon père. Il rêvait d'une fusion avec la Bennett & Associés, mais mon père ne voulait pas en entendre parler.

— Pourquoi ?

— Ses devis étaient toujours trop élevés et, de toute façon, papa ne le supportait pas. Il y a six mois, Mulligan a débarqué à la B & A en accusant mon père d'écarter systématiquement ses devis. Mon père est entré dans une colère noire et l'a jeté dehors.

Dan nota mentalement qu'il devrait se renseigner sur Mulligan, puis il poursuivit :

— Qui d'autre en voulait à Simon ?

— Ma cousine Olivia. Elle ne lui a jamais pardonné de m'avoir offert un poste à responsabilités dans la société. Sur le plan professionnel, elle se querellait tout le temps avec lui.

— A quel sujet ?

— Des questions financières, des questions de management. Tu connais Olivia : elle veut mettre son grain de sel partout. Récemment, un trust a proposé de racheter la B & A, et mon père a refusé. Olivia était absolument furieuse. Elle trouvait l'idée excellente. Elle criait sur tous les toits que c'était le seul moyen de nous renflouer.

— Comment ça ? La B & A a des problèmes financiers ? demanda Dan d'un air incrédule.

— Non. Et c'est bien pourquoi papa a refusé de vendre. Maintenant, par contre, la situation se détériore, avoua Jill d'une voix tendue. Une bonne partie de nos clients nous abandonnent : ils sont persuadés que, sans Simon Bennett, la société est vouée à la faillite.

— Parle-moi des membres du conseil d'administration.

— Tu les connais tous.

— Je les connaissais, oui, mais ça remonte à des lustres. Il faut que tu me rafraîchisses la mémoire.

— En plus d'Olivia, il y a mon oncle Cyrus, bien sûr. Il est le nouveau président, et moi, je suis vice-présidente. Les deux autres membres sont Paul Scoffield et Philip Van Horn.

Dan se souvenait bien des deux hommes. Il les avait connus lorsque Scoffield était directeur financier de la société, et Van Horn, chef du département juridique.

— Quelque chose à dire sur ces deux-là ? demanda-t-il. Problèmes d'argent ? Disputes avec Simon ?

— Maintenant que tu le dis, Paul a effectivement connu des problèmes d'argent. Après la mort de sa femme, il s'est laissé entraîner dans de mauvais placements, et il s'est retrouvé au bord de la ruine. Il a même failli vendre sa maison pour rembourser ses créanciers. Quand papa a découvert ça, il lui a accordé un prêt pour l'aider à s'en sortir.

Dan ne fut pas étonné par la générosité de Simon. Le père de Jill croyait dur comme fer que le bien-être de ses collaborateurs allait de pair avec la santé de la société.

— Est-ce que Paul l'a remboursé ?

— En grande partie. Je ne crois pas que papa se soit fait du souci à ce sujet.

— Et Philip ?

— Aucun problème. Papa et lui s'entendaient comme larrons en foire.

Sa voix avait pris un accent chaleureux.

— Pauvre Philip ! ajouta-t-elle. Il a vécu une véritable tragédie, il n'y a pas si longtemps. Sa fille s'est suicidée… Mais, au fait, tu la connaissais !

— Blair ? Mon Dieu ! s'exclama Dan.

— C'est affreux, n'est-ce pas ? Une jeune femme si radieuse, apparemment si équilibrée…

— Qu'est-ce qui s'est passé ?

— Elle était inscrite en droit à l'université de Pennsylvanie, à Philadelphie. Une nuit, elle a sauté du haut du pont Ben

Franklin. Le lendemain, on a retrouvé son corps qui flottait dans le fleuve.

— Dieu du ciel !

— Son père était inconsolable. Elle lui avait bien laissé un message, mais il ne contenait aucune explication. Il disait juste ça : « Papa, pardonne-moi. »

— Vous étiez assez liées, toutes les deux, non ?

— J'avais sept ans de plus qu'elle. Elle était plutôt comme une sœur cadette, pour moi. Après avoir divorcé, sa mère est partie vivre dans l'Oklahoma, et j'ai perdu Blair de vue. Mais je l'aimais beaucoup.

Dan demeura silencieux quelques instants.

— Et le reste du personnel ? demanda-t-il enfin.

— Mon père s'entendait à merveille avec tout le monde. Crois-moi, Dan, ajouta-t-elle avec un sourire, tu ne trouveras pas l'assassin de mon père au sein de la société.

— Et pourtant, à la B & A, quelqu'un a essayé de surprendre la conversation que tu avais avec ta mère, avant-hier. En plus, tu m'as dit que tu avais le sentiment de connaître ton agresseur.

— Cela ne veut pas dire qu'il fasse partie du personnel.

Dan s'accorda quelques minutes de réflexion. En dépit de la confiance que Jill faisait à ses collègues, il refusait d'exclure la possibilité d'un conflit interne à la B & A. Il posa sa tasse d'un air songeur, et secoua la tête.

— Comment sont réparties les actions ? reprit-il.

— Avant de mourir, papa en détenait cinquante et un pour cent. Moi, j'en avais quinze, l'oncle Cyrus dix-neuf, et Olivia, Philip et Paul cinq chacun. A la mort de mon père, mon oncle a hérité vingt pour cent de ses actions, et moi, les trente et un restant.

— Et ta mère ?

— Papa voulait que ses actions soient partagées entre l'oncle Cyrus et moi parce que nous travaillons pour la société. Quant à maman, elle a hérité de tout le reste.

Jill observa Dan un petit moment, puis demanda :

— Que penses-tu de tout ça ? Moi, je ne vois pas la moindre piste. Est-ce aussi désespéré que ça en a l'air ?

— Déroutant, oui, mais pas désespéré.

— Par où vas-tu commencer ?

— Par le lieu de l'accident. Je vais discuter avec Wally pour essayer de glaner un maximum de détails.

Il se leva, et alla déposer sa tasse vide dans l'évier.

— Merci pour le café, Petite Flamme, dit-il en lui adressant un clin d'œil amusé. Où as-tu appris à préparer du café aussi délicieux ?

— C'est un flic qui m'a appris ça. J'ai été mariée avec lui. J'avais tout mon temps pour m'entraîner pendant qu'il travaillait.

La flèche décochée par Jill atteignit Dan en plein cœur.

— Je te l'ai déjà dit, je le sais, mais je suis sincèrement désolé, Jill. Pour tout.

Elle haussa les épaules d'un air indifférent.

— Fais comme moi : oublie tout ça.

Dan la regarda alors d'un air étrange, profond, teinté de nostalgie. On aurait dit qu'il voulait graver dans sa mémoire chaque détail de son visage. Troublée, déconcertée, Jill se sentit rougir.

— Pourquoi est-ce que tu me regardes comme ça ?

— Parce que je n'arrive pas à comprendre comment j'ai pu te laisser partir.

Il était assez proche d'elle pour qu'elle pût capter l'odeur de son après-rasage : un parfum frais et boisé qui lui allait à merveille. « Attention, ma fille, se dit-elle, garde tes distances : ne lui permets pas de s'approcher. Avoir le cœur brisé une fois dans une vie, ça suffit largement. »

Elle se redressa fièrement et déclara d'une voix dure :

— Ne te monte pas la tête, Santini. Tout est fini entre nous depuis très, très longtemps. *Finito !* Tu connais le mot ?

— Oh, tu me l'as déjà dit !

Comme elle allait s'éloigner, il lui prit doucement le menton, et maintint son visage tourné vers lui. L'espace d'une seconde, elle songea qu'il allait l'embrasser. Elle avait déjà l'impression de sentir ses lèvres sur les siennes.

— Mais je ne suis pas obligé d'y croire, ajouta-t-il d'une voix rauque.

Elle ne parvint pas à se ressaisir tout de suite. Lorsqu'elle eut enfin recouvré la maîtrise d'elle-même, elle rétorqua :

— Je te le conseille pourtant !

9.

— Oh ! Jill, comment as-tu pu faire ça ?

Amanda avait attendu que le couple qui occupait la table voisine fût parti pour lancer à Jill cette question accompagnée d'un regard lourd de reproche.

— Comment as-tu pu ? répéta-t-elle. Laisser un étranger enquêter sur la mort de ton père, fouiner dans nos affaires, se mêler de nos problèmes intimes… nous interroger comme des criminels !

Le Lutèce était toujours plein à craquer à l'heure du dîner, ce qui rendait les conversations très difficiles. Jill dut se pencher par-dessus la table, et parler à l'oreille de sa mère pour se faire entendre.

— D'abord, dit-elle, Dan n'a pas l'intention de nous traiter comme des criminels. Il a beaucoup de tact, et il respecte notre chagrin. Ensuite, ce n'est pas un étranger. Pendant une année entière, il a fait partie de notre famille.

Amanda en oublia sa terrine de canard, et son expression passa de la colère à la plus profonde stupéfaction.

— J'ai du mal à comprendre ton revirement. Je pensais que tu haïssais cet homme pour son impudence.

Jill réprima un sourire. Sa mère ne faisait que répéter la phrase qu'elle avait elle-même prononcée à plusieurs reprises, après son divorce. En regardant en arrière, elle ne savait plus si elle avait dit cela pour convaincre ses parents qu'elle haïssait Dan ou pour s'en convaincre elle-même. En tout cas, l'adjectif était mal choisi : Dan était tout sauf impudent.

— La haine est une émotion qui ne mène à rien, murmura-t-elle en haussant les épaules.

— Mon Dieu, ne me dis pas que tu es en train de tomber une nouvelle fois amoureuse de ce rustre ! gémit Amanda. Ce serait une pure folie, Jill ! Vous vivez sur des planètes différentes, à des années-lumière l'un de l'autre ! Il en a toujours été ainsi. Et puis, il t'a tellement fait souffrir !

— Moi aussi, maman, je l'ai fait souffrir.

Amanda se laissa aller contre le dossier de sa chaise, l'air catastrophé.

— Alors, c'est vrai ? Tu es bel et bien tombée amoureuse de lui pour la deuxième fois ?

— Non, affirma Jill dans un murmure féroce. Pas du tout. Si tu veux savoir la vérité, j'en veux terriblement à Ashley de s'être mêlée de ce qui ne la regardait pas. Elle n'aurait pas dû l'appeler. Mais bon, ce qui est fait est fait, et Dieu m'est témoin que je vais retourner la situation à mon avantage. Ensuite, quand l'enquête sera terminée, nous nous séparerons pour vivre chacun notre vie, et je ne le reverrai plus jamais.

— Si tu voulais absolument confier cette enquête à quelqu'un, pourquoi l'avoir choisi, lui ?

— Parce qu'il connaît parfaitement son métier… Et aussi parce que j'ai confiance en lui.

Amanda laissa échapper un petit soupir résigné.

— Bon, puisqu'il est impossible de te faire changer d'avis, je répondrai à ses questions. Que veut-il savoir exactement ?

Jill posa sa main sur celle de sa mère dans un geste rassurant.

— Rien qui puisse te contrarier. Il essaie de reconstituer les dernières quarante-huit heures de la vie de papa. S'il ne trouve aucune réponse satisfaisante de cette manière, il devra remonter un peu plus loin dans le temps.

Les lèvres serrées en un pli amer, Amanda déclara :

— Puisque tu ne tiens aucun compte de mes souhaits ni de mes sentiments, tant pis. Dis-lui de venir me voir à la maison demain, vers 10 heures du matin. Plus vite on en aura fini avec ça, plus vite tu prendras conscience de ton erreur.

— Merci, maman. Je savais que tu accepterais de faire ça pour moi.

Jill retira sa main et prit une bouchée de terrine.

— Et maintenant, essaie de manger un peu. Je n'ai rien contre le fait de t'inviter dans les restaurants les plus chic de la ville, ajouta-t-elle avec un sourire malicieux, mais j'aimerais au moins que tu en profites.

Amanda esquissa un faible sourire.

— C'est moi qui te disais ça, autrefois ! rappela-t-elle à sa fille.

— Je m'en souviens, maman. C'est amusant d'inverser les rôles, de temps en temps, tu ne trouves pas ?

— A condition que tu ne t'y habitues pas. Je suis toujours ta mère.

— Oui, maman, dit Jill avec une docilité que démentait son sourire.

Bien qu'Amanda Bennett eût fixé elle-même l'heure du rendez-vous, son attitude fut exactement celle à laquelle Dan s'attendait : un mélange savamment dosé de courtoisie, de froideur, de méfiance et de détachement exagéré.

A la différence de Simon, Amanda avait immédiatement désapprouvé le mariage de sa fille. Non pas en raison de la différence sociale, mais parce qu'elle croyait que, tôt ou tard, Jill se lasserait de mener l'existence austère qui est celle des femmes de policiers. Sur ce plan, le temps lui avait donné raison.

Pourtant, l'entretien ne fut pas une perte de temps. Paradoxalement, ce n'était pas ce qu'Amanda lui avait dit que Dan avait trouvé intéressant mais ce qu'elle lui avait tu.

Comme il revenait à Brooklyn, au volant de sa voiture de location, il éprouva de nouveau cet étrange sentiment ténu et sournois qui refusait de le lâcher : Amanda lui avait menti ; elle lui avait dissimulé quelque chose. Pourtant, son récit des dernières quarante-huit heures de la vie de Simon paraissait parfaitement vraisemblable. Samedi, il s'était rendu à son bureau ; il y était resté quelques heures, puis il était rentré dîner à la maison. Après le repas, il s'était retiré dans son cabinet, fidèle à son habitude de travailler tard le soir.

Dimanche, ils avaient déjeuné au Plaza Hotel en compagnie d'un couple d'amis. Ensuite, Amanda était rentrée écrire quelques cartes de Noël, et Simon avait décidé de faire un saut, tout seul, à Livingston Manor. Ce n'était un secret pour personne qu'Amanda ne partageait pas la passion de son mari pour les randonnées en montagne, surtout en hiver.

Qu'avait-elle bien pu passer sous silence ? se demandait Dan. Cette question continua de le tourmenter jusqu'au moment où il atteignit la maison de sa mère. La famille Santini était réunie au grand complet pour le dîner du dimanche soir. Les deux neveux de Dan l'accueillirent devant l'entrée avec un ballon de football, et lui proposèrent de faire une partie avec eux avant le repas. Comme les garçons se dirigeaient vers l'arrière-cour, Dan leur emboîta le pas, et oublia complètement Amanda Bennett, sa morgue et ses secrets.

Jill venait de mettre la dernière touche au projet Church Hill. Elle s'écarta de sa table à dessin pour contempler le fruit du travail qui l'avait mobilisée pendant six semaines.

L'aspect extérieur du luxueux immeuble de soixante-quatre étages avait radicalement changé depuis la première présentation qu'elle en avait faite à Ben Maitland, deux mois plus tôt. Entre autres, elle avait remplacé certains angles, trop durs à son goût, par des courbes aux lignes douces, presque sensuelles, et elle avait ajouté une aile à l'ensemble de la construction, ce qui lui donnait la forme d'un trèfle à quatre feuilles.

Ce travail était certainement le plus original qu'elle eût jamais accompli. Elle y avait travaillé d'arrache-pied, persuadée que Ben Maitland apprécierait le caractère novateur de sa proposition. Maintenant que l'ébauche était achevée, elle se sentait nerveuse, comme une étudiante à la veille de son premier examen. Sa panique et son manque d'assurance augmentaient de minute en minute. Elle se sentait effrayée par sa propre audace. Et si elle s'était trompée sur les attentes de Maitland ? S'il détestait les projets novateurs et ultramodernes ?

— Je peux entrer ?

Jill reconnut la merveilleuse voix de baryton de Philip Van Horn. Elle se tourna vers la porte, un sourire aux lèvres.

— Bien sûr !

Un mètre quatre-vingts, une silhouette svelte et musclée, des cheveux bruns grisonnants et des yeux sombres au regard intelligent et perspicace. Tel était le portrait physique de Philip. Pour le reste, il était dévoué corps et âme à son travail à la Bennett & Associés, et il ne permettait pas à son chagrin de déteindre sur son travail. Il avait réussi à juguler la dépression qui le guettait depuis la mort de sa fille. Sous sa direction, le département juridique de la société fonctionnait mieux que jamais.

— Je suis passé vous souhaiter bonne chance pour cette réunion à Richmond, dit-il en s'approchant de Jill pour jeter un coup d'œil sur les plans étalés sur sa table à dessin. Après avoir considéré l'ébauche principale, il secoua la tête avec un regard émerveillé.

— Je ne suis pas architecte, mais je comprends maintenant pourquoi Cyrus a tant insisté pour que je vienne voir ce projet.

Jill rougit de plaisir, et un sourire radieux illumina son visage.

— Ça vous plaît vraiment ?

— Si ça me plaît ? Jill, c'est un concept génial ! Quand Ben Maitland verra le plan de cet immeuble, il sera enthousiasmé.

— Merci, Philip, dit Jill en commençant à enrouler les plans. A dire vrai, j'ai les nerfs en pelote. L'enjeu est tellement important !

— Vous verrez, ça marchera comme sur des roulettes, répliqua Philip d'un ton convaincu. Quand serez-vous de retour ?

L'espace d'une seconde, Jill hésita, puis répondit d'une voix parfaitement naturelle :

— Ce soir. J'ai réservé une place sur l'un des derniers vols, au cas où la réunion se prolongerait.

Elle n'avait aucune raison d'en dire plus sur son voyage. Ni à Philip ni à aucun autre membre de la B & A.

— Faites-nous part du résultat de l'entretien le plus vite possible, d'accord ?

— Entendu. Seulement, ne sablez pas le champagne avant que je vous aie donné le feu vert ! Ça risquerait de nous porter malheur.

— N'ayez aucune crainte à ce sujet, répondit Philip en riant.

Elle était occupée à glisser ses dessins dans un tube en carton quand sa secrétaire l'appela.

— Votre taxi est là, Jill.

— Merci, Cathie. Dites au chauffeur que je descends tout de suite.

Ses plans dans une main et son sac dans l'autre, elle adressa un petit geste d'adieu à Philip qui leva le pouce en signe d'encouragement.

A l'exception de deux individus avachis dans leurs fauteuils au premier rang et de deux comédiens sur la scène, la salle du théâtre Aquarius, sur la 43e Rue, était vide. La répétition battait son plein.

L'acteur principal était un homme corpulent au visage orné d'une barbiche en pointe. Il tenait son texte à la main, et lisait ses répliques, tandis que Lilly Grant, la vedette de *One Night in Paris*, disait son rôle de mémoire avec beaucoup de panache. Vêtue d'un pantalon marron et d'un pull beige en mohair, le visage à peine maquillé, elle avait les cheveux relevés en un chignon décontracté qui rappelait la coiffure fétiche de Katharine Hepburn. Elle cultivait ce look depuis des années, et il lui seyait à merveille.

Lilly Grant, la sœur d'Amanda Bennett, avait toujours fait l'admiration de Dan. Cette authentique star, qui avait brillé au firmament de Broadway pendant quarante ans, avait su garder la tête froide et le cœur chaleureux, en dépit de sa gloire et de sa fortune légendaires. Le jeu était devenu sa seconde nature, et personne ne savait plus quand elle interprétait un rôle ou quand elle était elle-même. Cependant, elle savait rester affectueuse, drôle, spontanée et pleine de charme avec ceux qui l'entouraient.

Les mains dans les poches, Dan remonta l'allée centrale pour s'installer au quatrième rang, tout en souriant à Lilly qui, sur la scène, venait d'adopter une pose pleine d'emphase.

— Honte à vous, Harland ! déclama-t-elle de cette délicieuse voix chaude et vibrante qui avait déjà conquis tant de spectateurs. Vous êtes un lâche, un infâme ! Comment osez-vous me rappeler mes erreurs ? N'ai-je pas assez souffert ? N'ai-je pas assez expié, devant Dieu et devant les hommes ?

Le nommé « Harland » tira voluptueusement sur son cigare avant de répliquer avec un petit ricanement :

— Expié ? Vous ? Ma chère Finiola, je doute que vous connaissiez le véritable sens de ce mot.

Il tira une nouvelle bouffée, puis partit d'une interminable quinte de toux.

Au premier rang, l'homme qui devait être le metteur en scène jeta rageusement son script et bondit de son siège.

— Bon Dieu, Michael ! hurla-t-il, qu'est-ce qui te prend ? D'abord, tu sautes des répliques, tu fous ton texte en l'air ; ensuite, tu abîmes les accessoires, et maintenant, tu te mets à tousser comme un tuberculeux ! Est-ce qu'on va pouvoir filer cette foutue scène au moins une fois ? On est à Broadway, pas à une matinée de bienfaisance ! Et je te rappelle que la première est dans trois semaines !

— C'est ce maudit cigare, expliqua le comédien.

Il jeta l'objet du délit sur les planches et le piétina avec fureur.

— Je t'ai déjà dit que je ne supportais pas ces saletés de fabrication américaine. Si je dois fumer pendant cette scène, donne-moi quelque chose de correct. Un havane, par exemple.

— Les havanes sont interdits aux Etats-Unis, Michael.

— Je m'en fiche ! Tu peux m'en procurer pour la représentation. Je refuse de m'abîmer les poumons en fumant cette merde, même au nom de l'art !

Sur ces mots, Michael quitta la scène d'un air digne.

— Reviens immédiatement ! cria le metteur en scène. Tu sais bien qu'on ne peut pas continuer sans toi ! Hé ! Michael ! Ne joue pas les coquettes, espèce de…

Son assistant s'élança derrière le comédien outragé. Un poing sur la hanche, Lilly Grant suivait d'un œil sarcastique le manège des trois hommes.

— Et alors ! La répétition ne peut pas continuer sans lui ? cria-t-elle dans leur dos. Et moi, je fais de la figuration, peut-être ? Je trouve que j'ai mérité des compliments, ajouta-t-elle en se parlant à elle-même.

A ce moment précis, Dan se mit à applaudir de toutes ses forces.

— Vous avez été magnifique, miss Grant. Superbe, incomparable ! Encore bravo !

Lilly eut un sourire radieux en direction de la salle qui était plongée dans l'obscurité.

— Je vous remercie, jeune homme, dit-elle du même ton emphatique. Montez donc me rejoindre, voulez-vous ? ajouta-t-elle en désignant la scène. Votre voix ne m'est pas inconnue. Est-ce que nous nous sommes déjà rencontrés ?

— Loin des yeux, loin du cœur, belle Lilly ! s'exclama Dan avec un feint désespoir. Honte à vous ! Dire que j'ai eu la faiblesse de vous croire et d'imaginer que vous m'aimiez un peu !

— Dan ?

Lilly éclata de son rire célèbre, clair et sonore comme une cascade de montagne. Dan monta sur la scène, et lui baisa la main avec une admiration à peine exagérée. L'actrice se mit alors sur la pointe des pieds, et embrassa son admirateur sur les deux joues.

— Amanda m'a prévenue que tu étais à New York, dit-elle en s'écartant pour lancer à Dan un long regard approbateur. Comment fais-tu, petit filou ? Tu n'as pas changé : toujours jeune et beau !

— Et toi, répliqua Dan, tu es toujours l'actrice la plus ravissante et la plus talentueuse que je connaisse.

— Ah oui ? Alors, tu vas peut-être pouvoir m'expliquer pourquoi ils m'ont affublée d'un partenaire médiocre, gémissant, prétentieux et nul ! Ce type a le culot de se prétendre acteur, alors qu'il passe son temps à geindre au lieu de jouer la comédie ! Il a le tempérament d'un légume cuit, et à peu près autant de présence sur scène !

Dan eut un petit rire. Lilly n'avait pas la langue dans sa poche ! Mais elle redevint la séduction faite femme lorsqu'elle lui coula un long regard enveloppant.

— Depuis combien de temps étais-tu là ?

— Assez longtemps pour avoir envie d'en voir davantage.

Elle eut la grâce de rougir, un autre de ses secrets qui tenait sans doute à son savoir-faire. Dan se livra à un rapide calcul. Lilly devait avoir la soixantaine bien sonnée. Pourtant, elle était toujours considérée comme l'une des plus belles actrices du théâtre américain. Elle était petite et gracile ; elle avait des yeux verts fendus en amande, des pommettes très hautes et une bouche fine mais bien dessinée.

— Tu m'as vraiment trouvé bonne ? demanda-t-elle avec une feinte timidité.

Dan savait à quel point Lilly appréciait les compliments. En dépit de sa gloire internationale et des éloges qu'elle recevait depuis plus de quarante ans, elle était incapable de s'en lasser.

— Tu as été superbe, brillante, incomparable. Tu feras un malheur, le soir de la première. Comme toujours, d'ailleurs.

— Que Dieu t'entende !

— Amanda m'a appris que tu étais partie en tournée pendant plusieurs mois.

— Six villes en douze semaines. Cent seize spectacles.

— Et je parie qu'ils se sont tous terminés par une ovation !

Elle lui adressa un nouveau sourire radieux.

— Dieu merci, la pièce était très bonne : une petite merveille. Alors, non seulement nous avons joué salle comble et on nous a ovationnés partout, mais les critiques ont été fabuleuses. Le public était déchaîné. J'ai même reçu trois propositions de mariage ! ajouta-t-elle en riant.

— Lilly, as-tu jamais compté le nombre de cœurs que tu as brisés ?

— Mes biographes s'en chargeront... Allons nous asseoir dans un coin tranquille : ces crétins ne sont pas près de revenir.

Les crises de nerfs de Michael peuvent durer entre une heure et trois jours.

Elle s'appuya sur le bras de Dan, et ils allèrent s'installer dans la salle, au premier rang. Puis Lilly se tourna vers son compagnon d'un air intrigué.

— Amanda m'a dit que tu étais venu à New York enquêter sur la mort de Simon.

— C'est exact.

— Je n'ai pas l'impression qu'elle en soit ravie !

— Elle ne m'a pas laissé le moindre doute là-dessus.

— J'avoue que je la comprends. Ça doit être un sacré choc d'apprendre brusquement que son mari a été assassiné. Mais, pour ma part, ajouta Lilly en posant gracieusement son bras sur le dossier du fauteuil de Dan, je suis ravie que tu sois là. Je trouve qu'on ne se voit pas assez souvent… Au fait, quelle a été la réaction de ma charmante nièce quand elle t'a vu débarquer ?

Dan eut un sourire un peu forcé.

— Il n'y a pas eu d'insultes. Nous nous sommes comportés comme des gens civilisés.

Le rire argentin de Lilly résonna dans la salle vide.

— De toute façon, elle est ravie que tu t'occupes de cette affaire. Elle ne le montre peut-être pas, mais la mort de son père l'a terriblement affectée.

— Dis-moi, ça n'a pas dû être facile pour toi de consoler Amanda tout en répétant ta nouvelle pièce.

— Sans parler du chagrin… Seigneur ! Quelle tragédie ! déclara-t-elle d'une voix pathétique. Simon et moi, nous n'étions pas toujours d'accord, mais comment aurait-il pu en être autrement ? Nous étions tellement différents !

— Si ma mémoire est bonne, il n'était guère amateur de théâtre.

— C'est le moins que l'on puisse dire ! Il considérait ça comme le comble du ridicule. Pourtant, il venait à chacune de mes premières.

— Tu étais en tournée quand il est mort ?

— Non, Dieu merci ! Je venais de rentrer à New York, et les répétitions de ma nouvelle pièce allaient commencer.

En voyant le metteur en scène réapparaître, accompagné d'une jolie jeune femme, Lilly agita la main.

— Luke, chéri, viens ici un instant !

Comme Luke les rejoignait, elle fit les présentations.

— Luke, voici Dan Santini, ancien inspecteur du NYPD. Dan, je te présente Luke Mansfield, l'un de nos metteurs en scène les plus talentueux. Et voici Lisa, son assistante, qui mérite une médaille pour nous supporter tous dix heures par jour.

— Inspecteur du NYPD ? répété Mansfield en échangeant une poignée de main avec Dan. Dans quel service avez-vous travaillé ?

— Brigade des homicides.

— Dan était l'un des meilleurs limiers du pays, précisa Lilly. C'est lui qui a résolu l'affaire Barnaby, il y a quelques années.

— Le tueur en série ? demanda Mansfield qui paraissait très impressionné.

— Vous vous doutez bien que je n'étais pas seul sur cette affaire, dit Dan. Si nous n'avions pas travaillé en équipe, nous n'aurions jamais pincé ce monstre.

— Sachez que je vous admire sincèrement, vos collègues et vous, déclara Mansfield. Maintenant, il faut que je vous laisse. Je dois aller chercher des cigares d'importation pour éviter que notre premier rôle masculin pique une nouvelle crise. Ravi de vous avoir rencontré, Dan. J'espère que vous viendrez à la première ?

— Certainement.

— Et moi, je vais voir ce que devient notre précieux Michael, déclara Lilly en se levant. Je vais lui remonter le moral, sinon on sera encore là à 3 heures du matin.

Elle embrassa Dan chaleureusement, et ajouta :

— Luke a raison : il faut que tu viennes à la première... Et amène Jill avec toi ! suggéra-t-elle avec des yeux brillants comme ceux d'un chat. J'ai envie de vérifier si vous êtes aussi bien assortis qu'autrefois.

— Lilly, arrête de fantasmer ! Dieu sait ce que tu imagines.

— J'imagine ce que bon me semble. Jill et toi, vous formiez le couple le plus merveilleux, le plus réussi qu'on puisse imaginer. Vous l'ignoriez peut-être, à l'époque, mais pas moi. Rien qu'à vous voir ensemble, j'étais galvanisée... C'était magique ! Vous m'avez inspiré mes plus beaux monologues... Oh, à propos de magie, est-ce que tu fais toujours...

Rapide comme l'éclair, Dan tendit la main, toucha l'oreille de Lilly, puis lui présenta une bague ornée d'un rubis.

— Je suppose que cela vous appartient, chère madame.

La bouche arrondie en forme de O, Lilly scruta la main gauche de Dan.

— C'est mon rubis ! Comment as-tu... ?

Elle le dévisageait avec une expression de pur ravissement.

— Je ne l'ai pas senti quand il a glissé de mon doigt !

Dan rendit la bague à Lilly, puis il lui baisa la main.

— A très bientôt, Lilly, dit-il en s'éloignant.

10.

Cette réunion avec Ben Maitland et ses cinq associés était la plus importante que Jill ait jamais eu à mener.

Non seulement cette commande pouvait représenter un tournant dans sa carrière, mais c'était aussi le premier projet qu'elle avait conçu sans les conseils ni la surveillance de son père.

Maintenant qu'elle se tenait à côté du chevalet où elle avait fixé ses ébauches, son assurance fondait comme neige au soleil. En scrutant les visages austères et impénétrables des hommes qui lui faisaient face, elle se sentait aussi timide et tremblante que le jour où elle avait présenté ses tout premiers dessins.

Enfin, elle prit son courage à deux mains, inspira profondément et ôta la feuille qui recouvrait la première ébauche : celle de la vue d'ensemble de l'immeuble.

Immédiatement, les six hommes se penchèrent en avant, comme attirés par une force invisible, et s'absorbèrent dans la contemplation de l'esquisse. Jill eut le sentiment que l'expression de leurs visages était moins hostile et moins effrayante, tout à coup.

— Quand nous nous sommes rencontrés, il y a deux mois, commença-t-elle en évitant soigneusement tout geste inutile qui aurait trahi son trouble, notre idée était de construire une tour toute en angles, un peu à l'image de la Pyramide Transamerica à San Francisco, ou encore de la tour First Interstate Bank à Dallas. Toutefois, en travaillant sur les esquisses préliminaires, je me suis rendu compte qu'aucune de ces constructions ne reflétait le caractère unique que vous désirez conférer à votre immeuble. Non, aucune d'entre elles ne semblait dire haut et fort : « Me voici ! » Aucune n'avait le potentiel suffisant pour devenir un gratte-ciel célèbre dans le monde entier. En revanche, l'immeuble que je vous propose ici possède une originalité et une force novatrice exceptionnelles. Comme vous pouvez le constater, j'ai adouci les lignes et j'ai ajouté une aile afin de donner à l'ensemble la forme du trèfle à quatre feuilles.

Tout en parlant, elle soulignait les généreuses courbes de l'immeuble avec sa baguette.

— Cela permet de réaliser un double objectif : éviter de traiter les angles là où les murs sont contigus, et optimiser la séparation entre les appartements, autrement dit, l'intimité des occupants.

— Comment cela ? demanda Ben Maitland.

Jill pointa de nouveau sa baguette sur son croquis.

— A cause des angles à cent vingt degrés, il est physiquement impossible d'apercevoir ses voisins. D'autre part, la forme triangulaire de chaque suite ou appartement permet à tous les occupants de bénéficier d'une vue sur la James River.

A la façon dont ses six interlocuteurs acquiesçaient, la jeune femme se rendit compte qu'ils appréciaient son idée. Un appartement avec vue sur le fleuve se vendrait deux fois plus cher.

Encouragée par leur expression satisfaite, elle reprit :

— Nous installerons sur le toit un jardin suffisamment vaste pour permettre d'organiser des réunions ou des soirées privées.

Comme convenu, l'immeuble comprend un parking souterrain, ainsi que des installations sportives.

— Cette aile supplémentaire va faire grimper affreusement les coûts de fabrication, fit remarquer Jérôme Trippin.

— En effet, mais elle vous fournit deux cents unités en plus. Or, selon toutes les études de marché réalisées dans cette zone d'habitation, ces appartements supplémentaires se vendront en un clin d'œil, ce qui compensera tous les frais, et apportera même un important bénéfice.

— Elle a raison, dit Ben Maitland en s'adressant au responsable financier. Cette ville connaît actuellement un formidable renouveau. Les jeunes cadres sont en train de revenir en ville, et les parents aisés dont les enfants ont quitté le nid familial recherchent un mode de vie moins compliqué. Je suis d'accord avec Jill. Nous n'aurons aucune difficulté à vendre ces appartements supplémentaires.

— Je pense comme vous, déclara un autre associé.

— Voyons ce que vous avez fait avec les appartements, dit Ben en se tournant de nouveau vers Jill.

Tout en s'efforçant de maîtriser son excitation, la jeune femme présenta l'ébauche suivante et poursuivit son explication.

Peu après 14 heures, lorsqu'elle eut terminé, les six associés ne songeaient plus du tout à retirer leur commande à la B & A. Ils allèrent même jusqu'à présenter à Jill des excuses pour ce qu'ils appelaient leur manque de perspicacité et de confiance.

Une heure et demie plus tard, Jill atterrissait à l'aéroport national de Washington. Son vol pour New York était à 17 h 30, et elle disposait de près de deux heures pour retrouver des traces du séjour de son père dans la capitale fédérale.

En sortant de l'aéroport, elle s'approcha d'un porteur qui allait et venait entre le bâtiment du terminal et la station de taxis.

— Pourriez-vous m'aider, s'il vous plaît ? lui demanda-t-elle en lui présentant une photo de son père. Je suis à la recherche de cet homme. Il a atterri à Washington le 3 octobre au matin. Je suis sûre qu'il a pris un taxi.

Sans même regarder la photo, l'homme répondit :

— Désolé, mademoiselle, je ne travaille ici que depuis un mois. Mais Tyrone devrait pouvoir vous renseigner. Lui, il bosse dans cet aéroport depuis qu'on a inventé les avions, ajouta-t-il en souriant.

Tyrone était occupé avec un groupe de clients, et Jill dut attendre près d'un quart d'heure avant de pouvoir l'approcher. Elle répéta son histoire en lui montrant la photo de son père et en lui glissant discrètement dans la main un billet de cinquante dollars.

L'homme regarda le billet d'un air surpris, mais ne le refusa pas. Après avoir étudié la photo pendant quelques instants, il déclara :

— Oui, je me souviens de cet homme. Il m'a donné un bon pourboire, tout comme vous. Mais il n'était pas bavard. J'ignore quelle était sa destination. Il m'a demandé de lui trouver un taxi et je l'ai fait, voilà tout.

— Vous rappelez-vous le nom de la compagnie ?

— J'ai bien peur que non. Il y a une douzaine de compagnies de taxis dans cette ville… Essayez le D.C. Taxi Service. C'est la société la plus importante.

— Entendu. Gardez cette photo, voulez-vous ? Et voici ma carte. Si jamais vous retrouvez le taxi dans lequel cet homme est monté, et si vous découvrez où il s'est rendu, j'aurai un autre billet de cinquante dollars pour vous. Et un également pour le chauffeur de taxi.

— Vous êtes bien généreuse, mademoiselle. Comptez sur moi : je ferai de mon mieux.

Il rangea la photo et la carte de visite dans sa poche, puis il effleura sa casquette du bout des doigts, et se précipita vers un groupe de voyageurs qui jetaient des regards éperdus alentour.

Jill retourna dans le bâtiment du terminal et alla s'engouffrer dans la cabine téléphonique la plus proche. Tyrone n'avait pas exagéré : la liste des compagnies de taxis de Washington, de Virginie et du Maryland occupait quatre pages dans l'annuaire. Avec un léger sentiment de culpabilité, elle arracha d'un coup sec les quatre feuillets, les fourra dans son sac et courut prendre un taxi pour se rendre au siège de la compagnie indiquée par Tyrone.

La secrétaire qui la reçut, et qui se prénommait Delilah, refusa d'abord catégoriquement d'écouter son histoire, en affirmant que les compagnies de taxi évitaient d'être impliquées dans les intrigues et autres histoires louches. Jill se rendit compte que les mensonges ne lui seraient d'aucun secours. Elle opta alors pour une version aussi proche que possible de la vérité, expliquant que son père était mort, et qu'elle cherchait à retrouver un parent auquel Simon avait rendu visite au cours de son voyage à Washington, le 3 octobre.

Puis elle sortit de son sac une autre photo de son père ainsi qu'un nouveau billet de cinquante dollars, et supplia Delilah de faire circuler le portrait de Simon parmi les chauffeurs de taxi. La jeune femme s'empara de l'argent et le fit disparaître en un clin d'œil.

— Je verrai ce que je peux faire, dit-elle entre deux appels.

Jill dut se contenter de cette vague promesse.

Elle eut encore le temps de se rendre au siège de deux autres compagnies de taxis où elle répéta la même histoire. Puis elle dut retourner à l'aéroport afin de ne pas rater son vol pour New York. Elle fut parmi les derniers passagers à embarquer.

Il n'existait qu'un seul détective privé à New York en qui Dan eût totalement confiance : Al Metzer, l'homme qu'il aurait recommandé à Jill si elle avait accepté d'engager un privé.

Al avait été agent de surveillance dans les marines, durant la guerre au Viêt-nam. Il avait ouvert son agence à la fin des années 70, et avait réussi à se faire un nom en s'occupant d'affaires très variées comme la recherche des personnes portées disparues ou les incendies criminels. Son agence était maintenant considérée comme la plus sérieuse et la plus efficace de la côte Est. Elle comptait quinze détectives triés sur le volet et un nombre impressionnant de clients. Toutefois, la renommée de l'agence n'aurait pas été la même sans son patron.

Les deux hommes s'étaient rencontrés à l'époque où Dan venait d'être engagé comme inspecteur dans la brigade des homicides. Malgré leurs divergences d'opinions sur certaines affaires qu'ils avaient traitées ensemble, Dan éprouvait un respect sans bornes pour son aîné.

Al avait un physique passe-partout qui l'aidait beaucoup dans son métier. Il était tout aussi à l'aise en costume cravate qu'en tenue de jogging. Il pouvait changer d'apparence en un clin d'œil, et se faire oublier tout aussi vite.

Depuis que Dan le connaissait, Al n'avait pas changé d'un iota, à l'exception d'un postiche qu'il avait acquis récemment pour dissimuler sa calvitie naissante.

Son bureau était, comme toujours, dans un désordre indescriptible. Les photos des copains de l'armée, épinglées sur les murs, voisinaient avec différentes vues de Manhattan. Sur une petite étagère de verre trônaient des trophées de bowling et de natation, et son bureau croulait sous toutes sortes de classeurs et de dossiers. Sans parler de tous ceux qui s'empilaient sur le sol.

— Ce qu'il te faudrait, dit Dan en balayant la pièce du regard, c'est un bureau un peu plus grand… comme le stade Shea, par exemple.

Al agita la main en signe de protestation.

— Ça m'encouragerait à accumuler encore plus de fatras !

Il libéra l'unique chaise disponible, et invita Dan à s'y installer.

— Ça faisait longtemps qu'on ne s'était pas vus, vieux frère ! Tu es venu passer les vacances dans ta famille ?

— Ce n'est pas aussi simple que ça, Al.

— Ah bon ?

Tout en parlant, Al avait préparé deux tasses de café. Dan adorait le café fort, mais il savait que celui d'Al demandait un entraînement spécial. Ce breuvage était capable de transmettre la danse de Saint-Guy à l'homme le plus calme du monde. Il le goûta avec précaution, et décida de ménager ses nerfs.

— J'ai un boulot pour toi, si ça t'intéresse.

— Je t'écoute.

— Est-ce que le nom de Pete Mulligan te dit quelque chose ?

Al renifla bruyamment — peut-être était-ce l'effet que lui faisait le café —, puis demanda :

— De qui s'agit-il : du père ou du fils ?

— Du fils.

— Je sais qu'il a hérité de l'entreprise de son père il y a deux ou trois ans.

— Quoi d'autre à son sujet ?

— Il est loin d'être aussi fiable que ne l'était le vieux Mulligan. Pas très à cheval sur les principes non plus. En plus, le bruit court qu'il a des contacts avec la mafia.

— Je veux sur lui toutes les infos que tu réussiras à recueillir, y compris son emploi de temps durant la nuit du 1er décembre.

Al nota la question de Dan sur un Post-it jaune.

— Je mets tout de suite un gars là-dessus. Qu'est-ce qui s'est passé, la nuit du 1er décembre ?

— La jeep de Simon Bennett a fait un vol plané, et s'est écrasée dans un précipice. Il conduisait. Tu le connaissais, n'est-ce pas ?

Al acquiesça d'un signe de tête.

— Bien sûr : c'était ton ex-beau-père. Sa voiture s'est écrasée sur les rochers quelque part dans les Catskill.

— Il y a de fortes chances pour qu'il ne s'agisse pas d'un accident.

Al lança à Dan un regard intrigué.

— Et tu crois que c'est Mulligan qui a fait le coup ?

— Disons que ça fait partie des possibilités.

Dan lui apprit ce qu'il savait sur les relations houleuses qu'entretenaient les deux hommes, pendant qu'Al complétait ses notes.

— Bien, on va se renseigner sérieusement sur le jeune Mulligan, conclut-il.

Dan griffonna le numéro de téléphone de sa mère sur sa carte de visite, puis il la tendit à son ami.

— Tu peux me joindre à ce numéro, ou sur celui de mon portable que tu as déjà. Et tiens, ajouta-t-il en sortant un chèque de sa poche, voici une provision de mille dollars. Si les frais dépassent ce montant, tu m'envoies la facture chez ma mère.

— Je n'ai pas besoin d'avance ni de provision, Dan. On est amis depuis trop longtemps, et si je comptais les services que tu m'as rendus…

Dan s'attendait à cette réaction, et il s'y était préparé.

— Al, tu vas prendre cet argent et éviter de me casser les oreilles. Sinon, on ne bosse pas ensemble.

Al prit le chèque à contrecœur, et le rangea dans le tiroir de son bureau.

— D'accord. Je ne vais pas perdre mon temps à discuter avec une tête de mule de ton acabit.

— Félicitations ! Tu as pris la bonne décision, déclara Dan en souriant. Bon, il faut que j'y aille, maintenant. Appelle-moi dès que tu auras du nouveau.

Sur le pas de la porte, il se retourna vers Al pour remarquer :

— A propos, je n'ai pas encore eu l'occasion de te le dire, mais j'aime bien ta nouvelle coupe de cheveux. Je suis sûr que tu auras du succès avec ça ! On va te demander l'adresse de ton coiffeur…

Avant qu'il eût fini, Al lui lança une boule de papier à la tête. Dan l'attrapa au vol, la lui renvoya en riant, et disparut.

11.

Après avoir quitté le bureau de son ami Al, Dan s'installa au volant de sa voiture, et mit le cap sur le hameau de Livingston Manor dans le comté de Sullivan, où il avait donné rendez-vous à Wally Becker.

En s'éloignant de Manhattan, il s'émerveilla, comme d'habitude, de la beauté sauvage de la partie sud-est de l'Etat de New York. Hormis les autochtones, peu de gens savaient que, si près des gratte-ciel, on trouvait les meilleurs coins pour pêcher la truite. C'était là que Simon avait appris à Dan l'art de la pêche à la mouche, en lui faisant oublier pour un temps la mort toute récente de son père…

Dan se secoua et se concentra sur les instructions de Wally. Il suivit la route de montagne Johnston Road jusqu'au tournant où la jeep de Simon avait dérapé pour s'écraser en contrebas.

Il descendit et s'avança vers le bord du ravin : la rambarde métallique brisée sur trois mètres de long avait déjà été réparée. Au fond du ravin, quelques fragments de rochers et des buissons calcinés à l'endroit où la voiture avait explosé témoignaient du drame.

Dan enjamba la rambarde, et se mit à descendre un étroit sentier. Il parcourut près de cent mètres en cinq minutes, pour se retrouver sur le lieu même où la jeep avait heurté le sol rocailleux. Les mains dans les poches, il s'accorda un instant de réflexion, puis se mit à examiner le sol recouvert d'une mince couche de neige fraîche, tout en sachant qu'il ne découvrirait aucun indice : Wally était trop méticuleux pour avoir laissé derrière lui le moindre élément digne d'attention.

Convaincu, une fois pour toutes, que le boulot avait été fait correctement, il remonta le sentier et se remit au volant. Vingt minutes plus tard, il pénétrait dans le bureau de Wally.

— Te voilà enfin ! dit Wally. Je commençais à me dire qu'un de nos ours des montagnes était sorti de son hibernation, et qu'il avait trop apprécié ta compagnie pour te laisser partir.

Tout en riant, Dan serra vigoureusement la main de Wally.

— L'ours des montagnes le plus redoutable est ici, devant moi, affublé d'un drôle d'uniforme destiné à tromper ma vigilance ! répliqua-t-il en donnant une tape chaleureuse sur l'épaule massive de Wally. Tu as l'air en pleine forme, mon vieux !

— Ça va. Je n'ai pas à me plaindre. Ça doit être grâce au bon air que l'on respire par ici. Il n'y a pas de meilleur moyen pour résister à cette maudite vieillesse qui nous guette tous. Tu devrais essayer, toi aussi.

— Je n'y manquerai pas… quand j'aurai atteint un âge respectable.

— Ne sois pas si présomptueux : tu l'atteindras bientôt !

Après quelques instants de silence, Wally se mit à lisser soigneusement sa moustache broussailleuse, geste qui voulait dire chez lui qu'il s'apprêtait à aborder un sujet désagréable. Dan attendit qu'il commençât.

— Tu t'es arrêté sur le lieu de l'accident ? demanda enfin Wally.

— Il n'y a pas grand-chose à voir, répliqua Dan.

— Je t'avais prévenu !

Il revint vers son bureau, et ouvrit l'un des tiroirs.

— J'ai ici quelques photos prises la nuit de l'accident et le lendemain matin, pendant qu'on remontait la voiture. Je ne les ai pas montrées à la famille, mais toi, tu peux les examiner à ton aise.

Il remit à Dan une pile de clichés de format 28x35cm.

— Je te préviens : c'est pas beau à voir. Maintenant que tu n'es plus du métier, ça peut te faire un choc.

Comme Dan étudiait les photos — douze en tout —, il comprit pourquoi Wally s'était abstenu de les montrer à la famille de Simon. La carcasse métallique de la jeep était noircie et tordue, les sièges de cuir en lambeaux, et les vitres avaient été soufflées par l'explosion. La portière du côté conducteur avait été arrachée et gisait à quelques mètres du véhicule. Le corps de Simon, ou ce qu'il en restait, se tenait en position assise sur le siège du conducteur. Dan n'aurait jamais deviné que cette masse carbonisée et informe avait été un homme — un homme qu'il connaissait, qui plus est.

Dan resta muet d'horreur pendant quelques instants.

— Qui a signalé l'accident ? demanda-t-il enfin.

— Le vieux Newt Brentworth. Un chat perdu s'était faufilé dans son entrepôt, et avait déclenché l'alarme. Il a dû faire un aller-retour jusqu'au village, et c'est sur le chemin du retour qu'il a aperçu les flammes. La police de l'Etat est arrivée la première sur les lieux. Ensuite, ils m'ont appelé. Malgré l'averse, la voiture brûlait toujours quand les pompiers sont intervenus.

— Comment expliques-tu que l'incendie ait été aussi important ? Les réservoirs des jeep ne sont pourtant pas si volumineux !

— Exact, mais Simon avait installé un réservoir supplémentaire, l'année dernière. Je le lui avais, d'ailleurs, déconseillé, mais il ne voulait rien entendre. Une semaine auparavant, il avait eu une panne d'essence dans un endroit complètement désert, et il avait dû faire six bornes à pied avant de trouver une station-service. Ce jour-là, il avait juré que ça ne lui arriverait plus.

Dan posa la dernière photo, et demanda :

— Où est sa jeep, maintenant ?

— Au cimetière de voitures de Marcus, sur la route 28. Amanda lui a dit de la mettre à la casse. Je l'ai examinée à la loupe, mais si tu tiens à y jeter un coup d'œil, je serai ravi de t'y conduire.

— Volontiers.

Comme Wally demeurait silencieux, Dan voulut s'assurer qu'il ne blessait pas sa susceptibilité, et qu'il ne marchait pas sur ses plates-bandes.

— Wally… tu n'es pas vexé que je me mêle de cette histoire ? Après tout, je n'ai pas à fourrer mon nez dans ton travail.

— Mais non, voyons ! Tu ne fourres ton nez nulle part : je t'ai dit que j'avais classé l'affaire. En fait, je suis même content que tu sois là. Ton ex-femme est une tête de mule pire que toi, et je commençais à m'inquiéter pour elle. Alors, si je peux te faciliter le boulot en quoi que ce soit, tu n'as qu'à me le dire.

Il rangea les photos dans son tiroir, et dévisagea Dan un long moment.

— Dis-moi, tu as entrepris tout ça juste pour faire plaisir à Jill ? Ou bien tu crois réellement que Simon a été assassiné ?

— Il est encore trop tôt pour se prononcer, mais je dois avouer qu'il y a pas mal de détails bizarres dans cette affaire… Bon, si ça ne te dérange vraiment pas, allons-y. J'aimerais d'abord jeter un coup d'œil sur le chalet.

— Pas de problème. A propos, Amanda m'a appelé pour me prévenir que tu voudrais sûrement visiter leur résidence d'été... Bon sang, qu'est-ce que j'ai fait des clés de Joshua ? lança-t-il en fouillant de nouveau dans son tiroir.

— Qui est Joshua ?

— Ah oui, tu ne l'as jamais rencontré ! C'est le gardien des Bennett. Il fait un peu de tout : il vient chercher le courrier ici, au village, il s'occupe de la maison en l'absence des Bennett, il balaie l'allée devant l'entrée principale... enfin, ce genre de bricoles.

— Est-ce qu'il habite dans la propriété ?

— Oui. Dans une sorte de petite maison forestière, à moins de cent mètres du bâtiment principal.

— Il s'y trouve, en ce moment ?

— Non. Il est parti passer quelques jours chez sa vieille tante. Il doit rentrer à la fin de la semaine. Cela dit, je l'ai déjà interrogé. Il était bien chez lui, cette nuit-là, mais il n'a rien vu et rien entendu.

— J'aimerais tout de même lui parler.

— Entendu. Je te préviendrai dès qu'il sera rentré. Ah, les voilà enfin ! s'exclama-t-il en extirpant du tiroir un trousseau de clés. Au fait, pourquoi ne pas faire un saut au cimetière de voitures, d'abord ? Marcus part pour déjeuner à midi pile, mais on ne sait jamais quand il rouvre : ça dépend du nombre de bières qu'il descend avec son steak. Il peut réapparaître dans trois jours !

Wally décrocha du portemanteau une veste dotée d'une épaisse doublure, et l'enfila.

— Allez, Dan, en route !

*
* *

Comme il fallait s'y attendre, rien ne prouvait que la jeep de Simon eût été endommagée avant l'accident. Après avoir remercié Marcus qui, à en juger par l'air impatient avec lequel il consultait sa montre, avait de plus en plus soif, Dan et Wally réintégrèrent la Land Rover, et se dirigèrent vers le chalet des Bennett qui se trouvait tout au bout de la Johnston Road.

Dan était déjà venu ici, mais, lorsqu'il vit la résidence d'été de la famille, il eut de nouveau le souffle coupé. Cette maison de trois étages était un véritable chef-d'œuvre d'architecture moderne. Entièrement construite de bois de cèdre et de verre, elle se dressait sur une pente fortement boisée d'une superficie de cent hectares, et offrait une vue imprenable sur les quatre coins de l'horizon.

Manifestement, Simon n'avait pas regardé à la dépense en aménageant sa demeure. Avec son balcon aérien en porte-à-faux au-dessus du luxueux salon qui servait aussi de salle à manger, son immense fenêtre à tabatière, sa haute cheminée de pierre, la maison était aussi belle que fonctionnelle.

— Je suis venu dans cette maison des dizaines de fois, dit Wally. Et, chaque fois, je reste baba d'admiration.

— Simon ne faisait jamais les choses à moitié.

Le regard de Dan revint vers la cheminée, majestueuse et élégante à la fois. Devant elle s'étalait un épais tapis de laine d'un blanc immaculé. Dan sentit son estomac se nouer. C'était sur ce tapis que Jill et lui avaient fait l'amour, par un glacial après-midi d'hiver. Puis ils étaient restés allongés, nus, devant l'énorme feu.

— C'est ici que nous avons découvert la bouteille, dit Wally, ramenant brusquement Dan à la réalité.

En s'efforçant de chasser ce souvenir doux-amer, Dan regarda le bar en teck que lui désignait le commissaire. Derrière le bar, il y avait une étagère de verre qui supportait une impressionnante quantité de whiskys, bourbons et digestifs, dont une bouteille à moitié vide de Chivas Regal.

— Des empreintes ? demanda Dan.

— Uniquement celles de Simon. Idem pour le verre.

Dan ouvrit la bouteille, et renifla son contenu.

— On l'a testé, dit Wally. Du scotch, et le plus pur qui soit. Quant à moi, je suis persuadé que Simon a pas mal éclusé avant de se mettre en route.

— Qu'est-ce qui te fait croire ça ?

— Il y avait une flaque d'alcool sur la surface du bar, près du verre, ainsi que sur le tapis. J'en déduis que les mouvements de Simon n'étaient pas très bien coordonnés, et qu'il avait un peu perdu le sens de l'équilibre.

— As-tu remarqué des signes de désordre ? Des meubles renversés, par exemple ?

— Si tu penses à des traces de bagarre, la réponse est non. A part cette flaque de whisky, la pièce était aussi propre et aussi bien rangée que maintenant.

Dan fit le tour de la pièce en silence, s'arrêtant pour inspecter l'immense tapis, les canapés moelleux, le piano, la cheminée qui sentait bon le bois de noyer, les chenets en fer forgé. Il en souleva un et se mit à l'examiner minutieusement, sous tous les angles, le tournant et le retournant dans ses mains. Puis il étudia l'autre avec autant de soin, et reporta son attention sur le tisonnier. Mais Wally avait raison : tout était nickel ; il n'y avait absolument rien de suspect.

— Est-ce qu'il arrivait à Simon d'inviter des gens ici, en dehors de sa famille ? demanda-t-il à Wally. Je sais qu'il adorait la chasse et la pêche, mais ni Amanda ni Jill ne partageaient sa passion.

— A ma connaissance, son frère Cyrus et moi, nous étions les seuls à venir ici régulièrement. Mais je peux me tromper. Simon ne m'avertissait pas chaque fois qu'il venait. D'ailleurs, si j'avais su qu'il devait passer au chalet, ce dimanche-là, j'aurais sûrement fait un saut pour lui dire bonjour. Qui sait ?... Je l'aurais peut-être persuadé de rester dormir ici, ajouta-t-il avec un soupir de regret.

— Tu n'es pas responsable de la mort de Simon, Wally. Tu deviendrais fou si tu te faisais des reproches de ce genre. Tu n'étais pas son ange gardien !

— Je sais, je sais, maugréa Wally.

Ils visitèrent ensemble toutes les autres pièces de la résidence.

— On a passé au crible toute la baraque, expliqua Wally. On est allés jusqu'à inspecter le belvédère, la piscine et le solarium. La plupart des empreintes appartenaient à Simon, aux membres de sa famille, à Joshua et à la femme de ménage. Sans parler des miennes, bien sûr !

En effet, le chalet ne recélait aucun secret, aucun indice, songea Dan avec dépit, tout en descendant le large escalier de chêne. Rien ne venait confirmer les soupçons de Jill. Wally et son équipe étaient arrivés à la seule conclusion possible dans ces circonstances. Si Jill n'avait pas été aussi catégorique en défendant l'hypothèse du meurtre, Dan aurait admis l'idée de la mort accidentelle de Simon aussi facilement que l'avait fait Wally.

— Merci, vieux, dit Dan en remontant dans la Land Rover. Tu m'as rendu un sacré service. A présent, je sais à quoi m'en tenir.

— Pas de quoi, dit le commissaire. Je n'aurais pas classé l'affaire si j'avais eu le moindre doute.

Tout en bouclant sa ceinture de sécurité, il ajouta :

— Promets-moi de me tenir au courant si tu découvres quelque chose. J'avoue que je n'y crois pas, mais… si Simon a été assassiné, rien ne me ferait plus plaisir que de rester cinq minutes en tête à tête avec le salopard qui a fait ça !

12.

Debout devant le placard de la cuisine, Jill se demandait ce qu'elle allait bien pouvoir faire pour le dîner. Elle hésitait entre un bol de céréales et un potage tout prêt.

Finalement, elle tendit la main vers la boîte de corn flakes lorsque la sonnette retentit.

— J'avais envie de te mettre au courant de mes démarches, dit Dan après que la jeune femme lui eut ouvert la porte. Si on en discutait en dînant ? Ça te dit ?

— Sûrement pas ! rétorqua Jill.

— Allez, ne fais pas la bête ! Où est le mal ? Ce petit bistro français que nous aimions tant existe toujours. Pourquoi ne pas aller vérifier si leur pot-au-feu est toujours aussi bon ?

Dîner en tête à tête avec Dan dans un cadre romantique, à la lumière des bougies et au son d'une douce mélodie, était la dernière chose que Jill se sentît capable de supporter.

— Je suis trop fatiguée pour sortir, répondit-elle d'un ton sec.

— Qu'à cela ne tienne ! On va dîner ici.

Avant qu'elle pût lui demander ce qu'il entendait par là, il se débarrassa de son blouson et le déposa sur le dossier d'une chaise.

— Assieds-toi : je m'occupe de tout.

— Parce que c'est toi qui vas faire la cuisine ?

— Qu'y a-t-il d'étonnant à cela ? Nous sommes au seuil du troisième millénaire. Les hommes se débrouillent tout seuls, à présent. Surtout quand ils sont célibataires ou divorcés.

Jill s'était souvent demandé pourquoi Dan ne s'était pas remarié, mais elle n'avait jamais osé lui poser la question, par crainte qu'il lui accordât plus d'importance qu'elle n'en avait en réalité.

— J'ai bien peur que le frigo ne soit vide, dit-elle. Je suis une adepte des plats cuisinés.

— Attends de découvrir ce dont je suis capable quand je suis motivé ! Tu seras stupéfaite !

Sur ces mots, il releva ses manches dans un geste théâtral, et alla inspecter le contenu du réfrigérateur.

Elle le regarda faire avec une moue sceptique.

— Hmm, voyons. Une poignée de champignons, pas dans un état idéal mais ça ira. Un demi-oignon, du pain, du beurre, et… Qu'est-ce que c'est que ça ? demanda-t-il en sortant un petit paquet enveloppé dans du papier alu.

— Une minipizza aux anchois, répondit Jill en réprimant un sourire. J'ignore depuis combien de temps elle est incarcérée ici.

Il lui remit le paquet d'un air méfiant.

— A mon avis, il est grand temps de lui rendre sa liberté.

Pendant qu'elle jetait la pizza, il disposa ses maigres trouvailles sur le comptoir de la cuisine.

— Aurais-tu du riz ? Du riz Arborio, de préférence.

Jill jeta un coup d'œil dans le placard.

— Uncle Ben, ça ira ?

— Faute de mieux.

Il s'avança pour étudier à son tour les provisions entreposées dans le placard. En un clin d'œil, il repéra une bouteille d'huile d'olive, du bouillon concentré et du parmesan en boîte.

— Comment ça s'est passé à Richmond ?

— Génial. Le groupe Maitland a été impressionné. Ils sont revenus sur leur décision : ils acceptent de nous confier le projet.

— Dans ce cas, ce sera un dîner de fête.

Il examina le casier à bouteilles, choisit un châteauneuf-du-pape, et le tendit à Jill.

— C'était notre vin préféré.

— Vraiment ? fit-elle d'un ton faussement innocent. Je n'en ai aucun souvenir.

Pourquoi mentait-elle ? Oui, elle aimait toujours le vin qu'ils avaient l'habitude de boire ensemble, et après ? La belle affaire !

— Je croyais que tu devais me raconter ta journée, lui dit-elle.

Tout en faisant revenir les oignons dans une poêle, il lui relata sa visite chez Lilly, puis son voyage à Livingston Manor.

— Parle-moi de Joshua, dit-il en jetant une poignée de riz dans une casserole où fondait un morceau de beurre.

Jill fronça les sourcils.

— Pourquoi ? Tu ne penses tout de même pas qu'il fait partie des suspects ?

— Sherlock Holmes a déclaré un jour que le moyen le plus rapide de résoudre une affaire de meurtre consistait à éliminer l'impossible jusqu'à ce qu'il ne reste que l'improbable. C'est ce que j'essaie de faire.

— Alors, tu peux éliminer Joshua sur-le-champ. Il adorait mon père.

— Depuis combien de temps est-il au service de ta famille ?

— Cinq ans. Avant, il travaillait pour un ami d'oncle Cyrus. Quand Elliot est mort, Joshua s'est retrouvé sans emploi. L'Etat l'a placé dans…

— Tiens ça. Remue un peu. Tu as bien dit l'Etat ?

— Wally ne te l'a donc pas raconté ? Joshua est… comment dire ? Un peu simple d'esprit. Surtout, ne va pas imaginer n'importe quoi ! Il est digne de confiance, travailleur et dévoué corps et âme à notre famille. Il n'a qu'un seul parent : une tante qui est trop vieille pour s'occuper de lui. L'Etat l'a donc placé dans un centre de réadaptation. Quand mon oncle l'a appris, il a organisé une rencontre entre lui et mon père. Et papa l'a engagé le jour même.

— Et il l'a installé dans sa propriété ?

— A l'époque, la petite maison où il habite maintenant n'était qu'une cabane complètement délabrée. Papa a engagé deux gars du village pour la remettre en état. Joshua a mis la main à la pâte, lui aussi… Dommage que tu n'aies pas vu le résultat ! ajouta-t-elle en souriant. Une vraie maison de poupée !

— Est-ce qu'il lui arrive d'être violent ?

— Pour l'amour du ciel, Dan ! Tu n'as pas écouté un traître mot de ce que je t'ai dit ! Joshua est aussi candide et inoffensif qu'un enfant.

Jill sortit les couverts, les posa bruyamment sur la table, puis ajouta :

— C'est la dernière personne au monde qu'on pourrait qualifier de violente.

— Je cherche simplement à me faire une idée précise du bonhomme, pas à le clouer au pilori.

— A quoi bon ? Je t'assure qu'il ne ferait pas de mal à une mouche. Si tu soupçonnes Joshua, tu te fourres le doigt dans l'œil !

— Possible, mais Simon n'a pas été assassiné par un étranger ; ça, je suis prêt à le parier. L'individu qui l'épiait, cette nuit-là, savait qu'il était au chalet. Il le guettait, tout comme il te guettait dans MacDougal Street.

— Eh bien, ça, justement, ça innocente Joshua : il n'a jamais mis les pieds à Manhattan. Il serait terrifié par le bruit et la circulation.

Pendant un moment, elle observa Dan qui était en train d'ajouter du parmesan râpé au mélange de riz et de champignons.

— En plus, tu ne peux pas l'interroger comme si c'était n'importe qui. Il est d'une timidité maladive, surtout devant les gens qu'il ne connaît pas. Sans parler du choc que lui a causé la mort de mon père.

— Il a bien parlé à Wally, non ?

— Parce qu'il le connaît. Avec toi, ce ne serait pas pareil. Il prendrait peur, et je veux lui éviter ça.

— Tu n'auras qu'à m'accompagner quand j'irai l'interroger. Comme ça, au moins, tu seras tranquille. Si jamais je fais une gaffe, tu auras le droit de me punir comme tu l'entends. Qu'en dis-tu ?

Il la regarda avec des yeux ronds, en fronçant les sourcils à plusieurs reprises, à la façon de Groucho Marx.

— C'est déjà une meilleure idée.

— Super. Et maintenant, à table !

Jill, qui se sentait soudain affamée, lui prit le plat des mains et les servit tous les deux.

— Un risotto aux champignons ? Alors, là, j'avoue que tu m'épates.

— C'était le but de l'opération.

Elle savait que ce n'était pas vrai. En dépit de son caractère si complexe, Dan était un homme simple qui ne se souciait pas de ce que les autres pensaient de lui. Et il ne cherchait jamais à impressionner personne. Au contraire : il avait horreur d'être le centre d'intérêt et de recevoir des éloges.

Ils mangèrent en silence pendant quelques minutes. De temps à autre, Jill lui lançait un rapide coup d'œil. Elle était surprise par son assurance et le naturel avec lequel il se comportait. On aurait dit qu'il n'avait jamais quitté cet appartement… Elle tenta de se ressaisir et de chasser cette sensation troublante.

— Parle-moi de ta nouvelle vie d'enseignant, lui dit-elle. Tu es comblé, je suppose ?

— En fait, je ne suis que maître-assistant. Mais, effectivement, c'est un boulot passionnant. Le contraire d'un travail monotone. Il n'y a pas deux jours qui se ressemblent. Mais… comment as-tu appris que j'enseignais ? demanda-t-il d'un air intrigué.

— Ma mère et la tienne restent en contact. Est-ce que Glenwood est un collège important ?

— Il est petit, mais il a les moyens d'assurer des cours et de proposer des matières qui n'existent pas dans les autres établissements.

Jill continua de savourer son risotto. Elle n'était pas surprise de découvrir que Dan était un véritable cordon-bleu. Il avait toujours tenu à partager les corvées ménagères avec elle… Elle revit le jour où il avait essayé de lui apprendre à retourner les crêpes. Elle sourit en se rappelant combien de crêpes elle avait laissé tomber à terre…

— Qu'y a-t-il de drôle ?

Elle secoua la tête, comme pour se débarrasser d'un rêve.

— Tu viens de sourire, non ?

— C'est sans importance. Au fait, qu'est-ce que la psychologie criminelle appliquée ?

— En termes simples, c'est étudier le cerveau du criminel.

— Est-ce que tous tes étudiants veulent devenir flics ?

— Pas du tout, répondit Dan en éclatant de rire. De nos jours, personne ne souhaite devenir flic. Mes étudiants espèrent devenir avocats au pénal. Le fait d'avoir suivi mon cours leur donnera un avantage sur les autres étudiants en droit.

— Tu sais, je n'ai pas été surprise outre mesure en apprenant que tu étais devenu enseignant. Tu as toujours eu l'art de te faire écouter.

— Tu parles aussi pour toi ? demanda-t-il en plissant les yeux d'un air sceptique.

Elle sourit de plus belle.

— Oui, je t'écoutais… de temps en temps.

Elle n'avait plus faim, et elle piquait paresseusement un dernier morceau de champignon avec sa fourchette. Le vin l'avait détendue, lui avait apporté une sensation de bien-être. A cet instant, elle était presque… heureuse.

— Tu ne t'es jamais remarié.

Ce n'était pas une question mais une constatation, et elle regretta sa phrase au moment même où les mots franchissaient ses lèvres. Seigneur ! Qu'est-ce qui l'avait donc poussée à dire ça ? Hormis la curiosité, bien sûr.

— Toi non plus, répliqua Dan avec un long regard pénétrant. Comment ça se fait ?

— Je suis trop accaparée par mon travail, répondit-elle en haussant les épaules.

— Mais tu as dû rencontrer des dizaines de…

— … des dizaines d'hommes ? compléta-t-elle à sa place.

Elle prit le temps de porter son verre à ses lèvres avant de répondre :

— J'en ai rencontré quelques-uns, oui.

— Rien de très sérieux, je suppose, dit-il d'un ton un peu trop empressé.

— Oh, ne prends pas cet air suffisant ! Et n'imagine surtout pas que je m'amusais à comparer ces hommes avec toi, pour me rendre compte qu'aucun ne t'arrivait à la cheville.

Comme elle s'y attendait, il feignit l'innocence la plus complète.

— Voyons, Jill, cette idée ne m'a même pas effleuré ! Sérieusement, pourquoi ne t'es-tu pas remariée ?

Elle rompit la tranche de pain qu'elle n'avait pas finie, en prit un morceau et se mit à le mâcher lentement.

— Pour reprendre une expression que les hommes affectionnent tant, peut-être ne suis-je pas faite pour le mariage.

— A moins que tu ne t'en sois persuadée ?

— Possible.

Comment lui expliquer que, le jour où leur rupture avait été définitive, une petite partie de son cœur avait également cessé d'exister, et qu'elle s'était juré de ne plus jamais tomber amoureuse ?

— A toi, maintenant. Pourquoi ne t'es-tu pas remarié ?

— La réponse est simple : je n'ai jamais rencontré une femme avec laquelle j'aie envie de partager ma vie — comme j'avais espéré le faire avec toi.

Jill écarquilla les yeux de stupeur. Elle n'était pas habituée à entendre Dan exprimer ainsi ses sentiments. Comme tous les Italiens de sa famille, il était plutôt avare de déclarations, autrefois.

— Si c'est vrai, pourquoi n'as-tu pas essayé de me garder ? lui demanda-t-elle doucement.

Ce fut d'un ton grave qu'il répondit :

— J'ai bien essayé, mais tu n'étais pas d'accord.

— Qu'en savais-tu ? Comment pouvais-tu en décider ? Tu étais toujours furieux, tu t'en allais pour éviter toute explication.

— C'est ton argent qui a détruit notre mariage. Si tu n'en avais pas fait toute une montagne, je n'aurais été ni furieux ni absent.

Ils prirent tous deux conscience au même moment qu'ils s'étaient laissés entraîner sur une pente glissante. Dan fut le premier à réagir.

— Désolé. C'est stupide de ma part de t'avoir dit tout ça.

— Comme tu peux le constater, ce tête-à-tête n'était pas une bonne idée, finalement, déclara Jill d'un ton sec.

Sur ces mots, elle se leva, et entreprit de débarrasser la table. Dan se leva à son tour pour s'approcher d'elle.

— Allez, Jill, ne le prends pas mal ! Je n'avais aucune intention de te faire des reproches. Simplement…

— … simplement, on ne peut pas passer cinq minutes ensemble sans s'étriper. Rien à faire, ça ne changera jamais.

Elle revint vers la table pour emporter les verres.

— Ecoute, il vaut mieux que tu partes avant qu'on ait trouvé un nouveau prétexte pour s'arracher les yeux. De toute façon, il est tard.

— Je peux te donner un coup de main pour la vaisselle ?

— Sûrement pas ! rétorqua la jeune femme avec un regard qui le glaça. Contrairement à ce que tu penses, il existe des choses que je suis capable de réussir toute seule.

Debout derrière la fenêtre, elle le regardait s'éloigner d'un pas souple et décontracté. Quelle erreur ! songea-t-elle. Ils n'auraient jamais dû se mettre à parler de leurs vies privées. S'ils voulaient s'entendre et réussir leur entreprise, ils allaient devoir s'en tenir à des relations d'affaires. Cela signifiait : pas de questions personnelles, pas d'allusions à leur passé commun et, surtout, pas de dangereux tête-à-tête, avec ou sans risotto aux champignons.

Au moment où Dan atteignait sa Land Rover, la colère de Jill s'était évanouie. Seuls résonnaient dans sa mémoire les mots qui avaient précédé leur altercation : « Je n'ai jamais rencontré une femme avec laquelle j'aie envie de partager ma vie — comme j'avais espéré le faire avec toi. »

13.

Olivia était vêtue d'une chemise de nuit léopard et d'un peignoir orné du même motif. Tout en sirotant son bourbon, elle alla se planter derrière la fenêtre de son salon qui offrait une vue imprenable sur New York.

La conversation qu'elle avait eue avec Pete Mulligan, deux jours plus tôt, l'empêchait de dormir. Elle se sentait déchirée entre deux solutions également insatisfaisantes. Le fait de livrer des informations top secret à Mulligan risquait de mettre sa carrière en péril. D'un autre côté, si elle refusait sa proposition, elle se retrouvait sur la paille. A propos d'argent, il ne lui restait plus grand-chose des dix mille dollars qu'il lui avait donnés. Et ses satanés billets continuaient à lui glisser entre les doigts ! Elle en avait perdu deux mille à la roulette, et elle n'osait pas jouer de nouveau pour tenter de les récupérer, par crainte de perdre le peu qui lui restait.

Oui, il était grand temps de prendre une décision. Mulligan l'avait déjà appelée deux fois au bureau pour lui reprocher son silence et exiger une réponse ferme. Si elle continuait à tergiverser, il perdrait patience, et elle devrait probablement le rembourser sans délai.

Que ferait-elle, alors ? Bon sang, on ne trouve pas dix mille dollars sous le sabot d'un cheval !

Quand le téléphone sonna, elle faillit laisser tomber son verre. Décidément, elle avait les nerfs en pelote, songea-t-elle en lançant un coup d'œil rapide à la pendule. 23 h 15. Qui pouvait bien l'appeler aussi tard ? En tout cas, pas ce voyou de Mulligan. Elle ne lui avait pas donné son numéro personnel, et elle était sur liste rouge.

Le téléphone continuait à sonner. Et s'il était arrivé quelque chose à sa mère ? Ces derniers temps, elle s'était plainte de vertiges…

Olivia se précipita vers l'appareil, et décrocha d'un mouvement brusque.

— Allô !

— Bonsoir, Olivia. J'espère que je ne vous ai pas réveillée ! dit la voix ironique qu'elle connaissait si bien.

Mulligan !

— Comment vous êtes-vous procuré mon numéro personnel ?

— Je suis un homme plein de ressources ! Vous avez la comprenette difficile, on dirait ! Je croyais vous avoir dit que j'avais des relations utiles et variées.

Mulligan, qui n'était pas homme à perdre son temps en palabres, posa tout de suite la question qu'Olivia redoutait d'entendre.

— Où en sommes-nous, à propos de ces devis de malheur ?

— Ecoutez, Pete…, commença-t-elle en déglutissant péniblement.

— Je ne peux pas me permettre d'attendre jusqu'à la saint-glinglin. Tous les devis doivent être déposés avant le 20 décembre.

— Je ne peux pas, Pete…

— Quoi ? Dites-moi que je rêve !

— Je vous en prie, ne vous fâchez pas…

— Qu'est-ce que ça veut dire : « Ne vous fâchez pas » ? Vous vous foutez de moi ! On a conclu un marché, et vous avez accepté mon argent.

— Je vous rembourserai, Pete, je vous le jure !

Mulligan baissa la voix jusqu'à se contenter de chuchoter :

— Vous ne pigez pas ou quoi, Olivia ? Je me fous de ce fric. Ce que je veux, c'est connaître le montant de ces devis.

— Je comprends, mais… vraiment, je ne peux pas faire ça à mon beau-père ! Je…

Il eût été inutile de poursuivre : Mulligan avait raccroché.

En dépit de son planning chargé, Philip Van Horn avait accepté de rencontrer Dan pour un déjeuner sur le pouce dans un pub proche de la tour Vangram.

— Merci d'être venu, Philip, dit Dan en lui serrant la main. Je sais que vous êtes débordé, et je ne vous ai pas laissé le choix.

— Aucun problème, affirma Philip en s'installant en face de Dan. Ça me fait plaisir de vous revoir. Ça fait un sacré bail, hein ?

— Douze ans et quelques mois.

Dan attendit qu'ils eussent commandé tous les deux des sandwichs maison et du thé glacé, puis il ajouta :

— Je suis désolé pour Blair, Philip. J'ignorais tout avant que Jill me mette au courant.

Van Horn esquissa un pauvre sourire.

— Merci.

Comme il ne semblait pas vouloir s'étendre sur la mort de sa fille, Dan passa au problème qui le préoccupait.

— Je suppose que Jill vous a mis au courant de nos démarches.

Philip acquiesça d'un signe de tête.

— Vous menez une enquête sur la mort de Simon, et vous essayez de découvrir si quelqu'un avait un mobile pour l'assassiner.

— Exact. Jill m'a fourni la liste des personnes que Simon fréquentait : amis, connaissances, clients… J'ai l'intention de les interroger tous, l'un après l'autre. Vous vous doutez que ça va prendre un temps fou… Voilà pourquoi j'apprécie tant que vous ayez accepté de me rencontrer. Vous pourrez m'aider à y voir un peu plus clair.

— Je n'en suis pas aussi sûr que vous, mais je ferai de mon mieux.

— Simon et vous connaissiez les mêmes personnes. Vous travailliez avec certains, vous en fréquentiez d'autres après le boulot. Le plus souvent, vous étiez ensemble. Si quelqu'un avait détesté Simon au point de songer à le tuer, vous vous en seriez certainement aperçu !

— Possible. Mais, à dire vrai, je n'arrive pas à imaginer que Simon ait pu être assassiné. C'était un homme bon, perspicace, génial pour tout ce qui touchait à son métier, et extraordinairement généreux. L'idée que quelqu'un ait pu lui en vouloir au point de le tuer me paraît ridicule… Je ne veux surtout pas vous offenser, mais je ne partage pas votre avis, voilà tout.

Dan eut beau dévisager Philip, il ne lut sur son visage qu'un authentique chagrin.

— Si ma mémoire est bonne, Simon était assez soupe au lait, et sa rancœur était tenace.

Philip esquissa un sourire.

— Nous sommes tous plus ou moins irritables et rancuniers, n'est-ce pas ?

— Sans doute, répondit Dan, tandis que le serveur leur apportait deux gigantesques sandwichs. Mais, en ce moment, il n'y a que Simon qui m'intéresse. Est-ce que ses accès de mauvaise humeur auraient pu gâcher ses rapports avec un collègue ou un ami ?

— Pas à ma connaissance. Ses collègues, ainsi que le personnel de la B & A, lui vouaient un respect illimité. Quant aux clients, ils l'appréciaient énormément. S'il lui arrivait de perdre les pédales de temps à autre, on le lui pardonnait aisément.

Dan mordit dans son sandwich sans grand entrain. Après avoir avalé la première bouchée, il poursuivit :

— Pendant les longues années que vous avez passées aux côtés de Simon, avez-vous jamais remarqué chez lui un détail insolite ? Un geste, un comportement qui vous aurait surpris ?

Pour la première fois depuis le début de la conversation, Philip parut mal à l'aise. Il regarda longuement son sandwich, puis déclara :

— On devrait en rester là, Dan. Ça me gênerait vraiment d'en parler avec vous.

Dan se figea comme un chien à l'arrêt.

— Ainsi, vous me cachez quelque chose !

— Je n'ai pas dit ça.

— Allez, ça revient au même, et vous le savez.

Comme Van Horn demeurait silencieux, Dan se pencha vers lui.

— Ecoutez-moi, Philip. Un homme que nous aimions tous les deux est mort, et maintenant, une grave menace pèse sur Jill.

Philip eut un regard incrédule.

— Qu'est-ce que vous racontez ? On l'a menacée ? On s'en est pris à elle ?

— Non, répondit Dan qui avait promis à Jill de ne parler à personne de l'agression qu'elle avait subie. Mais j'ai de bonnes raisons de croire qu'elle est en danger. Par conséquent, si vous savez quoi que ce soit qui puisse faire avancer mon enquête, considérez qu'il est de votre devoir de me le confier.

Un lourd silence s'installa. Dan ne fit rien pour le briser. Van Horn, qui était juriste de métier, n'ignorait pas ce qu'il pouvait en coûter de dissimuler des indices ou des preuves.

Enfin, il posa son sandwich sur son assiette, et passa la main sur son visage d'un air las.

— Simon avait une maîtresse, murmura-t-il.

Dan écarquilla les yeux.

— Une aventure ? Qu'est-ce que c'est que cette histoire ?

— Je sais. Au début, j'ai eu du mal à y croire, moi aussi.

— Il vous a fait des confidences ?

— Non. Je l'ai découvert par hasard. Un soir, vers la fin septembre, nous sommes restés travailler plus tard que d'habitude. Brusquement, le mari a fait irruption dans le bureau, et s'est mis à abreuver Simon d'injures. Il hurlait comme un fou. Heureusement, tous les autres membres du personnel étaient partis.

— Qui était cet homme ?

— Pete Mulligan. Simon avait une liaison avec sa femme, Vivian.

— Pour une surprise, c'est une surprise, marmonna Dan en se renversant contre le dossier de sa chaise.

— L'altercation a commencé à dégénérer en bagarre. J'ai dû intervenir pour les empêcher de s'entretuer. D'ailleurs, leur haine ne datait pas de la veille. Quelques mois plus tôt, Mulligan avait accusé Simon de trafiquer les devis — ce qui, naturellement, était archifaux.

— Mulligan a-t-il menacé Simon ?

— Ce soir-là, oui. Il a hurlé qu'il allait le tuer. A ce moment précis, il aurait pu le faire si je n'avais pas menacé d'appeler la police.

— Et Simon n'a pas déposé plainte contre Mulligan ?

— Non. Il aurait fallu qu'il déballe toute l'histoire de sa liaison avec Vivian ! Par contre, il a déposé une demande de permis de port d'armes, parce qu'il avait pris les menaces de Mulligan au sérieux. Mais il a fini par se calmer, et il n'a jamais donné suite à sa requête.

Philip but une gorgée de thé glacé, puis ajouta :

— Quand Jill a fait tout ce foin à propos de la demande de permis de port d'armes qu'elle avait découverte, j'ai dû feindre de n'être au courant de rien. Je n'étais vraiment pas fier de lui mentir, mais je ne pouvais rien lui expliquer. J'avais donné ma parole à Simon que je ne trahirais jamais son secret.

Dan connaissait Philip : il n'avait aucun doute sur son intégrité.

— Apparemment, Mulligan s'est abstenu d'en parler, de son côté.

— Je suis certain qu'il l'aurait fait s'il n'avait pas eu peur que sa femme perde son travail. Elle est prof dans une école privée très huppée.

Dan s'accorda un instant de réflexion. Si Mulligan avait tenu à se venger coûte que coûte, il n'aurait sans doute pas hésité à tuer. Mais, s'il avait décidé d'assassiner Simon, pourquoi aurait-il attendu deux mois, après leur violente dispute ? N'était-il pas plus logique d'imaginer Mulligan passant à l'acte alors qu'il bouillonnait encore de rage ?

Dan prit une profonde inspiration. Simon, coupable d'adultère ! Il ne parvenait toujours pas à y croire. Il se souvenait parfaitement de la manière dont son beau-père se comportait avec Amanda, comment il lui souriait, et la manière dont il se penchait vers elle pour lui chuchoter quelque chose à l'oreille. On aurait dit un amoureux confiant un secret à sa bien-aimée. Aucun homme n'aimait davantage son épouse.

Et, de toutes les femmes qui l'entouraient, il avait jeté son dévolu sur l'épouse de Mulligan !

S'agissait-il d'une sorte de vengeance, après les infâmes accusations dont il avait fait l'objet, quelques mois plus tôt ? Ou avait-il tout simplement fait une énorme bêtise que rien ne pouvait justifier ni excuser ?

Il était 13 h 45 quand Jill reçut un message de sa secrétaire sur sa ligne privée.

— Devinez qui j'ai au bout du fil ?

Jill eut un sourire. Tout comme Cecilia, la secrétaire de son père, Cathie avait toujours adoré Dan. En fait, tout le personnel de la B & A avait fait des gorges chaudes de ce qu'ils appelaient « le retour de Dan à New York ».

— A part votre mari, il n'y a qu'un seul homme dont vous parliez avec cette voix sensuelle et langoureuse, lui dit Jill d'un ton taquin. C'est Dan Santini.

— Oh, ne le dites surtout pas à Freddy ! Bon, je vous passe votre ex ?

— Pourquoi pas ?

Elle se sentait toujours furieuse contre elle-même d'avoir perdu son sang-froid, la veille au soir.

— Bonjour, Dan, dit-elle d'un ton sec. Je croule sous le travail, alors sois bref, s'il te plaît.

La voix chaude et profonde de Dan la fit frissonner.

— Bref ? Ça dépend de ce qu'on fait, Petite Flamme. Il existe des occupations où ce serait mal venu.

— Arrête ! répliqua-t-elle en réprimant un sourire. Je ne plaisante pas : j'ai vraiment du pain sur la planche. Qu'est-ce que tu veux ?

— D'abord, m'excuser pour hier soir. Je me suis conduit comme un imbécile et un salaud.

Jill se faisait autant de reproches que lui, mais elle se garda bien de le lui avouer.

— Sur ce point, je suis entièrement d'accord. J'accepte tes excuses. Quoi d'autre ?

— J'ai découvert quelque chose que tu dois absolument savoir.

— J'ai l'impression que ça ne va pas me plaire, dit-elle en posant son crayon.

— Peux-tu faire un break et t'échapper une demi-heure ? Je préfère te raconter ça hors de la B & A.

— Pas tout de suite. J'ai rendez-vous avec un client, sur le chantier, dans trente-cinq minutes.

— Combien de temps ça va te prendre ?

— Deux heures maximum.

— Dans ce cas, on peut se voir quand tu auras fini. Je te laisse choisir l'endroit.

— Entendu, répondit Jill après un instant de réflexion. A l'American Festival Café, sur la Rockefeller Plaza. A 15 heures.

— J'y serai.

14.

Serrée entre deux gratte-ciel du centre de Manhattan, l'école privée Eastside Academie occupait les trois étages de l'élégant immeuble d'avant-guerre en brique marron qui donnait sur la 62 Rue.

Lorsque Dan y arriva, à 14 h 15, le vestibule était plongé dans le silence et la pénombre. Une jolie réceptionniste, installée derrière un bureau de bois de rose, lui lança un regard approbateur.

— Puis-je vous aider ? demanda-t-elle d'une voix suave.

— C'est mon désir le plus cher, répondit Dan sur le même le ton. Je m'appelle Dan Santini et je cherche Mme Mulligan.

— Vous avez rendez-vous ?

— J'ai bien peur que non.

— Vous êtes de la famille ?

Dan secoua la tête d'un air navré.

Le sourire de la jeune femme fit place à un mélange de tristesse et de compassion.

— Je suis désolée, monsieur Santini, mais nos professeurs ne reçoivent que sur rendez-vous. Toutefois, si vous le souhaitez…

— Oh, je suis persuadé qu'elle acceptera de me voir ! déclara

Dan d'un ton confiant. Dites-lui que nous avons un ami commun, prénommé Simon.

Après une brève hésitation, la réceptionniste se leva en écartant sa chaise.

— Elle doit être en plein cours… mais je vais lui poser la question.

A peine deux minutes plus tard, elle revint en arborant un sourire joyeux.

— Vous pouvez y aller, monsieur Santini. C'est le troisième bureau sur votre droite.

Quand Dan aperçut Vivian Mulligan, il comprit immédiatement Simon. Elle devait avoir entre trente-cinq et quarante ans, et sa beauté était saisissante. Elle était grande et élancée ; elle avait d'immenses yeux sombres et une large bouche sensuelle. Ses épais cheveux blonds étaient retenus par un foulard de soie noir. Son chemisier noir et son tailleur gris foncé dissimulaient mal les courbes parfaites de sa poitrine et de ses hanches. Même sa tenue stricte n'arrivait pas à lui donner l'allure d'une maîtresse d'école.

En remarquant la pâleur de son teint, Dan se dit que, ou bien sa santé laissait à désirer, ou bien l'évocation de Simon avait produit l'effet escompté. Il paria sur cette seconde hypothèse.

— Bonjour, monsieur Santini. Je ne crois pas vous avoir déjà rencontré.

— En effet, dit Dan en souriant, mais c'est gentil à vous de me recevoir.

Elle ne lui rendit pas son sourire.

— Dans vingt minutes, j'ai rendez-vous avec la mère d'un élève, monsieur Santini. Je vous saurai donc gré de ne pas tourner autour du pot et de m'apprendre tout de suite la raison de votre visite.

La manière dont elle soutenait son regard, sans broncher, ainsi que sa brusque franchise forçaient l'admiration. Il lui en était d'autant plus reconnaissant que cela lui facilitait la tâche.

— J'enquête sur la mort de Simon Bennett, déclara-t-il d'un ton aussi direct que celui de la jeune femme.

Il la vit tressaillir.

— Je pensais que sa mort était due à un accident. C'est ce que j'ai lu dans la presse.

— En effet, mais certains détails permettent d'accréditer une version différente.

D'une main élégante aux longs doigts effilés, la jeune femme rajusta soigneusement son chignon, bien qu'il n'en eût aucunement besoin.

— En quoi suis-je concernée ?

— Vous étiez une amie de Simon. Une amie intime.

— Qui vous a dit ça ?

— Aucune importance, madame Mulligan. Ce qui compte, c'est que votre relation avec Simon pourrait bien vous mettre dans l'embarras, vous et votre mari.

Elle pâlit encore plus, et trahit ainsi son trouble grandissant.

— Vous n'êtes pas de la police. Sinon, vous m'auriez déjà montré votre plaque. Quel rôle jouez-vous dans cette affaire, monsieur Santini ? Etes-vous avocat ? Détective privé ?

— Ni l'un ni l'autre. Je suis un ancien inspecteur de la brigade des homicides du NYPD. Il m'arrive souvent de travailler comme conseiller pour les services de police.

— Votre statut est donc celui de consultant ?

Dan songea que cette femme était encore plus intelligente qu'il ne l'avait imaginé.

— Non.

— Dans ce cas, rien ne m'oblige à vous répondre, déclara-t-elle.

— Est-ce vraiment l'attitude que vous choisissez ?

Elle resta silencieuse un instant. Puis elle décroisa les bras et posa les mains sur son bureau.

— Que voulez-vous savoir, au juste ?

— Avez-vous eu une liaison avec Simon Bennett ?

Elle le toisa durant cinq bonnes secondes, puis répondit :

— Oui. Nous nous sommes rencontrés à une soirée offerte par un organisme de charité, l'année dernière.

— Et votre mari a fini par découvrir le pot aux roses ?

— Il n'a rien découvert du tout. C'est moi qui lui ai tout raconté. Je ne pouvais plus supporter de vivre dans le mensonge.

— Je vois. Comment a-t-il réagi ?

Le sourire qu'elle lui adressa était franchement amusé.

— Comment auriez-vous réagi, monsieur Santini ?

Il ne lui rendit pas son sourire.

— Je l'ignore, madame Mulligan. Personne ne m'a jamais trompé.

Elle ne broncha pas.

— Eh bien, je suis sûre que cela ne vous aurait pas plu ! Pete, lui, est entré dans une colère noire. Il est même allé faire un scandale dans les bureaux de Simon. Mais vous le savez déjà ; sinon, vous ne seriez pas là.

A présent, elle semblait plus décontractée, comme si le fait d'avoir pu confier à quelqu'un son aventure avec Simon l'avait délivrée d'un grand poids.

— En tout cas, si vous croyez que Pete est un assassin, vous vous trompez lourdement, enchaîna-t-elle en secouant la tête.

— Un témoin affirme que votre mari a menacé Simon.

— Ça ne prouve pas qu'il l'ait tué ! Demandez donc autour de vous. N'importe qui vous confirmera que mon mari prend plaisir à bousculer les gens, à les menacer et à leur faire peur. Mais on vous apprendra aussi que son agressivité retombe comme un soufflé quand on lui tient tête. C'est une grande gueule qui ne passe jamais à l'acte. Avec Simon, Pete avait trouvé son maître, et il en avait conscience. De là à commettre un meurtre, c'est une autre affaire, conclut-elle d'un air sceptique. Je suis sûre que Pete était fou de rage, peut-être même au point de le frapper. Mais jamais il ne l'aurait tué. Mon mari n'a pas la trempe d'un assassin. Il est comme ces chiens qui aboient mais ne vont pas jusqu'à mordre.

Renversé contre le dossier de son siège, Dan l'observait attentivement.

— Et vous, madame Mulligan ? Avez-vous le tempérament d'un assassin ?

Elle le dévisagea à son tour.

— Dans certaines circonstances, qui sait, je pourrais peut-être commettre un meurtre. Mais je n'ai pas tué Simon, si c'est à cela que vous pensez. Je n'avais aucune raison de le faire.

— Etiez-vous toujours sa maîtresse quand il est mort ?

— Non. Notre liaison était terminée. C'est moi qui ai rompu.

— Quand ?

— Fin septembre. Le jour même où je me suis confiée à Pete.

— Juste pour satisfaire ma curiosité, où étiez-vous la nuit du 1er décembre ?

Elle devait s'attendre à la question car elle répondit sans l'ombre d'une hésitation.

— Nous sommes allés nous coucher, mon mari et moi, peu après 22 heures.

— Et vous êtes restés au lit jusqu'au lendemain matin ?

— Certainement, en ce qui me concerne, et je n'ai aucune raison de croire que Pete se soit levé. J'ai le sommeil très léger, monsieur Santini. Si mon mari s'était glissé hors de la chambre pendant la nuit, je l'aurais entendu.

Sur ces mots, Vivian Mulligan se leva. Son masque froid et impassible avait laissé place à une expression plus douce, plus vulnérable.

— J'enseigne à Eastside Academie depuis la fin de mes études supérieures. Cela fait seize ans, reprit-elle. Si seulement quelqu'un apprenait que je…

Sa voix se brisa. Elle n'acheva pas sa phrase.

Dan éprouva pour elle une bouffée de compassion. A l'évidence, en dépit de sa brève aventure avec Simon, Vivian Mulligan aimait son mari. Et elle tenait énormément à son poste à Eastside Academie.

— J'espère qu'il ne sera pas nécessaire de révéler cette histoire au grand jour, dit Dan, en réponse à sa muette supplication. J'aurais aimé vous rassurer davantage, mais c'est tout ce que je peux dire pour l'instant.

Il sentit que cette réponse la décevait mais qu'elle s'efforçait de n'en rien laisser paraître.

— Je comprends, fit-elle en inclinant légèrement la tête.

Quand il se retrouva dehors, Dan contempla les limousines noires qui venaient se garer dans l'allée en attendant que sortent les représentants de la jeunesse dorée de la ville. Puis il posa de nouveau son regard sur l'élégant immeuble en brique marron. L'école privée Eastside Academie jouissait d'un tel prestige et d'une telle renommée que les parents y inscrivaient leur progéniture à la naissance, bien que chaque année d'études leur coûtât la bagatelle de quarante mille dollars. Pour sa part, Dan n'enviait nullement le statut social de ces enfants de riches, et il n'appréciait pas non plus les valeurs qu'on leur enseignait dans ce genre d'établissement.

En consultant sa montre, il s'aperçut qu'il était presque 14 h 30. Il avait juste le temps de récupérer sa Land Rover dans le parking proche de l'école, et de filer au centre Rockefeller pour retrouver Jill.

Situé au niveau inférieur de la Rockefeller Plaza, l'American Festival Café était fréquenté aussi bien par des étudiants, des touristes et des employés de bureau. Il était plein à craquer quand Jill arriva, un peu après 15 heures. Tout comme la patinoire du centre Rockefeller où les débutants glissaient timidement en se tenant par la main, tandis que les champions exécutaient des pirouettes compliquées, rythmées par l'air de *Silent Night* qui s'échappait des haut-parleurs. Juste derrière la statue dorée de Prométhée, un sapin de Norvège haut de vingt-cinq mètres — l'arbre de Noël le plus célèbre de la ville — dominait fièrement toute cette foule bariolée et supportait des milliers de petits feux qui miroitaient dans l'épaisseur de ses branches vertes.

Avec ses décorations sur chaque table et son sapin installé à l'entrée, le Festival Café présentait lui-même une joyeuse image de veille de Noël.

Jill s'arrêta sur le seuil, et scruta la salle bondée. Elle repéra très vite Dan, et fit un geste à l'hôtesse pour lui montrer où elle allait s'installer. Puis elle se fraya un chemin parmi la foule.

Dan se leva pour l'accueillir.

— Bonjour ! Tu es ravissante.

Malgré sa beauté et l'admiration qu'elle suscitait partout où elle passait, Jill était toujours surprise des compliments qu'on lui adressait.

— Merci, dit-elle en souriant.

Puis elle se tourna vers l'hôtesse.

— Juste un café pour moi, s'il vous plaît.

Il la regarda plier son manteau de laine rouge et le poser sur le dossier de sa chaise. Elle portait en dessous un pantalon noir et une veste très sobre, avec pour seul ornement une broche fantaisie en forme de crocodile. Aux joyaux que ses parents lui offraient régulièrement, Jill préférait les bijoux fantaisie dont elle changeait à sa guise en fonction de ses tenues et de son humeur.

— Ce début de journée s'est-il bien passé ? lui demanda Dan avec un sourire.

— Oui, Dieu merci. Ce matin, j'étais sur les dents : je pensais qu'on allait perdre un nouveau client. Mais ça c'est arrangé. Je peux souffler… enfin, jusqu'à la prochaine fois.

— J'ai l'impression que les problèmes poussent comme des champignons, depuis que Simon a disparu.

— C'est vrai. Je ne pensais pas que ce serait aussi dur. J'avais une véritable vénération pour mon père et, dans une certaine mesure, je comprends la réaction des gens, mais il y a des limites à tout ! Comment peuvent-ils imaginer qu'un seul homme soit à l'origine de la réputation d'une société comme la nôtre ? On dirait que les réussites de notre équipe d'architectes comptent pour du beurre ! Les immeubles magnifiques que avons réalisés, les prix que nous avons reçus… il semble que tout ça soit passé inaperçu !

Dan dissimula son étonnement. La passion que Jill exprimait pour son métier, la fierté qu'elle ressentait pour ses collaborateurs, lui plaisaient infiniment. Il découvrait là un nouvel aspect de la personnalité de Jill.

— Je suis convaincu que tu leur montreras à qui ils ont affaire. Ils verront de quel bois tu te chauffes !

— Hum… il faudra surtout que je sois souple, persuasive et diplomate, dit-elle en souriant.

Quand le serveur lui eut apporté son café, elle en huma l'arôme mais ne le but pas tout de suite.

— Alors, quelles sont ces mauvaises nouvelles ? Je suis tout ouïe.

Dan tourna lentement son café. Il s'était déjà demandé une bonne dizaine de fois s'il devait parler à Jill de la liaison de Simon avec Vivian Mulligan. Elle vénérait son père, et il aurait tout donné pour lui épargner cette déception. Mais il n'avait pas le choix. Leur association était fondée sur l'honnêteté. S'il voulait gagner la confiance de Jill, il ne devait pas enfreindre cette règle primordiale.

Cependant, le regard de la jeune femme était devenu presque suppliant.

— Allez, Dan, ne me fais pas languir !

— J'ai découvert que ton père avait une liaison.

Jill se figea.

— Qui t'a dit ça ?

— Philip Van Horn.

— Philip ? s'exclama-t-elle.

Il pouvait lire en elle comme dans un livre, deviner toutes les pensées qui traversaient son esprit à toute allure. Elle se sentait choquée et humiliée que l'une des personnes qu'elle respectait le plus et en qui elle avait toute confiance répandît des bruits répugnants sur son père.

— Philip n'a rien inventé, précisa Dan. D'ailleurs, il a d'abord refusé de m'en parler. S'il l'a fait, c'est parce que je ne lui ai pas laissé le choix.

Le teint blême, le regard brûlant, Jill murmura d'une voix rauque :

— Pourquoi as-tu pris son parti ? Qu'a-t-il fait pour que tu croies ce mensonge infâme ?

— Il n'a rien fait. Un soir, il travaillait avec ton père quand le mari de la femme en question a surgi dans le bureau de Simon en l'accusant de coucher avec son épouse. Ton père ne l'a pas nié. Les deux hommes en sont venus aux mains. Dieu sait ce qui serait arrivé si Philip ne s'était pas interposé.

Sur le visage de Jill, la colère avait laissé place à une expression d'extrême abattement.

— Ce n'est pas vrai. Mon père n'aurait jamais fait une chose pareille. Il aimait ma mère.

Comme il restait silencieux, elle demanda :

— Qui est cette femme ?

— Vivian Mulligan.

Jill demeura muette de stupeur. Puis, après un moment, elle balbutia :

— C'est ridicule. Papa haïssait Mulligan.

— Apparemment, il n'éprouvait pas le même sentiment pour sa femme.

Les lèvres serrées, les mâchoires crispées, Jill se tourna vers la fenêtre d'un mouvement sec d'automate. Dehors, au milieu de la patinoire, une jeune fille en caleçon rouge se livrait à des pirouettes acrobatiques sous les applaudissements des spectateurs. Jill l'observa d'un air absent. Son humeur joyeuse avait disparu. Elle avait l'impression d'avoir été trahie et, en même temps, elle se rendait compte que sa réaction était infantile. Il s'agissait de la vie de son père, pas de la sienne. Et, d'ailleurs, pourquoi était-elle aussi choquée ? N'avait-elle pas déjà soupçonné l'existence d'une autre femme ? N'était-ce pas la raison qui l'avait poussée à se rendre à Washington, sur les traces de son père ?

— Combien de temps… cela a-t-il duré ?

— Quelques mois. Vivian affirme qu'elle a rompu avec Simon le jour même où elle en a parlé à son mari.

Du bout des doigts, Jill appuya sur ses tempes. Elle sentait venir une migraine effroyable. Son père avait fréquenté une autre femme, ici, à New York, et personne n'en avait entendu parler ? Pendant des mois, il avait joué la comédie, il s'était caché ! Quand s'était-il transformé en menteur aussi habile ?

— Ça va, Jill ?

La voix préoccupée de Dan la tira de ses douloureuses pensées.

— Non. A vrai dire, je ne me suis jamais sentie aussi mal.

Dan referma la main sur la sienne.

— Cette aventure n'a rien à voir avec l'amour que ton père te portait, Jill.

— Tu as le culot de le défendre ! s'écria-t-elle en retirant brutalement sa main. Voilà une réaction typiquement masculine !

— Mais non, je ne le défends pas ! répondit patiemment Dan.

— Comment a-t-il pu s'abaisser à faire quelque chose d'aussi dégueulasse ?

— Jill, nos parents ne sont pas des anges descendus du ciel pour incarner la vertu. Ils sont humains, et faillibles, exactement comme nous.

Elle le défia du regard, comme elle l'avait fait tant de fois auparavant, à l'époque où ils passaient leur temps à se quereller.

— Alors, tu penses que ton père aurait été capable de tromper Angelina ?

— Je ne le crois pas.

— Et toi, tu aurais pu me tromper, quand on vivait ensemble ?

— Jamais de la vie.

— Alors, comment peux-tu parler de l'adultère comme d'une chose sans importance ?

— Ce n'est pas du tout ce que je fais. Et je suis loin d'approuver le comportement de ton père. Simplement, je ne veux pas que tu prennes à ta charge des événements que tu n'auras jamais le pouvoir de changer.

Dan avait raison. Il ne servait à rien de ressasser sa rancœur. Certes, la conduite de son père la blessait, la révoltait, mais, au plus profond d'elle-même, elle savait que cela n'affectait pas son amour pour lui. Ni sa volonté de retrouver celui qui lui avait ôté la vie.

— Moi aussi, j'ai quelque chose à te révéler, avoua-t-elle en baissant les yeux. J'aurais dû le faire plus tôt, mais… je viens seulement de me décider.

Elle s'attendait à un reproche ou à une remarque sarcastique, mais il n'en fut rien. Dan croisa les mains sur la table, et répliqua calmement :

— Je t'écoute.

— Il y a quelques jours, j'ai appris que mon père avait fait un voyage à Washington. C'était le 3 octobre, le jour où il devait se rendre à Miami pour un rendez-vous d'affaires très important.

Elle s'interrompit pour serrer ses doigts glacés autour de sa tasse de café.

— Personne ne savait rien à propos de ce déplacement : ni ma mère ni Henry qui a conduit mon père à l'aéroport. Pas même Cecilia. Quand j'ai voulu me renseigner là-dessus, le mystère s'est encore épaissi. Carl Jenner, l'homme que mon père devait rencontrer à Miami, m'a appris que papa lui avait passé un coup de fil, la veille, pour décommander la réunion. Pour toute explication, il a évoqué un cas de force majeure.

Jill osa enfin lever les yeux vers Dan.

— J'aurais dû t'en parler l'autre soir, quand on s'est promis de ne rien se cacher concernant cette affaire. Mais je n'en ai pas eu le courage. Tu peux apprécier l'ironie de la situation ! Je craignais justement qu'il s'agisse d'une autre femme, et je me sentais gênée.

— Ce n'est pas grave, Jill. Je te comprends. As-tu découvert quel était ce cas de force majeure ?

— Mystère !

Elle se força à soutenir son regard, puis poursuivit :

— Lundi, j'ai fait un saut à Washington pour essayer d'obtenir quelques réponses. Mais je suis rentrée bredouille.

— Je croyais que tu étais partie pour Richmond, dit Dan d'un air sévère.

— J'y suis allée. Mais j'avais prévu une longue escale à Washington, sur le chemin du retour.

— Cette initiative aurait pu se retourner contre toi, Jill.

— Mais ça n'a pas été le cas. J'ai fait la connaissance d'un porteur du nom de Tyrone. C'est lui qui s'est chargé des bagages de mon père. Il se rappelle que papa a pris un taxi, mais il ne se rappelle pas à quelle compagnie il appartenait, et il ignore la destination de la course. Je lui ai laissé une photo de papa et mon numéro de téléphone : il va essayer de retrouver le chauffeur.

Peu à peu, la ride de contrariété qui barrait le front de Dan s'estompa.

— As-tu parlé à quelqu'un d'autre ?

— Oui. Aux employés des compagnies de taxis. Un bide total ! Mais ils ont promis, eux aussi, de m'appeler s'ils retrouvaient le chauffeur de taxi qui a transporté mon père.

Elle but une gorgée de café, puis ajouta d'un ton amer :

— Après tout, peut-être que mon père allait retrouver Vivian Mulligan dans un nid d'amour ?

— Ça m'étonnerait ! dit Dan. D'après Vivian, leur relation était déjà terminée, à l'époque.

— Tu l'as donc rencontrée ?

— Oui, juste avant de venir te rejoindre.

— Elle a très bien pu mentir.

— Pourquoi ?

— Pour éloigner les soupçons.

Dan perçut la colère dans la voix de Jill. Il n'en fut pas surpris outre mesure : il comprenait ce qui se passait dans son cœur. Elle retournait toute sa fureur contre la maîtresse de son père, l'intruse, la séductrice. C'était une réaction normale, qui finirait par passer avec le temps.

— Rassure-toi, lui dit-il d'une voix douce. Je vais vérifier tout ça, je te le promets.

Elle le regarda d'un air interrogateur.

— Comment comptes-tu t'y prendre ? Tu n'as plus les moyens dont tu disposais quand tu travaillais au NYPD.

Il sourit. Le choc qu'elle venait de subir n'avait nullement affecté ses capacités de raisonnement.

— J'ai gardé quelques contacts utiles ici et là. En plus, j'ai engagé un privé qui se chargera de certaines vérifications et de la collecte de renseignements.

— Tu as engagé qui ?

Un couple âgé installé à une table voisine leur lança un regard intrigué. Comme, apparemment, ils ne perdaient rien de leur conversation, Dan se pencha vers Jill et reprit à voix basse :

— Calme-toi et fais-moi confiance. Je connais Al Metzer depuis des lustres, et il ne m'a jamais déçu. Il est compétent, fiable, et d'une discrétion à toute épreuve.

— Je refuse qu'il interroge ma mère : elle ne le supporterait pas. Pas plus que mon oncle, du reste.

— Il n'en est pas question ! Al m'aide à réunir des informations sur certaines personnes, c'est tout. En ce moment, il s'intéresse de près au passé de Pete Mulligan. Un drôle d'oiseau, celui-là. J'ai envie de savoir exactement à qui on a affaire. Al doit me contacter d'un moment à l'autre. Je t'en prie, chasse les doutes de ton esprit et fais-moi confiance. D'accord ? ajouta-t-il en prenant la main de Jill pour la serrer avec force entre les siennes.

Jill n'avait aucune difficulté pour faire confiance à Dan. Même aux pires moments de leur relation, elle avait douté de l'avenir de leur couple, mais pas de Dan lui-même, car elle savait qu'elle pouvait se reposer sur lui pour l'essentiel.

Elle se demanda à quoi ressemblerait leur vie, aujourd'hui, s'ils n'avaient pas divorcé. Auraient-ils des enfants ? Seraient-ils en train de chercher des cadeaux de Noël et de préparer une fête gigantesque ? Elle imagina Dan portant un bout de chou sur ses épaules, en train d'admirer les vitrines des grands magasins. Quel merveilleux père il aurait fait ! Et comme il était étrange qu'il ne se fût pas remarié et qu'il n'eût pas fondé un foyer, lui qui adorait les enfants !

— Ça y est, tu recommences !

Elle le dévisagea en souriant d'un air surpris.

— Je recommence quoi ?

— Ton esprit bat la campagne, et je reste en carafe. A quoi pensais-tu ?

Sans savoir pourquoi, elle eut l'impression qu'il l'avait déjà deviné. Cette idée la troubla, autant que l'image incongrue qu'elle venait de se représenter.

— Rien d'important, dit-elle en se levant et en enfilant son manteau.

— Appelle-moi dès que tu auras du nouveau, d'accord ? Maintenant, je dois retourner au bureau. J'ai encore pas mal de boulot.

— Je vais te déposer.

Dan jeta une poignée de billets sur la table, et emboîta le pas à Jill.

Alors qu'ils se dirigeaient vers le parking, dans la 52 Rue, un objet exposé dans la vitrine d'un magasin attira l'attention de Dan, et il se mit à rire.

— Je peux savoir ce qui se passe ? lui demanda Jill.

— Oh ! rien de spécial, répondit-il. J'ai cru reconnaître quelqu'un que je connaissais.

La montre de Jill indiquait 18 h 30 quand le téléphone sonna. Cathie venait de partir, et la jeune femme décrocha en réprimant un soupir d'agacement.

— Mademoiselle Bennett ? C'est moi, Tyrone.

Jill sentit son cœur bondir dans sa poitrine.

— Tyrone ! Vous avez appris quelque chose ?

— Et comment ! Le taxi que votre père a pris l'autre jour est passé par ici. Le chauffeur se souvient parfaitement de son client, et aussi de l'endroit où il l'a amené… Voyez-vous, ce n'est pas un endroit que les hommes ont l'habitude de fréquenter !

Jill serra le combiné au point de se faire mal à la main.

— De quel endroit s'agit-il, Tyrone ?

— Ça s'appelle Alternatives. Ça se trouve à Fairfax, en Virginie. Il s'agit d'une clinique, euh… spécialisée dans les avortements.

15.

Les doigts toujours crispés sur le combiné, Jill s'efforçait d'assimiler la nouvelle.

— Est-ce que le taxi a attendu mon père ?

— Non. Il l'a juste déposé devant l'entrée, et il est reparti.

— Merci, Tyrone. Je vais veiller à ce que votre ami et vous receviez sans tarder l'argent que je vous ai promis. Où puis-je l'envoyer ?

Sur le carnet posé devant elle, elle nota les deux adresses ainsi que celle de la clinique. Puis elle remercia Tyrone une nouvelle fois, et raccrocha.

Une clinique spécialisée dans les avortements... A chaque seconde, le sens de ces mots devenait plus clair — et plus menaçant. Il n'y avait qu'une seule explication possible : la maîtresse de son père attendait un enfant de lui... A moins que le chauffeur de taxi ne se fût trompé, ce qui n'était pas impossible. Après tout, cette course remontait à plus de deux mois ! Depuis, il avait dû voir des centaines de visages, retenir des centaines de destinations...

Jill composa le numéro de son agence de voyages, et réserva une place sur le vol du lendemain matin pour Washington. Ensuite, elle laissa sur le répondeur de Cathie un message disant qu'elle n'arriverait au bureau que vers 15 heures. Enfin, elle passa un coup de fil à Dan qui, à cette heure de la journée, devait aider sa mère à fermer l'épicerie. Lorsqu'elle lui eut fait part des informations qu'elle venait de recevoir, il proposa immédiatement :

— Et si je venais avec toi ?

— Ça n'est vraiment pas la peine, Dan. Je ne vais faire qu'un saut de puce, comme on dit, et je ne cours aucun danger. Je t'appellerai dès mon retour.

Elle raccrocha sans lui laisser le temps de protester.

Au moment où Dan reposait lentement le combiné, Angelina s'approcha.

— Je parie que c'était Jill ?

— Gagné, maman.

— Tu as l'air soucieux, Danny. Qu'est-ce qui ne va pas ?

— Oh, rien ! marmonna-t-il en balayant sa question d'un revers de main.

— Allons, ne me raconte pas d'histoires ! J'ai bien senti que tu étais préoccupé. En plus, hier soir, j'ai surpris, par hasard, la conversation que tu avais avec ton frère. Pourquoi m'as-tu caché que tu enquêtais sur la mort de Simon ?

— Je n'avais pas envie de t'inquiéter. Et puis, je n'étais pas encore certain qu'une véritable enquête s'imposait.

— Ça veut dire que, maintenant, tu en es sûr ?

Dan ne répondit pas. Il croisa les bras, puis demanda à sa mère, après un instant de silence :

— Je peux te poser une question ?

— Bien sûr, Danny !

— Que pensais-tu de Simon ? Je veux dire, il te plaisait ? Tu le trouvais sympathique ?

Angelina ne manifesta aucune surprise à la question de Dan.

— Oui, il me plaisait bien. Comment aurait-il pu en être autrement ? Il était toujours de bonne humeur, et il nous traitait d'égal à égal.

L'espace d'un instant, elle demeura immobile, le regard dans le vague, puis elle retourna à ses occupations.

Dan connaissait parfaitement sa mère, et il sentit qu'il avait éveillé sa curiosité.

— Il y a quelque chose d'autre, maman, pas vrai ? Allez, parle, je t'en prie !

— Je… je ne sais pas comment m'exprimer, murmura-t-elle en rangeant les couverts en argent dans un tiroir. Parfois, j'éprouvais de la pitié pour lui.

— De la pitié pour Simon ? Quelle drôle d'idée ! Mais pourquoi ?

— J'avais l'impression qu'il n'était pas vraiment heureux, qu'il lui manquait quelque chose d'essentiel.

— Mais qu'est-ce qui te faisait penser ça ?

— Il parlait plus volontiers de ce qu'il lui restait à accomplir que de ce qu'il avait déjà réussi. Il avait peur de manquer de temps pour réaliser ce qui lui tenait le plus à cœur.

— Ça n'a rien d'exceptionnel, maman ! Beaucoup d'hommes ont une véritable hantise de la vieillesse.

— Ce n'était pas le cas de Simon, déclara Angelina en ôtant son tablier. Un jour, il a confié à ton père que votre présence, à Jill et à toi, le rendait plein de forces et d'énergie, et qu'il se sentait capable d'affronter les tâches les plus rudes. C'est à ce moment-là que je l'ai plaint pour la première fois. Il avait tout pour être heureux : une femme ravissante, une fille adorable, une société qui prospérait… la célébrité, la fortune… et il ne souhaitait qu'une chose : retrouver sa jeunesse.

Angelina secoua la tête d'un air perplexe, comme si la logique de ce raisonnement lui échappait totalement.

Quant à Dan, il était très surpris. Il n'aurait jamais imaginé que son ex-beau-père pût avoir peur de vieillir. Etait-ce cette angoisse qui l'avait poussé dans les bras d'une femme de vingt-cinq ans plus jeune que lui ?

Dan tenta de se secouer. Cet aspect du caractère de Simon ne manquait pas d'intérêt, mais il ne voyait pas en quoi il l'aiderait à résoudre l'énigme que représentait sa mort.

A moins, songea-t-il, qu'Amanda n'eût découvert la liaison de son mari et qu'elle ne l'eût assassiné dans un accès de fureur. Certes, cette hypothèse paraissait hautement improbable… Mais, dans la mesure où il soupçonnait Vivian Mulligan, il ne pouvait pas se prétendre totalement opposé à l'idée d'un crime passionnel. Et, en réalité, l'épouse légitime avait un mobile plus solide que la maîtresse…

— Pourquoi voulais-tu savoir ce que je pensais de Simon ? demanda Angelina.

— C'était un homme complexe, très difficile à comprendre. Et toi, tu as une sensibilité extraordinaire. Tu as mis le doigt sur un aspect de sa personnalité qui pourrait m'être utile.

— Tant mieux ! Et maintenant, c'est mon tour de te demander quelque chose.

— Je t'écoute.

— Je voudrais que tu amènes Jill à la maison. Je suppose qu'elle a envie de passer Noël chez elle, avec sa mère, mais pourquoi ne viendrait-elle pas dîner dimanche ? Nous serions tous ravis de la revoir.

— Aucune chance, maman. Elle ne viendra pas.

— Comment peux-tu en être aussi sûr ? Pose-lui d'abord la question ! Je pense que ça lui ferait du bien de se sentir entourée de gens simples, gais et bienveillants. C'est exactement ce dont elle a besoin.

Après tout, se dit Dan, Angelina avait peut-être raison. Le dîner du dimanche chez les Santini constituait un rituel obligatoire, du temps où ils étaient mariés. Jill, qui était fille unique, adorait l'ambiance bruyante et chaleureuse, et les discussions animées ponctuées par des éclats de rire autour de l'énorme plat de pâtes préparé par Angelina. Jamais elle n'avait l'air aussi heureux que pendant ces réunions de famille.

— Entendu, maman, dit-il. Je lui poserai la question.

Comme l'avait annoncé la météo, la neige se mit à tomber sur le nord de la Virginie aux alentours de minuit, juste au moment où Cynthia Parson terminait sa garde à la clinique Alternatives, où elle travaillait depuis sept ans déjà.

Au moment où elle monta en voiture, la neige se fit plus dense, et la visibilité devint presque nulle. Cynthia laissa échapper un juron. Elle avait horreur de conduire la nuit, et surtout par un temps comme celui-là. Elle mit les essuie-glaces en marche, et plissa les yeux en s'efforçant de distinguer la route.

Quand elle aperçut le panneau qui indiquait la route de Conti Farms, elle poussa un soupir de soulagement. La prochaine sortie était la bonne. Finalement, elle n'arriverait pas chez elle plus tard que d'habitude, et Vera ne s'inquiéterait pas.

« Dieu bénisse Vera ! » songea-t-elle en ralentissant pour quitter l'autoroute. Non seulement elle prenait soin de Molly comme s'il s'était agi de sa propre fille, mais elle veillait aussi sur Cynthia : elle s'inquiétait pour sa santé, lui préparait ses repas et lui prodiguait des conseils, exactement comme l'aurait fait une mère.

Avant de rencontrer Vera, Cynthia n'avait jamais envisagé de laisser sa petite Molly adorée à qui que ce fût, hormis Collin, le père de la gamine, qui était informaticien et travaillait à la maison. Mais, quand Collin était mort, l'année précédente, la jeune femme avait dû chercher quelqu'un pour garder sa fille.

De toutes les baby-sitters que Cynthia avait reçues, seule Vera avait fait montre de la patience, de l'amour et de la compréhension indispensables pour s'occuper d'une enfant qui souffrait de troubles psychiques induits par l'angoisse de la séparation.

La maladie de Molly avait commencé peu après la mort de Collin. Terrifiée à l'idée que sa mère pût disparaître, elle aussi, la fillette de six ans avait brusquement refusé d'aller à l'école et de passer une minute loin de Cynthia. Chaque fois que celle-ci se préparait à partir pour la clinique, Molly piquait de telles crises de larmes que les voisins venaient frapper à leur porte pour s'assurer que Cynthia ne maltraitait pas son enfant.

Le psychiatre vers qui elle s'était tournée lui avait affirmé qu'il avait besoin de voir Molly au moins trois fois par semaine pour que la thérapie pût porter ses fruits. Mais, vers la fin du mois de novembre, l'assurance médicale de Molly avait expiré, et la jeune femme n'avait pas pu assumer le prix des séances.

Malgré les heures supplémentaires, le salaire de Cynthia suffisait à peine pour couvrir les dépenses quotidiennes et les dettes que Collin et elle avaient accumulées depuis des années.

Et puis, deux semaines auparavant, tout avait changé comme par magie…

A cet instant, alors que Cynthia tournait dans Elbow Lane, la sonnerie de son téléphone portable la tira de ses réflexions. Sa première pensée fut, comme toujours, pour Molly. Le cœur serré par l'inquiétude, elle se hâta de répondre.

— Allô !

— Cynthia, ici Jack.

La jeune femme se sentit aussitôt envahie par l'angoisse. La gorge sèche, les paumes moites de sueur, elle songea à l'homme qu'elle connaissait sous le nom de Jack Smith. Elle ne s'attendait pas du tout à ce qu'il l'appelât ce soir. Elle avait rempli ses obligations envers lui, ils étaient quittes, et elle espérait ne plus jamais avoir de ses nouvelles.

— Cynthia, vous êtes là ?

— Oui, murmura-t-elle après s'être éclaircie la voix. Que se passe-t-il ? Il y a un problème ?

— C'est le moins qu'on puisse dire !

Elle ne put retenir un gémissement.

— Détendez-vous, Cynthia : tout peut s'arranger.

— Laissez-moi en juger par moi-même.

Elle arrêta son break juste avant de tourner dans la petite impasse où elle habitait, et éteignit les phares. Si elle se rapprochait davantage de la maison, Vera pourrait reconnaître sa voiture en regardant par la fenêtre.

— Que s'est-il passé ? On a découvert quelque chose à mon sujet ?

— Il ne s'agit pas de vous en particulier : juste de la clinique, et de ce Simon Bennett qui était là le 3 octobre.

— Seigneur ! La police ?

— Non. La fille de Simon. Elle s'appelle Jill Bennett.

— Et alors ?

— Ecoutez. Quand elle viendra vous voir, demain matin, tout ce que vous aurez à faire, c'est nier que Simon Bennett ait jamais mis les pieds dans votre clinique. Et n'essayez pas de lui fourguer votre bla-bla habituel au sujet du secret médical et des relations privilégiées entre le médecin et son patient. Ça ne pourrait que la rendre encore plus méfiante. Dites-lui que vous n'avez jamais vu le bonhomme ni même entendu prononcer son nom.

A l'entendre, songea Cynthia, c'était un jeu d'enfant ! Evidemment, ce n'était pas lui qui vivait dans la peur et le mensonge. Ce n'était pas lui qu'on allait interroger.

— Qu'est-ce qui vous fait penser qu'elle va me croire ? Si elle vient fourrer son nez ici, c'est qu'elle est loin d'être bête.

— Bien sûr ! Mais, tout ce qu'elle sait, c'est que son père s'est rendu à la clinique. Si vous parvenez à la convaincre qu'elle se trompe, elle partira en se disant que la personne qui lui a donné cette information a fait une erreur.

L'espace d'un instant, l'homme demeura silencieux, puis il remarqua :

— Cela dit, je suis un peu inquiet au sujet de votre patron. A votre avis, comment réagira-t-il si elle l'interroge ?

— En ce qui concerne le Dr Laken, vous pouvez dormir sur vos deux oreilles. Il croit dur comme fer au secret médical et aux relations privilégiées entre le médecin et son patient, ne vous en déplaise. Sa réputation tient autant à son savoir-faire qu'à sa discrétion. S'il crache le morceau, personne n'aura plus confiance en lui, et il n'aura plus qu'à fermer sa chère clinique.

— Parfait.

La gorge nouée, les doigts crispés sur son téléphone cellulaire, Cynthia prit une profonde inspiration, puis déclara :

— Ecoutez, je ne suis pas sûre de pouvoir répondre à ses questions comme si de rien n'était. Ça ne faisait pas partie du marché.

— Ressaisissez-vous, lui dit Jack d'un ton brusque. Vous n'allez pas tout foutre par terre maintenant. N'oubliez pas ce qui risque de vous arriver !

Cynthia ferma les yeux, et s'abandonna aux frissons qui la parcouraient. Comment aurait-elle pu l'oublier ? Il le lui rappelait chaque fois qu'ils se parlaient. Elle serait arrêtée pour dissimulation de preuves. On l'interrogerait, on la ferait passer au détecteur de mensonge, on la mettrait peut-être en prison. Et, même si la loi se révélait clémente envers elle, le Dr Laken, lui, ne l'épargnerait pas.

Et si elle perdait son travail… elle n'avait pas le courage d'imaginer ce qui arriverait à Molly.

— Cynthia, vous m'avez entendu ?

— Oui.

Des larmes de désespoir lui brouillaient la vue tandis qu'elle laissait errer son regard de l'autre côté de la vitre. Les fenêtres de sa maison étaient les seules qui fussent encore éclairées. De l'autre côté de la rue, au milieu d'une pelouse enneigée, un énorme Père Noël se dressait, tel une sentinelle veillant sur la tranquillité des habitants du quartier. Mais il ne pouvait rien pour la tirer du pétrin dans lequel elle s'était fourrée.

— Eh bien, vous êtes prête à agir en conséquence ?

Soudain, elle se sentit agitée, nerveuse. Elle avait hâte de quitter sa voiture, d'échapper au son de cette voix qui résonnait dans son portable. Elle voulait courir se réfugier dans sa maison et serrer contre elle son trésor adoré : sa chère petite Molly.

— Oui, j'agirai comme vous me l'indiquez.

— Bravo, Cynthia ! Enfin des propos raisonnables. Au fait… Comment va Molly ? ajouta-t-il après un bref silence.

Cynthia eut un nouveau frisson. Elle craignait par-dessus tout cette phrase qui était, en réalité, une menace voilée. L'homme possédait un véritable talent pour la prononcer sur les tons les plus différents, traduisant tantôt une fausse préoccupation, tantôt un sinistre avertissement. C'était sa façon de rappeler à la jeune femme qu'il n'ignorait rien de sa vie. En effet, il savait tout sur les trois infirmières de la clinique. Et il avait jeté son dévolu sur Cynthia : la plus vulnérable, la plus accablée de problèmes.

— Molly va bien, murmura-t-elle enfin. Si vous n'avez plus rien à me dire, j'aimerais rentrer.

— Faites attention à Jill Bennett, répéta Jack. Elle est très maligne. Et elle sent les gens. Nous allons devoir marcher sur des œufs avec elle !

— Je croyais que je n'avais rien à craindre !

— Rien du tout, si vous ne paniquez pas.

Sur ces mots, il raccrocha. Cynthia l'imita, puis rangea son portable dans son sac. Comme son corps était agité de violents tremblements, elle décida de rester quelques minutes dans sa voiture, le temps de se calmer.

Que n'aurait-elle donné pour n'avoir jamais rencontré cet homme terrifiant ! Toutes les nuits, avant de s'endormir, elle restait allongée dans l'obscurité, et regrettait de ne pas pouvoir remonter le temps afin de rattraper son erreur fatale.

Elle ignorait tout de Jack, hormis ce qu'il lui avait dit. Au moment où elle avait compris qu'il avait tué un homme, elle était déjà trop impliquée dans cette histoire pour faire machine arrière. Elle avait dépensé une bonne partie de l'argent qu'il lui avait donné pour payer ses dettes, ainsi que pour réinscrire

Molly à ses séances de thérapie. Quant au reste des cinquante mille dollars qu'elle avait touchés, elle les avait placés dans un coffre, à sa banque, afin que personne ne s'aperçût de rien.

Dire que tout cela avait l'air si innocent, au début ! Un homme avait surgi un jour dans son bureau, et s'était présenté sous le nom de Jack Smith. Elle lui avait donné la soixantaine bien sonnée. D'une voix calme et posée, il avait déclaré qu'il soupçonnait sa femme d'avoir avorté. Lorsqu'elle était venue à la clinique, elle était accompagnée d'un homme. Il avait besoin de Cynthia pour l'identifier.

Naturellement, Cynthia avait refusé de répondre à ses questions. C'est alors qu'il lui avait proposé cinquante mille dollars pour qu'elle lui fournît des renseignements.

— Vous allez pouvoir vous occuper comme il faut de votre fille, avait-il précisé. La petite recevra enfin les soins médicaux dont elle a si désespérément besoin.

Sur le coup, elle s'était dit qu'il avait raison. Mais cette remarque lui avait mis la puce à l'oreille. Comment un homme qu'elle ne connaissait ni d'Eve ni d'Adam pouvait-il être si bien informé sur sa vie privée ?

Par méfiance, elle lui avait claqué la porte au nez.

Mais Jack Smith s'était révélé patient et entêté. Deux jours plus tard, il était revenu à la charge et, cette fois, il avait apporté l'argent. Cynthia en était restée bouche bée : elle n'avait jamais vu autant d'argent liquide. Elle contemplait les billets sans rien dire, tout en songeant que, grâce à eux, Molly pourrait recommencer ses séances de thérapie, et qu'elle-même cesserait de faire des heures supplémentaires, ce qui lui permettrait de se consacrer davantage à la fillette.

En retour, Jack ne demandait qu'une chose : l'identité des personnes qui figuraient sur les photos qu'il avait apportées. Il avait même cité leurs noms : Julia Banks et Simon Bennett, de sorte que Cynthia n'avait eu qu'à hocher la tête…

La jeune femme se rendit compte que les larmes ruisselaient sur ses joues. Elle prit son mouchoir, et s'essuya rapidement le visage. Pour rien au monde, Vera ne devait deviner qu'elle avait pleuré, sinon elle voudrait en connaître la raison, et Cynthia serait de nouveau obligée de mentir…

Après avoir attendu encore un moment, elle remit le moteur en marche, et parcourut la courte distance qui la séparait de sa maison.

Comme d'habitude, Vera, petite femme potelée aux cheveux gris coupés très court et aux yeux bleus rayonnant de bonté, vint l'accueillir sur le seuil, un joyeux sourire aux lèvres.

— Je commençais à me faire du souci, avec toute cette neige, expliqua-t-elle à Cynthia, tout en l'aidant à se débarrasser de son manteau.

Cynthia s'interdit de penser à Jill Bennett jusqu'au lendemain matin. Comme Vera soulevait le coin des lourds rideaux bleus pour jeter un coup d'œil à l'extérieur, Cynthia remarqua :

— Ce vent fait presque penser à une tempête. Un temps à ne pas mettre un chien dehors ! Ecoutez, Vera, pourquoi ne resteriez-vous pas dormir ici, cette nuit ?

Vera ne se fit pas prier. Elle vivait seule, et personne n'allait s'inquiéter pour elle.

Avec un soupir de soulagement, Cynthia se laissa tomber dans un vaste fauteuil rembourré, ôta ses baskets et se mit à frotter ses pieds douloureux.

— Comment s'est comportée Molly, aujourd'hui ?

— Elle a été sage comme une image. Mais elle avait l'air un peu fatiguée, vers le soir, et je l'ai couchée plus tôt que d'habitude.

Cynthia se leva et gagna la chambre de sa fille située au fond de l'appartement. La veilleuse jetait une douce lumière dorée sur l'enfant endormie. De longues mèches soyeuses encadraient les joues rondes de Molly, et sa petite bouche en forme de cœur était entrouverte. Elle serrait contre sa poitrine Charlotte, sa poupée préférée.

Cynthia sentit sa gorge se serrer, et elle cligna des yeux pour refouler ses larmes. Depuis six ans, tous les soirs, lorsqu'elle venait embrasser sa fille dans son sommeil, elle était submergée par une puissante vague d'émotion.

Elle se pencha vers le lit, pressa ses lèvres contre le front lisse de la petite fille, lui souhaita silencieusement bonne nuit, puis quitta la pièce sur la pointe des pieds.

Quelques minutes plus tôt, elle était effrayée à l'idée de rencontrer Jill Bennett, le lendemain matin. A présent, elle pensait à Molly couchée dans son petit lit, tranquille, sereine, et l'idée que sa fille allait bientôt se rétablir lui insufflait une force nouvelle.

Tout se passerait bien. Il ne pouvait pas en être autrement.

16.

Après avoir dîné d'un sandwich au fromage et d'un potage velouté aux champignons, Jill mit les deux assiettes sales dans le lave-vaisselle. Elle le faisait fonctionner une fois par semaine, ce qui était plus que suffisant étant donné la façon dont elle se nourrissait.

Un de ces jours, elle apprendrait à cuisiner afin d'utiliser son équipement ultramoderne. Elle en était là de ses réflexions lorsqu'on sonna à la porte. Pas un seul coup, mais plusieurs fois de suite.

— Oui, oui, j'arrive ! cria-t-elle, amusée par tant d'impatience. C'est toi, Ashley ?

— Non. C'est Pete Mulligan.

Elle percevait nettement la colère dans la voix de son visiteur.

— Que voulez-vous ?

— Vous parler, pardi ! Ouvrez la porte, Jill, ou je vous jure que…

Sans lui donner le temps d'achever sa phrase, elle ouvrit la porte à la volée.

— Ou bien quoi, Mulligan ? Vous enfoncerez ma porte ?

Mulligan ne se donna pas la peine de répliquer : il entra en trombe. Il était dans une fureur indescriptible.

— Pour qui vous prenez-vous ? hurla-t-il en plantant son regard dans celui de Jill. Comment avez-vous osé envoyer votre connard de flic interroger ma femme ?

Il avait les yeux injectés de sang, et la jeune femme craignit un instant qu'il ne succombât à une attaque.

— De quel droit se permet-il de la poursuivre jusque sur son lieu de travail ? Il n'est plus inspecteur ! Et, de toute façon, il n'a rien contre moi !

Jill le foudroya du regard.

— Un citoyen de notre pays n'a pas besoin de demander la permission pour interroger un autre citoyen. Si votre femme a choisi de répondre aux questions de Dan, voyez ça avec elle, au lieu de débarquer ici et de hurler comme un malade. Au cas où vous ne vous en seriez pas rendu compte, nous ne vivons plus à l'âge de la pierre. Alors, arrêtez de vous comporter comme un sauvage !

— Je vais rester ici et hurler autant que ça me plaira. J'en ai marre de vous autres, les Bennett, avec votre arrogance à la gomme. Vous n'êtes pas différents ni meilleurs que les autres. Et si votre ex s'avise encore d'approcher ma femme, ajouta-t-il avec un regard mauvais, tout en pointant un doigt vers elle, je vais porter plainte pour harcèlement. Ou, mieux, je reviendrai ici et je vous harcèlerai à mon tour. J'irai même jusqu'à vous donner une leçon de bonnes manières. Je doute que Santini apprécie !

— Si vous touchez un seul cheveu de sa tête, je vous tords le cou !

C'était la voix de Dan, Jill se tourna vers la porte d'entrée et demeura muette de stupeur. Elle n'avait jamais vu un tel regard chez son ex-mari. Ses yeux noisette avaient pris un éclat d'acier et paraissaient morts tant ils étaient froids et imperturbables. C'étaient les yeux d'un homme capable de tout.

Avant qu'elle pût intervenir, il attrapa Mulligan par le col de son manteau en cashmere, et le plaqua contre le mur.

— A moins que vous ne soyez maso, lui dit-il, je vous conseille de déguerpir tant que vous pouvez encore marcher.

— Ote tes sales pattes de là, Santini ! hurla Mulligan. Sinon…

— …. sinon, quoi ? répliqua Dan en le soulevant de terre.

Mais Mulligan tenait bon, en dépit de sa position particulièrement périlleuse.

— … sinon, tu le regretteras. J'ai des amis, connard. Des amis qui n'aiment pas qu'on vienne renifler dans mes affaires ou qu'on essaie de me coller sur le dos un meurtre que je n'ai pas commis. Des gens qui m'obéissent au doigt et à l'œil. Tu vois ce que je veux dire ?

Sans relâcher son emprise, Dan déclara le plus calmement possible :

— Mettons les choses à plat, Mulligan. Pour commencer, tu ne me fais pas peur. Ensuite, tant que je te tiendrai pour suspect, tu m'auras sur le dos, que ça te plaise ou non. Enfin, si je te surprends en train de tourner autour de Jill, ici ou à son bureau, ou n'importe où sur cette terre, je te brise les os, l'un après l'autre. Compris ?

Face à de telles menaces, Mulligan céda. Son corps s'affaissa et, lorsque Dan le lâcha, il vacilla, heurta une petite console dans l'entrée et dut s'appuyer contre le mur pour ne pas tomber.

Sans dire un mot, sans regarder Jill, il rajusta son manteau, lança un regard assassin à Dan, et s'en alla.

La main pressée sur sa poitrine, Jill suivit Dan des yeux, tandis qu'il allait refermer la porte.

— Je n'ai jamais eu si peur de ma vie, lui dit-elle. Je pensais que tu allais le tuer.

— J'avoue que j'étais à deux doigts de le faire. Ça va, toi ? Il ne t'a pas touchée ?

— Non.

Dan plissa les yeux et frappa du poing la paume de son autre main.

— J'aurais quand même dû lui casser la figure. Par principe.

Jill, qui était revenue de sa frayeur, eut un sourire.

— Ce que tu lui as dit a largement suffi.

— En tout cas, tu ne devrais pas ouvrir ta porte aussi facilement. Imagine que l'homme qui t'a agressée l'autre nuit vienne te rendre visite ! Et, d'ailleurs, si cet homme n'était autre que Mulligan ?

— Si c'est lui, il a raté la chance de sa vie ! Il nous avait tous les deux à sa merci.

— Qu'est-ce qu'il te voulait, au juste ?

— Il a découvert que tu avais interrogé sa femme. Ça ne lui a pas plu... Mais, dis-moi, est-ce ta légendaire intuition qui t'a soufflé que j'avais des ennuis ?

L'air soudain embarrassé, Dan tira de sa poche une petite boîte carrée, enveloppée de papier rouge et nouée avec un ruban doré.

— Je sais que ce n'est pas encore Noël, mais j'ai vu ça dans une vitrine, et... Enfin, je sais que tu aimes ce genre de trucs.

Les yeux écarquillés de surprise, Jill lui prit la boîte des mains.

— Tu m'as acheté un cadeau ?

— Eh bien… tu avais l'air tellement triste, tellement malheureuse quand je t'ai raconté ce que j'avais appris à propos de ton père ! J'ai pensé que tu avais besoin d'un petit quelque chose pour te remonter le moral.

— Oh, Dan…

— Allez, ouvre !

Elle aurait dû refuser, elle le savait parfaitement. Accepter son aide sans pouvoir le payer en retour la mettait déjà dans une situation suffisamment ambiguë…

— Ouvre, répéta-t-il. Si ça ne te plaît pas, tu pourras l'échanger.

Elle réprima un sourire. Quelques instants plus tôt, il paraissait capable de tuer un homme à main nue. Et maintenant, il se tenait devant elle en se dandinant d'un pied sur l'autre, timide et angoissé à l'idée que son cadeau fût mal reçu.

Non, décidément, elle n'avait pas le cœur à refuser !

Elle dénoua le ruban en silence et déchira le papier d'emballage. Quant elle ôta le couvercle de l'élégante petite boîte, elle ne put retenir un petit cri d'admiration. Une exquise broche en filigrane d'or brillait au fond de son écrin de velours noir. Elle représentait une femme au corps mince et svelte, munie de deux ailes déployées d'une finesse inouïe. La tête légèrement tournée, elle regardait par-dessus son épaule ; un sourire mystérieux jouait sur ses lèvres, et ses longs cheveux défaits tombaient en cascade sur son dos.

— Oh, Dan, c'est une véritable merveille !

— Elle te plaît ?

— J'adore ! Mais…

Elle s'apprêtait à dire que ce bijou avait dû coûter une petite fortune, mais elle se mordit la langue. Comme toujours, Dan avait lu ses pensées.

— Ce n'est pas l'un des joyaux de la couronne, Jill. Simplement, ça a attiré mon attention parce que… ça te ressemble tellement !

— Ah oui ?

— Oui.

Il paraissait plus à l'aise, maintenant. Il prit la broche, la fixa sur son pull, et poursuivit :

— Mi-sirène, mi-ange. C'est toujours ainsi que je pense à toi.

— Vraiment ?

— Vraiment.

Jill regarda le bijou, et le caressa du bout des doigts.

— Et tu as fait tout le chemin de Brooklyn jusqu'ici pour me l'apporter ?

— Tu connais mon impatience !

— Et comment ! répliqua-t-elle en riant. Tu es comme un gamin de dix ans !

Puis elle dit d'un ton plus grave :

— Merci, Dan. Je suis touchée plus que je ne pourrais le dire. Et tu avais raison : ça m'a remonté le moral.

— Alors, je suis content. Ecoute, à propos de demain…

Comme elle s'apprêtait à protester, il posa un doigt sur ses lèvres.

— Je voulais simplement te dire : sois prudente. Et appelle-moi dès que tu seras rentrée.

— Promis.

Elle le raccompagna, agita la main lorsqu'il entra dans l'ascenseur, puis referma la porte.

Il avait toujours été le plus généreux, le plus prévenant, mais aussi le plus imprévisible de tous les hommes qu'elle avait connus.

Elle n'arrivait vraiment pas à comprendre par quel miracle aucune femme ne lui avait encore mis le grappin dessus.

17.

La neige mouillée qui avait accueilli Jill à l'aéroport de Washington tombait toujours lorsque son taxi la déposa au 1113, Old Mill Road, à Fairfax.

La clinique Alternatives était située dans un charmant bâtiment en brique à deux étages qui se dressait au bord d'un paisible pré, au milieu de grands chênes majestueux, à l'abri de toute circulation.

Dès que Jill eut informé la réceptionniste du but de sa visite, la jeune femme perdit son joli sourire.

— Désolée, mademoiselle Bennett, nous ne communiquons pas l'identité de nos patientes. C'est strictement confidentiel.

— J'en suis consciente, mais il s'agit d'un cas de force majeure.

Jill eut beau supplier, la jeune femme demeura inébranlable.

— Puisque vous refusez de m'aider, j'aimerais parler à l'un de vos supérieurs. Au directeur de la clinique, par exemple.

— Le Dr Laken est au bloc opératoire, en ce moment.

— Il doit bien avoir un assistant ?

La réceptionniste jeta un coup d'œil sur le tableau fixé au mur.

— L'infirmière en chef est là, mais il y a de fortes chances qu'elle se trouve également au bloc.

— Voulez-vous vérifier, je vous prie ?

Un peu plus tard, alors que Jill attendait en feuilletant un magazine, elle entendit son nom prononcé à mi-voix. Elle leva les yeux, et découvrit une jeune femme à l'apparence très soignée. Ses yeux gris, intelligents et perspicaces, éclairaient son visage aux traits ingrats. Ses cheveux blonds étaient coupés très court et, sur sa blouse d'infirmière, elle portait un badge avec son nom : Cynthia Parson.

— Vous vouliez me voir ? demanda-t-elle à Jill.

Jill se leva pour se présenter. Cette fois, elle ne chercha pas à cacher la raison de sa visite. Elle expliqua à Cynthia que son père était décédé dans des circonstances assez troubles, et qu'elle s'efforçait de comprendre ce qui l'avait amené dans cette clinique, moins de deux mois avant sa mort.

L'infirmière l'écouta sans l'interrompre, d'un air compatissant. De temps en temps, elle jetait un coup d'œil sur la photo que Jill lui avait remise, mais elle ne semblait pas reconnaître Simon Bennett. Quand Jill eut terminé, elle secoua la tête d'un air navré.

— Je regrette pour votre père, mademoiselle Bennett. J'aimerais pouvoir vous aider, mais…

Elle secoua la tête de plus belle et écarta les bras dans un geste d'impuissance.

— Vous ne vous souvenez pas de lui ?

— Pas du tout. Pourtant, si je l'avais rencontré, je ne l'aurais pas oublié, ajouta-t-elle en souriant. Ce n'est pas le genre d'homme qui passe inaperçu.

Jill ne chercha pas à dissimuler sa déception.

— Je ne comprends pas. Le chauffeur de taxi affirme l'avoir déposé à cette adresse.

— Je ne sais que vous dire.

— Comment pouvez-vous être sûre que mon père n'a jamais mis les pieds ici ?

— Parce que je l'aurais appris d'une façon ou d'une autre. Je reçois chaque patiente avant qu'elle ne voie le médecin. Je m'entretiens également avec la personne qui l'accompagne. Je leur explique tout de la procédure.

— Et vous étiez de garde, ce jour-là ?

— Je travaille six jours par semaine. A moins que le 3 ou le 4 octobre n'ait été un dimanche, j'étais présente.

— Pourriez-vous vérifier, s'il vous plaît ?

— Bien sûr.

Cynthia Parson alla rejoindre la réceptionniste et lui parla à voix basse. Celle-ci lui tendit un gros registre qu'elle parcourut rapidement.

— Jeudi et vendredi, j'étais bien de garde, déclara-t-elle en revenant vers Jill.

Jill avait l'impression que tous ses espoirs de retrouver l'assassin de son père s'évanouissaient l'un après l'autre.

— Et si mon père avait eu directement affaire au Dr Laken ? demanda-t-elle. Dans ce cas, vous n'en auriez rien su.

— En effet. Ce n'est pas impossible.

— Il faut absolument que je lui parle ! Je sais qu'il est au bloc, mais j'attendrai qu'il ait terminé.

L'infirmière consulta sa montre, puis déclara d'une voix rassurante :

— Je vais voir où il en est. Il pourra sans doute vous recevoir dans quelques minutes.

*
* *

— La fille de Simon Bennett est dans la salle d'attente, annonça-t-elle. Elle a découvert que son père était venu ici le 3 octobre, et elle veut vous en parler.

Dans la pièce adjacente au bloc opératoire, le Dr Ronald Laken, un homme grand et mince, aux cheveux poivre et sel, ôta ses gants en caoutchouc, et les jeta dans le récipient prévu à cet effet.

— Oh, merde ! Cynthia, pourquoi vous ne lui avez pas dit que j'étais occupé ?

— Parce qu'elle aurait attendu, de toute façon. C'est une jeune femme très déterminée, Ron. A votre place, j'accepterais de lui parler.

— Comment diable a-t-elle appris que son père était venu ici ?

— Par le chauffeur de taxi qui l'a conduit à la clinique.

— Merde ! Pas de chance !

Cynthia ne laissa rien paraître de sa propre angoisse. Elle s'interdit également de parler de l'homme qui lui avait donné cinquante mille dollars pour qu'elle lui fournît la fameuse information qui aurait dû rester confidentielle. Si jamais le Dr Laken l'apprenait, elle serait virée sur-le-champ.

Ronald Laken et Simon Bennett avaient fait leurs études à Harvard à la même époque. Quand son ancien camarade et ami s'était tourné vers lui pour lui demander de l'aide, Ron lui avait juré de respecter l'anonymat. Même maintenant que Simon était mort, Ron Laken resterait fidèle à sa promesse.

La compagne de Simon avait été admise sous le nom de Julia Banks. Elle était repartie après avoir passé une nuit à la clinique.

Ron Laken se lava soigneusement les mains, et prit la serviette que Cynthia lui tendait.

— Bon, d'accord, dit-il. Puisque Mlle Bennett est une personne têtue, je vais la recevoir.

Il adressa un signe de tête à Cynthia, et se dirigea vers la salle d'attente.

En sortant, Jill retrouva la neige boueuse. Elle rabattit sur sa tête le capuchon de son manteau, et lança un regard désespéré autour d'elle. Ainsi, tous ses espoirs étaient déçus. Cette piste si prometteuse ne l'avait menée nulle part. Le Dr Ronald Laken, avec qui elle s'était entretenue pendant plus de dix minutes, lui avait affirmé à son tour que son père n'avait jamais mis les pieds dans la clinique. En fait, le 3 octobre, Laken n'avait pratiqué qu'une seule intervention, sur la personne d'une jeune femme de dix-neuf ans qui était accompagnée par son mari. Laken n'était retourné au bloc que le mardi suivant.

Jill n'avait aucune raison de douter de ses affirmations. D'ailleurs, le Dr Laken et l'infirmière Cynthia Parson lui étaient apparus comme des personnes honnêtes, pleines de bonne volonté, et sincèrement navrées de ne pas pouvoir l'aider dans ses recherches.

Mais, si son père n'était jamais venu dans cette clinique, où s'était-il donc rendu, ce jour-là ? L'endroit était désert. Ainsi que le chauffeur de son taxi le lui avait appris, il n'y avait rien alentour, et même le centre commercial le plus proche se trouvait à trois kilomètres de la clinique.

Peut-être son père était-il descendu ici pour mieux cacher sa véritable destination ? Peut-être avait-il poursuivi son chemin à pied ? Ou bien, quelqu'un était passé le prendre ?

Jill était désespérée à l'idée de repartir pour Washington sans aucune réponse.

L'espace d'un instant, elle fut tentée d'abandonner ses recherches, de reconnaître qu'elle avait abouti à une impasse, et de recommencer à vivre sa vie, comme tant de gens le lui conseillaient. Mais, au plus profond d'elle-même, elle sentait une force qui la poussait à continuer, à dévoiler le secret que son père s'était donné tant de mal à dissimuler. Quels qu'eussent été ses erreurs et ses torts, il n'avait pas mérité de mourir à cause d'eux.

Le taxi que l'infirmière avait appelé pour elle arriva enfin. Avec un petit soupir de déception, Jill monta et pria le chauffeur de la conduire à l'aéroport.

Il était temps de rentrer à New York.

— Il n'y a rien de plus sexy qu'un homme avec une hache à la main : je l'ai toujours dit !

Au son de cette voix sensuelle, Dan baissa le bras et se retourna.

Olivia Bennett se tenait devant lui, aussi séduisante que dans son souvenir. Elle était belle à faire damner un saint, et elle le savait. Chacun de ses gestes, chaque mot qu'elle prononçait, chaque regard qu'elle décochait en battant des cils était soigneusement calculé. La séduction, qui était sa seconde nature, lui était aussi indispensable que l'air qu'elle respirait.

— Bonjour, Olivia.

— C'est tout ce que tu trouves à me dire, alors qu'on ne s'est pas vus depuis plus de douze ans !

— Tu es plus belle que jamais, ajouta Dan en souriant. C'est bien ça que tu veux entendre ?

— Ça ira pour le moment, dit-elle avec une petite moue. Je viens de me rappeler que tu étais l'homme le moins bavard que je connaisse.

Dan leva sa hache et fendit une nouvelle bûche d'un coup sec et précis.

— Comment m'as-tu trouvé ? demanda-t-il à la jeune femme.

— Rien de bien sorcier : j'ai cherché l'adresse de tes parents dans l'annuaire, répondit Olivia avec un geste négligent. Ta mère est étonnante : elle m'a reconnue au premier coup d'œil.

— Elle a un formidable don d'observation et une excellente mémoire.

Olivia vint s'asseoir sur un banc, tout près de l'endroit où se tenait Dan, et croisa lentement ses jambes de rêve. Sa jupe courte remonta sur ses cuisses, mais elle ne fit aucun geste pour la rajuster.

— Pourquoi ne m'as-tu pas prévenue de ton arrivée ? Il a fallu que je l'apprenne par le téléphone arabe.

Dan fendit une autre bûche. Quand, douze ans plus tôt, Jill et lui avaient annoncé qu'ils allaient divorcer, Olivia lui avait fait comprendre qu'elle était libre et toute prête à soigner son cœur brisé. Dan n'avait jamais été dupe : il savait que ce comportement révélait moins une véritable attirance que le désir de s'approprier quelque chose, ou quelqu'un, que Jill avait perdu.

Heureusement pour lui, peu après, Olivia était tombée amoureuse d'un joueur de polo argentin, et elle avait cessé de le poursuivre de ses assiduités.

— Qu'est-ce qui t'amène, Olivia ? Si ma mémoire est bonne, je ne fais pas partie des veinards que tu honores de ton attention !

Elle éclata de rire. C'était un rire de gorge, grave et sensuel, censé éveiller le désir.

— Mais si, au contraire ! C'est toi qui m'as rejetée, il y a douze ans. Et ça t'a rendu encore plus désirable à mes yeux. Un vrai défi !

Plutôt que de minauder et de faire des chichis, Olivia préférait la manière simple et directe. Un bon point pour elle, songea Dan.

— Au fait, reprit-elle, je me sens outragée. Le bruit court que tu interroges les membres de ma famille et le personnel de la B & A au sujet de la mort de Simon, mais tu n'as même pas essayé de me contacter, moi. Comment cela se fait-il, inspecteur ? demanda-t-elle en papillonnant des cils. Ne suis-je pas sur la liste des suspects ?

— Je suis ici depuis très peu de temps. Rien ne presse : j'aurai toutes les occasions de te piéger, si ça me paraît nécessaire.

Olivia quitta alors son banc, et se rapprocha de lui au point qu'il sentit son souffle sur son visage.

— J'ai pris les devants. Pourquoi ne m'interrogerais-tu pas maintenant ?

Dan se rappela qu'Olivia était aussi têtue que sa cousine. Mieux valait saisir la perche qu'elle lui tendait : c'était sûrement la façon la plus facile de se débarrasser d'elle.

— Parfait. Alors, je vais te poser la même question qu'à tout le monde. Selon toi, qui aurait bien pu souhaiter la mort de Simon au point de passer à l'acte ?

— Personne, évidemment ! Je n'arrive pas à croire que tu partages l'idée ridicule de Jill ! Tout le monde, ou presque, adorait Simon. Il était presque vénéré comme un saint ! S'il avait vécu un peu plus longtemps, on aurait sans doute fini par le canoniser !

— Et toi, que pensais-tu de lui ? Tu le prenais également pour un saint ?

— Mon cul ! A mon avis, c'était un salopard égoïste et rusé. Je ne le portais pas dans mon cœur, et il me le rendait bien.

— Tu n'étais pas du même avis que lui en ce qui concernait la manière de gérer la B & A.

Olivia plissa les yeux avec une expression haineuse.

— Qui t'a dit ça ? Jill ? Cette garce cherche à me coller le meurtre sur le dos ?

— Calme-toi, Olivia. Personne ne t'accuse de quoi que ce soit. C'est toi qui as insisté pour que je t'interroge, tu te rappelles ?

— Et quel mobile aurais-je eu pour tuer Simon ? demanda-t-elle après un silence.

— L'argent. D'après ce que je sais, tu aurais gagné un joli paquet de fric si la société avait été vendue, mais Simon y était opposé.

— Ah, ça ! fit-elle en haussant les épaules d'un air insouciant. Tous les membres du conseil d'administration y sont opposés. Tu ne m'imagines quand même pas en train de les zigouiller l'un après l'autre ? Bien que ce ne soit pas une mauvaise idée…

Elle fit encore un pas vers Dan.

— Ah, Dan, pourquoi ne me demandes-tu pas quelque chose de beaucoup plus intéressant… comme, par exemple, ce que je faisais la nuit où Simon a eu cet accident ?

Dan décida de jouer le jeu encore un moment.

— D'accord. Que faisais-tu, la nuit où Simon est mort ?

— J'étais dans mon lit, entre des draps de soie rouge, en train de faire des rêves érotiques. Tu veux que je te les décrive en détail ? ajouta-t-elle avec un sourire de défi.

— Je préfère que tu me dises si tu étais seule ou avec quelqu'un.

— Devine ! lança-t-elle d'un ton espiègle. C'est pourtant simple : si j'avais été avec quelqu'un, ça n'aurait pas été un rêve mais la réalité ! Eh bien… tu veux me passer les menottes ? demanda-t-elle en levant ses mains jointes et en ronronnant comme une chatte.

— Les enseignants n'utilisent pas de menottes.

Olivia murmura en battant des cils :

— Moi, si !

Sans lui laisser le temps de réagir, elle se dressa sur la pointe des pieds et l'embrassa sur la bouche.

— Salut, beau gosse ! Si tu as besoin de moi pour quoi que ce soit, tu sais où me trouver.

Dan la regarda traverser le patio et s'éloigner le long du sentier qui entourait la maison. L'instant d'après, un puissant moteur vrombissait, et la jeune femme démarrait sur les chapeaux de roues.

Tout en reprenant sa hache, Dan réfléchit à leur brève conversation. Il avait toujours pensé à Olivia comme à une âme errante, un être que personne ne s'était jamais donné la peine d'apprécier, d'aimer, ou même de comprendre. A cause de cette impression, il éprouvait toujours un peu de pitié pour elle. Un de ces jours, si elle ne changeait pas, ce besoin d'attirer l'attention risquait de lui causer de graves ennuis…

Quant à la soupçonner d'avoir assassiné son oncle, c'était hors de question. Jamais cette pensée n'avait traversé l'esprit de Dan. Olivia Bennett avait sûrement beaucoup de défauts, mais ce n'était pas une meurtrière.

18.

Les bras croisés sur sa poitrine, Dan étudiait un tableau, accroché au mur de son ancienne chambre, qui résumait l'affaire Simon Bennett. Sur la colonne de gauche figuraient les noms de tous les suspects sans exception. Sur celle du milieu étaient inscrits le mobile éventuel de chaque personne et la possibilité qu'elle avait eu de commettre le meurtre. Quant à la colonne de droite, Dan y avait noté ses observations personnelles.

Le nom de Pete Mulligan se trouvait en tête de la liste de gauche. Il avait un mobile sérieux. Sa femme affirmait qu'il avait passé la nuit avec elle, dans leur lit, mais elle pouvait mentir pour le protéger.

Par ailleurs, Al Metzer affirmait que Mulligan était passionnément épris de sa ravissante femme. Il lui avait fait une cour acharnée pendant des années avant qu'elle consentît à l'épouser. De plus, le bruit courait qu'elle ne lui aurait jamais cédé s'il n'avait pas sauvé son père de la banqueroute.

Le nom de Vivian Mulligan figurait juste en dessous de celui de son mari. Ensuite, on trouvait Amanda. Dan la soupçonnait parce qu'elle lui avait menti lorsqu'il l'avait interrogée. Quant à Cyrus, son cas représentait une véritable embrouille. Il avait passé la nuit du crime chez lui, seul, et n'avait pas l'ombre d'un alibi. Et il avait refusé net de parler de Simon quand Dan avait tenté de l'interroger. Il n'avait même pas pris la peine d'inventer une excuse.

— L'idée que vous fourriez votre nez dans nos affaires me déplaît au plus haut point, avait-il déclaré à Dan d'un ton brutal. Et le fait que vous fréquentiez de nouveau ma nièce me contrarie encore plus. Vous l'avez terriblement fait souffrir. Simon vous l'avait sans doute pardonné, mais pas moi.

Pourtant, malgré tous ses efforts, Dan ne parvenait pas à dénicher la plus petite raison qui aurait pu pousser Cyrus à liquider Simon. A la différence de la plupart des gens qui n'auraient pas supporté de vivre dans l'ombre d'un frère tellement plus talentueux qu'eux, Cyrus avait toujours paru content de son sort. En outre, il n'avait jamais manifesté le moindre désir de s'emparer des rênes du pouvoir pour devenir le patron de la B & A.

Le même raisonnement s'appliquait à Paul Scoffield et à Philip Van Horn. Les deux hommes possédaient une fortune personnelle considérable et ne semblaient pas avoir le moindre grief contre leur impétueux président. Mais tous deux vivaient seuls et n'avaient pas d'alibi, ce qui expliquait leur présence sur la liste des suspects.

Le dernier nom dans la colonne de gauche était celui de Joshua, mais, tant qu'il ne l'avait pas interrogé, Dan ne pouvait faire aucune hypothèse à son sujet.

Un coup frappé à la porte le tira de sa méditation. C'était son frère Joe.

— Salut ! Entre, fit Dan en le saluant d'un geste de la main.

— Je viens de finir ma permanence. Je voulais voir ce que tu fabriquais.

Joe était inspecteur à la brigade des stups de Brooklyn, et il avait proposé à Dan de le renseigner sur Mulligan ou n'importe quel autre suspect de sa liste.

Des trois frères Santini, c'est Joe qui avait hérité de la beauté ténébreuse et du caractère jovial de leur père. Il avait une magnifique chevelure noire de jais, des yeux sombres et rieurs, et deux charmantes fossettes qui lui avaient valu, dans son enfance, un surnom qu'il détestait : « Joues ».

Joe alla se planter à côté de son frère, et parcourut rapidement les informations gribouillées dans les trois colonnes du schéma.

— Tu m'épates, vieux : personne ne peut constituer une liste de suspects aussi vite que toi ! s'exclama-t-il d'un ton mi-rieur, mi-admiratif.

— Aligner les noms des suspects, ça n'a rien de sorcier, Joe. Ne pas se planter en choisissant son homme, c'est une autre paire de manches.

Joe parcourut le tableau des yeux, puis revint à la première ligne.

— J'ai effectué quelques recherches, et j'ai découvert quelque chose d'intéressant à propos de ton numéro un.

Dan s'adossa à la bibliothèque, et croisa les bras.

— De quoi s'agit-il ?

— Le bruit court qu'il a été de mèche avec Gino Pugliese.

— Ce minable, ce voyou à la gomme qui traficote dans le New Jersey ?

— Ce minable contrôle maintenant un territoire assez vaste qui inclut le sud de Manhattan.

— Que fait-il exactement ?

— Un peu de tout. Il bosse avec les prêteurs sur gages, les dealers, les proxénètes… Choisis n'importe quel secteur : tu peux être sûr de trouver sa trace.

— Des condamnations ?

— Non. Aucune. Il est bien trop malin pour laisser des preuves derrière lui.

— Tu as dit que Mulligan avait été de mèche avec lui. Comment sais-tu qu'ils ne marchent plus ensemble ?

— En fait, je n'en sais rien. C'est pour ça que je te conseille d'être prudent.

— Ne t'inquiète pas, je ferai gaffe. Merci pour le tuyau, Joe.

Dan s'abstint de raconter à son frère son affrontement avec Mulligan, la veille au soir. Sinon, Joe aurait été capable de lui assigner un garde du corps vingt-quatre heures sur vingt-quatre.

— Ce n'est rien, fit Joe avec son sourire de gamin. Qu'est-ce qu'on avait l'habitude de dire quand on était gosses ? « Un pour tous, tous pour un ! »

Dan lui rendit son sourire. Autrefois, dans le quartier, on comparait les frères Santini aux Trois Mousquetaires. Ensuite, Nino, cet incorrigible aventurier qui n'avait alors que dix-neuf ans, était parti faire de l'escalade. Lui et deux autres jeunes gens s'étaient tués en voulant gravir l'Himalaya.

— Il faut que j'y aille, je dois accompagner Nick à son entraînement de basket-ball. Mais n'oublie pas ce que je t'ai dit, et surveille tes arrières ! Si Mulligan et Pugliese sont toujours de mèche, ils sont capables du pire.

Dan prit un feutre sur son bureau, et souligna le nom de Mulligan de deux traits rouges.

— T'inquiète, petit frère. Je surveille toujours mes arrières.

*
* *

Dan fut la première personne à qui Jill passa un coup de fil en rentrant de Washington.

— Apparemment, le chauffeur de taxi s'est trompé, lui expliqua-t-elle. J'ai discuté avec le directeur de la clinique, ainsi qu'avec l'infirmière en chef. Ils affirment tous les deux qu'ils n'ont jamais vu mon père ni de près ni de loin.

Dan parut sceptique, ce qui n'étonna pas Jill. Elle savait que les flics — et même les anciens flics — étaient suspicieux par nature.

— Comment peux-tu être certaine qu'ils t'ont dit la vérité ? Le secret médical et les relations confidentielles entre médecin et patient constituent le fondement même de leur éthique. S'ils enfreignent ce principe une seule fois, ils peuvent dire adieu à leur cabinet !

— Le Dr Laken et Cynthia Parson ne m'ont pas menti. Ils ont même vérifié sur le registre de la clinique. La seule intervention notée à la date du 3 octobre a été pratiquée sur une jeune femme qui est arrivée accompagnée de son mari. Ils avaient tous les deux dix-neuf ans. Il n'y a eu aucune autre intervention avant la semaine suivante.

— Tu penses ce que tu veux, mais je préfère qu'Al Metzer fasse une petite vérification. Entre-temps, ajouta-t-il, on devrait faire un saut à Livingston Manor. Wally m'a appelé pour me dire que Joshua était de retour. Je souhaite l'interroger, ne serait-ce que par acquit de conscience. Demain, ça irait pour toi ?

Jill jeta un coup d'œil à son agenda, et répondit en soupirant :

— Je peux me libérer à 16 heures, puisque tu y tiens.

Ils convinrent que Dan passerait la prendre à la sortie de la tour Vangram.

Olivia se réveilla en sursaut. Les yeux grands ouverts, le cœur battant à tout rompre, elle retint son souffle et écouta. Quelque chose ne tournait pas rond. L'odeur ! Des effluves douceâtres, écœurants, flottaient dans la pièce et lui donnaient la nausée.

Quelqu'un avait pénétré dans sa chambre !

Comme ses yeux s'habituaient à l'obscurité, elle distingua une silhouette sombre qui se dressait à côté de son lit.

Réprimant un cri de terreur, elle s'assit d'un bond, et serra le drap contre sa poitrine nue. Elle voulut parler, mais elle en fut incapable.

Soudain, la lampe de chevet s'alluma.

Un homme tout de noir vêtu s'assit sur le bord de son lit sans cesser de la dévisager. Il avait une quarantaine d'années, des yeux bleu pâle froids comme des glaçons, des lèvres fines déformées par un rictus mauvais. Ses cheveux noirs et brillants étaient attachés en catogan sur sa nuque.

Tandis qu'il la considérait en silence, Olivia regardait d'un air terrifié le couteau à cran d'arrêt qu'il serrait dans sa main droite.

— Salut, Livy, dit-il enfin.

Olivia se mit à trembler, et se blottit contre son oreiller.

— Comment…

Sa voix se brisa. Elle ne put continuer.

— … comment je suis entré ? dit l'homme avec un haussement d'épaules insouciant. Qu'importe ? Il y a des tas de trucs pour ça.

Quand la jeune femme ouvrit de nouveau la bouche, il se pencha vers elle et pressa délicatement la lame de son couteau contre ses lèvres.

— Chut, c'est moi qui parle, Livy. Toi, tu vas m'écouter.

Ses yeux devinrent soudain durs comme l'acier de sa lame.

— Je crois que tu as oublié le petit service que tu devais rendre à mon ami Pete. Tu as vingt-quatre heures, Livy. Si tu merdes…

Il pointa son couteau contre sa joue, de sorte que le moindre mouvement risquait de la blesser. Olivia en avait le souffle coupé.

— Réponds, Livy.

Elle baissa les paupières en signe d'acquiescement.

— Dis-le à haute voix !

— Les devis, murmura-t-elle. Il veut connaître le montant des devis.

— Dans combien de temps ?

— Dans vingt-quatre heures.

— Bien ! J'adore les petites filles sages.

Il laissa glisser sa lame le long du cou d'Olivia, puis l'arrêta un instant là où le sang battait sous sa peau transparente. Olivia sentit la sueur couler sur ses tempes et dans son dos. Il fit glisser le couteau plus bas, contre son sein droit.

— J'ai horreur d'abîmer des poulettes aussi mignonnes que toi, reprit-il avec une sorte de nostalgie dans la voix, comme si cette idée l'avait excité. Mais, si tu me donnes une seule raison de revenir, je serai obligé de t'abîmer sérieusement. Et aucun chirurgien esthétique ne pourra te rendre ta fameuse beauté.

En prononçant ces mots, il eut un large sourire.

— Ai-je été assez clair ?

En guise de réponse, elle poussa un petit gémissement de désespoir.

L'homme rangea son couteau, comme à contrecœur, puis il rapprocha son visage du sien, et la scruta avec ses effrayants yeux bleu pâle.

— Et ne t'avise pas de me dénoncer, ma beauté ! D'accord ? Si j'apprends que tu es allée voir les flics, tu te retrouveras en moins de deux au fond de l'East River, et les poissons dégusteront ton joli petit corps pour le déjeuner. *Capisci ?*

L'image suscita chez la jeune femme un nouveau frisson qu'elle s'efforça de réprimer.

— Je ne dirai rien à personne, murmura-t-elle.

D'un air pétrifié, elle le regarda se glisser silencieusement vers la sortie. Comme il atteignait la porte, il se retourna vers elle une dernière fois.

— Et ne t'inquiète pas pour Georges, le portier. Il se réveillera dans une heure, frais comme un gardon.

Avant même qu'elle eût repris haleine, il avait disparu. Ce fut alors qu'elle se mit à trembler de tous ses membres.

Pendant un long moment, elle resta là, blottie dans son lit, le drap pressé contre sa poitrine, sanglotant, grelottant de froid, de terreur et de rage impuissante. Quand elle se fut suffisamment ressaisie pour regarder la pendule, il était 2 h 10.

Comme elle savait qu'il lui serait impossible de se rendormir, elle se leva, et se rendit dans le salon pour se verser un verre de scotch. Elle en avala une longue gorgée, reprit sa respiration, puis vida le reste d'un trait.

Lorsqu'elle fut un peu calmée, elle se laissa tomber dans un fauteuil et ferma les yeux.

« Oh ! Olivia, cette fois, tu t'es fourrée dans un sacré pétrin », songea-t-elle.

Une couche de neige fraîche recouvrait l'herbe jaunie quand Jill et Dan arrivèrent à Livingston Manor, le lendemain soir. L'étroit sentier qui menait à la maison de Joshua avait déjà été débarrassé de la neige et recouvert d'une couche de gros sel qui scintillait dans le clair de lune.

Comme ils s'apprêtaient à frapper à la porte du coquet petit pavillon, Jill répéta à Dan :

— Il est terrorisé par les gens qu'il ne connaît pas. Il peut même refuser de te parler, alors, laisse-moi commencer, d'accord ? Il te fera confiance s'il voit que nous sommes amis.

Comme Dan s'y attendait, le sourire timide de Joshua fit place à une grimace de mécontentement dès qu'il l'aperçut.

Dan l'examina à la dérobée, et nota qu'il avait des muscles puissants, des mains calleuses et d'épais cheveux d'un brun terne qui lui arrivaient aux épaules. Son âge lui parut difficile à déterminer : sans doute entre trente et quarante ans.

— Bonjour, Joshua, dit doucement Jill.

— Bonjour, mademoiselle Jill.

— Joshua, voici mon ami, enchaîna-t-elle en prenant Dan par le bras. Il s'appelle Dan Santini. Tu peux l'appeler M. Dan, si tu veux.

Prenant exemple sur Jill, Dan salua Joshua avec douceur, mais celui-ci ne lui répondit pas. Il s'abstint même de croiser son regard.

— Est-ce que Wally t'a expliqué pourquoi nous sommes ici ? demanda Jill.

— Il a dit que vous voulez me poser des questions.

— C'est exact, fit Jill en se frottant frileusement les mains. Joshua, est-ce qu'on peut entrer ? Il fait très froid, ici.

Le colosse s'écarta pour les laisser entrer. Dan lança un rapide coup d'œil alentour. La maison était d'une propreté méticuleuse. Sur les rayonnages, il y avait un curieux assortiment de radios, réveils automatiques et mixeurs démontés. Un petit poêle à bois, sur lequel était posée une bouilloire, apportait une note rustique et confortable à l'ambiance.

— Joshua aime réparer les objets, expliqua Jill. N'est-ce pas, Joshua ?

Joshua se mit alors à faire la vaisselle, tâche qu'il avait sans doute interrompue à l'arrivée de ses visiteurs.

— Moi aussi, j'aime réparer les objets, déclara Dan.

Joshua poursuivit sa tâche sans réagir.

Cependant, Jill ne semblait pas du tout troublée par le comportement sauvage de Joshua. Elle s'approcha de lui, tout en respectant une certaine distance.

— Dan a besoin de te poser quelques questions à propos de la nuit au cours de laquelle papa est mort, dit-elle lentement et patiemment, comme si elle parlait à un enfant. Tu voudras bien y répondre, Joshua ?

Il sembla réfléchir un instant, puis acquiesça.

— O.K.

Dan s'efforça d'adopter une voix douce et calme pour interroger ce témoin un peu spécial.

— Il pleuvait très fort, cette nuit-là, n'est-ce pas, Joshua ?

Le gardien approuva de la tête, tout en astiquant une casserole.

— Tu te rappelles comment c'était, dehors ? reprit-il en jetant un coup d'œil par la fenêtre.

Dans l'obscurité, la grande maison ressemblait à une énorme ombre noire.

— Il t'arrive de regarder la pluie ?

Joshua acquiesça sans lever les yeux vers Dan.

— Tu aimes la pluie, pas vrai ?

— Oui.

— Moi aussi.

Dan attendit un instant, puis continua en choisissant ses mots avec soin.

— Est-ce que tu as vu quelque chose, à part la pluie ? Comme, peut-être… une autre voiture ? Ou une personne ?

Joshua crispa les lèvres.

— Je n'ai rien vu du tout, marmonna-t-il, sans cesser d'astiquer la casserole.

— Mais tu as bien vu la jeep de M. Simon, n'est-ce pas ?

Le géant leva la tête. Il avait une expression confuse et effrayée à la fois. Il lança un rapide regard à Jill, comme pour la supplier de venir à son secours.

— Ne t'en fais pas, Joshua. Dan est un ami, tu te rappelles ? Tu peux tout lui dire.

— Est-ce que tu as vu la jeep de M. Simon ? répéta Dan.

Le gardien secoua négativement la tête.

— Mon père l'avait probablement rentrée dans le garage, dit Jill. C'est pour ça que Joshua ne l'a pas remarquée.

— Est-ce que tu as entendu une autre voiture ? demanda Dan sans quitter l'homme des yeux.

Soudain, l'expression de Joshua devint hostile. Tout en rougissant de colère, il finit de rincer la casserole et se mit à essuyer le comptoir de la cuisine avec des gestes brusques et irrités.

— Je vous ai dit que je n'ai rien vu ! J'étais occupé. J'essayais de réparer quelque chose.

Il désigna un toasteur posé à l'autre bout du comptoir.

Dan examina l'appareil électrique.

— Pourquoi est-ce qu'il ne marche pas ? Qu'est-ce qu'il te faut pour le réparer ?

— Il me manque une pièce. Le fil…

— … le filament à incandescence ?

— Oui, mais je n'en trouve pas.

Dan prit le toasteur, et l'étudia. Il nota la marque et le numéro de série sur l'une de ses cartes de visite.

— Ecoute, Joshua. Je connais un gars, à Brooklyn, qui pourrait te trouver exactement ce qu'il te faut. Je lui en parlerai, et je te tiendrai au courant. D'accord ?

Le colosse adressa à Dan un regard méfiant.

— M. Simon m'a dit qu'on n'en fait plus de toasteurs comme ça.

— C'est vrai, mais cet ami de Brooklyn a un magasin de pièces détachées. Et il ne jette jamais rien : il garde même les pièces les plus anciennes.

Il attendit que Joshua se fût essuyé les mains, puis ajouta :

— Est-ce que M. Simon recevait beaucoup de visiteurs quand il séjournait ici ?

Joshua haussa les épaules.

— M. Wally venait souvent. Et, les jours de fête, toute la famille de M. Simon était là. Maintenant, ils ne viendront plus jamais…, murmura-t-il tristement.

— Oh, ce n'est pas vrai, Joshua ! s'écria Jill. Moi, je viendrai passer beaucoup de temps ici, et ma mère aussi, et mon oncle Cyrus.

Mais le gardien n'avait pas l'air convaincu. Dan s'efforça de reprendre le fil de la conversation, mais il n'y parvint pas. C'était comme si Joshua avait soudain dressé un mur entre lui et le reste du monde.

Jill le sentit, elle aussi. Elle lança à Dan un regard impuissant, puis s'adressa de nouveau au gardien :

— Merci de nous avoir parlé, Joshua, lui dit-elle en souriant. C'était très gentil à toi.

Elle s'approcha de lui, et le serra dans ses bras un court instant. Aussitôt, le visage de l'homme s'adoucit.

— Ne vous inquiétez pas, mademoiselle Jill : je veillerai sur la maison.

— J'ai confiance en toi, Joshua, tu le sais bien.

Quand ils furent dehors, la jeune femme se tourna vers son compagnon, et lui demanda avec curiosité :

— Qu'est-ce que tu en penses ?

— Il se méfie trop de moi.

— Je t'avais prévenu ! C'est parce qu'il ne te connaît pas.

— Et il m'a menti.

— Qu'est-ce qui te fait croire ça ? J'étais présente, et je le connais comme si je l'avais fait. Joshua ne sait pas mentir…

— Tais-toi, murmura Dan en la prenant par la main.

Instinctivement, elle se rapprocha de lui.

— Qu'est-ce qu'il y a ? murmura-t-elle.

— Quelqu'un vient de sortir de la maison de ton père.

Jill retint son souffle, et examina l'allée, à travers les arbres. Dan avait raison. Une petite silhouette noire s'éloignait rapidement du perron.

— Qui cela peut-il bien être ? demanda-t-elle, le cœur battant à tout rompre.

— C'est ce que je vais découvrir, et tout de suite, répliqua Dan. Ne bouge pas.

Il abandonna la main de Jill, puis se glissa vers la maison, et suivit l'allée en se cachant derrière les arbres, jusqu'à ce qu'il eût rattrapé l'inconnu. Quand il vit son visage, il s'arrêta, et demeura muet de stupéfaction.

19.

Lilly avait l'air d'un animal traqué. Elle dévisagea Dan, puis Jill qui s'était empressée de les rejoindre en entendant les exclamations de son compagnon.

— Que faites-vous ici, tous les deux ?

— Nous sommes venus voir Joshua, répondit Jill en regardant fixement le petit sac à main noir que Lilly pressait contre sa poitrine. Et toi, tante Lilly ? Que fais-tu ici à une heure pareille ? Et comment es-tu entrée ?

— J'ai emprunté les clés d'Amanda, expliqua Lilly avec un sourire forcé qui ne lui ressemblait guère. J'ai perdu une paire de boucles d'oreilles, la dernière fois que je suis venue ici. J'espérais les retrouver.

— Pourquoi ne m'as-tu pas demandé de les chercher ? répliqua Jill d'un ton insistant. Tu sais bien que je viens souvent ici.

Lilly s'abstint de répondre.

Dan l'étudiait attentivement. Il était intrigué par sa nervosité et son embarras. Il n'aurait jamais supposé que Lilly pût être impliquée dans le meurtre de Simon. Et pourtant, elle s'était rendue secrètement dans la maison où se trouvait sans doute la clé de l'énigme, et elle arborait à présent un air coupable et terrifié.

— J'ignorais que tu avais une voiture, dit-il en jetant un coup d'œil à la ronde. Tu es bien venue en voiture, n'est-ce pas ?

— Bien sûr, répondit Lilly. En fait, j'en ai loué une. Elle est là. Je l'ai cachée.

Dan regarda dans la direction que lui indiquait Lilly, et aperçut, effectivement, une petite berline dissimulée dans le sous-bois.

— Pourquoi l'as-tu cachée ?

— Je ne tenais pas à ce que Joshua l'aperçoive et me harcèle de questions. Vous savez comment il est quand il monte la garde ! s'exclama-t-elle avec un petit rire saccadé qui trahissait sa nervosité. Il m'aurait tiré dessus sans sommation !

La neige s'était remise à tomber. De légers cristaux se posaient sur le manteau de vison sombre de Lilly comme autant de petits diamants.

— Tu ne peux pas rentrer à New York par ce temps, déclara Dan en scrutant le ciel bas et chargé de neige. Si nous rentrions dans la maison pour boire quelque chose de chaud ? Comme ça, nous pourrions continuer à discuter.

— Mais je dois retourner…

Sans écouter ses protestations, Dan la prit fermement par le bras et la conduisit vers la maison. Jill les suivit, tout en fouillant dans son sac, à la recherche des clés.

Une fois à l'intérieur, Dan se dirigea immédiatement vers la cheminée pour faire une flambée pendant que Jill s'affairait dans la cuisine. En un rien de temps, elle prépara du thé, trouva du lait, du sucre et une boîte de petits gâteaux.

Puis elle regagna le salon, posa le plateau sur le guéridon, et lança un regard perçant vers sa tante. Le froid, sans doute autant que la peur, la faisait grelotter. Elle était emmitouflée dans son manteau de vison, et continuait à serrer fermement son sac contre sa poitrine.

Jill se sentait de plus en plus consternée. A l'évidence, ce sac contenait bien autre chose qu'une paire de boucles d'oreilles. Mais quoi exactement ? Qu'est-ce que Lilly était venue chercher dans cette maison ?

La jeune femme remplit une tasse, et la tendit à sa tante.

— Tiens, bois ça. C'est du thé chaud et fort : exactement comme tu l'aimes.

Jill fut touchée par le sourire reconnaissant de Lilly. Elle adorait sa tante. Adolescente, elle rêvait de devenir comédienne et de la rejoindre sur le sentier de la gloire. Avec le temps, ce désir avait laissé place à un autre, plus ferme et plus mûr : devenir architecte. Mais le lien entre les deux femmes existait toujours.

— Tu ne t'es pas encore réchauffée, tante Lilly ? demanda-t-elle. Tu ne veux pas ôter ton manteau ?

Lilly jeta un regard vers le feu qui crépitait dans la cheminée.

— Si, dans une minute.

Elle dévisagea tour à tour sa nièce et Dan qui était venu les rejoindre sur le canapé.

— Je suppose que vous trouvez mon attitude bizarre, leur dit-elle.

— Puisque tu en parles, dit Jill en souriant, j'avoue que je ne te trouve pas excellente dans le rôle que tu es en train de nous jouer.

Lilly posa sa tasse sur le guéridon, et se décida enfin à ôter son manteau. Dan se leva pour l'aider, et lui demanda doucement :

— Est-ce que tu nous fais suffisamment confiance, à Jill et à moi, pour nous dire la vérité ?

— Je sais que, à première vue, tout est contre moi, mais je vous jure que je n'ai pas tué Simon !

— Je n'ai jamais pensé ça, tante Lilly ! affirma vivement Jill.

Lilly se tourna vers Dan, comme si elle s'attendait qu'il la rassurât à son tour. Mais il n'en fit rien.

— Qu'est-ce que tu caches dans ton sac, Lilly ? lui demanda-t-il calmement.

Un silence gêné s'installa dans la pièce. Le beau visage expressif de l'actrice était tendu par l'émotion, tandis qu'elle laissait errer son regard au loin. Quelques instants plus tard, elle baissa les yeux vers son sac, d'un air résolu. Elle en tira une enveloppe blanche de taille ordinaire.

— Tu trouveras la réponse là-dedans, dit-elle à Jill. Allez, ouvre-la ! Et toi, Dan, regarde bien.

Jill s'exécuta avec des gestes incertains. Elle sortit de l'enveloppe une coupure de presse datant du 30 novembre 1986. L'article avait été découpé dans le *Weekly Gazette*, une feuille de chou britannique qui ne publiait que des récits à scandale, des nouvelles à sensation et des potins sur la famille royale.

Un paparazzi avait photographié Lilly dans les bras d'un homme que Jill reconnut immédiatement. Il s'appelait Youssef Abrahim, et on le soupçonnait d'avoir commandité plusieurs attentats à la bombe perpétrés à Paris à l'automne 1986, qui avaient fait seize morts.

L'immense fortune de cet homme et ses importantes relations avaient empêché Interpol et les autorités françaises d'engager des poursuites contre lui. Il était mort dans un accident d'hélicoptère, en 1993.

Le titre de l'article en disait assez long : Argent sanglant.

Assis côte à côte, Jill et Dan parcoururent le texte.

« La vedette du théâtre américain, Lilly Grant, a été aperçue en compagnie de Youssef Abrahim, au cours d'une croisière dans les îles grecques. Une source digne de foi nous informe que l'homme le plus riche de Libye, terroriste bien connu, s'apprête à financer la nouvelle pièce de Mlle Grant, *Une Rose sur l'oreiller*, qui débutera à Londres en décembre de cette année. »

Dan leva la tête, et croisa le regard de Lilly.

— C'est vrai, Lilly ? Abrahim a financé ta pièce ?

Elle acquiesça en silence.

— Mais pourquoi ? s'exclama Jill. Tu devais bien savoir qui il était et ce qu'il avait fait !

— Je le savais, en effet, répondit Lilly, les paupières baissées. Mais je n'avais pas joué un seul rôle correct depuis plus de deux ans. Je pensais que ma carrière était fichue. Et puis, un soir, comme je jouais dans une petite pièce minable à Londres, mon agent m'a informée que Yussef était dans la salle et qu'il voulait me parler.

» En dépit de sa réputation qu'il prétendait, d'ailleurs, injustifiée, j'ai trouvé cet homme plein de charme. Il m'a raconté qu'il adorait le théâtre et qu'il faisait partie de mes admirateurs inconditionnels. Nous nous sommes revus et, de fil en aiguille, il a pris toutes les dispositions nécessaires pour que je puisse jouer le rôle principal dans cette merveilleuse pièce. Vous savez bien, d'ailleurs, que c'est ce rôle qui a relancé ma carrière. »

— Et le metteur en scène ? Et les producteurs ? Est-ce qu'ils savaient à qui ils avaient affaire ?

— Ils le connaissaient tous. Youssef avait déjà financé certains de leurs spectacles, et ils se souciaient comme d'une guigne de sa réputation.

Jill revint à la coupure de presse.

— Comment se fait-il qu'on n'ait jamais entendu parler de vos relations, ici, aux Etats-Unis ?

— Yussef a empêché l'information de circuler. S'il ne l'avait pas fait, ma carrière aurait été définitivement gâchée. Je n'aurais même pas eu le courage de rentrer aux Etats-Unis.

— Et comment cette coupure de presse s'est-elle retrouvée dans la maison de Simon ? demanda Dan.

Lilly poussa un soupir théâtral.

— Simon a fait faire une enquête sur moi.

— Une enquête ? s'écria Jill en saisissant sa tante par le bras. Mais pourquoi ?

Lilly secoua la tête d'un air farouche.

— Pas question de remuer toute cette boue ! Vous vouliez savoir ce que je faisais ici : maintenant, vous le savez. Arrêtons-nous là.

— Ah non ! protesta Jill. A t'entendre, mon père te faisait chanter. Si c'est vrai, je veux savoir pourquoi.

— La réponse va te faire souffrir inutilement…

— Je commence à m'y habituer, rétorqua Jill d'un ton amer. Je t'en prie, tante Lilly, il faut crever l'abcès.

— Comme tu veux, répliqua Lilly en regardant sa nièce droit dans les yeux. Simon considérait cette coupure de presse comme une assurance : la garantie de mon silence.

— A quel sujet ?

— Au sujet de quelque chose que je n'aurais jamais dû voir. Un peu plus tôt, cette année-là — à la fin du printemps, si ma mémoire est bonne —, je dînais avec un ami dans un hôtel-restaurant très discret mais célèbre, à Chesapeake Bay. A ma grande surprise, j'ai aperçu Simon attablé en compagnie d'une femme.

Jill leva les yeux vers Dan, puis dévisagea de nouveau sa tante.

— Est-ce qu'il t'a vue, lui aussi ? Est-ce que vous avez parlé ensemble ?

— Il m'a vue, mais nous n'avons pas échangé un mot. J'ai continué à bavarder avec mon ami, comme si de rien n'était, mais Simon savait que je l'avais vu. Quand je suis rentrée à New York, deux jours plus tard, j'ai trouvé un message de Simon sur mon répondeur. Il voulait me voir.

Lilly parlait d'une voix douce mais ferme. Elle avait le regard dans le vague.

— Au début, il a essayé de me donner le change. Il a affirmé que sa compagne était une relation d'affaires, mais je n'ai pas pu retenir un sourire. Quand il a compris que je ne le croyais pas, il m'a demandé de ne rien raconter à Amanda.

— Et tu ne lui en as pas parlé ?

— Bien sûr que non ! Ça l'aurait anéantie. Mais Simon n'avait pas confiance en moi. Il a donc engagé un détective privé. Il pensait que les comédiens avaient tous des cadavres dans le placard. Dans mon cas, il ne se trompait pas.

Envahie par le vertige, Jill secoua la tête plusieurs fois, comme un automate. Etaient-ils réellement en train de parler de son père ? De cet homme qu'elle avait cru connaître parfaitement, qu'elle avait aimé et admiré toute sa vie ? Ce père se transformait maintenant en étranger. C'était un homme qui vivait dans le mensonge, qui trompait sa femme, qui intriguait contre sa belle-sœur et la faisait même chanter.

— Désolée, Jill, dit Lilly doucement. J'aurais donné cher pour que tu ne découvres jamais ça.

— Je croyais qu'il l'aimait, murmura Jill sans s'adresser à quelqu'un en particulier. Je pensais que leur mariage était le plus réussi, le plus parfait du monde.

— Mais oui, bien sûr, il aimait Amanda, ma chérie, affirma Lilly. C'est bien pour ça qu'il redoutait qu'elle apprenne la vérité.

Jill ne trouva aucun réconfort dans cette observation. Son père était coupable d'adultère ; il s'était révélé un vulgaire coureur de jupons qui avait trahi son épouse à plusieurs reprises. A moins que la femme que Lilly avait aperçue ne fût Vivian Mulligan.

— Sais-tu qui était cette femme ? demanda-t-elle à sa tante.

— Non.

— Tu peux sans doute nous la décrire ? intervint Dan.

Lilly haussa les épaules d'un air hésitant.

— Pas très bien, j'en ai peur. L'éclairage était tamisé dans le restaurant. Je me rappelle seulement les chandelles sur chacune des tables. Je n'ai pas bien distingué ses traits, et je ne voulais pas la dévisager. Mais je me souviens qu'elle était très belle, avec de longs cheveux blonds. Et très élégante, aussi. En revanche, je suis incapable de vous dire quel âge elle avait.

Lilly posa soudain la main sur celle de Jill.

— Tu me crois, n'est-ce pas, ma chérie ? Tu es bien sûre que je n'ai rien à voir avec la mort de ton père ?

— Mais oui, tante Lilly. Et je suis navrée que papa se soit comporté de façon aussi vile et aussi dure avec toi.

En dépit de toute sa détermination, une larme roula le long de sa joue. Elle eut un geste furtif pour l'essuyer, puis ajouta :

— Vraiment, ça me dépasse… Pourquoi papa faisait-il toutes ces choses ?

— Lilly, intervint Dan, je me pose une question à propos de cette coupure de presse. Comment savais-tu qu'elle était ici ?

— En fait, je ne le savais pas. Après la mort de Simon, je l'ai cherchée partout, dans leur maison, en ville. Comme je ne la trouvais pas, j'ai fini par me dire qu'elle devait être ici. Aujourd'hui, j'ai emprunté les clés d'Amanda, et je suis venue vérifier. Je n'ai pas osé allumer, de peur que Joshua vienne me questionner. Je me suis servie d'une lampe de poche.

Ses joues se colorèrent de rose. Elle serra les poings et conclut avec dépit :

— Ça m'a pris un temps fou. Si seulement je l'avais trouvée plus tôt, je ne vous aurais pas rencontrés, et vous n'auriez jamais rien su de cette lamentable histoire !

Jill éprouva soudain une sensation de malaise et de froid. Elle serra les bras contre sa poitrine, et se leva pour aller se planter devant la fenêtre. La neige tombait dru. Bientôt, les étroites routes de montagne seraient impraticables.

Elle sentit que Dan posait doucement les mains sur ses épaules. Apparemment, il était parvenu à la même conclusion qu'elle, car il lui proposa :

— Tu veux passer la nuit ici ?

Craignant que sa voix ne tremblât, elle hocha la tête. L'instant d'après, elle entendit Dan poser la même question à sa tante et recevoir en réponse un oui à peine perceptible. Puis il revint vers elle et, de nouveau, lui serra les épaules avec douceur.

— Tu verras, Jill : tout finira par s'arranger. Tu verras !

Jill aurait bien voulu partager son optimisme, mais elle avait l'impression que rien ne serait plus jamais comme avant. Son père n'était pas l'homme qu'elle croyait ; sa tante adorée avait couché avec un terroriste. Quant à sa mère… sa mère ne lui avait pas encore révélé ses secrets, mais Jill sentait bien qu'elle lui cachait quelque chose, elle aussi.

Peut-être avait-elle découvert que son mari la trompait ? Peut-être était-ce cela qu'elle avait peur de révéler ? Un homme a beau prendre toutes les précautions possibles et imaginables, il existe des signes qu'une femme ne peut manquer de reconnaître.

Lorsque Jill se détourna de la fenêtre, la pièce était vide. Seules les braises mourantes rougeoyaient encore dans la cheminée. On avait également débarrassé le plateau avec les tasses et l'assiette de gâteaux.

La jeune femme sourit. Dan n'avait rien perdu de ce tact qu'elle avait toujours tellement apprécié. Il pressentait les moments où elle avait besoin de réconfort, et il devinait aussi son besoin de solitude.

Jill éteignit l'unique lampe qu'il avait laissée allumée, et monta dans sa chambre.

20.

A 7 heures, le lendemain matin, Dan était debout, douché et habillé. Dehors, la neige avait transformé le paysage en le recouvrant d'un voile blanc, et il pouvait à peine entendre le bruit des chasse-neige qui s'activaient sur Johnston Road.

Jill était déjà dans le salon, assise sur le canapé, devant la cheminée éteinte. Il constata avec plaisir que ses joues avaient recouvré leur teint de pêche, et que ses yeux n'avaient plus cette expression de bête traquée qu'il avait remarquée, la veille.

Il vint s'installer près d'elle et, d'un geste parfaitement naturel, lui enlaça les épaules.

— Tu as réussi à dormir ?

— Bizarrement, oui. Au début, je n'ai pas pu fermer l'œil, et puis, j'ai sombré comme dans un gouffre et je n'ai pas bougé avant d'entendre l'arrivée du premier chasse-neige.

— Wally prétend que c'est l'un des bienfaits de l'air de la montagne.

Jill éclata de rire, et cette réaction remplit Dan de plaisir.

— Tu connais Wally ! répliqua la jeune femme. Pour lui, la montagne, c'est la panacée.

— Ça te dit de vérifier ? Nous sommes vendredi. Rien ne nous empêche de rester encore deux jours.

— Impossible. J'ai une tonne de travail. Mais on pourra revenir faire du ski, si tu veux. Il suffit que j'arrange mon planning à l'avance.

— Chiche ! Je te le rappellerai.

Il y eut un long silence, ni lourd ni embarrassant : plutôt une sorte de pause naturelle dans une conversation entre amis.

— Es-tu surpris de découvrir à quel point mon père était différent de l'image que nous avions de lui ?

— Pas du tout. Et, franchement, Jill, il ne faut pas que cela te perturbe outre mesure.

— Pourtant, je me sens trahie.

Dan choisit soigneusement ses mots afin de ne pas la blesser.

— Je ne peux pas te dire que c'est sans importance, parce que ce serait faux. Ni que ça ne devrait pas t'affecter, parce que c'est déjà fait et que tu n'éprouves plus envers lui les mêmes sentiments qu'autrefois.

Elle tenta de se détourner, mais il la prit doucement par le menton pour l'obliger à le regarder, et poursuivit :

— Pourtant, ton père t'aimait toujours de la même façon. Il n'était sans doute pas l'homme idéal que tu imaginais, mais c'était quelqu'un de bien, malgré tout. Il a aidé énormément de gens ; il a fait des choses qui comptent et dont tout le monde se souviendra. Et puis, reconnais-le, c'était un excellent père.

— Je me sens comme une idiote de n'avoir rien soupçonné.

— Il a tout fait pour préserver son secret.

— Cette femme que Lilly a vue… Peut-il s'agir de Vivian Mulligan ?

— A condition qu'elle ait porté les cheveux longs, autrefois. J'ai l'intention de lui poser la question : comme ça, nous serons fixés.

— Et si c'était quelqu'un d'autre ?

— On la retrouvera.

— Mais comment ? Il y a des milliers de belles blondes entre New York et le Maryland.

A cet instant, une porte claqua au premier étage. Lilly allait descendre. Dan se leva et tendit la main à Jill.

— Allons, Petite Flamme. Je suis affamé. Il est temps de voir ce qu'on peut se mettre sous la dent.

Après que Dan eut débarrassé la neige qui recouvrait les deux voitures, Lilly les embrassa tous les deux et partit. Quelques minutes plus tard, Dan et Jill reprirent, eux aussi, la route de New York. Comme Jill avait encore l'air préoccupé, Dan respecta son silence. Il tourna le bouton de la radio, et trouva un air de blues dont la douceur mettait du baume au cœur. A la façon dont Jill se détendit, il sut que c'était toujours son style de musique préféré.

A mi-chemin, il profita du ralentissement provoqué par les premiers bouchons pour se tourner vers elle.

— Veux-tu venir dîner à la maison, dimanche ?

Manifestement, la question la déconcerta car elle resta muette de stupeur.

Dan éclata de rire.

— On dirait que tu viens de recevoir une douche froide !

— Eh bien… c'est un peu ça.

— Tu sais, Jill, ils veulent seulement te voir, pas te manger toute crue.

— Je me sentirais gênée.

— Gênée ? Avec ma famille ? Voyons, tu les connais : ça n'a pas de sens ! En plus, l'invitation vient de ma mère. Et tu sais comment elle est : si tu refuses, elle va m'en faire voir de toutes les couleurs !

Après tout, songea Jill, il ne s'agissait que d'un dîner. D'ailleurs, Dan avait raison : elle ne s'était jamais sentie mal à l'aise dans sa famille. Pourquoi cela aurait-il changé ? Simplement parce qu'elle ne les avait pas revus depuis plus de douze ans.

— Dis à Angelina que j'accepte son invitation avec plaisir.

Tout en faisant cette réponse, elle se demanda par quel miracle Dan était parvenu à lui faire baisser sa garde.

Jill avait toujours considéré le travail comme le meilleur remède contre le stress. Grâce au projet de la tour Church Hill auquel elle avait consacré la plus grande partie de la journée, après son retour de Livingston Manor, les événements de l'avant-veille n'envahissaient plus son esprit avec la même insistance cruelle.

Elle réprima un bâillement, et consulta sa montre. Il était 19 heures. Elle avait juste le temps de s'arrêter au vidéo club et de foncer chez Ashley pour se livrer à leur rituel favori du samedi soir : savourer une pizza tout en regardant un film. Maintenant que le mariage des Summerfield appartenait au passé, elle attendait avec impatience ces quelques heures de détente avec son amie.

Elle enfila son manteau orné de la ravissante broche que Dan lui avait offerte, et longea le couloir désert.

En passant devant le bureau de son oncle, elle remarqua que la porte était fermée et qu'un rai de lumière filtrait par-dessous.

Curieux… Travaillait-il encore ? Ou bien, était-ce l'équipe de nettoyage qui avait oublié d'éteindre ?

Intriguée, elle frappa un léger coup, puis ouvrit la porte à la volée.

Elle s'arrêta net.

Sa cousine Olivia était assise au bureau de Cyrus, et resta bouche bée, elle aussi.

— Olivia ! Que fais-tu ici ?

— Je pourrais te retourner la question.

— J'allais partir, et j'ai vu de la lumière.

Jill s'aperçut alors que sa cousine tenait une lettre à la main.

— Qu'est-ce que c'est ? demanda-t-elle à Olivia.

— A vrai dire, ce ne sont pas tes oignons. Mais il se trouve que c'est ta propre note de service concernant les dépenses.

Elle tourna la feuille vers Jill, et poursuivit :

— J'ai égaré mon exemplaire et, comme je n'en ai pas trouvé dans le bureau de Cecilia, j'ai décidé d'aller voir dans celui de Cyrus. Je sais qu'il en a plusieurs.

— Ah bon…

— Qu'est-ce qu'il y a, Jill ? On dirait que tu es déçue ! lança Olivia d'un ton sarcastique. Tu espérais peut-être m'attraper la main dans le sac, en train de commettre je ne sais quel crime abominable ? Et lequel, par exemple ? Voyons… voler de l'argent liquide dans la petite caisse ? Ou bien quelque chose de plus terrible encore, comme prendre en photo les dernières ébauches de la B & A pour les vendre à une firme rivale ?

— Arrête, Olivia ! Tu es complètement paranoïaque !

— Et toi, tu es la perfection faite femme. Sa Majesté la reine Jill, la fille parfaite, la nièce parfaite, la vice-présidente parfaite.

Jill laissa échapper un soupir d'agacement.

— Tu vois tout à travers de ton absurde jalousie.

— Moi, jalouse de toi ? s'écria Olivia en éclatant de rire. Ce serait te faire trop d'honneur !

— Je crois pourtant que c'est le cas. Tu ne peux pas me supporter depuis que je travaille à la B & A.

— Parce que tu crois que ça a été une partie de plaisir ? D'abord, supporter l'arrivée en fanfare de ta royale Majesté, puis écouter le radotage de ton père qui, lui, te traitait carrément comme une déesse…

— Tu es la seule dans la société que mon arrivée ait contrariée.

— Et si je te disais que c'est faux ? riposta Olivia avec un sourire condescendant. Franchement, ma chère cousine, malgré ton brillant esprit, parfois, tu ne vois pas plus loin que le bout de ton nez !

C'était perdre son temps qu'essayer de discuter avec Olivia quand elle était de cette humeur vindicative.

— Bonne nuit, cousine, lança Jill en quittant le bureau de Cyrus.

Olivia regarda Jill disparaître, puis elle se renversa dans son fauteuil et poussa un soupir de soulagement. « C'était moins une ! » songea-t-elle. Oui, elle l'avait échappé belle… Mais comment diable aurait-elle pu deviner que sa cousine allait travailler tard, ce samedi-là ? Par chance, elle avait pensé à apporter cette note de service, au cas où quelqu'un se pointerait à l'improviste.

Elle utilisa la clé qu'elle avait ôtée du trousseau de son beau-père pour ouvrir d'une main tremblante le tiroir où il gardait les devis.

Apex Construction, l'une des sociétés rivales les plus redoutables de l'entreprise de Pete Mulligan, avait proposé le devis le moins cher, d'un montant total de cinq millions deux de dollars. Le devis suivant était de cinq millions cinq. Trois autres venaient ensuite, qui dépassaient tous les six millions de dollars.

Après avoir mémorisé ces chiffres, Olivia remit les devis à leur place et referma le tiroir à clé.

Voilà, c'était fait. Hormis sa petite frayeur avec Jill, ça avait marché comme sur des roulettes. Tout ce qui lui restait à faire, c'était appeler Mulligan, lui communiquer les informations et récolter le reste de l'argent.

Quatre-vingt-dix mille dollars.

Vingt-quatre heures plus tôt, l'idée de ce qu'elle pourrait faire avec tant d'argent lui avait mis l'eau à la bouche. Aujourd'hui, elle ne pensait plus qu'à cette lame d'acier contre sa gorge. Elle ne voulait plus jamais vivre une telle horreur.

Et le meilleur moyen de s'en protéger consistait à mettre fin à sa collaboration avec Pete Mulligan.

Oui, c'est ce qu'elle allait faire… mais pas avant d'avoir empoché son argent.

En apprenant que Jill allait dîner dans la famille Santini, Ashley resta bouche bée.

— Tu vas dîner où ? Non mais, dis-moi que je rêve !

Juchée sur un tabouret dans la minuscule cuisine d'Ashley, Jill sirotait tranquillement un verre de chardonnay.

— A t'entendre, on dirait qu'il s'agit d'une audience à Buckingham Palace ! Ce n'est qu'un simple repas dominical, et c'est Angelina elle-même qui m'a invitée. Cette femme est un amour ! Je ne pouvais vraiment pas refuser.

— Mais non, bien sûr ! dit Ashley d'un air moqueur. Cela aurait été impensable... Sincèrement, tu n'as pas peur ?

— Je suis terrifiée, avoua Jill en attrapant une feuille de laitue dans le grand saladier et en la grignotant avec appétit. Ça fait si longtemps que je n'ai pas vu les Santini ! Je vais sûrement les trouver changés.

— Des gens aussi merveilleux ne changent pas, Jill.

— Mais pense aux neveux de Dan ! D'ailleurs, tu sais à quel point je suis gauche avec les gosses. Je ne sais jamais quoi leur dire ni comment me comporter avec eux.

Ashley ouvrit une bouteille d'huile d'olive et se mit à préparer la sauce pour la salade.

— Tu es pourtant géniale avec Sally.

— Tu parles ! La dernière fois que j'ai gardé ta petite nièce, j'ai voulu lui friser les cheveux et je l'ai brûlée... Et, la fois précédente, je l'avais perdue dans une grande surface !

— Mais tu l'as retrouvée, n'est-ce pas ? Quant à la brûlure, elle était superficielle.

Tout en riant, Ashley tendit le saladier à son amie.

— Touille. Et arrête de paniquer. Tout se passera à merveille. Les deux gamins vont t'adorer ! Tout ce que tu as à faire, c'est rester toi-même. Au fait, où en es-tu avec Dan ?

Jill ouvrit de grands yeux innocents.

— Qu'est-ce que tu veux dire par là ?

— Ne joue pas les idiotes ! Tu sais très bien à quoi je fais allusion. Est-ce que le courant passe de nouveau entre vous ? En clair, est-ce que tu ressens du désir pour lui ?

— Non. Je te l'ai répété mille fois : nous faisons équipe pour tenter de résoudre une affaire, un point, c'est tout. Alors, je t'en prie, arrête de ricaner bêtement !

— Et je suppose que ce parfum supersexy qui coûte les yeux de la tête, c'est un pur hasard ? Je me rappelle qu'autrefois, il mettait Dan en transe. De son propre aveu !

— Ah ça ! fit Jill avec un geste négligent de la main. J'avais envie de revenir à mes premières amours.

— Je ne te le fais pas dire ! Je suis sûre que tu en pinces de nouveau pour lui. Sérieusement.

— C'est toi qui fantasmes, ma vieille.

L'air plein d'assurance, Ashley alla chercher son sac à main qui était suspendu près de la porte, puis elle en sortit un billet qu'elle posa sur la table.

— Je te parie vingt dollars que, d'ici peu, tu vas t'apercevoir que Dan est fait pour toi, et qu'il te convient encore plus qu'il y a treize ans.

— On ne se convenait pas du tout, il y a treize ans.

— On parie ?

— Non. J'ai horreur des paris.

— Trouillarde !

Ce fut ce petit mot qui décida Jill. Elle fouilla furieusement dans son sac, en tira deux billets de dix dollars, et les posa sur le billet d'Ashley.

— Tope-là !

21.

Les Santini n'avaient absolument pas changé : ils étaient toujours aussi chaleureux, d'une bonne humeur à toute épreuve, curieux comme des chats et terriblement bruyants. Peut-être même encore plus bruyants, depuis que les neveux de Dan avaient rejoint le clan.

Nick, l'aîné, qui avait neuf ans, était le portrait craché de son père. Frankie, plus jeune de deux ans, ressemblait davantage à sa mère : il avait les cheveux clairs et le sourire malicieux de Maria. Il avait aussi les yeux noisette de Dan, et Jill se sentait particulièrement émue en le regardant.

A son grand soulagement, toute la famille l'avait accueillie à bras ouverts, et elle pouvait sentir que leur enthousiasme était sincère. Et, en voyant Angelina courir vers elle pour l'embrasser comme elle l'aurait fait en retrouvant une fille prodigue, elle sentit toute son appréhension la quitter.

Les gamins, eux, étaient fascinés à l'idée qu'elle pût construire des gratte-ciel. Surtout Frankie, qui voulut immédiatement savoir si elle avait dessiné l'Empire State Building. Nick, qui aimait montrer sa supériorité, roula des yeux épouvantés.

— Quelle question stupide, Frankie ! Jill n'est pas vieille à ce point-là !

Tout le monde éclata de rire.

Pendant qu'ils attendaient le dessert, Dan fit pour ses neveux quelques tours de magie : les mêmes qui avaient fait les délices de Jill durant la brève période de leur mariage. Dan les avait appris de son grand-père maternel, Guido, qui avait quitté le cocon familial à l'âge de treize ans pour aller sillonner les routes avec un cirque ambulant.

Dan avait toujours rêvé de fonder lui-même une grande famille. Malheureusement, à l'époque où ils en parlaient encore, Jill ne se montrait pas emballée par cette idée. Elle avait tant d'autres projets, en ce temps-là, tant d'autres rêves à réaliser ! Comment aurait-elle pu se contenter du rôle de mère de famille ?

A présent, elle avait atteint presque tous les buts qu'elle s'était fixés, mais elle n'avait aucun espoir de se remarier et d'avoir des enfants. Tout en le regrettant un peu, elle se disait que certaines femmes étaient faites pour élever des enfants, et d'autres, pour faire carrière. Elle avait toujours été persuadée d'appartenir à la deuxième catégorie.

S'arrachant à ses pensées, elle observa Nick et Frankie. Ces deux gamins ne l'intimidaient pas autant que les autres enfants qu'il lui arrivait de rencontrer. En fait, elle avait fondu d'attendrissement au moment même où elle avait posé les yeux sur eux. Et, inutile de se cacher la vérité, elle trouvait Frankie encore plus irrésistible que son frère, tout simplement parce qu'il lui rappelait Dan.

— Désolée, je n'ai rien fait pour qu'on reste en contact après votre divorce, lui dit Maria pendant qu'elles disposaient les assiettes à dessert. Pourtant, j'aurais dû ! Brooklyn n'est pas si loin de Manhattan.

Jill répondit spontanément :

— Nous pourrions rattraper le temps perdu et déjeuner ensemble de temps en temps.

Maria eut un sourire épanoui.

— Ça me ferait tellement plaisir !

Tout à coup, son regard croisa la broche que Dan avait offerte à la jeune femme.

— Quel bijou exquis ! dit-elle. Il est ancien, je suppose ?

— Je ne crois pas. En tout cas, ce n'est pas ce que m'a dit Dan, répondit Jill en se sentant rougir.

— Dan ? répéta Maria en haussant les sourcils d'un air stupéfait.

— Oui. Il l'a repéré dans une vitrine, et… Enfin, vous le connaissez : il lui arrive souvent d'agir sur un coup de tête.

Maria eut du mal à garder son sérieux, ce qui n'échappa pas à Jill.

— En effet, ça lui arrive, dit-elle simplement.

Mais, à son air ravi, Jill devinait que son imagination fertile s'appliquait déjà à faire toute une histoire de l'incident en l'agrémentant de pronostics de son cru.

Quand elle reprit sa place à table, Frankie la dévisagea de ses immenses yeux noisette, et demanda gravement :

— C'est vrai que tu as été mariée avec oncle Dan ?

Cette question valut à Frankie un nouveau regard choqué de la part de son frère.

— Frankie, oncle Dan t'a bien dit de ne pas parler de ça !

Jill éclata de rire, séduite par la candeur des enfants.

— Ce n'est pas grave, Nick, dit-elle avec un coup d'œil vers Dan qui, apparemment, s'amusait beaucoup.

— C'est vrai, j'ai été marié à votre oncle, mais c'était bien avant votre naissance.

— Alors, c'est comme si tu étais notre tante, déclara Frankie.

— Ex-tante, corrigea Nick.

Frankie eut l'air déçu.

— Mais je suis toujours une amie de Dan. Et aussi une amie pour vous.

Frankie plongea sa fourchette dans une tranche de tiramisu. Tout en savourant son dessert, il regarda de nouveau Jill.

— Puisque tu es notre amie, tu pourras nous emmener faire de la motoneige, un de ces jours ?

Le père du gamin intervint aussitôt.

— Frankie, lui dit-il sur un ton de reproche, tu ne peux pas demander une chose pareille à Jill ! C'est une femme très occupée.

— Désolé, dit le garçon avec une moue dépitée. Je t'ai entendu dire à maman que tu n'avais pas fait de motoneige depuis longtemps, et j'ai pensé…

Comme Joe continuait à le fusiller du regard, il marmonna :

— D'accord, j'ai compris !

— En fait, déclara Dan, c'est une idée formidable. D'après mes souvenirs, Jill est une vraie championne. Elle a même gagné deux ou trois compétitions.

— Tu as participé à des compétitions ? s'écria Nick, impressionné.

— C'était il y a très longtemps, Nick.

— On devrait emmener les garçons là-haut, un de ces jours ! reprit Dan. J'ai discuté avec Cecilia. Compte tenu de ton planning, cette semaine, tu peux prendre un jour de congé.

Jill lui adressa un discret signe de tête. Il ne manquerait plus que ça : qu'elle joue les nounous avec deux petits garçons turbulents !

Mais, poussé par un étrange désir de la contrarier et de la mettre dans l'embarras, Dan enchaîna :

— Pourquoi pas demain ? Wally m'a dit que le terrain était recouvert d'une couche de neige d'au moins trente centimètres. Les conditions sont idéales.

— Non, demain, j'ai un travail urgent à terminer.

Mais, en voyant l'expression de Frankie, elle sentit son cœur se serrer. Elle inspira profondément, convaincue qu'elle allait encore se mettre dans de beaux draps… puis elle dit, presque malgré elle :

— Ecoutez, les enfants. Je suis libre mardi. Si ça vous va, et si vos parents sont d'accord, affaire conclue !

— Oh ! Je joue au basket, mardi ! s'écria Nick d'un air désolé.

— Moi, je n'ai rien de prévu ! s'écria Frankie. Papa, est-ce que je pourrai aller avec oncle Dan et Jill ? S'il te plaît !

Maria semblait perplexe.

— Vous êtes sûre d'en avoir envie, Jill ? Même seul, Frankie peut vous donner du fil à retordre !

Jill n'était sûre que d'une chose : elle n'avait pas le cœur à décevoir le petit garçon.

— Si Dan nous accompagne, ça ira, répliqua-t-elle.

Puis elle se tourna vers Nick.

— Réfléchis au jour qui te convient le mieux, et on essaiera d'organiser autre chose avec toi. D'accord ?

La frimousse du gamin s'illumina.

— D'accord !

*
* *

Plus tard, en la raccompagnant chez elle, Dan lui dit :

— Merci d'avoir été si gentille avec les gosses, Jill. Je me doute que ma proposition de les emmener faire de la motoneige t'a prise de court.

— Plutôt, oui ! répliqua-t-elle tout en contemplant le pont de Brooklyn qui se profilait sur le ciel nocturne. Au fait, qu'est-ce qui t'a pris ?

— Je n'en sais rien, répondit Dan en haussant les épaules. L'impulsion du moment, j'imagine. Je me suis rappelé à quel point tu aimais ce sport… et j'ai pensé que les garçons seraient aux anges.

Comme il s'engageait sur le pont, Jill tourna la tête et étudia son profil.

— Tu es très attaché à eux, n'est-ce pas ?

— Ce sont des gosses formidables.

— Tu ne regrettes pas d'avoir quitté New York ?

— Il y a une semaine, j'aurais répondu non. Mais, après avoir passé ces huit derniers jours dans ma famille, entouré par tout cet amour, ces rires et cette agitation, j'avoue que l'idée de reprendre ma vie solitaire n'a plus tellement d'attrait à mes yeux.

— As-tu jamais envisagé de revenir vivre ici ?

Leurs regards se croisèrent dans la pénombre de la voiture.

— Une fois ou deux.

— Maria m'a raconté ce qui s'était passé il y a trois ans, avec ce jeune criminel que tu essayais d'arrêter. Et à quel point la mort de ce garçon t'a affecté.

Elle l'observa pour s'assurer qu'elle ne s'aventurait pas sur un terrain glissant, mais le visage de Dan n'exprimait aucune gêne.

— Il s'appelait Eddy Delgado, dit-il.

— C'est à cause de cette histoire que tu as quitté la police, n'est-ce pas ? Et New York ?

— Oui, ça a joué énormément.

A sa voix tendue, elle prit conscience que, même aujourd'hui, trois ans plus tard, la mort de ce garçon le hantait toujours.

— Ce n'était pas ta faute, Dan, murmura-t-elle. J'ai lu tous les comptes rendus parus dans la presse à ce sujet, j'ai regardé tous les bulletins d'informations, matin et soir…

Il lui jeta un coup d'œil incrédule.

— Vraiment ?

— Oui. Et je sais que tu n'avais pas le choix. Tu as fait ce que tu devais faire.

— Merci.

— Et ça ne devrait pas t'empêcher de revenir à New York si tu en as envie.

Un sourire énigmatique apparut sur son visage.

— Est-ce que je t'ai bien comprise, Jill ? Tu veux dire que ça ne te déplairait pas que je revienne ici ?

Soudain, elle sentit son cœur battre à grands coups désordonnés. Sans essayer d'analyser sa réaction, elle répliqua d'un ton qu'elle espérait ferme :

— Non. Je souhaite simplement ce qu'il y a de mieux pour toi.

Ils s'abstinrent de parler durant le reste du trajet. En arrivant, Jill constata avec satisfaction que, grâce à la mère de Jerry Kranski, les lampadaires étaient tous allumés dans sa rue.

Dan se gara devant chez elle, et arrêta le moteur.

Pendant quelques instants, ils observèrent les passants. Comme il faisait un peu moins froid que les jours précédents, les gens se promenaient tranquillement, comme si, à la place de Noël, c'eût été le printemps qui frappait aux portes de la ville. Enfin, Dan et Jill descendirent, et il raccompagna la jeune femme jusqu'à l'entrée de son immeuble.

— J'espère que tu as passé un bon moment, lui dit-il.

— Tout a été merveilleux, répondit-elle en sortant ses clés. Le repas, les retrouvailles avec ta famille, leur accueil… Avant ce soir, j'ignorais qu'ils me manquaient à ce point. Est-ce que Maria t'a dit que nous allions…

Le reste de sa phrase ne franchit jamais ses lèvres. Sans crier gare, Dan prit son visage à deux mains et l'attira vers lui. Quand leurs bouches se rencontrèrent, Jill eut l'impression que le monde basculait autour d'elle. Son baiser n'avait rien d'une première approche hésitante ni d'une tendre caresse. Et, Dieu ! comme elle en avait envie !

Les lèvres de Dan emprisonnaient les siennes ; sa langue pénétrait impérieusement dans sa bouche, tandis que ses mains exploraient impatiemment son corps avec des gestes familiers mais qui, lui semblait-il, n'avaient jamais autant enflammé ses sens. Elle ne pouvait que céder à la violence de cette passion et répondre aux exigences de son propre désir.

Seigneur, que faisait-elle ? C'était de la folie… Pourquoi ne le repoussait-elle pas ?

— Mon Dieu, Jill, j'en ai envie depuis que je t'ai revue, il y a huit jours, murmura-t-il en se détachant enfin d'elle.

Puis il se mit à l'embrasser de nouveau, couvrant de petits baisers passionnés ses tempes, ses yeux, son menton. Il laissa glisser sa langue le long de sa gorge jusqu'à cet endroit si sensible où battait le sang, puis remonta vers ses lèvres et s'en empara avidement…

— Arrête !

Il la laissa immédiatement. L'espace d'un instant, il s'immobilisa, son front brûlant appuyé contre le sien. Puis il s'écarta.

— Désolé. Je n'ai pas su me contrôler.

— Les torts sont partagés, dit-elle avec un petit rire saccadé.

Elle sentit enfin sa respiration se calmer, mais tout son corps vibrait encore, comme si les caresses de Dan avaient rallumé un brasier qui n'était pas près de s'éteindre.

— Evitons de tomber dans ce piège, d'accord ? dit-elle en s'efforçant de parler sur un ton posé. Nous ne sommes pas prêts pour ce genre de relation. Ni l'un ni l'autre.

— Ce n'est pas exactement ce que nous ressentions, il y a un instant.

La lumière jaune du lampadaire faisait ressembler ses yeux à ceux d'un fauve.

— C'était une erreur.

Elle tenta d'ouvrir sa porte, mais ses doigts tremblaient tellement qu'elle n'y parvint pas. Dan finit par lui prendre la clé des mains, puis il ouvrit la porte et la poussa. Il la regardait au fond des yeux. Il s'arrêta un moment sur ses lèvres. Et s'il l'embrassait de nouveau ? A cette idée, Jill se sentit envahie par un long frisson. Elle retint son souffle, tout en se demandant si elle aurait la force de le repousser.

Tout à coup, il prit sa main et déposa la clé dans sa paume.

— Fais de beaux rêves, Petite Flamme.

22.

Il était en train d'installer une nouvelle étagère dans la boutique de sa mère quand la sonnerie du téléphone retentit.

C'était Al Metzer. Dan lui avait demandé de se renseigner au sujet de la clinique Alternatives. Il lui avait dit de ne pas regarder à la dépense, de mettre le paquet sur cette recherche et d'explorer cette piste en priorité.

— Le Dr Laken est l'un des gynécologues obstétriciens les plus célèbres de la région, commença Al. Il a 63 ans ; il a fait ses études à Harvard et, a priori, il est blanc comme neige. Sa clientèle, c'est la fine fleur de Washington.

— Et son personnel ?

— C'est là que ça se corse. Cynthia Parson a un passé assez intéressant.

— C'est-à-dire ?

— Son mari est mort il y a un peu plus d'un an, en la laissant criblée de dettes. A la suite de ce décès, sa fille de six ans a développé une maladie psychique : l'angoisse de la séparation. Cynthia l'a envoyée chez un psychothérapeute, mais les séances coûtaient les yeux de la tête et, quand l'assurance a expiré, Cynthia n'a pas eu les moyens de poursuivre le traitement.

— Je m'en doute, avec son salaire d'infirmière…

— Justement, c'est là que ça devient intéressant. Il y a trois semaines, elle s'est mise à rembourser ses dettes, et elle a réinscrit sa fille pour des séances de thérapie. En plus, d'après une voisine bavarde, Cynthia a prévu d'emmener sa fille à Disney world, dans trois jours. C'est un luxe dont elle n'aurait pas pu rêver il y a encore un mois.

— Et d'où provient cette fortune soudaine ?

— Ça, je l'ignore encore. Il ne peut pas s'agir d'un héritage parce que Cynthia n'a pas de famille. D'autre part, comme son mari est mort il y a un an, je doute que ce soit une assurance vie. Je peux vérifier, si tu veux, mais ça prendra un peu de temps.

— Merci, ça ira. Je prends le relais.

Tiens, tiens, songea Dan en raccrochant. Apparemment, les affaires de Cynthia Parson s'arrangeaient à vue d'œil. Avec un peu de chance, il allait découvrir pourquoi.

Après avoir réservé une place sur le vol du lendemain matin pour Washington, il appela Jill à la B & A. Il voulait la prévenir qu'il ne pourrait pas les accompagner, elle et Frankie, dans les Catskill, le lendemain.

— Je passe te prendre tout à l'heure, vers midi, en bas de la tour Vangram, lui annonça-t-il. Je t'emmène déjeuner.

Dan avait toujours adoré New York à l'heure du déjeuner. Cette ville toujours en mouvement, et qui déployait une énergie inépuisable, s'éveillait véritablement à midi, quand les gens envahissaient les rues et que les carrefours se transformaient en gigantesques bouchons, cauchemar des automobilistes.

Adossé à un lampadaire, de manière à pouvoir surveiller les portes à tambour de la tour Vangram, Dan se régalait de ce spectacle. Il savourait la vitalité, le rythme et l'excitation permanente qui imprégnaient les rues de Manhattan. Pas étonnant que Jill adorât New York ! Cette ville semblait faite pour elle.

— Dan !

Il la vit agiter la main, puis se glisser dans sa direction à travers un océan humain. Avec son manteau vert pomme et ses bottes noires, elle lui parut plus belle que jamais. Comme pour la saluer, le soleil apparut alors, et enflamma sa chevelure. Dan aperçut une lueur d'admiration dans le regard d'un passant, et il ne put réprimer une pointe de jalousie.

Il adressa à la jeune femme un signe de la main, et se fraya, lui aussi, un passage à travers la foule, bousculant par la même occasion l'homme qui s'était permis de dévisager Jill.

— Salut ! fit-elle en plissant les yeux contre le soleil. Où allons-nous ?

— Surprise.

— Tant mieux. J'adore les surprises.

Comme un autre passant ralentissait le pas en regardant Jill avec admiration, Dan la prit fermement par le bras et l'entraîna le long de la Ve Avenue, en direction de Central Park.

Jill tourna la tête vers lui. Ses yeux bleus brillaient de plaisir.

— Un déjeuner dans le parc ? Attends, laisse-moi deviner. Hot dogs et sodas à l'orange ?

— Tu t'en souviens…

Comment aurait-elle pu oublier ? A l'époque où elle travaillait pendant ses vacances d'été à la B & A, Dan et elle se rencontraient à Central Park, deux ou trois fois par semaine, pour un déjeuner doublé d'une promenade : en fait, ils mangeaient en marchant. Ils prenaient toujours la même chose, mais Jill ne s'en lassait pas.

— Tu crois que notre marchand est toujours là ?

— On va bien voir !

Le vieil Irlandais au grand sourire avait disparu, et son chariot avait été remplacé par une fourgonnette flambant neuve, mais les hot dogs étaient toujours aussi délicieux. A l'entrée du parc, un guitariste tout de noir vêtu jouait une version rock de *Jingle Bells*, et les touristes jetaient des pièces dans son chapeau posé sur le sol.

Jill et Dan s'avançaient lentement dans une allée qui longeait la réserve d'oiseaux.

— Eh bien, dit Jill en léchant ses doigts pleins de moutarde, qu'ai-je fait pour être gâtée de la sorte ?

— Finis d'abord ton déjeuner.

— Oh ! Je vois. Tu as encore de mauvaises nouvelles.

Elle termina consciencieusement son hot dog et son soda orange, puis jeta le gobelet en plastique dans une poubelle, et déclara bravement :

— Vas-y : je suis prête.

— Je ne peux pas venir à Livingston Manor.

— Quoi ?

— Ecoute, Al a appelé…

Mais elle n'écoutait pas.

— Ce n'est pas vrai ! Dis-moi que je rêve ! Si j'ai accepté cette idée de fou, c'est uniquement parce que tu venais avec nous. Et maintenant, tu te dégonfles ! Je vais devoir m'occuper de Frankie toute seule ?

— Je n'y peux rien, Jill. Ecoute-moi, plutôt.

Il lui fit part du coup de téléphone d'Al Metzer.

— Si je ne discute pas avec Cynthia avant qu'elle parte pour la Floride, il va falloir attendre son retour. Or, j'ai l'impression qu'elle a des choses très intéressantes à nous raconter. Nous ne pouvons pas nous permettre de perdre du temps, Jill.

— C'est vrai, mais ça tombe vraiment mal.

— Allons, chérie, tu ne vas pas me dire que tu as peur d'un petit garçon de sept ans, quand même !

— Tu sais très bien que si !

— Pourquoi ? Frankie t'adore.

— Moi aussi, je l'adore. Mais quand il s'agit de s'occuper des enfants, je ne suis bonne à rien. Je ne sais jamais ce qu'il faut faire.

— Tu n'as qu'à te fier à ton instinct.

— Facile à dire !

Elle songea un instant à annuler l'excursion, mais l'idée de décevoir Frankie lui était insupportable. En plus, Maria lui avait déjà acheté une combinaison de ski…

— Si vous saviez comme il est excité ! lui avait dit Maria au téléphone. Il ne parle que de cette journée de demain !

Sur le coup, Jill avait été ravie d'apprendre à quel point le gamin se réjouissait, mais, maintenant, elle était assaillie par des pensées plus effrayantes les unes que les autres. Et si Frankie avait un accident ? Ou un malaise ? Ou s'il piquait tout simplement une crise de nerfs ?

— Ne t'en fais pas, dit Dan. Ce gosse est bien plus facile que tu ne te l'imagines. Il a déjà le sens des responsabilités.

Dan avait raison. N'avait-elle pas été la première, l'autre soir, à s'étonner de la maturité de Frankie et de sa vivacité d'esprit ? Elle se rappela son émerveillement lorsque le garçon avait débarrassé la table sans même qu'on eût besoin de le lui demander. Non, vraiment, un enfant aussi adorable que Frankie ne devait pas donner beaucoup de souci.

Pourtant, par acquit de conscience, elle décida de demander à Ashley de l'accompagner. Un jour de congé lui ferait le plus grand bien. Et puis, Ashley avait un véritable don pour s'occuper des enfants !

Ce ne fut qu'à 18 heures, juste avant de quitter le bureau, que Jill eut l'idée d'emprunter le break de son oncle pour se rendre dans les montagnes. Sa vieille BMW aurait supporté le voyage, mais il y aurait un enfant dans la voiture !

Elle se dirigea vers le bureau de Cyrus, mais, en arrivant, elle apprit qu'il était en réunion avec Paul Scoffield. Elle s'apprêtait à battre en retraite lorsque son oncle s'exclama :

— Jill ! Entre donc !

— Tu es occupé : je peux revenir plus tard.

— Aucune importance. Nous étions juste en train de discuter du nouveau bail pour nos bureaux.

Paul, qui veillait sur l'argent de la société comme sur ses propres deniers, esquissa un sourire de contentement.

— On a bien négocié ! En fin de compte, on va payer le même prix pendant encore quatre ans.

— Bravo ! dit Jill avec un sourire.

— Et toi, tu es prête pour ta grande aventure de demain ? demanda Cyrus.

— Quelle grande aventure ? fit Paul.

— Je m'étonne qu'on ne vous en ait pas encore parlé ! répliqua Jill. Bizarrement, tout le monde semble se passionner pour mon expédition. J'emmène le neveu de Dan faire de la motoneige.

— Voilà qui est bien courageux de votre part, dit Paul en riant. Je veux dire : compte tenu de vos antécédents de baby-sitter.

— Ne m'en parlez pas ! gémit Jill.

— Elle pensait que Dan lui donnerait un coup de main, expliqua Cyrus qui l'observait avec un mélange d'amusement et d'affection. Mais, finalement, il n'est pas libre, et notre vaillante Jill va devoir relever ce défi toute seule.

— Tu penses que j'en suis incapable, n'est-ce pas ? maugréa Jill. Tu t'imagines qu'il va arriver une catastrophe ?

— Je n'ai pas dit ça.

— Tant mieux, parce que je vais me débrouiller comme un chef. Par contre, j'ai besoin d'un service.

Mais Cyrus n'était pas prêt à abandonner le ton de la plaisanterie.

— Tu n'as tout de même pas l'intention de demander à ton vieil oncle de t'accompagner ! s'écria-t-il avec une feinte frayeur.

— Pourquoi ? Tu me proposes tes services ?

— Sûrement pas ! Je ne suis pas plus doué que toi avec les gosses. Pourquoi ne pas faire cette proposition à Paul ? Il a cinq petits-enfants. Et il est toujours en vie.

Paul leva les bras dans un geste de protestation.

— Pitié ! s'écria-t-il. Je porte toujours les cicatrices de ma dernière randonnée avec mon cadet, Evan.

Jill secoua la tête avec une mimique de dégoût comique.

— Vous êtes lamentables, tous les deux ! En aucun cas, je ne vous demanderais votre aide ! Même si vous étiez les derniers habitants de cette planète !

Tout en riant, Cyrus déclara :

— Bon, on t'a assez mise en boîte. De quoi as-tu besoin ?

— De ton break. Je serai plus tranquille, avec le gamin.

— Bonne idée ! déclara Cyrus en fouillant dans son tiroir, à la recherche de son double de clés.

Quand il l'eut trouvé, il le remit à Jill, tout en lui demandant :

— Quand serez-vous de retour ?

— Demain après-midi. J'ai promis à la mère de Frankie de le ramener pour l'heure du dîner. Tu es sûr que tu n'auras pas besoin de ta voiture ?

— Absolument. Paul et moi, nous sommes invités à un dîner d'affaires, demain : c'est lui qui me conduira, à l'aller et au retour.

— Dans ce cas, conclut Jill en rangeant les clés dans son sac, si vous voulez bien m'excuser, messieurs, je dois rentrer préparer ma combinaison et vérifier qu'il ne me manque rien.

Paul lui adressa un sourire complice.

— Bonne chance avec le petit !

Le blizzard matinal qui avait fait rage sur la côte Est, avait finalement pris fin, laissant une couche de neige d'une douzaine de centimètres et un magnifique ciel bleu.

Immobile, dissimulé au fond de la voiture qu'il avait louée en arrivant à l'aéroport de Washington, Dan observait la petite maison peinte en jaune située à l'extrémité d'une impasse. Même sans connaître Cynthia Parson, on devinait, à la crèche de Noël installée sur la fenêtre et au Père Noël souriant planté dans la minuscule cour, la présence d'un enfant dans ce foyer.

Dan attendit que la camionnette de la poste fût repartie pour descendre et aller sonner à la porte. Une jeune femme aux cheveux blonds coupés très court lui ouvrit avec un large sourire.

— Madame Parson ?

— En effet. En quoi puis-je vous aider ?

— Je m'appelle Dan Santini. Je suis un ami de Jill Bennett.

Le sourire de la jeune femme disparut aussitôt.

— Si vous êtes venu me questionner au sujet de son père, j'ai bien peur que vous n'ayez fait tout ce chemin pour rien, monsieur Santini. Je ne peux pas vous aider, pas plus que je n'ai pu renseigner Mlle Bennett. Croyez-moi, je compatis à son chagrin, mais il se trouve que je ne connais aucun Simon Bennett. Je n'avais jamais entendu prononcer ce nom avant l'autre jour.

— Ce n'est pas ce qu'on m'a dit.

Cynthia fit un geste pour refermer la porte, mais Dan l'en empêcha.

— Puis-je entrer ? Nous serons plus à l'aise pour parler. Ce que nous avons à nous dire ne regarde personne.

Elle jeta un coup d'œil inquiet sur la ruelle déserte, puis scruta le visage de Dan, comme si elle essayait de deviner si ses intentions étaient amicales ou hostiles. En dépit de ses efforts manifestes pour rester calme, il était évident qu'elle avait les nerfs en boule.

Enfin, elle s'effaça pour laisser Dan entrer.

— Qui êtes-vous ?

— Un ancien inspecteur de la brigade des homicides. Je n'appartiens plus à la police, mais je suis toujours aussi têtu et coriace qu'autrefois.

Il aperçut enfin une lueur de peur passer dans les yeux de la jeune femme.

— Je ne comprends pas ce que vous me voulez.

— La vérité, madame Parson. Rien de plus, rien de moins.

Malgré la chaleur qui régnait dans la maison, elle serra frileusement les bras autour de sa poitrine, comme pour réprimer un frisson.

— Je vous l'ai déjà dit : je ne sais rien.

— Dans ce cas, je vais vous dire ce que je sais, moi. Corrigez-moi si je me trompe.

Cynthia ne répliqua pas.

— Vous avez perdu votre mari il y a un an, commença Dan. Vous travaillez dur pour subvenir aux besoins de votre fille… mais voilà : vous avez du mal à joindre les deux bouts, surtout avec la maladie de la petite. Mais, il y a trois semaines, votre situation a miraculeusement changé. Vous avez remboursé une partie de vos dettes, et votre fille a pu reprendre ses séances de thérapie… Est-ce que mon récit correspond à la réalité ?

Le visage de Cynthia était devenu couleur de cendre. Elle demeura silencieuse.

— Voulez-vous me dire d'où vient cet argent, madame Parson ?

La jeune femme était mortellement pâle. Elle pressa ses deux mains contre son cœur et, l'espace d'un instant, Dan pensa qu'elle allait s'évanouir. Quel que fût son secret, songea-t-il, il devait être lourd à porter.

— Je me doute que ce n'est pas facile pour vous, reprit-il doucement, sans aucune menace dans la voix. Vous avez peur pour votre petite fille et pour vous-même, et vous vous sentez piégée. Mais la vérité est déjà en train de se faire jour. Désormais, il est inutile de nier. Cela ne servirait qu'à vous enfoncer encore davantage.

Dan vit les épaules de la jeune femme s'affaisser. Sans doute n'avait-elle plus la force de supporter le poids qui pesait sur elle. Il éprouva pour elle un sentiment de pitié. C'était une fille gentille qui s'était laissée entraîner dans un labyrinthe de mensonges et de tromperies, uniquement par amour pour sa fille. Et, maintenant, elle commençait à en payer le prix.

Elle se laissa tomber dans un fauteuil, puis murmura :

— Que voulez-vous savoir ?

Dan s'assit à son tour, et se pencha vers elle.

— Vous connaissez Simon Bennett, n'est-ce pas ?

Elle acquiesça de la tête.

— Il est bien venu dans votre clinique ?

— Oui. Le 3 octobre. Il y a rejoint une jeune femme qui prétendait s'appeler Julia Banks. A mon avis, ce n'était pas son vrai nom.

— Vous n'exigez pas de connaître la véritable identité de vos clientes ?

— Non. La plupart d'entre elles appartiennent à la haute société, et préfèrent l'anonymat.

— Julia Banks était-elle enceinte ?

— Oui. De trois mois.

— Selon vous, était-elle de la région ?

— Elle nous a donné une adresse à Washington, dans le quartier de Georgetown, mais rien ne prouve qu'elle y habitait.

— Pourriez-vous me la décrire ?

— Mince, blonde, cheveux longs. Très jolie.

— Son âge ?

— Je dirais vingt-sept, vingt-huit ans. Pas plus de trente, en tout cas.

Dan tenta de se représenter Vivian Mulligan avec de longs cheveux tombant en cascade sur ses épaules. Aurait-elle paru aussi jeune que cela ?

— Que pouvez-vous me dire d'autre à propos de cette jeune femme ?

Cynthia sembla réfléchir quelques instants.

— J'avais l'impression qu'elle n'avait pas envie de mettre un terme à sa grossesse. Je lui ai donc expliqué qu'elle avait d'autres choix : garder le bébé et l'élever, ou bien le placer dans une famille d'accueil. Elle m'a répondu qu'elle avait déjà pensé à tout ça mais que, finalement, elle préférait accepter la procédure. Elle n'a jamais prononcé le mot « avortement » ; elle a toujours parlé de « procédure ».

— Est-ce que tout s'est bien passé ?

— Sans aucun problème. Julia Banks a quitté la clinique le lendemain. D'habitude, nous ne gardons pas nos patientes la nuit suivant l'intervention, mais M. Bennett nous l'a demandé avec insistance. Il avait très peur des complications.

— Simon Bennett était-il le père du bébé ?

L'infirmière s'était un peu calmée. Elle glissa les doigts dans ses courts cheveux blonds, puis répondit :

— La question n'a jamais été posée. Mais il était si prévenant et il paraissait tellement inquiet que je n'en ai pas douté.

Dan l'observa un instant. Il savait que la partie la plus difficile de la conversation était encore à venir.

— Que s'est-il passé, ensuite ?

Cynthia inspira profondément, comme pour prendre son courage à deux mains.

— Il y a trois semaines, un homme est venu me voir. Il a prétendu s'appeler Jack Smith. Il était persuadé que sa femme avait subi une interruption volontaire de grossesse, le 3 octobre. Naturellement, j'ai refusé de répondre à ses questions.

Elle rencontra le regard de Dan, cilla, puis baissa les yeux pour poursuivre :

— J'ignore par quel miracle, il savait tout sur la maladie de ma fille. Il m'a promis qu'elle pourrait de nouveau bénéficier des soins dont elle a besoin.

— En clair, il a proposé de vous payer très cher ces informations ?

— Oui, murmura-t-elle.

— Pourriez-vous me décrire cet homme ?

— Taille moyenne, épaules un peu voûtées, cheveux gris, barbe grise. Il portait des vêtements informes et un chapeau qui dissimulait la partie supérieur de son visage.

— En somme, il était déguisé.

— Sûrement. Mais je ne m'en suis pas rendu compte tout de suite. Il… il m'a proposé cinquante mille dollars en liquide.

Dan s'efforça de cacher sa surprise. Quelle que fût l'identité de l'assassin, il fallait reconnaître qu'il était particulièrement retors et malin. Il avait choisi la bonne personne. Pauvre Cynthia ! Une veuve criblée de dettes, avec une petite fille malade. La proie rêvée ! Dan songea que sa propre mère aurait cédé à la tentation, elle aussi, si la santé d'un de ses enfants avait été en jeu. Mais il s'abstint de tout commentaire, et laissa Cynthia continuer.

— Je ne voulais pas lui obéir, dit-elle. Je savais parfaitement que c'était contraire à tous nos principes. Si jamais le Dr Laken découvre ça, il me renverra dans l'instant, sans autre forme de procès.

Une lueur exaltée apparut dans ses yeux, pareille à un éclat de fièvre.

— Il faut me croire, monsieur Santini : je ne l'ai pas fait pour moi-même. Je me fiche de l'argent. Je l'ai fait pour Molly. Pour qu'elle guérisse.

En dépit de son expérience qui lui avait appris à maintenir une certaine distance vis-à-vis des suspects, Dan avait beaucoup de mal à garder un masque impassible.

— Je suppose que la femme à laquelle s'intéressait Jack Smith était Julia Banks ? demanda-t-il en se forçant à parler d'un ton neutre.

— Oui. Il m'a montré une photo d'elle et une autre de Simon Bennett. Il devait le connaître parce qu'il l'a appelé par son nom.

— Donc, vous avez identifié les deux personnes qui figuraient sur les photos ?

— Oui, répondit Cynthia d'une voix à peine audible. Quelques jours plus tard, le Dr Laken m'a dit que son ami, Simon Bennett, était mort dans un accident de voiture. Sur le coup, je n'ai pas réalisé ce que ça signifiait. Et puis, Jack Smith m'a appelée pour m'avertir qu'une enquête privée avait été ouverte, et que je devais la boucler, selon son expression.

Elle essuya ses paumes moites sur sa jupe, et reprit :

— C'est à ce moment-là que j'ai conçu des soupçons au sujet de Jack Smith. Je me suis rappelé la façon dont il se tenait devant moi, cette nuit-là, le visage dans l'ombre, les épaules courbées... peut-être trop courbées, comme s'il essayait de paraître plus petit qu'il ne l'était en réalité.

— Qu'avez-vous fait quand vous avez réalisé qu'il avait sans doute assassiné Simon Bennett ?

— Que pouvais-je faire ? A ce moment-là, j'étais déjà sa complice ! Je me sentais terrifiée. Si j'allais en prison, Molly se retrouvait toute seule.

— Quel est l'état d'esprit du Dr Laken ? A votre avis, est-ce que la mort de son ami lui semble louche ?

— Non, je ne crois pas. Jack Smith comptait sur moi, par sur lui.

— Et vous ne l'avez jamais revu ?

— Non. Mais il m'a rappelée. La veille de la visite de Jill Bennett à la clinique.

Dan eut l'impression de recevoir un coup de poing dans l'estomac.

— Il savait donc que Jill allait venir vous voir ?

— Oui. Il était au courant de sa visite, et il avait peur que je ne me trahisse. Il m'a donc passé un coup de fil pour me rappeler ce qui m'arriverait si je faisais la moindre bourde. Comme si j'avais pu oublier !

Elle laissa errer son regard vers la fenêtre. De l'autre côté de la vitre, dans la cour enneigée, une jeune femme et son petit garçon construisaient un bonhomme de neige.

— Vous ne pouvez pas vous imaginer quel cauchemar ça a été, dit Cynthia tout en observant la scène. Si je n'avais pas eu Molly, je crois que j'aurais fait une bêtise… Et maintenant, qu'est-ce qui va m'arriver ?

— Rien, pour le moment. Tant que vous n'avez pas identifié formellement ce Jack Smith, votre histoire ne représente qu'un seul intérêt : elle confirme ce que je soupçonnais déjà, à savoir que Simon Bennett a été assassiné.

— Alors, vous n'allez rien dire au Dr Laken ?

— Je n'ai aucune raison de le faire.

Dan se promit alors de tout faire pour épargner la jeune veuve.

— En revanche, j'aimerais retrouver cette Julia Banks, dit-il. Pourriez-vous me donner son adresse ? Ou, en tout cas, celle qu'elle vous a transmise. Même si elle est fausse, ça va me permettre de commencer mes recherches.

— Il faudra que je consulte le registre, répondit-elle en jetant un coup d'œil à sa montre. C'est mon jour de congé, mais je vais trouver un prétexte quelconque pour passer à la clinique.

— Très bien.

— Il faut aussi que j'appelle la baby-sitter de Molly, dit la jeune femme en se levant. Voulez-vous qu'on se retrouve au café Golden Dawn, avenue Hazelton ? Vous le trouverez facilement : vous êtes passé devant, en venant ici. J'y serai dans une demi-heure, tout au plus.

— Parfait, Cynthia. Et merci.

23.

— Je n'arrive pas à croire que tu m'aies entraînée dans cette aventure ! lança Ashley avec une grimace, en regardant Jill et Frankie ôter la housse poussiéreuse qui recouvrait les deux motoneiges. Ça fait des années que je ne suis pas montée sur un de ces engins. Je vais sûrement me casser le cou et moisir dans un hôpital jusqu'au printemps.

Frankie, qui s'était déjà attaché à Ashley, lui adressa un grand sourire.

— Aucun danger, Ash ! La motoneige, c'est comme le vélo : ça ne s'oublie jamais !

— Qui t'a dit ça ?

— C'est Jill !

L'air toujours sceptique, Ashley fit le tour des deux véhicules rutilants.

— En tout cas, dit-elle, ça n'a rien à voir avec les vieux trucs qu'on utilisait dans le temps !

— C'est vrai, dit Jill. Ce sont des Ski-Doo. Papa les a achetés il y a deux ans. Ils sont beaucoup plus stables que les anciens. Ils peuvent foncer à plus de cent dix kilomètres à l'heure, et sauter par-dessus des monticules haut comme ça ! ajouta-t-elle en levant la main au-dessus de sa tête, avec un sourire complice à l'adresse de Frankie.

— Oublie les monticules ! répliqua Ashley. Je ne suis pas du tout certaine d'avoir envie d'enfourcher l'un de ces engins. Je me sens beaucoup plus tentée par un chocolat chaud et une bonne flambée.

— Trouillarde ! lança Jill.

Quant à Frankie, il s'était déjà installé sur l'une des motoneiges et, les mains sur le guidon, il imitait le vrombissement du moteur.

— Je peux prendre celui-là, Jill ?

— D'accord, mais tu ne pars pas sans moi.

Elle sourit devant son expression dépitée. Elle se sentait détendue. Frankie s'était comporté comme un ange, durant le trajet jusqu'au chalet. Il regardait, par la vitre, le paysage qui défilait, posait des centaines de questions, et plaisantait avec Ashley. Peut-être qu'après tout, ce n'était pas si difficile de s'occuper d'un enfant...

— Allez, viens ! dit-elle en lui donnant une petite tape sur l'épaule. Tu vas m'aider à vérifier le niveau d'essence.

Il ne leur fallut que quelques minutes pour inspecter les réservoirs et tester les moteurs. Quand ils eurent terminé, ils montèrent tous les deux dans la chambre de Jill pour enfiler leurs combinaisons de ski, tandis qu'Ashley allumait le feu dans la cheminée du salon.

— Tu es sûre que tu n'as pas envie de nous accompagner ? lui demanda Jill, en descendant avec Frankie.

— J'hésite toujours, répondit la jeune femme en sirotant une tasse de chocolat chaud. Je vais vous regarder partir. Si je me décide, je vous rattraperai.

— D'accord. Mais, dans ce cas-là, suis bien ma trace. Avec toute cette neige, il n'est pas facile de s'orienter si on ne connaît pas les lieux. Et puis, fais bien attention à ce piton rocheux, là-haut, ajouta-t-elle en désignant une colline escarpée. Ne t'en approche pas trop : il y a un à-pic, et tu risques de te retrouver dans la rivière.

— Bien, chef, dit Ashley avec un salut militaire.

Jill se retourna vers Frankie qui ne cachait pas son impatience.

— Et toi, jeune homme, accroche-toi à moi, et ne fais pas de bêtises avant la fin de notre promenade. C'est clair ?

Le garçon hocha la tête.

— Bien. Maintenant, mets ce casque.

Quelques instants plus tard, ils glissaient tous les deux le long de la pente, lentement au début, le temps que Jill testât la poudreuse, puis de plus en plus vite. Bientôt, ils filaient dans un grand champ, contournant les plus gros monticules et sautant par-dessus les petits.

Bien que le Ski-Doo fût le véhicule le plus imposant parmi les motoneiges, il était souple, facile à conduire et extrêmement stable, avec ses deux patins qui restaient fermement rivés au sol, même quand on exécutait les virages les plus brusques.

Jill, qui se sentait tout à fait rassurée, accéléra en montant au sommet de la colline qui dominait la Beaver River et offrait une vue à couper le souffle sur des étendues qui semblaient infinies.

Derrière elle, Frankie criait :

— Plus vite, Jill !

En riant, elle appuya de nouveau sur l'accélérateur.

— Hé ! Regarde ! cria encore le gamin. Voilà Ashley !

Surprise que son amie se fût finalement décidée à les rejoindre, Jill lança un bref regard sur le rétroviseur. A une distance encore respectable, un autre Ski-Doo fonçait dans leur direction. Mais ce ne pouvait pas être Ashley : elle n'aurait jamais eu le cran de filer à une telle vitesse. Et, d'ailleurs, sa combinaison était bleue, pas noire.

Jill se sentit agacée par cette intrusion. Son père avait toujours refusé d'installer des clôtures autour de leur domaine, si bien que les gens venaient régulièrement y faire de la motoneige.

L'intrus continuait à foncer droit sur eux en maintenant une vitesse vertigineuse.

A quoi ce crétin pensait-il ? Il voulait les tuer ou quoi ?

Inconscient du danger, Frankie cria à la jeune femme :

— Ne la laisse pas nous rattraper, Jill !

Tout en s'efforçant de maîtriser sa peur, Jill s'écarta de la trajectoire que suivait l'inconnu. Elle se rendit compte, alors, qu'il montait exactement le même Ski-Doo que celui qu'elle avait laissé au garage et qu'elle comptait prêter à Ashley. Que se passait-il donc ? Avait-il emprunté le véhicule, sous le nez d'Ashley ?

Avant qu'elle eût trouvé la réponse à cette question, le conducteur changea de direction, exactement comme elle l'avait fait elle-même, un peu plus tôt, et fonça de nouveau vers eux à toute allure.

Elle devait à tout prix se débarrasser de ce fou furieux, et rejoindre le chalet ou la maison de Joshua.

Elle fit demi-tour et rebroussa chemin, tout en louvoyant pour éviter de se retrouver en face de l'autre Ski-Doo. Cependant, à cause de Frankie, elle n'osait pas aller aussi vite qu'elle l'aurait voulu. Il aurait pu lâcher prise à tout moment, à cause d'un monticule trop élevé ou d'un virage trop brusque.

Le second Ski-Doo fonçait toujours dans leur direction. Brusquement, dans un fracas assourdissant, il sembla se ruer sur eux… et les manqua d'un cheveu.

Jill sentit son sang se glacer. L'inconnu n'était pas un fou qui s'amusait à des jeux dangereux. Il ne cherchait pas à les heurter. Il tentait de les pousser vers le piton rocheux, et de les précipiter dans la rivière gelée.

Frankie serra les bras autour de sa taille. Pauvre gosse. Lui aussi avait dû comprendre qu'il se passait quelque chose d'anormal, et il avait peur. Mais Jill n'avait pas le loisir d'y penser maintenant ni aucun moyen de le rassurer. Elle devait juste penser à sauver leurs peaux.

L'inconnu revenait déjà à la charge. Jill appuya sur l'accélérateur, et dirigea son Ski-Doo vers la forêt. Dans la relative sécurité des bois épais, elle espérait pouvoir le semer.

L'homme en combinaison noire la suivit. Il sautait par-dessus les hauts monticules avec une habileté qui dépassait celle de tous les sportifs qu'elle avait pu observer. La seule solution consistait à se montrer plus rusée que lui. Elle allait le conduire à Deadman's Drop, puis elle reviendrait dans la forêt, en espérant le gagner de vitesse.

Mais elle allait devoir prendre des risques. Si elle ne parvenait pas à tourner au bon moment, sa motoneige passerait par-dessus le bord du piton… Des années plus tôt, avant que son père eût acheté cette propriété, un conducteur de motoneige avait connu cette fin tragique, et c'était la raison pour laquelle on avait appelé cet endroit Deadman's Drop : la chute du mort.

En espérant repérer à temps la vieille pancarte délavée qui avertissait du danger, elle fonça droit devant elle. Alors que la forêt commençait à devenir plus dense, elle la vit : un bout de planche décoloré par les intempéries, cloué à un tronc d'arbre.

Les mains crispées sur le guidon, elle vira brusquement à gauche en freinant brutalement. Au bout de deux ou trois mètres, le véhicule heurta violemment un arbre.

Jill et Frankie furent propulsés en l'air juste au moment où l'autre motoneige dépassait l'endroit en vrombissant.

Jill resta quelque temps immobile, affalée dans la neige. Elle se sentait un peu groggy, mais elle était sûre qu'elle n'avait rien de cassé. Tout en s'efforçant de rassembler ses esprits, elle s'appuya sur un coude et chercha Frankie des yeux.

L'enfant était invisible.

L'inconnu aussi.

Jill se releva, ôta son casque et examina les environs. Son Ski-Doo gisait un peu plus loin, le côté gauche enfoncé. A quelques mètres de là, elle aperçut Frankie, allongé sur le dos, immobile, les yeux fermés.

— Frankie ! s'écria-t-elle en se précipitant vers lui.

Dès qu'elle l'eut rejoint, elle s'agenouilla près de lui, et le secoua doucement.

— Frankie, réveille-toi !

Comme il ne répondait pas, elle ôta l'un de ses gants avec ses dents pour lui tâter le pouls. Elle faillit pleurer de soulagement en sentant battre le cœur de l'enfant.

Elle devait absolument trouver de l'aide. Les mains tremblantes mais l'esprit clair, elle scruta la piste qu'ils venaient d'abandonner. Si elle faisait confiance à son sens de l'orientation, le chalet devait se trouver tout droit sur la pente boisée de la colline, à environ un kilomètre. Avec plus de cinquante centimètres de neige et le petit dans les bras, le trajet allait être épuisant, mais la jeune femme était décidée à le parcourir coûte que coûte.

Le soleil matinal s'était caché derrière un gros nuage chargé de neige. Des flocons isolés tombaient déjà, et Jill savait que, bientôt, la température allait chuter et qu'elle devrait protéger Frankie du froid.

Au moment même où elle s'apprêtait à le prendre dans ses bras, elle entendit un faible gémissement.

— Frankie, mon chéri !

L'enfant ouvrit les yeux et esquissa un faible sourire.

— Tu vas bien ? s'exclama-t-elle, riant et pleurant à la fois.

Elle prit son visage entre ses mains, et réprima l'envie de le couvrir de baisers.

— Oui, ça va, répondit-il en inclinant légèrement la tête. Sauf ma cheville. Je crois qu'elle est cassée.

— Attends, je vais regarder.

Avec des mouvements rapides et précis, elle dénoua les lacets de sa botte et remonta un peu la jambe de son pantalon. Sa cheville était rouge et enflée, mais elle ne paraissait pas cassée.

— Ça doit être une foulure.

— Jill ? dit Frankie en regardant la jeune femme d'un air grave.

— Oui, Frankie.

— Ça n'était pas Ashley, hein ?

Jill ne répondit pas tout de suite. Elle ne voulait surtout pas effrayer l'enfant. D'un autre côté, il était trop intelligent pour avaler un mensonge.

— Non, ce n'était pas Ashley.

— Qui c'était, alors ?

— Un type qui voulait nous impressionner en jouant à des jeux stupides.

— Mais… il conduisait ton autre motoneige, dit-il avec un regard perspicace qui étonna Jill.

— Oh, je n'ai pas fait attention ! répondit-elle. Tous les Ski-Doo se ressemblent, tu sais.

Frankie jeta un coup d'œil à la ronde, puis il demanda :

— Il est parti pour de bon ?

Jill examina la piste qui zigzaguait entre les arbres, au-delà de la pancarte, puis elle tendit l'oreille. Elle ne perçut aucun bruit de moteur. Ou bien l'inconnu était tombé dans le précipice, ou bien il avait filé sans demander son reste.

— Oui, Frankie, il est bel et bien parti, déclara Jill.

Mais, soudain, une pensée inquiétante lui traversa l'esprit. Ashley ! Elle était sans doute dans la maison, en train de regarder la télévision en toute tranquillité. A moins qu'elle ne se fût trouvée dans le garage au moment précis où l'homme s'emparait du véhicule ?

Jill s'efforça de chasser cette pensée terrifiante, et reporta son attention sur Frankie.

— Il va falloir qu'on bouge, mon ami ! dit-elle d'une voix convaincante. Tu crois que tu pourras t'appuyer sur ton pied ?

— Je ne sais pas. Je vais essayer.

Elle l'aida à se mettre debout, mais, au moment où son pied toucha le sol, il esquissa une grimace.

— Ça fait trop mal, Jill…

— Ce n'est pas grave, lui dit-elle en le serrant contre elle. Je vais te porter, voilà tout. Et, quand je serai trop fatiguée, ajouta-t-elle en souriant, c'est toi qui devras me porter. Heureusement que tu es costaud, parce qu'il faudra que tu le fasses en sautant sur un pied !

Il eut un sourire plein de courage.

— Est-ce qu'on est loin de la maison ?

— On a un peu plus d'un kilomètre à faire. Tu n'as pas froid ?

— Si, un peu.

— Alors, appuie-toi sur cet arbre, je reviens tout de suite.

Jill courut jusqu'à la motoneige qui était trop endommagée pour fonctionner, puis elle ouvrit le petit coffre, à l'arrière, en espérant y trouver une couverture ou un pull. Mais, comme les Bennett ne faisaient jamais de longues promenades, personne ne s'embarrassait de ce genre de précaution. La jeune femme ne trouva même pas une boîte d'allumettes pour faire du feu.

Sans hésiter, elle ôta son blouson et le tendit à Frankie.

— Et toi ? lui dit-il.

— Moi, je vais faire des efforts : ça me réchauffera, répondit-elle avec un clin d'œil.

Enfin, quand il fut bien emmitouflé, il monta sur le dos de Jill qui s'était accroupie près de lui. Elle eut de la peine à se relever, et les premiers pas furent difficiles, mais, petit à petit, sa démarche et sa respiration se stabilisèrent.

— Bien, mon grand. On est parti !

Ils avançaient à la vitesse d'un escargot, suivant la trace que leur motoneige avait laissée au cours de la descente. Frankie était plus lourd que Jill ne l'avait imaginé, et elle devait s'arrêter tous les trente mètres pour se reposer, mais aussi pour permettre à Frankie de bouger un peu afin d'éviter l'ankylose.

Cependant, la neige commençait à tomber dru, et rendait la progression difficile. Jill avait du mal à se repérer. Elle regardait anxieusement autour d'elle, en se demandant si elle ne s'était pas trompée de direction, quand elle entendit quelqu'un l'appeler par son nom.

Elle leva la tête vers le haut de la colline, et découvrit Ashley qui venait vers eux avec des couvertures. Elle ne cessait de tomber et de se relever. Elle avait une entaille sur le front, et sa tempe était maculée de sang séché.

— Dieu merci ! s'écria-t-elle en tombant dans les bras de Jill. Je pensais qu'il vous avait tués.

Avec des yeux écarquillés, Frankie regardait la blessure de la jeune femme.

— C'est ce type qui t'a fait ça ? lui demanda-t-il. Le même qui a essayé de nous rentrer dedans ?

— Oui, c'est lui qui m'a mise K.O., mais je vais bien, maintenant : ne vous inquiétez pas pour moi.

Elle déplia les couvertures, en donna une à Frankie et une à Jill.

— Enveloppez-vous là-dedans. J'ai pris ce qui me tombait sous la main. Dès que j'ai repris mes esprits, j'ai appelé Wally. Il envoie une équipe de secours pour vous ramener à la maison. Mais il a dit qu'en attendant, il ne fallait surtout pas que vous attrapiez froid.

Frankie ne cachait pas son admiration pour Ashley.

— Comment t'as fait pour nous retrouver ?

— J'ai suivi les traces, en priant pour qu'il s'agisse bien des vôtres.

Jill parvint à surmonter son appréhension, et osa enfin poser la question qui lui brûlait les lèvres.

— Qui était-ce, Ashley ?

— Aucune idée. Je ne l'ai pas vu. Je vous regardais gravir la colline et, tout à coup : boum ! J'ai reçu un formidable coup sur la tête. Il m'a frappée par-derrière.

» J'ai dû tomber en avant et heurter une souche parce que, quand je suis revenue à moi, j'avais cette blessure au front. Quant à la bosse que j'ai sur le crâne, elle est aussi grosse qu'une balle de base-ball ! »

Jill regarda autour d'elle d'un air inquiet. Et si l'homme en combinaison noire était venu ici spécialement pour la tuer ?

Soudain, un fracas de moteurs la tira de ses sombres pensées. Deux motoneiges conduites par des membres de la section des secours du comté de Sullivan se dirigeaient vers eux.

24.

Wally les escorta jusqu'à une petite ville voisine du nom de Rockland, où l'un de ses amis, le Dr Keaton, soigna la blessure d'Ashley et fit passer une radio à Frankie. Il ne s'agissait que d'une foulure, ainsi que Jill l'avait supposé.

— Il faudra que tu gardes ton pied en hauteur pendant quelques jours, mon grand, dit-il au garçon. D'ici peu, tu pourras sauter comme un cabri !

Tandis que le médecin lui confectionnait un bandage, Wally attira Jill à l'écart.

— L'équipe de secours a retrouvé l'autre motoneige, lui dit-il. Pas au fond du précipice, comme nous l'avions supposé, mais à mi-pente. Elle a été retenue dans sa chute par quelques arbres. L'épais sous-bois l'a empêchée de s'écraser.

— Et le conducteur ? demanda Jill.

— Tout ce qu'ils ont trouvé, ce sont des empreintes menant à un étroit sentier qui débouche sur Johnston Road. De là, des traces de pneus conduisent vers l'autoroute. Ce type a dû garer sa voiture près de la route et escalader la colline à pied, jusqu'au chalet. Le salaud ! Il ne manque ni d'intelligence ni de résolution.

Jill nota qu'en parlant, il perdait sa bonhomie et ses manières décontractées de flic de campagne pour acquérir une concentration et une fermeté toutes professionnelles.

La jeune femme jeta un coup d'œil vers Ashley qui tenait compagnie à Frankie, puis elle reporta son attention sur le commissaire.

— En effet, Wally. Cet homme n'était pas un cinglé qui cherchait à s'amuser. Il a tout fait pour que je tombe du haut du piton. Il voulait ma mort, et peu lui importait que le gamin périsse avec moi.

Le visage sombre, Wally réfléchit quelques instants.

— Qu'est-ce que tu fabriques, ces temps-ci, Jill ? Je croyais que tu avais laissé à Dan le soin d'enquêter.

— C'est exact. C'est surtout Dan qui s'occupe de l'affaire. Mais l'assassin pensait peut-être que, si je n'étais plus de ce monde, l'enquête s'arrêterait d'elle-même.

— Eh bien, il s'est trompé, déclara Wally. Et il a commis une grave erreur en s'en prenant à toi. Non seulement je vais enquêter à fond sur l'incident d'aujourd'hui, mais je vais rouvrir le dossier concernant la mort de ton père.

Il regarda la jeune femme d'un air inquisiteur, puis lui demanda :

— Y a-t-il autre chose que je devrais savoir, Jill ? Un élément supplémentaire qui m'aiderait à mettre la main sur ce salopard ?

Jill s'accorda un instant de réflexion. En réalité, elle doutait fort que Wally pût faire mieux que Dan. Pourtant, elle décida de tout lui raconter. Elle lui parla de la première agression qu'elle avait subie, de la liaison entre son père et Vivian Mulligan et, enfin, de la visite de Dan à la clinique Alternatives, dont on connaîtrait le résultat le soir même. Le seul détail qu'elle omit de mentionner était la lointaine aventure de sa tante avec Yussef Abrahim et le chantage auquel son père s'était livré. Dan et lui étaient tombés d'accord sur le fait que Lilly n'avait rien à voir avec le meurtre de Simon. Alors, à quoi bon rendre publique une vieille histoire qui pourrait nuire gravement à sa tante ?

Lorsque Jill eut terminé, Wally garda le silence pendant un long moment. Les confidences de la jeune femme lui avaient causé un choc. Il n'avait jamais soupçonné son vieil ami d'adultère. Durant les vingt-cinq années au cours desquelles il l'avait fréquenté, Simon avait eu un comportement exemplaire envers sa femme.

La pensée que son ami eût été un menteur et un hypocrite plongeait Wally dans l'amertume et la mélancolie. Mais il n'en était pas moins résolu à retrouver son assassin. Surtout maintenant que ce scélérat avait osé s'en prendre à Jill !

— Est-ce que ta mère est au courant ? demanda-t-il à la jeune femme en refermant le calepin sur lequel il avait pris quelques notes.

— Elle sait seulement que papa a fait ce mystérieux voyage à Washington, mais elle ignore tout de sa liaison avec Vivian Mulligan.

La bouche crispée par une expression de colère, Wally se retourna pour regarder Frankie. L'une des infirmières lui avait trouvé une bande dessinée, et l'enfant était absorbé dans sa lecture. Quant à Ashley, elle avait un pansement sur le front, ce qui ne l'empêchait pas de savourer une tasse de café.

C'était une scène que Wally avait observée des centaines de fois. Quand on vit dans les montagnes, les accidents liés aux sports d'hiver sont le pain quotidien des secouristes, ainsi que de l'unique responsable du maintien de l'ordre dans la région. Mais, de toute sa carrière de policier, il n'avait encore jamais été confronté à une tentative de meurtre, et cette histoire le mettait dans un état de rage qu'il avait le plus grand mal à gérer.

— Brad va vous reconduire, dit-il en glissant son calepin dans sa poche. Je ramènerai le break de ton oncle un peu plus tard.

— Wally, ce n'est pas la peine : je suis parfaitement capable de conduire.

Ils passèrent quelques minutes à se chamailler à ce sujet. Puis, devant l'obstination de Jill, Wally finit par céder.

— Suis-les jusqu'à New York, tu veux ? dit-il à son adjoint, dès qu'ils furent partis. Juste pour être sûr qu'il ne leur arrive rien en chemin. Mais arrange-toi pour qu'ils ne te voient pas.

— Pas de problème, patron.

Quand Jill et sa petite troupe eurent pris la route, Wally alla téléphoner à Dan.

Vers 17 heures, Jill, Frankie et Ashley arrivèrent chez Joe et Maria. Toute la famille Santini était réunie pour les accueillir.

Dans le confortable salon de Maria, où trônait un énorme sapin de Noël orné de petites lumières clignotantes, Frankie tint ses auditeurs en haleine en leur racontant les événements avec des détails hauts en couleur.

— Jill m'a donné son blouson, dit-il d'un air surexcité. Et puis, elle m'a porté tout en haut de la montagne géante ! Chaque fois qu'on s'arrêtait, elle me faisait bouger et sauter, pour que je ne risque pas…

Il plissa le front, et lança un coup d'œil vers Jill.

— C'est comment, déjà, ce mot ?

— L'hypothermie.

— C'est ça : l'hypothermie. Le docteur dit qu'on peut en mourir !

Maria, qui était assise entre Jill et Ashley, prit les deux jeunes femmes par les épaules.

— Je ne sais pas si je pourrai un jour vous remercier pour ce que vous avez fait, murmura-t-elle d'une voix vibrante de larmes contenues. Vous, Jill, pour avoir si bien veillé sur mon fils, et vous, Ashley, pour les avoir retrouvés alors que vous étiez vous-même blessée.

— Inutile de nous remercier, Maria, répliqua Jill. Au contraire : je me sens responsable. C'est ma faute si Frankie s'est foulé la cheville, et…

Comme un concert de protestations couvrait sa voix, Dan se pencha pour lui chuchoter à l'oreille :

— Laisse-toi aller, Petite Flamme. Il est parfaitement inutile de résister.

Naturellement, Jill et Ashley partagèrent le repas familial qui se révéla digne des festins de Lucullus.

Lorsque Dan trouva enfin un moment pour s'isoler avec Jill, il lui demanda sans détour :

— Qui savait que tu allais dans les Catskill aujourd'hui ?

Jill s'étira pour tenter d'apaiser ses courbatures.

— Presque tout le monde à la B & A : mon oncle, Philip, Olivia, Cecilia et certainement les autres secrétaires. Tu sais comment fonctionne le téléphone arabe.

— Qui savait que je ne t'accompagnerais pas ?

— Uniquement mon oncle.

Envahie par une soudaine sensation de malaise, elle ajouta :

— Et Paul Scoffield. Il se trouvait dans le bureau d'oncle Cyrus quand je suis passée pour emprunter le break.

— J'ai déjà discuté avec Wally, déclara Dan. Il va vérifier l'alibi de chaque employé pour cette matinée. Ceux qui n'étaient pas à leur poste vont se retrouver sur le gril : fais-moi confiance.

— J'espère que tu ne parles pas de mon oncle.

Dan adressa à la jeune femme un regard dur comme la pierre.

— J'ai dit tout le monde, sans exception.

— Et Mulligan ?

— Oh, je vais m'occuper de son cas ! Je vérifierai soigneusement son alibi, et pas seulement pour ce matin. Je veux aussi savoir ce qu'il faisait le 28 novembre.

— Pourquoi ? Que s'est-il passé, le 28 novembre ?

— Ce jour-là, un mystérieux inconnu qui se faisait appeler Jack Smith a offert cinquante mille dollars à Cynthia Parson pour des informations concernant ton père et une jeune femme blonde, enceinte de trois mois.

Jill ouvrit de grands yeux stupéfaits.

— Qu'est-ce que tu dis ? Alors, mon père s'est bel et bien rendu à cette clinique ?

— Comme je te l'ai dit, il accompagnait une jeune femme enceinte, et Cynthia est presque sûre qu'il était directement concerné par cette affaire.

— Et la femme ? Qui était-ce ?

— Elle a été admise sous le nom de Julia Banks, et elle a donné une adresse à Georgetown. Mais les deux informations étaient fausses.

— Tu as pu vérifier ?

— Bien sûr, répondit Dan avec un haussement d'épaules. Puisque j'étais sur place…

— Donc, cette soi-disant Julia Banks peut habiter n'importe où, y compris à New York ! dit Jill en soupirant.

— En effet, mais j'ai appris une chose : il ne s'agit pas de Vivian Mulligan. Je l'ai appelée. Ce jour-là, elle faisait tout autre chose, et elle peut le prouver.

— Seigneur ! gémit Jill. Alors, Cynthia Parson et le Dr Laken m'ont menti ?

— Le médecin n'est au courant de rien. Il s'est abstenu de parler de ton père pour des raisons d'éthique. Quant à Cynthia, elle était terrorisée.

Dan raconta à la jeune femme ce qu'il avait découvert sur l'énigmatique Jack Smith et la manière dont il faisait pression sur Cynthia.

— Je lui ai promis de ne pas parler d'elle tant que ce ne serait pas absolument nécessaire, conclut-il.

Jill lui sourit.

— Tu es quelqu'un de bien, Dan.

Une étincelle espiègle qu'elle connaissait bien s'alluma dans les yeux de son compagnon.

— Ça fait un moment que je te le répète ! Tu es enfin décidée à le croire ?

A cet instant, ils entendirent un éclat de rire qui provenait du salon. Nick sautait à cloche-pied, comme s'il avait, lui aussi, la cheville foulée.

— Ooooh, j'ai tellement mal ! criait-il, le visage déformé par une souffrance imaginaire. Vite, grand-mère, un autre morceau de gâteau ! C'est la seule chose qui puisse me guérir !

Jill observa la scène quelques instants, puis se retourna vers Dan.

— Qu'allons-nous faire, maintenant ? Nous avons un assassin presque impossible à identifier parce qu'il était déguisé, et une mystérieuse jeune femme qui vit entre New York et la Virginie. Pour tout arranger, on ne trouvera probablement aucune empreinte sur la motoneige que les secouristes ont remontée du précipice.

— Ne t'inquiète pas, Jill. Notre homme est malin comme un singe, mais il finira par commettre une erreur. D'autant plus qu'il a terriblement peur. C'est pour ça qu'il a essayé de t'attaquer, aujourd'hui. Et cette peur lui fera oublier les règles les plus élémentaires de la prudence.

Jill sentit un long frisson lui parcourir le dos.

— Mais ça veut dire… qu'il va encore essayer de me tuer ?

— Je ne lui en laisserai pas l'occasion, Petite Flamme. A partir de maintenant, toi et moi, nous sommes inséparables.

Bien que l'idée d'être avec Dan vingt-quatre heures sur vingt-quatre ne lui déplût nullement, Jill secoua la tête d'un air obstiné.

— Pas question que tu me consacres tout ton temps. Ce ne serait ni très commode ni très juste envers ta famille. Ils te voient si rarement !

Mais elle lut dans le regard de son compagnon une telle détermination qu'elle baissa les bras.

— Bon, d'accord. Dans ce cas, je te propose un compromis. Je vais t'appeler régulièrement. Je ne resterai jamais au bureau après 17 heures, et je t'informerai immédiatement si je change mes plans.

Dan réfléchit quelques instants, puis déclara :

— Je suis d'accord, à deux conditions. Premièrement, tu me donnes ta parole de respecter cette règle et, deuxièmement, je rentre avec toi, ce soir, et je dors sur le canapé. Juste cette nuit. Au cas où ce salopard déciderait de finir le boulot qu'il a si bien commencé.

— Tu cherches à m'effrayer exprès ?

— Je cherche à te faire comprendre que nous avons affaire à un homme qui n'a plus rien à perdre.

— Wally prétend qu'il lui suffit de rouvrir l'enquête pour que je sois tranquille.

— Je pense qu'il a raison, mais rien n'est fait. En attendant, deux précautions valent mieux qu'une.

— Entendu.

Sans doute avait-elle acquiescé trop vite, mais tant pis. Quelle que fût sa réticence à le reconnaître, elle était terrorisée à l'idée de passer la nuit seule dans son appartement, après l'expérience traumatisante qu'elle venait de subir… Par contre, si Dan se trouvait dans la pièce voisine, elle dormirait sur ses deux oreilles.

Ce serait même la première nuit paisible qu'elle passerait depuis la mort de son père.

25.

— Est-ce que ton café est assez fort ?

— Il est parfait. Et arrête de t'agiter : tout va très bien.

Assise sur le canapé, les jambes repliées sous elle, Jill se sentait parfaitement détendue.

— Je m'agite parce que ce n'est pas tous les jours que j'ai l'occasion de m'occuper d'une héroïne, déclara-t-il gravement.

— Je t'en prie, ne m'appelle pas comme ça ! Ce que j'ai fait, n'importe qui l'aurait fait à ma place.

— Essaie donc d'en convaincre ma famille !

Jill rit doucement.

— Ça, c'est autre chose. Quand je suis arrivée avec Ashley, j'ai eu l'impression qu'ils allaient nous accueillir avec une fanfare et une pluie de serpentins.

— Ils en sont encore capables, dit Dan en venant s'accroupir devant elle et en posant les mains sur ses genoux. Je voulais te demander une chose, Jill : ne dis plus jamais que tu ne sais pas t'occuper des enfants. Ce que tu as fait aujourd'hui prouve que tu feras une mère formidable.

Jill regarda les mains de Dan, si grandes et si puissantes, et pourtant d'une extraordinaire douceur. Bizarrement, l'idée de devenir mère ne lui faisait plus peur. En fait, à ce moment précis, elle s'en sentait parfaitement capable. A condition de partager ce bonheur avec Dan.

Dommage que cette révélation arrivât aussi tard ! En treize ans, certaines choses étaient devenues impossibles.

Elle leva les yeux vers son compagnon. Son regard était tellement intense, tellement brûlant qu'elle se sentit brusquement envahie par une vague de désir qui prit naissance au creux de son ventre et se répandit dans tout son corps. Elle tenta aussitôt de se ressaisir, mais elle dut reconnaître qu'elle en était incapable. Elle était trop consciente du regard de Dan qui glissait de ses yeux à ses lèvres, et elle se souvenait parfaitement de la façon dont son corps frémissait sous ses mains.

Lorsque, finalement, elle s'abandonna à cette délicieuse sensation, elle sut qu'elle était perdue, qu'elle était prête à oublier les principes qu'elle s'était elle-même fixés. Mais, à présent, elle s'en moquait. Cette nuit, elle avait besoin de quelque chose de plus qu'une main amicale sur son épaule. Cette nuit, elle avait besoin de Dan avec son corps chaud et ferme, avec toute sa force et toute sa virilité. Elle voulait sentir ses bras l'enlacer passionnément, écouter à l'infini ces mots d'amour et de désir que, deux jours plus tôt, elle avait farouchement refusé d'entendre.

Elle l'observait à la dérobée, tout en se demandant avec excitation s'il devinait les folles pensées qui lui traversaient l'esprit.

Sans doute pas. Elle n'avait jamais été très douée dans l'art de suggérer des choses sans en avoir l'air. Et puis, elle s'était embourbée dans ces satanées règles de conduite qu'elle leur avait imposées à tous les deux, la nuit où il l'avait embrassée. Elle lui avait laissé comprendre clairement qu'elle ne souhaitait pas s'engager dans une nouvelle relation avec lui, ni sentimentalement ni sexuellement. Et Dan, qui était un gentleman, ne prendrait jamais le risque de lui manquer de respect.

« Mais alors, pourquoi ne lui fais-tu pas comprendre que tu as changé d'avis ? se demanda-t-elle. Ensuite… qui vivra verra. »

Elle sourit de son propre embarras. Demander à Dan de lui faire l'amour, c'était une idée complètement folle. A la rigueur, elle aurait peut-être osé le faire si elle avait été sûre qu'il la désirait aussi.

Hélas ! En ce moment, rien ne lui permettait de le penser.

— Tu veux une tasse de café, toi aussi ? lui demanda-t-elle avec son sourire le plus charmeur. Cette fois, c'est moi qui vais m'en occuper.

Mais Dan secoua la tête.

— Non, je te remercie, répondit-il en se levant. Je suis vanné. Je crois qu'il est temps d'aller dormir, Petite Flamme.

— Vraiment ? dit-elle avec un regard surpris.

— Je commence à vieillir. Je n'arrive plus à me coucher tard, comme avant.

Jill consulta sa montre.

— Mais il n'est que 10 heures !

— Ah bon ? fit-il en réprimant un bâillement. Eh bien, tu sais, comme on dit, la vie appartient à ceux qui se lèvent tôt… Et j'ai une dure journée qui m'attend demain.

Jill fronça les sourcils. Etait-il en train de se moquer d'elle ? Si c'était le cas, elle ne pouvait pas lui en vouloir, compte tenu de la façon dont elle l'avait envoyé paître, l'autre soir.

— C'est que…, commença-t-elle, comme une lycéenne qui n'ose pas avouer son amour à son prof, j'ai encore les nerfs en pelote… Je pense que je vais avoir du mal à m'endormir.

— Prends un bain chaud : ça va te détendre.

Un bain chaud ? Voilà ce qu'il proposait à une femme qui se sentait brûlante d'excitation ? Mais sans doute n'avait-elle pas su se faire comprendre…

Elle posa sa tasse sur la table basse, puis se leva et se dirigea vers lui de sa démarche la plus sexy.

— Dan, je ne pense pas que tu aies bien saisi ce que j'essaie de te dire…

— Ah oui ? fit-il avec un petit sourire en coin. C'est donc à ça que tu fais allusion ! Tu veux t'envoyer en l'air ?

— Eh bien…

Elle ne s'était pas attendue qu'il employât des termes aussi crus, mais, après tout, elle n'allait pas faire la fine bouche.

— … oui.

Sa propre audace lui coupa le souffle, et elle sentit ses joues s'empourprer.

— C'est le sexe qui t'intéresse, et rien d'autre ?

Pourquoi lui posait-il une telle question ? N'était-ce pas ce que les hommes attendaient des femmes, généralement ?

— Ma foi, oui…

— Très mauvaise idée, Jill, répondit-il en secouant la tête.

— Pardon ?

— Tu me l'as expliqué toi-même, l'autre soir.

— C'est vrai, mais je ne ressens plus les choses de la même façon.

— Tu avais pourtant parfaitement raison. Nous ne sommes pas prêts pour une nouvelle secousse : ça ficherait par terre notre relation actuelle. Et puis, de toute façon, ça ne marcherait pas. Coucher ensemble comme ça, juste pour en retirer un peu de plaisir… Non, ça n'a jamais été notre genre. C'est tout simplement impossible, après ce que nous avons vécu ensemble. Après ce que nous avons représenté l'un pour l'autre.

Dieu du ciel ! Elle s'était offerte à lui, elle s'était pratiquement jetée à son cou… et il l'envoyait sur les roses !

— Tu veux dire que… tu n'as pas envie de faire l'amour avec moi ?

— Oh, je n'ai pas dit ça ! Mais essaie de comprendre : on a tenté de t'assassiner, aujourd'hui. C'était moins une : tu as vraiment failli y passer ! A cause de ça, tu te sens vulnérable, fragile… Faire l'amour dans ces conditions, ce serait une erreur.

Alors, là, c'était la pire humiliation qu'elle eût jamais subie ! A moins qu'il ne s'agît d'une plaisanterie ? Oui, il allait éclater de rire, lui faire un clin d'œil et lui avouer que, bien sûr, il rêvait de faire l'amour avec elle.

Mais il n'en fit rien. Alors, elle se sentit profondément humiliée.

— Tu sais quoi ? lança-t-elle d'un ton cinglant. Tu as bien raison ! Tu m'as évité de faire une sacrée connerie !

Comme elle se sentait de nouveau rougir, elle se dirigea d'un pas furieux vers l'escalier. Qu'il aille au diable ! Après tout, elle ne le désirait pas tant que ça.

Dans sa chambre, elle ouvrit l'armoire, en sortit ce qu'il fallait pour dormir, puis revint se pencher au-dessus de l'escalier.

— Santini !

A peine avait-il levé les yeux qu'elle lui lança à la tête une couverture et un oreiller.

Allongé dans l'obscurité, Dan réprima un petit rire. Il n'avait jamais vu Jill dans un tel état de fureur. Il s'était amusé comme un fou à faire monter sa colère petit à petit. En même temps, il avait dû mobiliser toute sa volonté pour résister à une invitation aussi tentante.

A n'importe quel autre moment, il se serait précipité pour répondre à ses avances émouvantes. Mais, cette fois, c'était différent. Il savait que le désir de Jill répondait à un réflexe de survie.

Oui, il connaissait sur le bout des doigts cette réaction qui consistait à rechercher la compagnie d'un être humain après avoir échappé à la mort. Il en avait lui-même fait l'expérience, et il savait parfaitement qu'il s'agissait d'un état éphémère. Et puis, il connaissait Jill. Dès le lendemain matin, elle aurait regretté son élan. Elle serait peut-être même allée jusqu'à se détester pour avoir provoqué une situation à laquelle elle n'était pas préparée. Et ça, il n'en voulait sous aucun prétexte, compte tenu des sentiments qu'il éprouvait pour elle.

Et elle, de son côté, que ressentait-elle exactement ? Il avait noté des signes, certains gestes, certains regards, souvent perplexes, d'ailleurs, comme si elle s'efforçait de comprendre quelque chose qui lui échappait.

Mais, justement, tant qu'elle ne prendrait pas pleinement conscience des émotions qui l'habitaient, tant qu'elle ne souhaiterait pas donner à leur histoire d'amour une nouvelle chance, il ne ferait pas l'amour avec elle.

Les mains croisées derrière la nuque, il leva les yeux vers la chambre où il entendait Jill faire les cent pas. « Et maintenant, Einstein, se demanda-t-il, es-tu satisfait ? La femme que tu aimes t'a offert une nuit de passion, et tu l'as rejetée par principe. Ce geste héroïque te paraît-il noble et courageux ? Ou bien complètement stupide ? »

Sans même tenter de répondre à cette question, il ferma les yeux, en s'efforçant de chasser de son esprit l'image de Jill en train de se déshabiller.

Jill se débarrassa de ses vêtements et les lança rageusement loin du lit. Jamais elle n'avait subi une telle offense ! Aucun doute : il l'avait envoyée promener. Si seulement elle ne s'était pas sentie aussi furieuse, elle lui aurait montré de quel bois elle se chauffait ! Et sa fameuse résistance aurait duré ce que durent les roses !

Vêtu d'un soutien-gorge rose de chez Victoria's Secret et d'une culotte assortie, elle alla se planter devant son miroir en pied pour étudier son reflet d'un œil critique. Bon, d'accord, elle n'avait pas les formes voluptueuses de Raquel Welch, mais elle n'était pas non plus un squelette ambulant. Elle possédait quelques courbes plaisantes par-ci, par-là, que certains hommes pourraient même trouver sensuelles.

Mais comment Dan aurait-il pu s'en apercevoir avec le gros pull de laine et le pantalon flottant qu'elle portait dans les Catskill ?

Ce qu'il lui fallait, c'était un look totalement différent, quelque chose qu'elle n'avait encore jamais essayé et qui prendrait Dan par surprise. Une arme qui viendrait à bout de cette légendaire résistance des Santini.

Oubliant sa colère, elle se mit à fouiller frénétiquement dans les tiroirs de sa commode. Où avait-elle fourré ce satané truc ? Enfin, elle le dénicha dans le tiroir du bas. Elle se permit alors un petit rire. Non, vraiment, Santini ne pourrait pas résister à ça !

Elle se dirigea vers la salle de bains en dégrafant son soutien-gorge. Puis elle ôta sa culotte et, un petit sourire perfide aux lèvres, elle se planta sous le jet puissant de la douche.

Dan n'aurait su dire ce qui l'avait réveillé. L'espace d'un instant, il se demanda même s'il n'était pas en train de rêver, tant le spectacle qu'il avait devant les yeux ressemblait aux fantasmes qui le tourmentaient depuis deux semaines.

L'apparition se tenait au bas de l'escalier, une main posée sur la rampe en fer forgé, l'autre sur sa hanche à la ligne parfaite.

Dan resta littéralement bouche bée. Elle portait un truc mortel pour un homme normalement constitué. On appelait ça une guêpière. La soie noire adhérait au corps de Jill comme une seconde peau, mettant en valeur ses courbes harmonieuses, tandis que le décolleté suggestif s'arrêtaient juste à la naissance des seins. Des bas noirs transparents gainaient ses jambes au galbe incomparable, laissant découvert le haut de ses cuisses, et soulignant la blancheur nacrée de sa peau. Des chaussures noires vernies aux talons aiguilles complétaient cette tenue qui avait produit sur Dan l'effet d'une décharge électrique.

Il se rappela alors la manière dont elle enroulait les jambes autour de sa taille, et sentit son cœur battre à grands coups désordonnés.

— Alors, l'ami, tu as avalé ta langue ?

Avec un petit rire rauque, elle s'avança lentement vers lui d'un pas sensuel et provocant, les poings sur les hanches, un sourire aguichant aux lèvres. Tandis qu'elle se rapprochait, il se sentit enveloppé par le parfum qu'elle portait autrefois et qui faisait surgir du fond de sa mémoire une foule de souvenirs érotiques.

Oubliant d'un seul coup toutes ses bonnes résolutions, il s'assit sur le canapé, et la dévora du regard. Il ne reconnaissait pas la femme avec laquelle il avait vécu. Certes, du temps de leur mariage, ils faisaient l'amour avec passion, et découvraient avec délices le plaisir qu'ils pouvaient s'apporter mutuellement. Mais Jill avait toujours été intimidée par son propre corps ; elle manquait de confiance en elle et, parfois, elle se montrait même un peu coincée.

Rien de tel, à présent. La jeune fille timide et un peu gauche s'était transformée en sirène capable de faire damner un saint.

Et Dan n'était pas un saint.

— Eh bien, tu étais plus éloquent, tout à l'heure ! Tu n'as plus rien à dire, à présent ?

Jill ôta l'une de ses chaussures, et posa le pied sur le canapé.

— Tu es belle, murmura-t-il d'une voix rauque qu'il eut du mal à reconnaître lui-même.

— Vraiment ?

Il savait ce qu'elle avait l'intention de faire : elle allait le torturer lentement, longuement, jusqu'à ce qu'il criât grâce à genoux.

— Oui. Tu es belle de la tête aux pieds. Tu es la beauté faite femme.

Elle balança légèrement son genou devant ses yeux, tout en déclarant :

— Tu ne semblais pas de cet avis, tout à l'heure.

— Tout à l'heure, j'étais un imbécile.

D'un air fasciné, il regardait sa jambe qui lui effleurait presque le visage. Il aurait voulu la saisir, la toucher, la caresser encore et encore. Le corps tendu par le désir, il s'efforçait de retenir la passion qui menaçait de le submerger d'un instant à l'autre. Mais il savait que c'était impossible : c'était son jeu à elle, et ils allaient le jouer selon les règles qu'elle avait fixées, ou pas du tout.

Il posa la main sur sa jambe gainée de Nylon noir, tout en murmurant :

— C'est donc ça que tu mets pour dormir ?

— Non. D'habitude, je dors nue.

Cette réponse ne fit que le torturer davantage.

— Ashley m'a offert cette guêpière l'année dernière, pour mon anniversaire. Elle te plaît ?

— J'adore, balbutia-t-il en déglutissant péniblement.

— Elle pensait que je la porterais pour Giancarlo.

Dan se figea.

— Qui diable est ce Giancarlo ?

— Un comte italien que j'ai rencontré à un gala de charité.

— Et… tu l'as portée pour lui ?

Elle le dévisagea avec une feinte innocence, et papillonna des cils.

— Serais-tu jaloux si c'était le cas ?

— Je le tuerais ! s'écria Dan en laissant sa main glisser vers sa cuisse.

— Ce ne sera pas nécessaire, déclara-t-elle. Giancarlo n'était finalement qu'un faux peintre qui courait après mon argent. Je l'ai jeté comme une vieille chaussette.

Dan se mit à caresser doucement le côté intérieur de sa cuisse où la peau était douce comme de la soie.

— J'espère que tu as tiré une leçon de cette aventure.

— Et comment ! Désormais, je n'accorderai mes faveurs qu'à des hommes qui se fichent de l'argent.

— Je déteste l'argent.

— Ça, je le sais ! dit-elle avec un rire rauque et sexy.

Dan détacha promptement le bas de Nylon noir, et tira légèrement dessus, enroulant lentement le tissu délicieusement fin, centimètre par centimètre. Puis il baissa la tête, et se mit à embrasser chaque parcelle de la peau satinée qui émergeait de la gaine transparente.

Jill en eut le souffle coupé. Elle avait prévu de le taquiner et de l'aguicher longtemps, jusqu'à ce qu'il se traînât à genoux devant elle en l'implorant de lui accorder ses faveurs. Après tout, cela n'aurait pas été un prix trop cher à payer pour l'outrage qu'il lui avait infligé. Et elle aurait bien été capable de le réduire à ce lamentable état… si seulement elle ne s'était pas elle-même consumée de désir, si la bouche de Dan, avide et brûlante, n'avait pas transformé sa chair en brasier.

Elle n'en revenait pas de constater qu'après toutes ces années, et toutes les femmes que Dan avait dû caresser, il n'eût pas oublié ce qui l'excitait tout particulièrement. Quant à elle, elle ne s'étonnait guère de pouvoir s'abandonner aussi spontanément et aussi naturellement à ses caresses, de répondre à chacun de ses gestes avec la même urgence qu'autrefois. Son corps, ainsi que son cœur et son âme, n'avait jamais appartenu qu'à un seul homme : Dan !

Lorsqu'elle ne fut plus vêtue que de sa guêpière et d'un minuscule string noir, il l'installa sur ses genoux, glissa ses doigts dans ses cheveux, et attira son visage vers le sien en cherchant ses lèvres.

— Porte-moi dans ma chambre, murmura-t-elle, tout contre ses lèvres.

Sans relâcher son étreinte, il passa un bras sous ses genoux, puis se leva et se mit à monter l'escalier en la portant dans ses bras, ainsi qu'il l'avait fait tant de fois, auparavant.

Mais la similitude s'arrêtait là. Cette nuit serait différente de toutes les autres. Cette nuit, il n'y aurait aucune amertume dans leurs étreintes et leurs caresses, aucun vain espoir de résoudre tous les problèmes de leur couple en deux heures de passion effrénée. Cette nuit, ils étaient juste un homme et une femme qui répondaient aux besoins irrésistibles de leurs corps.

Tandis qu'ils montaient, elle lui caressait le dos d'un mouvement tendre et sensuel à la fois. Son corps était exactement tel qu'elle se le rappelait, avec ses longs muscles fermes qui avaient la dureté de l'acier sous une peau étonnamment douce.

Au moment où Dan déposait la jeune femme sur son grand lit ancien en forme de traîneau, leur attente était devenue presque insupportable. Il glissa une main dans son dos et, à la façon dont il tira sur la petite fermeture Eclair de sa guêpière, elle comprit toute son impatience. Comme le fin tissu moulant libérait son corps, ses petits seins surgirent, leurs pointes roses déjà durcies.

Leurs regards se rencontrèrent. Elle rejeta sa guêpière d'un geste prompt, et la lui lança d'un air taquin. Dan l'attrapa au vol et la pressa contre son visage pour en respirer le parfum.

Jill s'appuya sur son coude, et l'examina d'un regard brillant et langoureux.

— Tu es trop couvert, murmura-t-elle en jetant un coup d'œil sur son caleçon.

Quand il s'en fut débarrassé, elle lui ordonna :

— Viens ici, maintenant.

Il s'exécuta, s'allongea près d'elle, et l'enlaça.

— Est-ce que tu te rends compte de ce que tu me fais ? murmura-t-il.

Alors qu'elle sentait déjà contre son elle le gonflement de son sexe, elle lui répondit par un rire malicieux :

— Tu l'as cherché, non ?

Il glissa les bras sous elle, et referma ses mains sur ses fesses, l'attirant plus près encore.

— Dis-moi ce que tu aimerais, Jill.

— Tu le sais déjà.

— Hmm… voyons.

Penchant la tête vers les pointes frémissantes de ses seins, il les frôla de ses lèvres, puis se mit à les chatouiller de sa langue.

— Je crois que ça ne te déplaisait pas.

— Ça n'a pas changé, murmura-t-elle dans une sorte de gémissement.

Cependant, tout en lui maintenant les hanches, il abandonna ses seins palpitants pour savourer de sa bouche gourmande la peau soyeuse de son ventre, puis l'intérieur de ses cuisses, se rapprochant dangereusement de sa chair la plus intime.

Jill se sentit alors parcourue par un violent frisson. Elle était sur le point de se laisser emporter par l'irrésistible vague de la jouissance. Il avait dû le sentir, car il se hissa soudain à sa hauteur et l'embrassa à pleine bouche. Alors, elle le saisit par les épaules et se lova contre lui. Plus tard, ils auraient tout le temps de réveiller les délicieux souvenirs qui sommeillaient dans leur chair depuis toutes ces années, et de rechercher de nouveaux plaisirs, inattendus et encore insoupçonnables… Oh ! oui, elle rêvait de découvrir avec Dan des horizons inconnus. Mais, pour l'instant, elle était habitée par l'urgence de ne faire qu'un avec lui, de le sentir dans les profondeurs de son intimité de femme, de goûter à cette ascension délicieuse et irrésistible vers le sommet de la passion charnelle.

Comme il la pénétrait d'un seul mouvement puissant, elle retint son souffle. Elle se sentit soudain comblée, et le rejoignit dans le rythme qu'il lui imposait, d'abord lent et régulier, puis de plus en plus rapide, ardent et effréné.

Elle avait noué ses jambes autour de la taille de Dan, et ils se mouvaient d'une même cadence, corps et âmes en parfaite harmonie. Elle murmurait son nom, encore et encore, tout en enfonçant ses ongles dans ses épaules. Et, soudain, elle laissa échapper un cri, et s'abandonna à la vague d'un plaisir inouï qui les projetait tous les deux dans un univers où n'existaient plus ni raison ni conscience, ni passé ni futur, mais seulement la délicieuse, la sauvage, la parfaite harmonie du présent.

26.

Blottie contre Dan, la tête nichée au creux de son épaule, Jill se réveillait lentement, le sourire aux lèvres, en poussant des petits gémissements de bien-être.

Des doigts délicats écartèrent une mèche de son front.

— Qu'est-ce qui te fait sourire ? lui demanda Dan.

— Je viens de perdre vingt dollars.

— Comment ça ?

— C'est Ashley qui a voulu parier vingt dollars, expliqua-t-elle en se serrant plus près contre lui. Elle m'a affirmé qu'à présent, nous formions, toi et moi, un couple beaucoup mieux assorti qu'il y a treize ans, et que j'allais bientôt m'en rendre compte.

— Eh bien, qu'en penses-tu ? demanda-il en l'embrassant. Est-ce que ça valait le coup de dépenser une telle somme d'argent ?

Elle répondit en caressant son ventre plat :

— Je crois que c'était l'affaire de ma vie !

— Alors, pas de regrets ?

Elle se tourna vers lui, alarmée par l'expression grave de son visage. Comment pouvait-il penser une seconde qu'elle regretterait d'avoir fait l'amour avec lui, que cette nuit n'avait été pour elle qu'un moment agréable ?

— Bien sûr que non ! répondit-elle en secouant la tête. Mais n'est-ce pas plutôt à moi de me poser ce genre de question ? Après tout, c'est bien moi qui t'ai séduit !

— Maintenant que tu le dis, je pourrais formuler deux ou trois critiques…

Sans lui laisser le temps de poursuivre, elle attrapa son oreiller et lui assena un coup sur la tête. Il le lui arracha pour la clouer au lit.

— Tout ce que je regrette, c'est que la nuit n'ait pas été plus longue.

— Dans ce cas, pourquoi ne pas la prolonger un peu ?

Ils firent l'amour une nouvelle fois, lentement, sans l'empressement passionné de la veille, avec attention, tendresse, et aussi avec une conscience si délicate et si aiguë du corps de l'autre que Jill en eut les larmes aux yeux.

Plus tard, comme elle se prélassait dans les bras de Dan, plus heureuse qu'elle ne l'avait été depuis bien des années, elle faillit lui dire « je t'aime », mais, par chance, elle se retint juste à temps. A l'évidence, ce n'était pas ce qu'il voulait entendre. Sinon, il l'aurait dit le premier… Elle demeura donc silencieuse. Pourquoi gâcher un moment de bonheur presque parfait ?

Comme elle se doutait que le récit de son agression de la veille serait publié dans les journaux, Jill appela sa mère pour tout lui raconter elle-même. Elle lui parla également de l'incident survenu, quelque temps auparavant, alors qu'elle rentrait chez elle.

La réaction d'Amanda fut exactement celle que Jill avait imaginée.

— N'est-ce pas déjà assez dur de perdre son mari ? s'écria-t-elle. Dois-je craindre également pour la vie de ma fille ? Et pourquoi ne m'en as-tu pas parlé plus tôt ?

— Je ne voulais pas que tu t'inquiètes.

Elle mit encore quelques minutes à calmer sa mère. Puis elle lui expliqua qu'à partir du moment où Wally aurait repris l'enquête, l'assassin n'aurait plus de raison de s'en prendre à elle.

— Désormais, les recherches vont se faire au grand jour, maman. J'ai raconté à Wally tout ce que je savais, et le tueur ne va pas tarder à s'en rendre compte.

Ensuite, Jill appela Cyrus qui se montra plus compréhensif mais tout aussi inquiet pour elle. Il refusa de raccrocher avant que Jill lui eût promis de laisser désormais à la police le soin de mener l'enquête.

A la Bennett & Associés, où la nouvelle s'était répandue comme une traînée de poudre, ses collègues défilèrent dans son bureau toute la matinée pour l'assurer de leur solidarité.

Si l'assassin se cachait parmi eux, ainsi que Dan semblait le croire, elle n'était pas près de deviner son identité.

Même Olivia s'arrêta pour lui parler, en se rendant au conseil d'administration réuni par Cyrus.

— J'ai appris que tu avais évité une mauvaise chute dans la montagne, dit-elle, mi-ironique, mi-acerbe, comme à son habitude.

— Merci de ta préoccupation, répliqua Jill en suivant sa cousine dans la salle de conférences.

— Comment vas-tu, Jill ? demanda Cyrus en les voyant entrer. Tu t'es un peu remise de tes émotions ?

Paul et Philip la pressèrent également de questions, ainsi que Richard Sidel, qui s'occupait du projet du grand magasin Falcon, dans le sud de Manhattan.

Jill s'accorda quelques minutes pour rassurer ses collaborateurs ; elle suggéra aussi de réunir tous les employés pour les informer brièvement de ce qui s'était passé.

— Ils ont droit à une explication, eux aussi, déclara-t-elle. Et ils doivent savoir que ces événements n'affecteront en rien la bonne marche de la société.

— J'y pensais, justement, dit Cyrus. Je m'en occuperai aussitôt après le déjeuner.

Puis il se tourna de nouveau vers les cinq personnes installées autour de la table ronde, et précisa :

— Il faut que je vous prévienne tous que le commissaire Wally Becker, de la brigade de Livingston Manor, viendra questionner tout le personnel de la B & A afin de vérifier les alibis.

Philip se pencha en avant.

— Vous voulez dire que nous sommes tous… des suspects ? demanda-t-il d'un air incrédule. Becker ne s'imagine quand même pas que l'un de nous a tenté d'assassiner Jill ?

— Apparemment, si, répondit Cyrus en soupirant. Mais soyez sans inquiétude : il s'agit d'un interrogatoire de routine. Pour ma part, je suis persuadé que l'agresseur de ma nièce n'est pas un employé de notre société.

— Quand le commissaire a-t-il prévu de commencer ces… entretiens ? demanda Paul.

— Demain, je crois. A présent, si vous n'y voyez pas d'inconvénient, j'aimerais passer à un sujet différent, déclara Cyrus en sortant une pile de dossiers de sa serviette. Voici les devis concernant le projet de construction du grand magasin Falcon.

Jill consulta sa montre : on était, effectivement, le 20 décembre, date limite fixée pour l'évaluation des devis.

— Et quel est le devis le moins coûteux ? demanda impatiemment Paul.

— Curieusement, répondit Cyrus, c'est celui de l'entreprise Mulligan & fils.

— Vous êtes sûr ? demanda Philip d'un air stupéfait. Depuis que Pete a repris l'affaire de son père, il n'a jamais été compétitif, même pour le plus petit des projets de la B & A !

— Voyez vous-même, répliqua Cyrus en lui remettant les six devis différents. Cette fois, il fait baisser le montant total de deux cents mille dollars.

Olivia, qui griffonnait quelque chose dans son carnet, intervint :

— Dans ce cas, l'affaire est entendue : c'est lui qui obtient le contrat.

— C'est au promoteur de décider.

— Mais si le devis de Mulligan est le moins cher…

— Le promoteur a tout de même le dernier mot, rappela Cyrus. Il peut très bien refuser le devis de cette entreprise et en retenir un autre. Cela dit, je suis pratiquement sûr que Ted Falcon ne fera pas le difficile. Ses deux derniers projets ont dépassé le budget prévu, et il est obligé de se serrer un peu la ceinture, en ce moment.

Cyrus jeta un rapide coup d'œil à ses collaborateurs, puis poursuivit :

— Maintenant, la question est la suivante : est-ce qu'on peut travailler avec ce type ? Je sais qu'il y avait un fort différend entre mon frère et lui mais, pour ma part, je l'ai toujours trouvé courtois. Il est vrai que Simon soupçonnait Mulligan d'utiliser des matériaux de qualité médiocre, et je passerai l'information à Ted Falcon. Il décidera lui-même s'il veut prendre le risque ou pas.

Il se tourna vers le designer chef du projet.

— Richard, c'est surtout vous qui allez devoir travailler avec Mulligan. Quel est votre avis ?

Richard haussa les épaules d'un air indifférent.

— Tant qu'il respectera les clauses du contrat, il n'y aura aucun problème.

— Et toi, Jill ? demanda Cyrus en se tournant vers la jeune femme. Tu as des objections ?

« Des dizaines », avait-elle envie de répondre. Après la scène répugnante que Mulligan avait eu le culot de venir faire dans son appartement, elle espérait ne plus jamais le revoir. A moins qu'il ne fût l'assassin de son père — auquel cas elle irait contempler ce salaud derrière les barreaux. Mais, avant que Wally et Dan eussent prouvé sa culpabilité, elle n'avait pas le droit de laisser ses sentiments personnels intervenir dans les affaires de la société.

— Non, répondit-elle en secouant fermement la tête. Et, même si j'en avais, j'éviterais soigneusement d'influencer le promoteur, de peur que Mulligan nous accuse de traficoter les devis, comme il l'avait fait avec mon père. Ce genre de publicité serait catastrophique pour nous.

— Affaire réglée, déclara Cyrus en posant les mains à plat sur la pile de dossiers. Je fais immédiatement parvenir les devis à Ted Falcon.

Comme Cyrus déclarait la séance levée, personne ne prêta attention à l'immense soupir de soulagement que poussa Olivia.

Lorsque Dan frappa à la porte de Joshua, le gardien était occupé à réparer une montre.

— Salut, Joshua, fit Dan avec un sourire amical comme il lui tendait un petit paquet enveloppé de papier marron. Regarde, je t'ai apporté le filament à incandescence, pour ton toasteur !

L'expression du colosse, qui le considérait avec méfiance à cause de l'absence de Jill, s'adoucit un peu.

— C'est vrai ?

— Prends ça et regarde toi-même, l'encouragea Dan en lui remettant le paquet.

Après une brève hésitation, Joshua laissa Dan pénétrer à l'intérieur tout en serrant le paquet sous le bras.

— Mon ami a mis sa carte à l'intérieur, reprit Dan. Si tu n'arrives pas à trouver d'autres pièces détachées à Livingston Manor, passe-lui un coup de fil, et il te les enverra.

Tel un enfant qui vient de recevoir un cadeau, Joshua ouvrit impatiemment le paquet pour examiner le filament. Satisfait, il l'emporta vers le comptoir de cuisine pour le poser à côté du toasteur démonté.

— Combien ça vous a coûté ? s'enquit-il.

Dan balaya sa question d'un revers de main.

— Dépannage gratuit ! sourit-il.

— Je veux vous rembourser, insista le gardien, le visage soudain assombri. M. Simon disait toujours qu'un homme doit payer ses dettes.

Il fouilla à l'intérieur d'une cruche en forme de courge et finit par en sortir trois billets d'un dollar.

— Si ce n'est pas assez, j'ai plus d'argent dans mon tiroir à chaussettes.

Réalisant que Joshua serait profondément offensé s'il n'acceptait pas son argent, Dan prit les billets.

— C'est bon, merci, Joshua.

— Je vous en prie, fit le colosse en se rasseyant devant la table où il avait laissé la montre.

— Quelle belle pièce ! s'exclama Dan, regrettant amèrement qu'il ne connaisse rien aux montres.

— C'est M. Simon qui me l'a donnée. Il a dit que, si je parvenais à la réparer, je pourrais la garder.

— Il était gentil avec toi, n'est-ce pas ?

Le gardien entreprit de dévisser le boîtier de la montre avec un petit tournevis de joaillier.

— Oui, très gentil. Il m'a permis d'acheter cette maison, annonça-t-il, les yeux soudain brillant de fierté. J'ai le reçu et tout !

— Je suis sûr que tu l'as bien mérité. Jill m'a dit comme tu travailles dur.

— J'aime travailler.

Avec une précision que Dan trouva remarquable pour ses grosses mains, Joshua s'attaqua à la vis suivante, tenant la montre si près de son visage que ses longs cheveux l'effleuraient.

— Est-ce que tu as vu quelqu'un se mettre en colère contre M. Simon ? demanda Dan après un moment.

A sa surprise, Joshua sourit.

— M. Wally était parfois très en colère, lorsqu'ils jouaient aux cartes tous les deux. Un jour, gloussa-t-il, il a même traité

M. Simon de vieux salopard. Mais en réalité, il ne lui en voulait pas tant que ça.

— Tu aimes bien M. Wally ?

— Oh, oui ! Il m'emmène faire les courses dans une voiture de police et, parfois, il me permet de brancher la sirène. Et il me donne du travail aussi. Comme ça, je peux gagner un peu plus.

Dan ne s'attendait à rien de moins de la part de Wally. Après un moment de silence, il demanda :

— Qu'en est-il de la nuit où M. Simon est mort, Joshua ? Est-ce que quelqu'un s'est mis en colère contre lui ? Pour de vrai ?

Le visage du colosse prit une expression fermée et hostile.

— Je ne sais rien à ce sujet.

— Je pense que si, tu sais quelque chose, Joshua, insista Dan en s'efforçant de garder une voix neutre et posée. Mais tu ne veux pas me le raconter. Pourquoi ? Tu as peur de quelque chose ? Ou de quelqu'un ?

— Je n'ai pas peur, déclara le gardien en se redressant. Je peux me défendre. Je suis fort. C'est pourquoi M. Simon m'a donné ce job, parce que je peux me défendre.

— Je n'en doute pas, Joshua. Mais parfois, même les gens forts et courageux ont peur. Moi aussi, ça m'arrive.

Sa confession n'apporta pas l'effet escompté. Le gardien continuait à tripoter la montre d'un air lugubre.

— Tu veux que je te dise ce que je pense, à propos de cette nuit-là ?

Joshua s'abstint de répondre.

— Je pense que quelqu'un est venu voir M. Simon et lui a fait beaucoup de mal. Cette personne a peut-être tué M. Simon.

Soudain, Joshua enfonça violemment son tournevis dans la table de bois, la bouche contractée comme s'il était sur le point d'éclater en sanglots.

— Non !

Ce cri terrifié venant du fond du cœur fit frémir Dan. Posant les mains sur les épaules tremblantes du colosse, il dit d'un ton rassurant :

— Calme-toi, ce n'est rien. Allez, tout va bien.

— Il ne voulait pas lui faire du mal ! s'écria le gardien, alors que de grosses larmes roulaient sur ses joues.

Dan fixa le visage angoissé, torturé du gardien.

— Qui ? Qui ne voulait pas faire du mal à M. Simon ?

Joshua répondit d'une voix à peine audible, mais Dan l'entendit — et il en fut ébranlé.

— M. Cyrus.

27.

Dan demeura muet de stupéfaction pendant quelques instants. Cyrus ? Impossible ! Joshua avait dû se tromper. D'après Wally, l'oncle de Jill n'avait pas approché de Livingston Manor, cette nuit-là. Lentement, Dan lâcha le gardien qu'il tenait par les épaules.

— Tu as vu M. Cyrus dans la maison de M. Simon ?

Tout en essuyant ses joues mouillées de larmes, Joshua hocha la tête.

— Est-ce que tu l'as vu par la fenêtre de ta cuisine ? demanda encore Dan, en songeant que la distance et l'obscurité étaient peut-être responsables de la méprise du gardien.

— Non. La maison était tout éclairée de l'intérieur, mais je n'avais pas vu la jeep de M. Simon, alors je me suis dit que j'avais peut-être oublié d'éteindre. Ça m'arrive parfois, ajouta-t-il avec un regard coupable vers Dan.

— Et tu avais l'intention d'aller éteindre ?

Le gardien acquiesça de nouveau.

— Es-tu entré dans la maison, Joshua ?

— Non. Je suis resté dehors, devant la fenêtre.

— Et qu'est-ce que tu as vu ?

— M. Simon et M. Cyrus étaient en colère l'un contre l'autre. Ils criaient très fort.

— Tu as pu entendre ce qu'ils se disaient ?

Le colosse fit signe que non, et se prit la tête entre les mains.

— Tu avais peur, Joshua ?

— Oh ! oui. M. Simon…

Il releva la tête, et posa sur ses genoux ses mains calleuses, grosses comme des pattes d'ours. Puis il les regarda fixement, comme si cette vision l'emplissait de frayeur.

— Qu'est-ce qu'il a fait, M. Simon ?

— Il… il a frappé M. Cyrus.

Dan était interloqué, au point de douter de l'exactitude de cet étrange récit.

— Tu en es sûr ?

Joshua hocha vigoureusement la tête.

— Et M. Cyrus ? A-t-il frappé M. Simon à son tour ?

De nouveau, Joshua confirma d'un signe de tête. Seigneur, que s'était-il donc passé entre les deux hommes ? songea Dan avec angoisse.

— M. Simon était-il blessé ?

— Je ne sais pas. Peut-être. Il est tombé, et sa tête a cogné la cheminée.

Joshua ramassa le tournevis qu'il avait abandonné quelques instants plus tôt, et se mit à frapper violemment la surface de la table, comme il l'aurait fait avec un poignard.

— Joshua, je vais te poser une question très importante. Te rappelles-tu à quelle heure tu as vu tout ça ?

Le gardien plissa les yeux dans un effort de mémoire.

— Je crois qu'il était tard. Peut-être 11 heures. Je regardais un show très drôle à la télé.

— Comment s'appelait ce show ?

— J'ai oublié le titre. Il y avait un gros bonhomme qui conduisait un autobus. Et son ami travaillait dans un atelier de couture.

Cela ressemblait à une vieille émission comique de Jackie Gleason, pensa Dan. Naturellement, il faudrait vérifier les programmes pour en être certain.

— Est-ce que ça s'appelait : The Honeymooners ?

Joshua posa enfin son tournevis, et fit oui d'un air absent, comme s'il était encore absorbé par l'émission.

Dan s'accorda un moment de réflexion, afin de bien assimiler ce qu'il venait d'entendre. Cyrus avait menti sur toute la ligne, et c'était pour cela qu'il avait refusé de s'entretenir avec lui de cette affaire.

A l'époque, Dan avait attribué cette réticence au fait que Cyrus ne l'avait jamais porté dans son cœur. A présent, il comprenait que les raisons de son mutisme étaient bien plus graves.

— Est-ce que M. Simon s'est relevé après avoir heurté la cheminée ? demanda Dan doucement.

— Je ne sais pas. Je suis rentré en courant à la maison, et je me suis couché, répondit Joshua en baissant la tête, comme envahi par la honte. Je me suis caché sous les couvertures.

Compte tenu de la détresse manifeste du pauvre homme, Dan se demanda comment il avait pu tenir le coup sans se confier à personne, pendant tout ce temps.

— C'est normal, Joshua. Plein de gens se cachent sous les couvertures quand ils sont effrayés.

Mais le gardien eut un frémissement et secoua sa longue chevelure d'un air dégoûté.

— J'aurais dû l'aider. Il s'était cogné la tête : c'est pour ça qu'il a manqué le virage.

— Non, Joshua, ce n'est pas la cause de l'accident. Simon a manqué le virage parce qu'il faisait nuit, qu'il pleuvait à verse et que la route était glissante.

— M. Cyrus ne voulait pas lui faire de mal ! gémit le gardien. Il aimait M. Simon. C'était son frère.

— Bien sûr, Joshua, je le sais.

Dan se sentait à peine plus serein que le malheureux gardien ravagé par l'angoisse et le chagrin. Au cours de toutes les années qu'il avait passées à mener des enquêtes, il avait appris des tas d'astuces et de ruses pour obtenir les informations nécessaires à la procédure et pour coincer un criminel. Mais aucun de ces stratagèmes ne lui avait laissé un goût aussi amer que son entretien avec Joshua.

— Vous n'allez pas arrêter M. Cyrus, n'est-ce pas ? demanda le gardien en fixant sur lui ses yeux rougis par les larmes.

— Je n'ai pas le droit d'arrêter qui que ce soit, Joshua. Je ne suis pas policier.

— M. Wally est policier, répliqua Joshua d'un air anxieux. Est-ce qu'il va mettre M. Cyrus en prison ?

— M. Wally est un ami de M. Cyrus. Je suis sûr qu'il essaiera de l'aider.

Cette remarque sembla rassurer Joshua, sans apporter le moindre réconfort à Dan lui-même. Seigneur, comment allait-il annoncer à Jill que son oncle était, à présent, leur suspect numéro un ?

Après avoir remercié Joshua, Dan se rendit directement à Manhattan, et s'abstint de passer voir Wally, contrairement à ce qu'il avait prévu.

*
* *

Quand le taxi de Jill l'eut déposée devant l'entrée de son immeuble un peu après 18 heures, elle aperçut Dan qui l'attendait, adossé au mur près de la porte.

— Tu es en retard, constata-t-il en l'embrassant.

— Depuis quand es-tu devenu si tatillon ?

— Depuis que je ne sais quel salaud a essayé de te tuer.

En dépit de son ton léger, elle remarqua tout de suite que quelque chose ne tournait pas rond.

— Qu'est-ce qui ne va pas ?

— Je te le dirai à l'intérieur.

Jill sentit son estomac se nouer. Elle n'était pas sûre de pouvoir encaisser de nouveaux coups, d'apprendre de nouvelles révélations dont chacune s'avérait plus terrible que la précédente.

Une fois dans son duplex, elle jeta son sac sur le guéridon dans le couloir, gagna le salon et, rassemblant tout son courage, se tourna vers Dan.

— Eh bien ?

— J'ai discuté avec Joshua. Cette fois, il m'a raconté la vérité.

— C'est-à-dire ?

— Il a vu quelqu'un dans la maison la nuit où ton père est mort.

Jill retint son souffle. Etait-ce enfin le moment crucial qu'elle avait tant attendu ? Le moment où elle allait apprendre le nom de l'assassin de son père ?

— Qui ?

— Cyrus.

Elle eut un mouvement de recul comme si on l'avait frappée.

— Quoi ?

Prenant ses deux mains dans les siennes, Dan l'attira vers le canapé et la força à s'asseoir.

— C'est ce que Joshua n'avait pas le courage de dire l'autre jour. Il voulait éviter des ennuis à ton oncle.

Elle arracha violemment ses mains en s'écriant :

— C'est ridicule ! Mon oncle ne se trouvait pas à Livingston Manor cette nuit-là. Il était chez lui. C'est lui que Wally a appelé en premier pour lui signaler l'accident.

— Il était peut-être chez lui quand Wally l'a appelé, mais ça ne change rien au fait que Joshua l'a vu au chalet deux heures plus tôt.

Jill se mordit la lèvre pour réprimer un hurlement. Le monde entier était-il donc devenu fou ?

— Joshua s'est trompé, déclara-t-elle, s'efforçant de parler d'un ton posé. Il a dû apercevoir quelqu'un d'autre.

— Non. Malheureusement, non. Il se tenait juste de l'autre côté de la fenêtre du salon. Il a vu les deux hommes se disputer. Il les a vu échanger des coups.

— Ils se sont battus ?

— Ton père a frappé le premier, puis Cyrus a riposté. Apparemment, le coup était assez puissant pour projeter ton père contre la cheminée.

Pâle comme un linge, Jill se leva d'un bond et se mit à arpenter la pièce.

— Qu'est-ce que tu cherches à dire, Dan ? Que mon oncle est un assassin ? Tu as perdu la raison ?

— Tant qu'on n'a pas entendu la version de Cyrus lui-même, c'est la seule explication possible.

Elle revint vers le canapé et se campa devant lui d'un air de défi.

— Je ne te crois pas. J'ai toujours su que tu n'aimais pas mon oncle, mais je n'aurais jamais cru que tu t'abaisserais un jour à une calomnie aussi monstrueuse.

Ignorant son explosion de révolte, Dan suggéra doucement :

— Tu devrais peut-être demander à ton oncle où il était cette nuit-là.

— Je sais où il était ! A la maison, chez lui !

Elle se laissa tomber dans un fauteuil pour essayer de se calmer. Quand le choc et la colère se furent un peu atténués, elle baissa la tête.

— Je suis désolée.

Dan vint s'installer sur l'accoudoir de son fauteuil en murmurant :

— Je sais ce que tu ressens, ma chérie. J'avais moi-même du mal à y croire.

Submergée par un terrible sentiment d'épuisement et de découragement, Jill se blottit contre lui.

— Il doit y avoir une explication à cela, Dan. Il n'a tout de même pas…

Elle ne parvint pas à terminer pas sa phrase. L'instant d'après, elle reprit d'une voix tremblante :

— Tu comprends, ça ne peut pas être lui. Parce que, s'il a tué mon père… c'est également lui qui a essayé de me tuer, moi ! conclut-elle en levant vers lui des yeux agrandis par la détresse.

— Nous devons lui parler, Jill. Tu sais où il est en ce moment ?

— Chez lui. Il est parti tôt du bureau pour se préparer à la réception de Noël au Metropolitan Museum of Modern Art.

Incapable de rester en place, elle se leva et se remit à marcher de long en large.

— Tu n'as pas raconté ça à Wally ?

— Non, je voulais t'en parler d'abord.

— Parfait. Ça me laisse une chance de discuter avec mon oncle et de débrouiller ce sac de nœuds…

La sonnerie du téléphone l'interrompit. Envahie par une mauvaise prémonition, lourde comme le sentiment de la fatalité, elle alla décrocher.

— Allô !

— Jill ! Dieu merci, tu es là !

En reconnaissant la voix de sa tante, la femme de Cyrus, elle sentit un bloc de glace se former au creux de son estomac.

— Tante Stephanie, que se passe-t-il ?

— C'est Cyrus ! articula-t-elle en sanglotant. Il… il vient d'être arrêté !

28.

— Calme-toi, tante Stephanie, dit Jill en lançant à Dan un regard horrifié. Qui l'a arrêté ?

— Deux policiers de Livingston Manor. Ils ont dit que Wally devait lui poser quelques questions à propos de la mort de Simon. Ils ont refusé de m'en dire davantage. Ils ne m'ont même pas permis de l'accompagner ! s'écria-t-elle en fondant de nouveau en larmes.

— Est-ce qu'ils avaient un mandat ?

— Je n'en sais rien. Ils n'en ont pas parlé. Ils ont demandé à Cyrus s'il voulait les suivre de son plein gré, et il a acquiescé.

— Bien, écoute-moi. Appelle tout de suite Philip Van Horn. Raconte-lui ce qui s'est passé, et demande-lui de trouver un bon avocat. Moi, je vais téléphoner à Wally et essayer de savoir ce qui s'est passé exactement.

— Mais pourquoi Wally a-t-il fait une chose pareille ? Il se comporte comme si Cyrus était coupable, comme s'il avait quelque chose à se reprocher au sujet de la mort de Simon.

— Je suis certaine qu'il s'agit d'un malentendu, tante Stephanie. On va le dissiper. Maintenant, je dois te laisser. Je te rappellerai dès que j'aurai du nouveau. Entre-temps, appelle Philip.

Jill raccrocha, puis se tourna vers Dan.

— Je croyais que tu n'avais rien dit à Wally.

— C'est vrai. Après avoir quitté Joshua, j'ai foncé ici directement.

— Eh bien, il est au courant. Deux policiers viennent d'emmener mon oncle à Livingston Manor pour l'interroger.

Dan était déjà en train de composer un numéro.

— Qui appelles-tu ?

— La seule personne qui puisse nous donner une explication : Wally.

Cette fois, les deux hommes ne perdirent pas de temps en bons mots et en plaisanteries.

— Tu aurais dû m'informer tout de suite de ce que tu avais appris, Dan ! lança Wally d'un ton brusque.

— Wally, comprends-moi : je voulais d'abord en parler à Jill !

Le commissaire émit un grognement que Dan prit pour une approbation.

— Mais toi, reprit Dan, comment en es-tu arrivé à soupçonner Cyrus ?

— Joshua est venu me voir, apparemment juste après ton départ. Il était terrifié à l'idée que Cyrus puisse aller en prison à cause de lui. Au début, je n'ai pas compris un traître mot à son histoire sans queue ni tête. Et puis, quand il m'a parlé de ta visite, j'ai pris la chose plus au sérieux.

— Est-ce que tu as l'intention d'arrêter Cyrus ?

— Pas avant d'avoir entendu sa version des faits. En fonction de ce qu'il dira, je vais peut-être devoir le faire transférer au bureau du shérif de Monticello. Tu devrais, hmm… conseiller à Jill de lui chercher un bon avocat, ajouta-t-il après un silence.

— Elle s'en occupe.

— Tant mieux. Il en aura besoin.

Dan se tourna vers Jill : elle était blême et visiblement très angoissée.

— Wally, Jill voudrait voir son oncle.

— Pas avant que j'aie fini de l'interroger. Ça peut nous mener assez tard dans la soirée.

— Peu importe. Appelle-moi quand tu auras terminé.

— Entendu. Tu seras chez toi ?

— Non. Ici, chez Jill.

— Tu y passeras toute la nuit ? demanda Wally sans chercher à cacher sa surprise.

— Oui, répondit Dan sans autre explication.

Il savait que Wally était curieux comme un chat, et qu'il mourait d'envie d'en savoir plus, mais le moment était mal choisi pour parler de ses amours avec Jill.

Après avoir raccroché, il répéta à Jill le peu d'informations que lui avait données le commissaire. La colère de la jeune femme flamba de nouveau comme un feu de paille.

— Wally se fait des illusions s'il s'imagine que Cyrus va confesser un meurtre qu'il n'a pas commis !

— Il fait son boulot, c'est tout.

— Son boulot consiste à protéger les citoyens, pas à harceler des innocents.

— Wally est un homme juste. Il est aussi l'un des meilleurs amis de Cyrus. Il agira de façon équitable.

— Il n'a pas été très équitable quand il a décidé de traîner mon oncle au commissariat de Livingston Manor. Tout ce bruit pour rien ! Il aurait pu éclaircir toute l'affaire en passant juste un coup de fil.

— Non, Jill. Même dans un petit bled comme Livingston Manor, la police ne procède jamais de cette façon.

Jill laissa échapper un soupir exaspéré, et alla se poster devant la fenêtre du salon. Elle se sentait complètement dépassée par les événements. Il lui fallait un peu de temps pour analyser la situation.

— Ça va mieux ? lui demanda Dan en nouant les bras autour d'elle.

— Un peu.

Elle renversa la tête en arrière, et s'appuya contre sa poitrine.

— Désolée, je me conduis vraiment comme une petite fille gâtée.

— Non, simplement comme un être humain qui encaisse un coup dur.

Elle posa les mains sur les siennes, et murmura :

— Bon, je ferais mieux d'appeler tante Stephanie tout de suite. Je le lui ai promis.

A contrecœur, elle quitta les bras de Dan pour se diriger vers le téléphone.

Assis derrière son bureau, Wally regarda Cyrus entrer dans la pièce. Sans quitter des yeux son vieux copain, il attendit que Brad, son adjoint, fût sorti et eût refermé la porte derrière lui avant de prendre la parole.

— Merci d'être venu, Cyrus.

— J'avais le choix ?

Il était pâle mais il semblait serein. Il se débarrassa de son manteau, puis le jeta sur une chaise. Il portait un smoking d'une coupe impeccable et une chemise immaculée dont le col amidonné était ouvert.

Wally l'examina en silence pendant quelques instants. En dépit de sa situation peu avantageuse, Cyrus ne semblait ni nerveux ni déconcerté, et il soutint le regard de Wally sans ciller.

— Tu ne peux pas savoir comme ça m'est pénible de t'infliger ça, murmura Wally.

— Mais si, j'imagine très bien, répliqua Cyrus en jetant un coup d'œil autour de lui. Je ne vois pas de magnétophone. Il s'agit donc d'un interrogatoire informel ?

— Il ne s'agit pas du tout d'un interrogatoire. Je veux simplement te poser quelques questions. Si tu me donnes les réponses que j'espère, je te laisserai partir sur-le-champ.

Cyrus se renversa dans son fauteuil d'un air nonchalant.

— Ça me paraît juste. Que veux-tu savoir ?

— Ce que je voulais déjà savoir le jour où Simon est mort. Où étais-tu, cette nuit-là ?

Le visage de Cyrus demeura parfaitement impassible.

— Et moi, je ne peux que te répéter ce que je t'ai déjà dit : j'étais chez moi.

— Un témoin affirme t'avoir vu dans le chalet de Simon, vers 23 heures.

Cyrus adressa à Wally un long regard impénétrable, et demeura muet. Wally dut réprimer une furieuse envie de bondir sur lui et de le secouer un bon coup.

— Bon, je te pose la question encore une fois : où étais-tu, la nuit où Simon est mort ?

— Qui t'a dit que j'étais au chalet ?

— Aucune importance. Tu vas répondre à cette foutue question, oui ou non ?

Pendant un long moment, Cyrus sembla absorbé dans la contemplation de ses chaussures qui brillaient comme des miroirs.

— J'étais à Livingston Manor, reconnut-il enfin. Dans la maison de Simon.

Wally prit une profonde inspiration. Ce n'était pas ce qu'il espérait entendre. Malgré la confiance qu'il avait en Joshua, il s'était accroché à l'infime espoir que le gardien se fût trompé.

— Est-ce que tu te rends compte de ce que tu dis ?

— Tu voulais la vérité : tu l'as.

— Merde ! Cyrus, pourquoi ne me l'as-tu pas dit plus tôt ? Pourquoi as-tu menti ?

— Parce que tu en aurais déduit que j'avais tué Simon.

— Et ce n'est pas vrai ?

— Absolument pas. Je ne suis pour rien dans la mort de Simon.

— Tu vas sans doute aussi affirmer que vous ne vous êtes pas disputés ? Que vous avez juste bavardé au coin du feu ?

L'espace d'un instant, les yeux de Cyrus reflétèrent une profonde surprise, et une peur évidente, ce qui n'échappa pas au commissaire.

Wally connaissait Cyrus depuis aussi longtemps que Simon, et il l'aimait tout autant — sinon davantage. A la différence de Simon qui adorait l'attention, les compliments, les feux de la rampe, Cyrus était un homme simple et bon, pas égoïste pour un sou, et doué d'un sens aigu de la morale. L'idée qu'il eût tué son propre frère paraissait vraiment absurde et grotesque. Et pourtant…

La question suivante mit Wally encore plus mal à l'aise, mais il savait qu'il devait la poser.

— Où étais-tu, mardi matin, Cyrus ?

L'espace d'un instant, Wally eut l'impression que son vieil ami allait se ruer sur lui. Puis, la fureur quitta le regard de Cyrus. Sans doute comprenait-il que Wally n'avait pas le choix.

— Dans mon bureau.

— Tu peux le prouver ?

— S'il le faut, oui.

— Dans ce cas, pourquoi ne pas…

— Wally, je n'ajouterai pas un mot tant que je ne saurai pas qui t'a raconté que j'étais à Livingston Manor, la nuit où mon frère est mort ?

Wally n'avait plus de raison de garder secret le nom de Joshua. De toute façon, Cyrus ne tarderait pas à l'apprendre.

— C'est Joshua. Il craignait d'avoir laissé la lumière dans la maison, et il s'apprêtait à y retourner. Il t'a vu flanquer un coup de poing à Simon, et il a vu la tête de Simon heurter la cheminée.

Cyrus ferma les yeux un instant.

— Merde.

Cette simple interjection, qui avait sonné comme un aveu, ne laissait plus à Wally aucun espoir de blanchir son ami. Il attendit une explication, mais Cyrus ne lui en fournit aucune. Il recommença à regarder ses chaussures.

— Tu n'as pas envie de me raconter ce qui s'est passé ? suggéra finalement Wally.

Cyrus leva vers lui un regard vide et inexpressif.

— Joshua t'a dit la vérité. Simon et moi, nous nous sommes disputés, cette nuit-là. Il m'a frappé, je l'ai frappé en retour et, effectivement, il s'est cogné la tête contre la cheminée. Mais je ne l'ai pas tué, ajouta-t-il d'un ton posé. Il s'est relevé comme si de rien n'était, et il se portait comme un charme au moment où j'ai quitté la maison.

— Pour quelle raison vous êtes-vous battus ?

Cyrus secoua la tête d'un air implacable.

— Je t'ai dit ce que j'avais à te dire. Je n'ajouterai rien : inutile d'insister.

Wally se leva d'un bond.

— Qu'est-ce que tu entends par là ? Tu as perdu la raison ? Tu ne comprends donc pas que tu es dans le pétrin ?

— Si.

— Alors, défends-toi, mon vieux ! Donne-moi un os à ronger, n'importe quoi pour m'éviter de te coller ce meurtre sur le dos !

— Je ne peux pas.

— Pourquoi ? Tu protèges quelqu'un ?

— Non.

— Mon œil ! Dis-moi qui c'est.

— Personne, je t'assure.

Furieux, frustré, Wally passa la main dans ses épais cheveux poivre et sel, puis décida de changer son fusil d'épaule.

— A quelle heure es-tu arrivé au chalet ?

— Entre 23 heures et 23 h 15.

— Combien de temps y es-tu resté ?

— Pas plus d'un quart d'heure. J'étais de retour à New York vers 2 heures du matin.

— Et, naturellement, tu n'as aucun moyen de le prouver.

— Tu sais bien que non. Stephanie se trouvait dans le Massachusetts : elle a passé le week-end chez sa sœur. Elle n'est rentrée que le lundi matin, après le coup de fil que je lui ai passé pour lui apprendre l'accident de Simon.

Tout cela était vrai : Wally avait vérifié, à l'époque, en posant les questions de routine pour faire plaisir à Jill.

— En rentrant à New York, as-tu croisé une voiture qui se dirigeait vers la maison de Simon ?

— Non.

— Réfléchis, Cyrus. Ça peut être important.

— Parce que tu crois que je ne m'en rends pas compte ? lança Cyrus d'un ton sarcastique. Si j'avais vu quelqu'un, pourquoi est-ce que je le cacherais ?

— Mais, alors, pourquoi ne pas me confier ce que tu sais réellement, au lieu de jouer à cache-cache ?

— Je ne joue à rien du tout. Si tu veux m'arrêter, vas-y. Fais-moi transférer chez le shérif du comté : ne te gêne pas. Ça ne changera rien. Je ne leur dirai pas un mot de plus que ce que je viens de te raconter.

Wally croisa les bras sur sa poitrine, et s'adossa à son bureau en réfléchissant. Cyrus n'avait pas l'habitude de parler en l'air.

— Tu te rends compte que je vais devoir te boucler pour présomption de meurtre. Surtout si nous retrouvons des indices dans la maison.

Cyrus eut un bref hochement de tête.

— A ta place, je ferais sans doute la même chose.

— Tu es un imbécile de première ! Tu ferais sortir de ses gonds n'importe qui !

Leurs regards se croisèrent. Ils se dévisagèrent quelques instants, puis un sourire mélancolique apparut sur les lèvres de Cyrus.

— On m'a déjà dit ça.

Wally se sentait à bout de nerfs. Il continuait de regarder fixement son ami. Il aurait voulu l'aider, mais, sans sa coopération, c'était parfaitement impossible.

Finalement, il haussa les épaules et déclara :

— Bien, puisque tu veux que ça se passe comme ça, je n'ai pas le choix : je dois te garder ici pour présomption de meurtre.

— Est-ce que tu vas me transférer à la prison du comté ce soir même ?

— Non. Je le ferai demain matin. Nos cellules ne sont pas plus confortables que celles de Monticello, mais, au moins, tu ne seras pas obligé de partager la tienne avec on ne sait quel voyou. A moins que mes gars n'arrêtent Marcus pour tapage nocturne.

— Merci, Wally.

— Mais je te préviens : le shérif Cutter est un vrai salopard. En plus, il tient à se faire réélire, et tout est bon pour ça. Une affaire à scandale comme celle-ci, c'est exactement ce qu'il lui faut. Crois-moi : il va presser ce dossier comme un citron en se foutant de toi comme d'une guigne.

Cyrus ne fit aucun commentaire.

— Stephanie et Jill demandent à te voir, ajouta Wally. Je peux appeler…

— Ne te fatigue pas, dit Cyrus d'un ton brusque. Je n'ai aucune envie de les voir. Ni l'une ni l'autre.

29.

Fidèle à sa parole, Wally appela à 22 h 30.

— Les nouvelles ne sont pas bonnes, annonça-t-il à Jill d'une voix sombre.

Elle fit signe à Dan de décrocher le deuxième appareil, afin qu'il pût suivre la conversation.

— Vous avez parlé à mon oncle ?

— Pendant plus d'une heure. Il reconnaît qu'il est venu au chalet, cette nuit-là, qu'il s'est disputé avec ton père et qu'il l'a frappé.

Jill était effarée. Elle se laissa glisser dans un fauteuil, sans réaction.

— A quel sujet se sont-ils disputés ? demanda Dan.

— Je l'ignore. Cyrus refuse d'en parler. Tout ce qu'il dit, c'est qu'il n'a pas tué Simon.

— Tu le crois ? demanda Dan.

Wally eut un soupir de découragement.

— J'aimerais le croire, Dan, mais les preuves sont accablantes. Surtout maintenant.

— Pourquoi ? demanda Jill en criant presque.

— Je viens de rentrer du chalet. J'ai trouvé des traces de sang sur une pierre de la cheminée. Elles sont à peine visibles parce qu'il y a des rayures rougeâtres sur les pierres elles-mêmes.

Mais je les ai examinées de près, et je peux vous affirmer que les traces sont bien là. Le problème, c'est que nous n'avons pas d'échantillon de sang de Simon. Par conséquent, nous ne pouvons pas être certain qu'il s'agit du sien. Mais, compte tenu des déclarations de Joshua et des aveux de Cyrus, je suis prêt à parier mon dernier dollar que ce sang est celui de Simon.

« Seigneur ! songea Dan. Pourvu que Philip Van Horn ait déniché un bon avocat ! »

— Et maintenant, que va-t-il se passer ? demanda-t-il, se faisant ainsi le porte-parole de Jill.

— Les meurtres ne relèvent pas de la compétence de mon bureau. Cela veut dire que, dès demain matin, je vais devoir remettre Cyrus entre les mains du shérif de Monticello. Il sera traduit en justice au tribunal d'instance et probablement inculpé de meurtre au deuxième degré.

— Au deuxième degré ? répéta Jill. Mais c'est ridicule ! Wally, vous ne pouvez pas faire quelque chose ?

— J'ai bien essayé, Jill. Mais comment pourrais-je aider ton oncle, alors qu'il ne fait rien pour se défendre ?

— Je veux le voir. Je vais le faire revenir à la raison.

— Ecoute, Jill, il ne veut voir personne, même pas Stephanie. Le seul coup de fil qu'il a pris était celui de ta mère.

— Ma mère ? répéta Jill, interloquée. Vous êtes sûr, Wally ?

— Evidemment que je suis sûr ! C'est moi qui ai décroché.

— Que voulait-elle ?

— Aucune idée. Je suis sorti de mon bureau pendant qu'ils parlaient. Je suppose qu'elle voulait le réconforter.

Jill se dit que la femme ou la fille de Cyrus auraient été mieux placées pour jouer ce rôle.

Avant de raccrocher, elle pensa au malheureux gardien et au supplice qu'il avait subi.

— Comment va Joshua ?

— Mal, comme on peut l'imaginer. Je me suis arrêté chez lui pour essayer de lui expliquer ce qui se passait exactement. Je voulais lui éviter d'entendre des ragots sordides. Certes il vit seul, mais dans ce village grand comme un mouchoir de poche, n'importe quelle nouvelle se répand comme une traînée de poudre.

Jill réprima un sourire. Ce bon vieux Wally ! Toujours aussi gentil, toujours en train de penser aux autres.

— Merci, Wally. Je vous appellerai demain. Peut-être que mon oncle acceptera enfin de me voir. Entre-temps, si vous avez besoin de moi, appelez-moi chez ma mère : je vais passer la nuit chez elle.

— Voilà une bonne chose ! Et tâche de te reposer. Dan, on se parlera plus tard.

Après avoir raccroché, Jill composa le numéro de sa mère. Quand Amanda eut décroché, elle déclara simplement :

— J'arrive, maman. Nous avons des choses à nous dire.

Henry était déjà couché au moment où Dan déposa Jill devant la résidence new-yorkaise des Bennett. Quant à Amanda, elle arpentait le salon, vêtue d'un simple peignoir.

— Dieu merci, tu es là ! s'écria-t-elle en se précipitant vers sa fille pour l'embrasser.

Jill, qui avait elle-même les nerfs en pelote, s'alarma immédiatement.

— Pourquoi ? Il s'est encore passé quelque chose ?

— Non, je suis simplement soulagée de te voir, c'est tout.

— Est-ce que tante Stephanie a appelé ? Ou oncle Cyrus ? demanda Jill avec une feinte innocence.

Amanda lui jeta un regard inquisiteur.

— Pourquoi Cyrus m'appellerait-il ? On m'a dit qu'il refusait de parler à qui que ce soit.

« Pourquoi ment-elle ? se demanda Jill. Qu'a-t-elle donc à cacher ? »

— En fait, j'ai eu des nouvelles de Stephanie, poursuivit Amanda. Elle est anéantie. Heureusement, Olivia lui tient compagnie : elle saura la calmer.

— Sûrement ! assura Jill avec chaleur.

En dépit de tous ses défauts, Olivia adorait sa mère, et elle avait toujours une influence bénéfique sur elle.

— Lilly a également téléphoné, ajouta Amanda en s'arrêtant devant le canapé pour tapoter l'un des coussins pastel qui formaient un ensemble extrêmement harmonieux. Elle voulait passer, mais je lui ai dit que ce n'était pas nécessaire, puisque tu venais dormir à la maison.

Elle caressa la joue de Jill d'un air préoccupé.

— Tu vas bien, ma chérie ? Pas de séquelles de cette chute en motoneige ?

— Non, aucune.

— Et le petit garçon ? Comment se porte-t-il ?

Jill observait sa mère avec un mélange d'inquiétude et de curiosité. Quelle pouvait bien être la cause de cette volubilité soudaine ?

— Frankie va bien, et Ashley aussi. Mais toi ? Est-ce que tu tiens le coup ?

Amanda prit un air catastrophé, et pressa le bout de ses doigts contre ses tempes.

— Je n'en sais rien, Jill… Je n'arrive pas à comprendre ce qui arrive à notre famille. Il y a seulement un mois, tout était si parfait, si… normal ! Et maintenant, regarde-nous. Ton père est mort, ton oncle est en prison, et on a attenté à ta vie par deux fois. Quel malheur va-t-il encore nous arriver ?

— Nous pouvons sans doute arranger nous-mêmes pas mal de choses, maman, suggéra Jill doucement. En disant la vérité.

Amanda regarda sa fille d'un air perplexe.

— Mais de quoi parles-tu ? Quelle vérité ?

— Wally m'a appris que tu avais appelé oncle Cyrus, aujourd'hui.

L'espace d'un instant, sa mère demeura pétrifiée. Elle parvint enfin à se ressaisir, mais la tension qui l'habitait restait visible.

— Tu as discuté avec Wally ?

— Je lui ai demandé de me rappeler après qu'il aurait interrogé oncle Cyrus.

A la grande surprise de Jill, Amanda, qui ne buvait jamais à une heure aussi tardive, se dirigea vers le bar, ouvrit une bouteille de cognac et s'en servit une généreuse rasade. Tandis qu'elle portait le verre à ses lèvres, Jill la transperça du regard.

— Maman ? Pourquoi as-tu appelé oncle Cyrus ?

Elle faillit ajouter : « Et pourquoi as-tu menti ? » mais elle s'en abstint.

— Je me faisais du souci pour lui, répondit Amanda avec un vague geste de la main. Je voulais, hmm… avoir de ses nouvelles.

— Il a refusé de parler à sa propre femme, aussi bien qu'à moi. Mais il a bien voulu s'entretenir avec toi. Bizarre, non ?

— A quoi riment toutes ces questions ? Que cherches-tu à insinuer ? répliqua Amanda, de plus en plus nerveuse.

— Ce n'est pas fini, maman ; j'ai encore d'autres questions : par exemple, as-tu dit à tante Stephanie que tu as eu son mari au téléphone ?

— Je ne m'en souviens pas, répondit Amanda en buvant deux gorgées de cognac à la suite. Peut-être pas. Je me sentais tellement déstabilisée !

— Je ne pense pas que ce soit la véritable raison, dit Jill.

Comme sa mère se taisait, elle adopta le ton ferme et patient que l'on prend pour parler à un enfant qui a fait une bêtise.

— Je crois que tu sais quelque chose. Et ce que tu sais est lié à la mort de papa.

Les doigts crispés sur son verre, Amanda contemplait le liquide doré. Seule la pâleur de son visage trahissait le trouble qui l'avait saisie.

— Ce que tu dis est absurde, déclara-t-elle d'un ton glacial.

— Vraiment ? Tu ne vois pas la tête que tu fais, maman. Qu'est-ce qui t'arrive ? Tu es pâle à faire peur, tu picoles à 11 heures du soir, et tu évites de me regarder en face.

— Arrête ! Pour l'amour du ciel, arrête !

— Trop tard, maman. J'ignore ce qui se trame ici et à quoi tu joues, mais les choses sont allées trop loin. Je veux connaître la vérité. Pour commencer, comment oncle Cyrus savait-il où trouver papa, cette nuit-là ?

— Pourquoi est-ce à moi que tu le demandes ?

— Parce que tu es la seule personne qui aurait pu le lui dire.

Cette fois, Amanda ne chercha pas à protester ni à éluder la question. Avec un soupir théâtral que sa sœur n'aurait pas désavoué, elle baissa la tête et murmura :

— Oh, ma chérie, tout cela est tellement compliqué…

— Les mensonges sont toujours compliqués, répliqua Jill.

D'un geste délicat mais ferme, elle prit le verre de cognac des mains d'Amanda pour le poser sur le guéridon, puis elle entraîna sa mère vers le canapé.

— Assieds-toi, lui dit-elle. Tu te rappelles, quand j'étais au lycée, le jour où on a failli s'arracher les yeux, Debbie Frisk et moi ?

Etonnée par ce début inattendu, Amanda eut un sourire :

— Bien sûr que je me le rappelle ! J'ai dû expliquer avec le directeur, après quoi Mme Montaigue m'a fait la morale.

— Et puis, le soir même, tu es venue dans ma chambre me demander la raison pour laquelle on s'était battues, Debbie et moi.

— Elle t'avait surprise en train d'embrasser son petit ami.

— En fait, c'était lui qui m'avait embrassée, mais ça n'a aucune importance. Ce qui compte, c'est que je l'avais laissé faire. Je l'avais peut-être même un peu encouragé. Et ça, c'était la partie de l'histoire que je n'arrivais pas à te raconter, tellement j'avais honte. Mais tu t'es assise à côté de moi, tu as posé la main sur ma joue, et tu m'as dit que, quelle qu'ait pu être mon erreur, cela ne changerait rien entre nous. Que tu m'aimerais toujours, quoi que j'aie fait.

— Et c'était vrai, bien sûr !

— Je sais, maman. Et je te dis la même chose, aujourd'hui. Du fond du cœur. Quoi que tu aies fait dans le passé, quoi que tu fasses demain, rien ne pourra jamais menacer l'amour que j'ai pour toi.

Elle serra affectueusement la main de sa mère, puis osa enfin poser l'inévitable question qui lui brûlait les lèvres.

— Est-ce que tu as une liaison avec oncle Cyrus ?

Amanda écarquilla les yeux de stupeur, et Jill ne put réprimer un soupir de soulagement.

— Non, Jill, nous n'avons pas de liaison. Tu dois me croire.

— Dans ce cas, pourquoi papa et oncle Cyrus se sont-ils battus ? Autant me le dire tout de suite, maman. Car tout ça va apparaître au grand jour. Tôt ou tard.

— C'est bien ce qui m'effraie.

Les yeux baissés, Amanda jouait avec son alliance, un double anneau parsemé de diamants que le père de Jill lui avait offert pour leur vingt-cinquième anniversaire de mariage. Enfin, elle poussa un long soupir saccadé, puis avoua :

— Tu as raison, Jill : j'ai manqué de franchise envers toi.

Jill attendait patiemment, devinant que sa mère avait besoin de raconter les choses à son propre rythme, sans être pressée ni interrompue.

Soudain, Amanda leva vers elle un regard étrangement brillant et intense.

— Avant que tu ne partages ce fardeau avec moi, dit-elle, il faut que tu saches que j'aimais ton père de tout mon cœur. Quand il est mort, j'ai voulu mourir avec lui.

— Comment peux-tu t'imaginer que je l'ignorais ? murmura Jill en serrant plus fort la main de sa mère. J'étais là ! J'ai vu ce que tu as traversé. J'ai très bien perçu ton chagrin… et je me sentais tellement impuissante ! A un moment, ajouta-t-elle d'une voix qui se brisait, j'ai cru que j'allais te perdre, toi aussi.

— Et moi, répliqua Amanda avec un sourire tendu, je tentais de me ressaisir, de toutes mes forces… Pour toi, ma petite fille.

— Je le sais, maman.

Amanda redressa les épaules, comme si elle se préparait à un effort qui allait mobiliser tout son être. Elle inspira profondément, puis se lança :

— Tu te rappelles le dimanche où, ton père et moi, nous avons déjeuné au Plaza Hotel avec les Rumson. Je n'ai jamais porté Edith Rumson dans mon cœur, ce n'est pas un secret. Elle flirte sans vergogne avec tout ce qui porte un pantalon et, parfois, son comportement devient franchement choquant. Je me demande comment Carl peut tolérer ça.

Jill réprima un gémissement. S'agissait-il encore d'un béguin de son père ? Cette idée lui était insupportable. « Seigneur, tout sauf ça ! » pria-t-elle silencieusement.

— Comme Carl Rumson est un client, ton père se sentait obligé de les inviter de temps en temps, poursuivit Amanda. Et, ce dimanche-là, alors qu'elle avait déjà bu plus que de raison, Edith s'est mise à flirter avec ton père, sous mes yeux, comme si je n'avais pas existé. Ça amusait Carl, mais pas moi. A dire vrai, j'étais furieuse, non seulement contre cette femme dépravée, mais aussi contre ton père qui, lui, semblait aux anges.

— Ce n'était qu'un jeu de la part de papa, rien de sérieux, dit Jill avec conviction. Edith n'est pas du tout le genre de femme qui lui plaisait.

Mais qu'en savait-elle, au fond ? Après tout ce qu'elle avait appris, ces derniers temps, rien ne pouvait plus l'étonner.

— Je pense comme toi, dit Amanda en serrant les poings dans un geste pathétique. Mais, à ce moment-là, je les aurais volontiers étranglés tous les deux ! J'ai quitté le Plaza avec fracas, et j'ai pris un taxi pour rentrer.

— Et papa ?

— Il est arrivé peu de temps après moi. Il était dans une colère noire. Il m'a accusée d'avoir fait une scène, ce qui m'a rendue encore plus furieuse.

— Je suppose que vous vous êtes disputés comme des chiffonniers ?

— Pire. C'est la querelle la plus terrible que nous ayons eue en trente-six ans de mariage. Il m'a lancé à la figure des choses qu'il ne pensait pas, j'en suis sûre. Et moi… moi, je me suis défendue en disant quelque chose que je n'aurais jamais dû dire, ajouta Amanda d'une voix blanche. Si seulement je m'étais abstenue de parler de ça, ce jour-là, Simon serait encore là, aujourd'hui. J'en suis certaine !

Jill sentit ses yeux se brouiller de larmes.

— Arrête de te faire des reproches, maman. Tous les couples se disputent…

— Pas de cette façon.

— Mais qu'est-ce que tu lui as dit de si terrible ?

Amanda leva les yeux vers sa fille, et l'insupportable angoisse qu'exprimait son regard fut pour Jill comme un coup de poignard en plein cœur. Quel que fût le secret d'Amanda, personne n'avait le droit de lui infliger pareil supplice, pas même sa propre fille qui mourait d'envie d'apprendre cet ultime mystère. Jill faillit arrêter sa mère lorsque celle-ci murmura :

— Je lui ai dit que tu n'étais pas sa fille.

Jill mit quelques instants avant de mesurer la terrible portée de ces mots. En même temps, l'énormité de cette affirmation faillit lui arracher un rire nerveux.

— Qu'est-ce que tu lui as dit ?

— Que tu n'étais pas sa fille, répéta Amanda d'un air accablée.

Jill s'imagina alors l'effet que ces propos absurdes avaient pu avoir sur son père.

— Comment as-tu pu proférer un mensonge aussi monstrueux ?

— Ce n'est pas un mensonge, répliqua doucement Amanda. Simon n'était pas ton père.

Jill ouvrit de grands yeux pétrifiés, et demeura muette de stupéfaction. Au bout de quelques instants, elle se leva comme un automate et recula sans quitter sa mère des yeux.

— Non, murmura-t-elle.

— Je sais que ça doit te faire terriblement mal, chérie, et je t'en demande pardon. Voilà pourquoi je tenais tant à garder tout ça pour moi.

Quand Jill reprit la parole, elle avait l'impression que sa propre voix lui parvenait à travers un épais brouillard.

— Mais alors… qui est mon père ?

Après un moment de silence, Amanda répondit d'une voix aussi faible qu'un bruissement de feuilles sèches :

— Cyrus. C'est Cyrus, ton père.

30.

Pendant quelques instants, elle eut l'impression de sombrer dans le néant. Le silence et les ténèbres l'enveloppaient, ne lui laissant qu'une seule sensation : le monde s'était arrêté de tourner. Et elle ne savait pas comment le remettre en marche.

— Jill ?

La jeune femme remua les lèvres, mais aucun son n'en sortit.

— Jill, ma chérie, dis quelque chose !

Quand elle fut enfin capable de parler, sa voix résonna d'une manière qui lui sembla irréelle, exactement comme les mots qu'elle venait d'entendre.

— Je croyais qu'il n'y avait rien entre l'oncle Cyrus et toi ?

— C'est vrai, il n'y a plus rien. Mais, autrefois... Oh, il s'agit d'un passé lointain... Tout était différent, à cette époque... La B & A était une petite société qui venait tout juste de naître, et ton père était totalement absorbé par ce qu'il appelait son œuvre.

Comme Jill lui lançait un bref regard de reproche, Amanda reprit :

— Je sais que ce n'est pas une excuse, et ça ne l'a jamais été. Simon travaillait d'arrache-pied. Rien ne comptait à ses yeux que le succès de son entreprise. J'essayais de le comprendre, mais j'étais une jeune mariée ; j'avais le cœur rempli d'espoir et de rêves. Je me fichais du succès et de l'argent, tout autant que des gratte-ciel. Je me moquais de savoir quel architecte allait construire la tour la plus haute du monde. Je voulais mon mari, j'avais envie qu'on se promène tous les deux, qu'on organise des petits dîners intimes, qu'on soit toujours ensemble. Au lieu de ça, j'ai été propulsé dans un monde dont je ne connaissais rien, où mes seules interlocutrices possibles étaient des femmes aussi superficielles et inconsistantes que de vieilles poupées. Ma vie était ennuyeuse comme la pluie. Ah ! ces soirées interminables au cours desquelles j'attendais mon mari qui ne venait jamais !… Toi, Jill, tu es bien placée pour me comprendre.

Jill recula comme si on l'avait giflée.

— Je ne suis pas tombée dans les bras de mon beau-frère, moi !

— Ce n'est pas ce qui s'est passé.

— Malgré tout, quelque chose s'est passé, n'est-ce pas ? Sinon, je ne serais pas là ! répliqua-t-elle d'un ton sarcastique.

— Nous n'avons rien prémédité. Cyrus était heureux avec sa femme, et moi, j'étais désespérément amoureuse de Simon… Au bout d'un an de mariage, j'ai fini par comprendre que la véritable passion de Simon, c'était l'architecture. Cyrus était différent. Il aimait son métier mais sans être obsédé ; il aimait les gens pour eux-mêmes et non pas pour l'image qu'ils lui renvoyaient de lui-même. Il était drôle, gentil, prévenant. Il savait écouter et, petit à petit, il est devenu mon interlocuteur privilégié.

— Je suppose que vous ne vous contentiez pas de parler ? lança Jill.

Sa stupéfaction avait fait place à un sentiment d'amertume tellement profond que, tel un poison, il distillait son venin dans tout son être. Elle avait envie de fuir, n'importe où, aussi loin que ses jambes pourraient la porter. Et elle se serait déjà enfuie si elle n'avait pas éprouvé le désir pervers, la curiosité malsaine de connaître le fin mot de cette sordide histoire.

— Oui, Cyrus et moi sommes devenus amants, mais c'était moins l'amour que le besoin réciproque de tendresse qui nous a réunis. Notre histoire n'a même pas duré assez de temps pour qu'on puisse en parler comme d'une liaison. Un mois plus tard, nous nous sentions tous les deux si malheureux de tromper Simon et Stephanie que nous avons décidé de mettre un terme à cette relation.

— Quand as-tu découvert que tu étais enceinte ?

— Quelques semaines plus tard. Je pensais que le père était Cyrus parce que Simon rentrait de son travail tellement fatigué que nous faisions rarement l'amour. Mon intuition n'a été confirmée que par une analyse de sang après ta naissance.

Oui, cela expliquait tant de choses, songea Jill. L'amour inconditionnel de Cyrus, sa présence et sa participation à tous les événements importants de sa vie, sa fierté des succès de Jill, même les plus insignifiants, et même sa façon de la regarder parfois, quand il pensait que personne ne l'observait.

— Et tu n'as jamais rien dit…

— Comment aurais-je pu ? Cela aurait détruit tant de vies : la tienne, celle de Simon, celle de Stephanie, celle d'Olivia.

Son père avait-il jamais deviné la vérité ? Peut-être était-ce cette tromperie initiale qui l'avait poussé à se lancer à son tour dans les aventures ?

— Comment… Cyrus a-t-il réagi en apprenant que tu étais enceinte ?

— Il était fou de joie. Je n'oublierai jamais l'expression sur son visage ; il était radieux, rayonnant. J'ai même eu peur qu'il ne veuille raconter la vérité à Simon pour qu'on puisse se marier. Finalement, il ne l'a pas fait. Il aimait Stephanie tout autant que j'aimais Simon, mais je sais qu'il était ravi à l'idée d'avoir son propre enfant, même s'il ne pouvait pas le clamer sur les toits. Certes, il avait Olivia à qui il tenait énormément, mais je ne crois pas qu'il ait jamais ressenti pour elle ce qu'il éprouvait pour toi.

— Et Olivia le savait, souligna Jill calmement. Je l'ai toujours accusée d'être une peste, de prêter à mes relations avec son père plus d'importance qu'elles n'en avaient, et en fin de compte, c'est elle qui avait raison.

Elle se dirigea vers la fenêtre, surprise que ses jambes la portent comme si de rien n'était. Les New-Yorkais étaient en train de sortir des théâtres et des cinémas, une foule joyeuse emplissait les rues, tandis que la voix stridente des sirènes retentissait tout près, sur la Ve Avenue ; pourtant, tous ces sons et bruits parvenaient à Jill assourdis et séparés par le mur invisible qui la coupait du monde.

— Quand tu as dit à papa qu'il n'était pas mon père, ce dimanche-là, est-ce qu'il a demandé qui c'était ?

— Oui. Il est entré dans une telle colère que, l'espace d'un instant, j'ai pensé qu'il allait me frapper. Quand il est parti, j'ai attendu pendant des heures son retour de Livingston Manor pour qu'on puisse discuter et enfin parler à cœur ouvert. Comme il ne revenait pas et ne répondait pas à mes appels, j'ai eu peur et j'ai téléphoné à Cyrus. J'espérais qu'il parviendrait à calmer Simon et à le convaincre de rentrer. Pourtant, quand Cyrus est arrivé au chalet, Simon ne voulait rien entendre. Il buvait sec et était hors de lui.

Son regard anxieux scruta le visage de Jill.

— Depuis cette terrible nuit, je n'arrête pas de me reprocher ce qui est arrivé. Je le ferai toujours…

Jill tentait désespérément de mettre un peu d'ordre dans ses pensées embrouillées et contradictoires, et de se persuader que rien n'avait changé. Elle avait eu une vie merveilleuse, elle avait reçu de son entourage tout l'amour et toute la tendresse dont un enfant peut rêver. Même si Simon n'avait pas été le père le plus dévoué pendant les premières années de son enfance, il s'était certainement rattrapé par la suite. D'autre part, ils n'auraient pu se ressembler davantage s'ils avaient réellement été père et fille. L'un comme l'autre réussissaient tout ce qu'ils entreprenaient ; le succès était leur mot d'ordre, tout particulièrement dans leur profession, pour laquelle ils avaient la même passion ; ils avaient le même caractère et étaient tous deux énergiques, courageux et un peu soupe au lait ; enfin, ils s'étaient pareillement aimés et respectés.

Mais alors, pourquoi avait-elle si affreusement mal, comme si elle avait reçu un coup de poignard en plein cœur ? Pourquoi avait-elle l'impression de porter de nouveau le deuil de son père ?

Et Cyrus, son oncle adoré, où en était-elle avec lui ? Comment était-elle censée se comporter avec lui, maintenant qu'elle savait la vérité ? Non, jamais elle ne pourrait le regarder de la même façon, ni éprouver pour lui les mêmes sentiments qu'auparavant. Ni d'ailleurs avoir confiance en lui, sachant qu'il lui avait menti pendant toutes ces années.

Pressant son front brûlant contre la vitre froide, elle prit soudain conscience d'une idée qui venait de se faufiler sournoisement dans son esprit, et qui la remplit de terreur.

Et si c'était Cyrus qui avait assassiné son père ?

Elle finit par s'enfuir vers le seul endroit où elle se sentait en sécurité, son seul refuge, son vrai chez-soi : le duplex dans MacDougal Street.

Ayant passé une robe en chenille, si ancienne qu'elle avait pris une couleur indéfinissable, recroquevillée sur le canapé du salon, elle sirotait une infusion à la camomille. A l'autre bout de la pièce, son téléphone n'arrêtait pas de sonner et les messages s'accumulaient sur son répondeur, mais elle en était à peine consciente.

Voilà justement qu'il sonnait de nouveau. C'était sa mère qui lui laissait le troisième message.

— Allez, Jill, décroche, je sais que tu es là. Nous avons besoin de parler.

Il y eut un long soupir suivi d'un déclic comme Amanda raccrochait.

Elle pensa un moment débrancher cette satanée machine, puis se ravisa. A sa propre surprise, le chagrin et l'inquiétude qu'elle percevait dans la voix de sa mère lui procuraient une sorte d'étrange réconfort.

Jill laissa échapper un petit rire nerveux qui ressemblait dangereusement à un sanglot. Œil pour œil, dent pour dent. Etait-ce cela, le châtiment qu'elle s'obstinait à infliger à sa mère ? Ce n'était pas vraiment une preuve de maturité, songea-t-elle tristement.

Un autre appel. Cette fois, c'était Ashley. Elle dormait quand la mère de Jill l'avait réveillée et elle semblait hors d'elle.

— Jill ? Tu es là ? Merde, Jill, qu'est-ce qui se passe ? Ta mère se fait un sang d'encre à ton sujet. Si tu es là, rappelle-la. Ou bien, appelle-moi et je passerai chez toi. J'ignore ce qui est arrivé, mais ce n'est pas la peine que tu l'affrontes toute seule, O.K. ?

Il y eut un bref silence, puis son amie conclut :

— Je suppose que tu es là, à te terrer toute seule dans ton trou, ce qui n'est pas une solution idéale. Appelle-moi en vitesse.

Après un déclic, le monde extérieur disparut de nouveau. Se renversant sur les coussins, elle ferma les yeux et tenta de faire le vide dans son esprit.

La sonnette de la porte se déchaînait. Jill se réveilla en sursaut. Elle s'était endormie sans s'en rendre compte, la tasse vide sous le coude.

Elle se leva avec un vague grognement au moment où la sonnette se déclencha de nouveau, brisant le silence de son appartement.

— Jill, c'est moi. Ouvre !

Dan. Sa mère avait dû l'appeler lui aussi à la rescousse.

— D'accord, j'arrive.

Il se tenait sur le palier, le poing sur la hanche.

— Que se passe-t-il ? Pourquoi tu ne réponds pas au téléphone ?

— Pas envie.

Dan scruta son visage un instant, puis sa colère sembla s'évanouir comme par enchantement. Comme ils pénétraient tous deux à l'intérieur, il l'enlaça fermement par les épaules.

— Bouge pas, j'ai juste un coup de fil à passer.

Rejoignant le téléphone, il composa un numéro. La personne à l'autre bout du fil devait attendre son appel et répondre dans l'instant, car Dan parla lui aussi immédiatement.

— Elle va bien, Amanda. Oui, elle est chez elle.

Il écouta tout en lançant un rapide coup d'œil à Jill, puis déclara :

— Non, je ne pense pas que ce soit une bonne idée maintenant. Elle vous fera signe sans doute demain matin.

Après avoir raccroché, il s'approcha de Jill, la forçant à s'asseoir dans un des fauteuils.

— Je croyais que toi et moi, on avait conclu un accord. Tu n'étais pas censée rentrer seule, la nuit.

— Je suis saine et sauve, alors, où est le problème ? jeta-t-elle avec irritation. Je vais bien, non ?

— Non, fit-il en la prenant par le menton et en levant vers lui son visage. Que s'est-il passé entre ta mère et toi ?

— Rien.

Evitant de le regarder, elle laissa errer son regard dans le vague au-dessus de la tête de Dan. Seigneur, que pouvait-elle lui répondre ? A présent, il ne lui restait rien au monde hormis sa volonté et sa dignité, et elle n'allait perdre ni l'une ni l'autre en avouant qu'elle était une bâtarde, une enfant adultérine.

— Allez, Petite Flamme, tu ne peux pas me tromper, moi. Quelque chose t'a salement secouée, et il ne s'agit pas de l'arrestation de ton oncle. Allez, crache le morceau !

Comme elle restait murée dans son silence, il prit ses deux mains et les porta à ses lèvres.

— C'est donc si grave que ça ?

Sa voix, incroyablement douce et délicate, lui fit oublier son vœu de silence.

— Pire, murmura-t-elle, tout en songeant : au diable la volonté et la dignité.

— Raconte-moi. Laisse-moi t'aider.

D'une voix d'abord tremblante, puis de plus en plus ferme, elle lui confia toute cette lamentable histoire, sordide et grotesque à la fois. Parfois, elle s'interrompait pour donner libre cours à sa colère, et Dan ne cherchait pas à l'arrêter. Ce fut quand les mots se mirent à couler librement, qu'elle réalisa à quel point elle avait besoin d'évacuer les sentiments et les émotions qu'elle avait accumulés en elle et qui l'étouffaient. Lorsqu'elle eut terminé, elle se sentait épuisée, vidée, mais curieusement sereine, en paix avec elle-même.

Quant à Dan, qui serrait toujours ses deux mains, il lui dit :

— Tu as tous les droits d'être frustrée, furieuse, déçue, mais refuser de parler à ta mère n'est pas juste. Elle n'a pas mérité ça.

— Je savais que tu ne comprendrais pas ! lança-t-elle en lui arrachant ses mains.

— Au contraire, je te comprends parfaitement. Mais, ainsi que je te l'ai dit, ce n'est pas juste, ni envers elle, ni d'ailleurs envers toi.

— Elle m'a fait tant de peine ! gémit-elle.

En ce moment, elle ressemblait à une petite fille pleurnicheuse et geignarde, mais tant pis, elle s'en fichait.

— L'erreur est humaine, Jill, tout le monde en commet.

— Elle avait trente-quatre ans pour rectifier son erreur.

— Comment ? En t'apprenant que Cyrus était ton père ? Quand est-ce qu'elle aurait pu le faire, Jill ? Selon toi, quel était le moment propice ? Quand tu avais cinq ans ? Ou dix ? Ou peut-être quand tu as terminé l'école ?

— Ne te moque pas de moi, je ne suis pas d'humeur à plaisanter.

— J'essaie simplement de te prouver que cette situation était sans issue. Même si elle avait eu le courage de t'avouer ça, tes jeunes épaules n'auraient pas supporté ce fardeau.

Comme elle demeurait silencieuse, il poursuivit :

— Et ta famille ? Ta tante, ta cousine, Simon ? Il aurait également fallu leur révéler la vérité. En fait, deux familles auraient été ébranlées et sans doute détruites. C'est bien ce que Cyrus et ta mère ont tenté d'éviter : anéantir leurs deux familles respectives.

— Ils m'ont menti.

— Pour te protéger, précisa-t-il en lui caressant les cheveux. Les parents, cela sert à ça. Un jour, quand tu seras mère, tu le comprendras.

Cette nuit, ils décidèrent de ne pas dormir ensemble. Dan pensait que Jill n'était pas d'humeur à faire l'amour, et il doutait qu'elle puisse dormir. Il leur prépara à tous les deux du café et baissa la lumière dans le salon ; puis, blottis ensemble sous un plaid de laine, ils regardèrent à la télévision un vieux film d'aventures avec Joan Crawford.

Jill continuait à s'accrocher à sa fureur comme à une sorte de bouclier qui lui permettait de se protéger de toutes les autres émotions. Mais, à la fin, c'est l'épuisement qui l'emporta sur la colère aussi bien que sur l'angoisse qu'elle ressentait. A la moitié du film, elle posa la tête sur les genoux de Dan, sa respiration devenant peu à peu profonde et régulière.

Il songea à la porter dans son lit puis se ravisa. Si jamais elle se réveillait, elle aurait du mal à se rendormir.

Après avoir rajusté soigneusement le plaid autour de ses épaules, il la regarda dormir, le cœur empli d'émotions tellement intenses qu'il en eut les larmes aux yeux. En revenant à New York, il était certain que le fait de revoir Jill lui prouverait définitivement qu'il ne l'aimait plus. Pourtant, au moment même où il l'avait aperçue ici, sur le seuil de son appartement, tous les sentiments qu'il avait jadis éprouvés pour elle revinrent au galop, plus forts que jamais.

Et cette nuit, en la regardant dormir dans sa vieille robe usée jusqu'à la corde, il se rendait compte que le besoin de l'aimer et de la protéger l'accompagnerait toute sa vie.

Mais, à trente-quatre ans, Jill avait appris à se battre et à gagner les batailles que la vie lui imposait. S'il voulait la garder, il devrait comprendre cela.

« S'il voulait la garder. » Pourquoi diable mettait-il cette phrase au conditionnel ? se demanda-t-il avec un sourire. Ce désir était si fort qu'il en avait mal.

Il continua à contempler Jill. Dans son sommeil, elle paraissait aussi jeune et innocente que le jour où il l'avait rencontrée. Pourtant, même à cette époque éloignée, elle était une jeune fille infiniment plus complexe que ce que suggérait son physique de star. Avec sa sensibilité innée, Dan avait su saisir les différents aspects de sa personnalité : sa puissante ambition professionnelle, sa vulnérabilité d'enfant, son orgueil qui pouvait être si facilement blessé. Si seulement il avait utilisé ce précieux savoir à bon escient, treize ans plus tôt, ils seraient encore mariés !

Saurait-il le faire aujourd'hui ?

Il réprima un soupir, puis se leva doucement en prenant toutes les précautions pour ne pas réveiller Jill, et alla se doucher.

31.

Jill se réveilla alors que le délicieux arôme du café fraîchement moulu lui chatouillait les narines. Parfaitement immobile, elle entrouvrit les yeux pour jeter un rapide coup d'œil autour d'elle. Elle était allongée sur le canapé, enveloppée dans le plaid qu'elle avait sorti la veille au soir au moment où Dan et elle s'apprêtaient à regarder elle ne savait plus quel film à la télévision. Maintenant, elle avait un oreiller sous la tête ; en revanche, Dan n'était plus là.

Comme elle se redressait, les événements de la veille lui revinrent à la mémoire, et lui firent l'effet d'un coup de massue. Son oncle était en prison, accusé d'avoir assassiné son père. Ou, plutôt, l'homme qu'elle avait toujours considéré comme tel.

Cette idée la faisait encore souffrir, et quelques doutes continuaient à assaillir son esprit. Mais, plus elle pensait à ce que Dan lui avait expliqué, la veille au soir, plus son raisonnement lui paraissait juste. Comment pouvait-elle se détourner des deux personnes qu'elle aimait le plus au monde à cause d'une erreur ? Puisqu'elle avait été capable de pardonner à son père tous ses égarements, elle saurait bien pardonner les leurs à sa mère et à son oncle.

Alléchée par la merveilleuse odeur de café qui flottait dans l'air, la jeune femme se leva et se dirigea vers la cuisine.

La pièce était vide et silencieuse. Sur la table, elle découvrit deux tartines au *cream-cheese*, un petit pot de sa confiture préférée et un jus d'orange frais.

Sur le comptoir de la cuisine, une tasse l'attendait près d'une cafetière pleine de café encore chaud. Une feuille de papier à lettres pliée en deux était glissée sous la tasse.

« Désolé de te quitter si tôt. J'ai l'intention de vérifier où se trouvait Mulligan mardi matin ; je pars donc en reconnaissance… mais je contacterai la base dès que possible !

» Avec tout mon amour,

Dan. »

« P.S. Rocco me prie de te transmettre un tendre bonjour. Dois-je m'en inquiéter ? »

Jill éclata de rire. Rocco était le seul épicier du coin dont les horaires correspondaient à ceux des employés qui partaient tôt au travail. Il avait, d'ailleurs, fait fortune grâce à cela.

Comment Dan avait-il réussi à le dénicher ? Elle n'en avait aucune idée, mais elle sourit en songeant qu'il avait tout fait pour lui offrir un petit déjeuner succulent.

Alors qu'elle avalait sa première gorgée de café, son sourire s'élargit encore. Personne ne savait préparer le café comme Dan Santini.

Sa tasse dans une main et une tartine dans l'autre, elle se dirigea vers la fenêtre. Comme elle laissait errer son regard de l'autre côté de la vitre, les souvenirs de la nuit passée lui revinrent par bribes. Mais, cette fois, elle songeait à Dan, aux mots rassurants qu'il avait su trouver pour la calmer et lui permettre de s'endormir, à la façon dont il avait tenu sa tête sur ses genoux en lui caressant les cheveux… Maintenant, grâce à lui, elle se sentait reposée, l'esprit lucide et le corps plein d'énergie. Elle avait même le courage d'affronter la difficile journée qui l'attendait.

Tout en finissant sa tartine, elle alla prendre dans sa boîte aux lettres l'édition matinale du *New York Times*. Elle se sentit aussitôt soulagée de n'y découvrir aucune mention concernant l'arrestation de son oncle, ce qui voulait dire que Wally avait tenu sa promesse. Ce sursis lui permettrait de préparer une nouvelle déclaration pour le personnel de la B & A.

Seigneur, pensa-t-elle avec angoisse, s'ils n'abandonnaient pas tous le navire, après cette nouvelle désastreuse, ce serait un miracle !

Une heure plus tard, vêtue d'un tailleur de laine rouge, Jill inspectait le contenu de sa serviette quand un coup de sonnette agressif la fit sursauter.

En ouvrant la porte, elle découvrit sur le seuil une Olivia hystérique et vociférante.

— Sale garce ! hurla-t-elle en apercevant Jill. Espèce de prétentieuse salope !

Jill referma la porte, et pointa un index furieux sur sa cousine.

— Ne me cherche pas, Olivia, je te préviens ! s'exclama-t-elle.

Sans prêter la moindre attention à son avertissement, Olivia poursuivit :

— Tu es contente ? C'est à ça que tu pensais quand tu déclarais qu'un jour, tu verrais l'assassin de ton père derrière les barreaux ?

— Tu es folle ! Comment aurais-je pu deviner que Cyrus était allé au chalet, cette nuit-là ? Il ne m'en a jamais parlé ! Si seulement il l'avait fait…

Elle laissa sa phrase en suspens. En effet, qu'aurait-elle fait si son oncle l'en avait avertie ?

— Cela n'aurait rien changé ! s'écria Olivia. J'ai bien compris ton petit manège ! Comme tu n'as pas eu la présidence, après la mort de ton père, tu essaies de la décrocher en te débarrassant de Cyrus !

Cette accusation absurde et injuste mit Jill hors d'elle.

— Tu dis n'importe quoi ! Je me fiche de la présidence. Mon but consistait à retrouver le meurtrier de mon père. Pour ça, j'ai suivi toutes les pistes, où qu'elles puissent me mener. Malheureusement, ajouta-t-elle d'une voix qui se brisa soudain, l'une d'elles a conduit à l'oncle Cyrus.

— Et maintenant, le voilà en prison !

Soudain, Olivia se laissa tomber sur le canapé, cacha son visage dans ses mains et éclata en sanglots désespérés.

Bouleversée par cette manifestation inattendue de chagrin de la part de sa cousine, Jill se précipita vers elle, et se mit à genoux pour lui caresser doucement le bras, tout en s'attendant à être repoussée sans ménagement. Mais Olivia n'en fit rien.

— Je ne le laisserai pas moisir en prison ! s'exclama Jill.

Au souvenir de ce qu'elle ressentait encore la veille, elle fut surprise par toute la passion qu'elle avait mise dans cette affirmation.

— Et comment comptes-tu t'y prendre ? répliqua Olivia, son beau visage tout barbouillé de mascara. En ce moment même, pendant qu'on reste ici à palabrer, on le transfère au bureau du shérif de Monticello. Même son avocat reconnaît qu'il va être extrêmement difficile de prouver son innocence.

— Ça ne sera pas facile, mais pas impossible non plus. Pour commencer, il peut être libéré sous caution. Avec un peu de chance, il va quitter la prison avant midi. Comme ça, il pourra participer activement à sa défense.

— Mais, enfin, il n'a commis aucun crime ! Il n'a pas à se défendre du tout.

— Wally et Dan travaillent ensemble. A eux deux, ils ne tarderont pas à démasquer le vrai criminel.

— Mais pourquoi papa refuse-t-il de raconter ce qui s'est passé là-haut ? gémit Olivia. Pourquoi est-ce qu'il s'entête comme ça ? On dirait qu'il ne comprend pas que cette attitude l'enfonce encore plus ?

— Je suis sûre qu'il s'en rend compte.

Sa cousine leva vers elle ses yeux rougis et gonflés.

— Wally prétend qu'il protège quelqu'un.

— Comment le saurais-je, moi ? demanda Jill.

Incapable de soutenir le regard d'Olivia, elle détourna les yeux. Le secret de sa mère était aussi le sien, désormais, et il allait le rester.

Elle tira un mouchoir en papier d'une boîte posée sur le guéridon, et le tendit à Olivia. Elle éprouvait des sentiments totalement nouveaux envers son impétueuse cousine : une sympathie, une tolérance et un attachement qui l'étonnaient elle-même.

Olivia s'essuya le visage, jeta un coup d'œil sur son reflet dans son miroir de poche, et roula des yeux épouvantés.

— Super ! Un véritable épouvantail.

Jill eut un sourire. Alors même qu'elle passait par les affres du désespoir, Olivia se souciait de son apparence.

— Tu veux aller dans la salle de bains te rafraîchir un peu ? lui proposa-t-elle. Ensuite, on pourra peut-être partager un taxi pour aller au bureau, ajouta-t-elle d'un air légèrement hésitant.

Olivia lui lança un regard surpris.

— Je ne peux pas, répondit-elle. Il faut d'abord que je règle une… euh, un petit détail.

Après un silence, elle ajouta, comme si cette pensée venait de lui traverser l'esprit :

— Mais je passerai te voir dans la journée, O.K. ?

— Entendu.

Arrivée au sud de Manhattan, Olivia descendit de son taxi, régla la course et se dirigea vers un bâtiment en béton situé au bout de la jetée qui abritait l'entreprise Mulligan & fils.

Ignorant les exclamations et les sifflements des dockers qui devaient la trouver à leur goût malgré sa mine furieuse, elle continuait d'avancer, tout en pestant contre Mulligan.

Elle l'avait déjà appelé, la veille, une bonne dizaine de fois, sans résultat : on lui demandait de patienter, puis la communication était coupée — à moins qu'on lui eût raccroché au nez, purement et simplement. Lasse de « patienter », elle avait décidé de venir récupérer son argent, avant 8 heures du matin, afin d'être certaine de trouver Mulligan dans son bureau. Pour s'assurer qu'elle ne partirait pas les mains vides, elle avait apporté la meilleure garantie de sa fortune : un petit magnétophone qui allait enregistrer les propos compromettants de Mulligan.

Comme elle attendait la secrétaire partie l'annoncer, elle ouvrit la fermeture Eclair de son sac pour jeter un bref coup d'œil à l'intérieur. Le minuscule mais puissant appareil qui, d'après le vendeur, serait capable d'enregistrer à travers un mur de brique, était en place, et sa petite lumière rouge était allumée.

— Je vous en prie, mademoiselle Bennett, dit la secrétaire en revenant vers elle. M. Mulligan vous attend.

Sans refermer son sac, Olivia pénétra dans le bureau du chef d'entreprise.

— Olivia ! s'écria-t-il en venant la saluer avec un sourire radieux, aussi faux que son ton enjoué. J'allais justement vous appeler.

— Maintenant ? A 7 heures du matin ?

— Euh… Ma journée commence tôt.

— Oui, grâce à moi.

— Oh ! Pourquoi ce ton fâché, Olivia ? fit-il en revenant s'installer à son bureau. Vous savez que je vous suis très reconnaissant pour ce que vous avez fait.

— Oubliez la reconnaissance, répliqua-t-elle en s'asseyant en face de lui, son sac entrouvert sur ses genoux. Donnez-moi simplement mon argent.

— Eh bien…, dit-il en se grattant la nuque. C'est que je suis à court de liquide, en ce moment.

— Moi aussi. Et j'ai respecté ma part du marché.

Tout en parlant, elle rapprocha un peu sa chaise pour capter le moindre mot de Mulligan.

— Donnez-moi encore quelques jours, Olivia : le temps que je récupère l'argent qu'on me doit. Vous ne pouvez pas vous imaginer combien il est difficile de se faire payer, en ce moment.

— Je ne vous le fais pas dire !

— Mais j'y arriverai, je vous le promets.

— Assez de baratin, Pete. J'ai pris des risques pour vous. Ma cousine a failli me prendre la main dans le sac, mais je ne me suis pas dégonflée. Vous avez eu les montants des devis et vous avez obtenu le contrat. Vous deviez me faire un virement de quatre-vingt-dix mille dollars le jour même. Deux jours se sont écoulés, depuis, et je n'ai encore rien reçu.

Mulligan consulta sa montre d'un air impatient.

— Vous ne comprenez pas, Olivia. Neuf bâtons, c'est beaucoup d'argent, et mes finances sont… disons qu'il m'est arrivé de me porter mieux que ça. Mais je redeviendrai solvable dans peu de temps, je vous le promets.

— Je n'accepte plus les promesses. Je veux un virement ou un chèque, et pas de bois. Sinon, j'expliquerai à mon beau-père par quel miracle votre devis s'est révélé le moins coûteux.

Mulligan émit un petit rire sarcastique qui exprimait clairement sa désinvolture.

— Et moi, je lui dirai que votre ravissante petite bouche profère des mensonges… Que vous vous êtes entichée de moi, et que vous cherchez à vous venger parce que je vous ai envoyée sur les roses. Et, puisque votre réputation de petite coureuse n'est plus à faire, qui pensez-vous qu'il croira ?

Ravalant sa colère, elle répondit calmement :

— Moi, si je lui fournis une preuve.

— Quel genre de preuve ? demanda-t-il en plissant les yeux.

— Vous le saurez le moment venu, Pete, pas avant ! lança-t-elle d'un ton de triomphe.

— Ah, petite garce…

Avant qu'Olivia eût pu esquisser un geste, Mulligan franchit l'espace qui les séparait pour lui arracher son sac.

— Rendez-le-moi immédiatement ! s'écria-t-elle en bondissant sur ses pieds.

Il la repoussa sans ménagement, et ouvrit son sac.

— Voyons, qu'est-ce que vous cachez là-dedans ?

Il sortit le magnétophone, et le tint au-dessus de sa tête. Comme Olivia poussait un cri de dépit, il balança son sac à travers la pièce, retira la cassette de l'appareil, et la piétina furieusement.

— Vous me décevez, Olivia. Je ne vous croyais pas aussi stupide !

Il s'avança vers elle, et la coinça contre le mur en lui bloquant la gorge avec son bras.

— Maintenant, écoute-moi, petite salope, dit-il en rapprochant son visage du sien. Notre collaboration est terminée, tu m'entends ? Le tour que tu as essayé de me jouer rend notre accord nul et non avenu. Ça veut dire que tu peux oublier le reste de ton fric. Compris ? Et maintenant, fous le camp, avant que je me mette vraiment en colère.

Cependant, au lieu de la libérer, il accentua la pression sur sa gorge.

— J'espère que tu ne seras pas assez bête pour mettre ta menace à exécution. Mais si jamais cette idée effleure ton esprit borné, laisse-moi t'apprendre quelle impression tu as faite sur mon ami Gino, l'autre nuit. Oh ! le pauvre gars était tout émoustillé en racontant que tu dormais nue, toute seule dans ton grand lit, enveloppée de ces draps de soie rouge tellement sexy… Est-ce qu'il t'a dit que le rouge était sa couleur préférée ? N'importe comment, il meurt d'envie de te rendre une deuxième visite. Alors, si tu me donnes la moindre raison de le faire, je l'appellerai pour lui dire que tu es tout aussi excitée que lui à l'idée de le revoir… J'espère que tu aimes bien t'amuser, Olivia.

Olivia sentit ses cheveux se dresser sur sa tête. Gino ? Comme Gino Pugliese, « le charcutier » ? Il s'agissait donc de ce monstre ? Seigneur ! Finalement, l'oncle Simon avait raison de refuser tout contact avec Mulligan. Il fréquentait, effectivement, les mafiosi les plus dangereux de New York.

Elle voulut inspirer profondément, mais le bras de Mulligan commençait à l'étouffer.

— Lâchez-moi, Pete, balbutia-t-elle.

— Pas avant d'être sûr que nous nous sommes bien compris.

— Oui…

La pression sur sa gorge diminua. Elle glissa le corps sous son bras, et récupéra son sac sans quitter Pete des yeux. Comme elle se penchait pour ramasser le magnétophone qu'il avait également jeté sur le sol, il mit son talon sur sa main, lui écrasant les doigts de tout son poids. Elle poussa un hurlement de douleur.

— Pas ça, dit-il en secouant la tête. Je garde le joujou. Même sans la cassette. Mes empreintes sont dessus. Dommage, Olivia ! C'était pourtant une bonne idée ! ajouta-t-il avec un sourire glacial qui rappela à la jeune femme celui de Gino.

Humiliée, terrifiée, elle se précipita vers la sortie.

32.

Encore bouleversée par son affrontement avec Mulligan, Olivia pénétra dans un café bondé de la VIe Avenue, s'installa au bar, sur un tabouret qui venait de se libérer, et commanda un double express.

Il était encore trop tôt pour aller au bureau, et elle avait peur de rentrer chez elle. Mulligan avait raison. Elle n'était qu'une stupide petite amatrice qui n'aurait jamais dû tenter de rouler dans la farine un escroc professionnel.

Et voilà : une chose de plus dans sa chienne de vie qu'elle avait réussi à bousiller. Décidément, il n'y avait qu'un art dans lequel elle excellait : celui d'accumuler les échecs.

La serveuse au visage arrogant et à l'énorme poitrine posa son café devant elle si brusquement qu'une partie se renversa dans la soucoupe. Olivia voulut la rappeler, puis elle y renonça en haussant les épaules. Tout était relatif dans la vie. Comparé aux ennuis qu'elle connaissait en ce moment, le café renversé comptait pour du beurre.

En repensant à sa conversation avec Mulligan, elle se traita mentalement de tous les noms. Qu'est-ce qui lui avait pris de se trahir aussi bêtement ? Elle lui avait pratiquement soufflé qu'elle avait un magnétophone dans son sac.

La précipitation. La précipitation et l'avidité avaient causé sa perte. On aurait dit qu'elle voulait se punir. Dans sa hâte de récupérer l'argent, elle avait commis l'erreur de sa vie.

Peut-être même s'agissait-il d'une erreur mortelle.

Et maintenant ? se demanda-t-elle, envahie par un sentiment d'écœurement envers elle-même. Elle avait compromis son intégrité, sans parler de celle de la B & A, et qu'avait-elle gagné ? Rien du tout.

Sur le comptoir, le café avait refroidi. Comme il était vain d'espérer que cette garce de serveuse le lui remplaçât, Olivia sortit deux dollars de son sac, les jeta à côté de la tasse et partit.

Jill leva les yeux de la pile de correspondance qu'elle essayait de trier lorsque sa cousine pénétra dans son bureau. Curieux… Olivia était pâle comme une morte, et elle avait l'air exténué. N'avait-elle pas encore récupéré après sa crise de larmes de ce matin ? La malheureuse devait se faire un sang d'encre pour son père…

— Tu as une minute ? lui demanda sa cousine.

A son ton sec, Jill comprit que ce n'était pas de Cyrus qu'Olivia était venue s'entretenir. Ce n'était pas tous les jours que sa cousine quittait le sentier de la guerre pour demander à parler. En fait, Jill se sentait presque inquiète.

— Aucun problème. De quoi s'agit-il ?

Olivia s'assit en face de sa cousine, et posa une feuille de papier sur son bureau.

— Je donne ma démission, déclara-t-elle d'une voix blanche. Elle prend effet dès maintenant.

— Ta démission ? répéta Jill d'un air stupéfait. Mais pourquoi ?

— Quand tu auras entendu ce que j'ai à te dire, tu me vireras, de toute façon. Mais je n'ai pas l'intention de te donner ce plaisir.

Jill réprima un sourire. Elle ignorait quelle mouche avait piqué sa cousine, mais, manifestement, Olivia n'avait pas perdu sa langue de vipère.

— D'accord, dit-elle. Tu donnes ta démission. Maintenant que nous avons réglé ce détail, raconte-moi en quoi consiste le problème.

Olivia se renversa contre le dossier de son fauteuil, et annonça calmement :

— J'ai trahi le secret sur les devis concernant le projet Falcon. Contre de l'argent.

Pendant quelques instants, Jill eut l'impression que le plafond venait de lui tomber sur la tête.

— Qu'est-ce que tu dis ?

Olivia soutint son regard sans ciller.

— Tu te rappelles, samedi dernier, quand tu m'as surprise dans le bureau de Cyrus ? Je t'ai menti. Je n'étais pas en train de chercher un exemplaire de ta note de service. Je voulais découvrir les montants des différents devis. Ensuite, j'ai passé le tuyau à Mulligan.

Jill prit sa tête dans ses mains. Tricher avec les devis était une pratique bien connue dans certaines entreprises. Il ne s'agissait sans doute pas du crime le plus terrible, mais, en trente-huit ans d'existence, la B & A n'avait jamais trempé dans le moindre scandale de ce genre.

— Est-ce encore l'une des extravagantes plaisanteries dont tu as le secret.

— Pas cette fois. Désolée. Je n'avais même pas l'intention de te le dire. Je voulais juste mettre les voiles pour de bon, ne plus jamais revenir. Je ne sais pas ce qui m'a pris, tout à coup, ajouta-t-elle avec un petit rire sans joie, mais j'ai senti que je ne pouvais pas faire ça à Cyrus. Ni à toi, murmura-t-elle après un silence.

Etrangement, Jill la crut. Et, plus étrange encore, elle ressentit soudain un besoin désespéré d'aider sa cousine.

— Comment t'es-tu retrouvée mêlée à cette affaire avec Mulligan ?

— C'est une longue histoire.

— J'ai tout mon temps.

Le regard de Jill, mélange de compassion et de sincère inquiétude, prit Olivia par surprise. Elle était arrivée dans le bureau de sa cousine en se préparant à une scène violente et humiliante, et voilà qu'elle trouvait le calme et la compréhension.

Mais, comme il lui était encore plus difficile d'accepter la gentillesse de sa cousine que sa colère, elle se mit à parler sans la regarder. Elle lui raconta tout, sans rien omettre, depuis sa première virée à Atlantic City, un an auparavant, jusqu'à la nuit où elle avait croisé Pete Mulligan.

— Je n'essaie pas de me justifier, conclut-elle, mais, sincèrement, je ne voulais pas lui céder.

— Tu l'as pourtant fait.

— Uniquement parce qu'il a envoyé son copain pour me convaincre.

Elle raconta alors à Jill la visite nocturne qui l'avait tellement terrifiée, et lui révéla qu'il s'agissait probablement du fameux Gino Pugliese.

— Mon Dieu, Olivia ! Ce monstre a pénétré dans ton appartement, il a drogué le gardien, il t'a menacée avec un couteau, et tu n'as pas appelé la police ?

— Tu ne comprends donc pas ? Il m'aurait tuée. Et va probablement essayer de nouveau, maintenant que j'ai voulu faire chanter Mulligan.

— Quoi ? Qu'est-ce que tu as fait ?

— En fait, Mulligan n'avait aucune intention de me payer, alors j'ai décidé d'enregistrer notre conversation.

Jill écarquilla les yeux.

— Que s'est-il passé ?

— J'ai tout foutu par terre, voilà ce qui s'est passé. Je me suis trahie. Il a découvert le magnétophone, et il a détruit toutes les preuves. Ensuite, il a menacé d'envoyer son copain chez moi une nouvelle fois, si je soufflais un mot de notre marché à qui que ce soit.

— Et c'est pour ça que tu veux partir… Tu as peur qu'il mette ses menaces à exécution ?

— Je sais qu'il va le faire. Dès que tu auras dit à Ted Falcon ce qu'il a fait, il sera viré, et il comprendra d'où ça vient. Je serais la dernière des idiotes si je restais ici, à attendre sa vengeance, tu ne crois pas ?

Jill ne répondit pas immédiatement ; elle s'accorda un long moment de réflexion. Elle ne voulait pas perdre Olivia. Non seulement elle était brillante et créative en tant que directrice du département des relations publiques, mais elle faisait partie du conseil d'administration. Son départ porterait un nouveau coup à la société qui traversait déjà une période de crise.

Et puis, Olivia faisait partie de la famille, et elle avait des ennuis extrêmement graves.

— Je ne peux pas accepter ta démission, Olivia.

Sa cousine semblait interloquée.

— Tu n'as pas compris ce que je t'ai dit ou quoi ? J'ai truqué les devis, pour de l'argent. Tu pourrais perdre ce contrat à cause de moi. Peut-être même la société.

— Je doute que la société ait des ennuis à cause de ça. Et, même si on devait perdre le contrat, je n'accepte pas ta démission.

— Tu es encore plus folle que je ne le pensais.

— Non. Premièrement, je ne pourrais pas te remplacer. Deuxièmement… je veux t'aider.

— Et comment crois-tu pouvoir le faire ? demanda Olivia d'un air sceptique.

— Pour commencer, je ne dirai à personne ce que tu as fait. En ce qui concerne Falcon, Cyrus lui a déjà parlé : il est au courant des bruits qui courent sur Mulligan, et ça n'a pas l'air de le déranger. Il a déclaré que ce ne serait pas la première fois qu'il serait en affaire avec un entrepreneur lié à la mafia. Quant au fait que Mulligan utilise des matériaux de qualité douteuse, il a dit qu'il garderait un œil sur le chantier pour que Mulligan ne bousille pas le projet. Tu vois, Olivia, personne ne s'intéressera à ton histoire.

— Sauf Cyrus.

— Eh bien…, fit Jill avec une grimace, ça, je ne vais pas le nier. Il n'apprécierait pas du tout. Mais il ne saura jamais rien, alors, pourquoi t'inquiéter ?

— Toi aussi, tu pourrais avoir des ennuis à cause de moi.
— Sans doute.
— Et tu as toujours envie de m'aider ?
— Oui.
— Et pourquoi ? demanda Olivia en plissant les yeux avec suspicion. Qu'est-ce que tu comptes en retirer ?
Jill ne put s'empêcher de sourire. Certaines choses ne changeaient jamais.
— Rien du tout, Olivia. Des prunes. Tu auras sans doute du mal à le croire, mais tu es loin de m'être indifférente. Je me suis toujours intéressée à toi, et c'est encore le cas aujourd'hui.
Olivia parut soudain mal à l'aise.
— Bon, alors je te dois une fière chandelle.
— Puisque tu le dis ! Si tu veux, tu peux faire quelque chose pour moi.
— Tiens ! Comme par hasard, répliqua Olivia en esquissant un sourire amer. Je m'en doutais !
— Détends-toi. Il ne s'agit pas d'un marché, mais uniquement de ton bien-être.
Jill se leva, et fit le tour du bureau pour s'arrêter devant sa cousine.
— Je veux que tu te débarrasses de cette sale habitude de jouer à la roulette. Une bonne fois pour toutes. Tu peux t'inscrire à un stage de désintoxication…
— Impossible, Jill, répondit Olivia en pâlissant. Tu pourrais me demander de décrocher la lune, j'aurais autant de chances de réussir.
— Tu exagères.
— Pas du tout. J'ai déjà essayé ce genre de thérapie : ça n'a pas marché.

— Cette fois, ce sera différent, tu vas voir. Je serai là pour t'aider, pour t'accompagner dans toutes les étapes.

— Ecoute, Jill, si tu le fais par pitié, laisse tomber, O.K. ? Je n'en ai pas besoin.

Pendant quelques instants, Jill se demanda si Olivia aurait la volonté de suivre un programme difficile et d'aller jusqu'au bout. Olivia elle-même semblait persuadée du contraire, mais Jill était plus disposée à croire que sa cousine n'avait pas vraiment essayé.

— As-tu jamais entendu parler d'Yvan Block ? lui demanda-t-elle. Il est chef de la section new-yorkaise des Joueurs Anonymes.

— J'ai entendu parler des J.A. C'est une bande de paumés geignards et ennuyeux comme la pluie.

— Ils font du bon travail, pourtant. L'un de mes amis s'est inscrit à leur programme l'année dernière. Depuis, il n'a pas approché une table de jeu. S'il peut le faire, tu peux, toi aussi.

Olivia éclata de rire.

— Je te déconseille de parier.

Négligeant son commentaire ironique, Jill poursuivit :

— Je connais Yvan personnellement. Je peux prendre rendez-vous pour toi. 10 heures du matin, ça te va ?

— Ni 10 heures ni jamais. Seigneur ! Tu sais que tu es un véritable pot de colle ?

— Naturellement, tu me l'as dit assez souvent, répondit Jill en souriant. Allez, Olivia, dis-moi que tu veux bien essayer avant de te retrouver dans une situation désespérée.

— Je suppose que, si je te dis non, tu vas changer d'avis et raconter cette histoire de devis à mon père ?

— Certainement pas. Quoi que tu décides, je tiendrai ma promesse.

Olivia parut réfléchir.

— Et puis merde, qu'est-ce que j'ai à perdre, après tout ? Vas-y, appelle ton copain. Et prends-moi un rendez-vous.

Jill décrocha le téléphone avec un sourire tendre et enthousiaste.

33.

A peine Olivia était-elle partie que Jill reçut un appel de Ben Maitland.

— On a un problème, déclara-il d'une voix tendue par l'angoisse. Une certaine Blanche Zimmer, qui représente une association de défense du patrimoine, affirme que le site de Church Hill est un ancien champ de bataille de la guerre civile, d'un intérêt historique et culturel considérable, sur lequel il est, évidemment, interdit de construire. Du coup, l'urbaniste, l'ingénieur des travaux publics et leurs conseillers souhaitent nous rencontrer sans délai. Pour comble de malheur, une chaîne de télévision locale a eu vent de cette affaire et en fait toute une montagne.

Jill réprima un soupir d'exaspération. Les associations de défense du patrimoine historique se multipliaient avec une rapidité alarmante, et avaient souvent un pouvoir considérable.

— Cette Blanche Zimmer, de quoi dispose-t-elle pour étayer son argumentation ?

— Une vieille carte assez détaillée du site.

— J'aimerais y jeter un coup d'œil avant la réunion avec la commission d'urbanisme, dit Jill, tout en consultant son agenda.

En dépit de son planning chargé, elle devait trouver un moment pour s'occuper de ce problème.

— J'arriverai demain matin à la première heure avec notre avocat, Ben, déclara-t-elle. En attendant, mettez-vous en contact avec la commission historique de Richmond. Dites-leur que nous voulons employer un de leurs historiens pour effectuer une étude du matériel historique et archéologique de la zone qui nous intéresse.

Elle entendit Ben pousser un soupir de soulagement.

— Je m'en charge. Et puis, Jill, rappelez-moi pour me dire l'heure de votre arrivée. J'enverrai une voiture vous chercher à l'aéroport.

— Merci, Ben.

Après avoir raccroché, Jill appela Philip et lui exposa la situation.

— Salut, petite, dit une voix familière, depuis le seuil.

Surprise, Jill leva la tête des ébauches sur lesquelles elle était en train de travailler.

— Oncle Cy, dit-elle, le cœur battant à tout rompre.

Il referma la porte derrière lui, et s'avança vers elle, les mains enfoncées dans les poches de son pantalon. Hormis les cernes sombres qui soulignaient ses yeux, la pénible épreuve qu'il venait de subir ne semblait pas l'avoir trop affecté. Comme pour confirmer cette impression, un léger sourire jouait aux coins de ses lèvres.

— Tu es libre ! s'exclama-t-elle.

Elle ne savait que dire d'autre ni que faire. Autrefois, elle se serait précipitée dans ses bras. Mais, cette fois, elle s'en sentait incapable, et elle concentrait toute son énergie à cacher les émotions diverses et contradictoires qui la submergeaient.

— Pas entièrement libre, rectifia-t-il.

Il eut un sourire un peu forcé, tellement différent du sourire malicieux qu'elle lui connaissait depuis des années.

— Mon avocat a réussi à me faire libérer sous caution, mais je dois me présenter, le 4 janvier, pour une audience préliminaire et, en fonction des résultats, je passerai ou non en jugement.

— Est-ce qu'il a pu amoindrir les charges ?

— J'ai bien peur que non. Le district attorney refuse de modifier les chefs d'inculpation, à moins que je ne plaide coupable, et ça, il n'en est pas question.

— S'il connaissait toute l'histoire, s'il savait pourquoi tu t'es rendu au chalet, cette nuit-là, il serait plus enclin…

Cyrus secoua la tête d'un air résolu.

— Non, Jill. Je ne veux pas faire encore plus de peine à Stephanie.

— Et tu crois qu'elle n'aura pas de peine si tu passes vingt ans en prison ?

Il ne répondit pas. Ils savaient tous deux que c'était inutile. D'ailleurs, Jill ne se faisait aucune illusion : personne, pas même elle, ne pouvait amener Cyrus à changer d'avis quand il avait pris une décision.

— Bien, dit-elle. Et, en attendant, est-ce que tu peux revenir travailler ?

— Je peux faire ce que je veux, répondit-il. Sauf refuser de comparaître, ajouta-t-il avec un clin d'œil espiègle. Ça, ils n'aimeraient vraiment pas.

Il se mit à arpenter la pièce, puis, au bout de quelques instants, il s'arrêta tout près de Jill.

— Ça ne doit pas être facile pour toi, lui dit-il.

— Non, en effet, répondit-elle en soutenant son regard.

— J'ai bien pensé à t'appeler avant de venir, mais j'avais peur que tu ne refuses de me parler.

Comme elle s'abstenait de répondre, il enchaîna :

— Ecoute, Jill, tu as sûrement des questions à me poser... Plus tard, quand tout ça sera fini, nous pourrons peut-être en discuter. Pour l'instant, je veux savoir une chose : est-ce que tu penses que j'ai tué Simon ?

Jill regarda Cyrus droit dans les yeux.

— Est-ce que tu l'as fait ?

— Non. Il s'était relevé, et il était tout à fait vivant quand j'ai quitté la maison. Je sais que je n'aurais pas dû le frapper en retour. Il était ivre et fou de rage, et j'aurais dû simplement foutre le camp... Mais je ne l'ai pas tué.

— Je te crois.

L'expression de soulagement qu'elle lut dans ses yeux était si intense qu'elle sentit sa gorge se nouer.

— C'est tout ce que je voulais entendre.

L'embarras que Jill ressentait quelques instants plus tôt commençait à se dissiper, mais, avant qu'elle pût dire quoi que ce fût, la porte s'ouvrit à la volée.

— Cyrus !

Olivia, les joues empourprées par l'émotion, les yeux brillant de larmes, entra en trombe dans la pièce.

— Cecilia m'a dit que tu étais ici.

— Je viens d'arriver, Olivia. Je suis d'abord allé dans ton bureau, mais tu étais sortie.

— J'étais dans la salle de conférences, en réunion avec les rédacteurs de l'*Architecture Record*.

Tout en réprimant un sanglot, elle se précipita dans les bras de son père.

Discrètement, Jill quitta la pièce en refermant la porte derrière elle.

Jill n'avait pas eu de nouvelles de Dan depuis le début de la journée. Elle se sentait sur des charbons ardents quand, enfin, vers 15 heures, Cathie lui passa l'appel tant attendu.

— Désolé, je n'ai pas pu t'appeler plus tôt, dit Dan. Je suis en voiture. J'ai eu un mal fou à trouver quelqu'un qui accepte de me donner des informations au sujet de Mulligan. Apparemment, ce type terrifie tout le monde.

— Si je comprends bien, quelqu'un a fini par parler ?

— Deux de ses employés qui ne bossent pour lui que depuis une semaine. Malheureusement, leurs témoignages ne concordent pas. Le premier dit que Mulligan a passé toute la journée de mardi sur un chantier à New York. Le second pense qu'il était dans le New Jersey et qu'il n'est rentré à New York qu'à midi, mais il ne pourrait pas en jurer.

— Et que pouvons-nous déduire de tout ça ?

— Rien de précis, pour l'instant. J'irai au chantier du New Jersey, demain. J'espère obtenir des informations un peu plus concrètes.

— Bien.

Jill jeta un coup d'œil sur le paquet-cadeau qui était posé sur son bureau.

— Est-ce qu'on va toujours dire bonjour à Frankie, ce soir ?

— Et comment ! Le gosse ne parle que de ta visite. Et ne t'en fais pas si tu n'arrives pas à trouver ce Héros Bleu mécanique que tu lui as promis. Tous les magasins sont en rupture de stock.

— Je l'ai trouvé.

A l'autre bout du fil, il y eut un silence perplexe.

— Pas possible ! J'ai fait cinq magasins de jouets, et ils m'ont tous dit qu'ils n'en recevraient pas avant les fêtes.

Jill poussa un petit soupir de satisfaction.

— C'est que tu n'as pas le bras assez long, Santini !

— On dirait… Je passe te prendre à 17 heures ?

— Je serai prête.

— Vous le gâtez trop, dit Maria en regardant Frankie jouer avec son nouveau fétiche.

— En fait, répliqua Jill, j'en tire plus de plaisir que lui !

Elle sortit de son sac un second paquet qu'elle tendit à Maria.

— Et ça, c'est pour Nick. Je sais qu'il raffole des jeux électroniques.

— Oh, Jill, il ne fallait pas ! dit Maria en adressant à la jeune femme un regard affectueux. Vous savez, les enfants parlent sans arrêt de vous. Vous leur avez fait une impression du tonnerre, comme ils disent !

— Et c'est réciproque.

Maria reprit un air grave en poursuivant :

— J'ai regardé les informations de 17 heures : ils ont parlé de l'arrestation de votre oncle. Je suis vraiment désolée de tout ce qui arrive à votre famille. Je prie pour que ça s'arrange rapidement.

— Merci, Maria. Je suis certaine qu'avec l'aide de Dan, c'est ce qui va se passer.

Maria lança un regard discret à son beau-frère qui était occupé à jouer avec Frankie.

— C'est vraiment un garçon formidable !

— Le meilleur, reconnut Jill en souriant. Et un enquêteur extraordinaire. Croyez-vous qu'il serait intéressé par la perspective de revenir à New York et de réintégrer la police ?

Maria secoua la tête.

— New York, peut-être, mais pas la police. L'affaire Eddy Delgado l'a beaucoup plus affecté qu'on n'a pu l'imaginer à l'époque. Et puis, l'enseignement lui convient parfaitement. Il se plaît avec les jeunes... Savez-vous qu'il appelle ses étudiants « ses enfants » ?

— Je l'ignorais.

— Je crois qu'il s'agit de sa véritable vocation. Même quand il était enfant, il passait beaucoup de temps avec des plus jeunes que lui.

Jill observait Dan en silence. Ses espoirs de le voir revenir à New York fondaient comme neige au soleil. Jamais il ne quitterait Chicago ! Ni « ses enfants ». Et elle n'avait pas le droit de le lui demander.

Sans soupçonner les cruels tourments de Jill, Maria lui toucha le bras :

— Venez m'aider à mettre le couvert.

L'historien que Ben Maitland avait engagé n'avait pas eu le temps d'effectuer une étude approfondie de la carte de Blanche Zimmer, mais il exprima de sérieux doutes concernant son authenticité.

— L'encre est bien trop foncée, expliqua-t-il en se penchant sur le document. D'autre part, bien qu'on utilisât ce papier très fin au XIXe siècle, on se servait habituellement de papier plus épais pour dessiner les cartes. C'est logique : le papier devait résister aux intempéries. Je pourrai vous fournir des éléments plus précis d'ici à une semaine.

Philip Van Horn, qui avait le don de demeurer serein et lucide dans les situations les plus critiques, proposa de faire une brève déclaration à la presse avant de rentrer à New York.

— Excellente idée ! dit Jill. Faites-le, Philip. Vous parlez tellement mieux que moi, en public !

Devant l'immeuble occupé par la municipalité de Richmond, plus de deux cents habitants inquiets s'étaient réunis pour exprimer leur colère. Philip s'adressa à eux avec son calme légendaire.

— Mesdames, messieurs, commença-t-il de sa voix de baryton, je m'appelle Philip Van Horn. Je suis avocat. Je travaille pour le célèbre cabinet d'architectes Bennett & Associés, et je voudrais vous exposer brièvement notre position en ce qui concerne le projet Church Hill. Tout d'abord, soyez assurés que le groupe Maitland n'a pas l'intention d'ériger un gratte-ciel sur un site historique aussi important. Pour prouver sa bonne volonté, M. Maitland a arrêté les travaux d'excavation jusqu'à ce que soient achevées les recherches permettant de se prononcer sur l'authenticité du document qui nous a été soumis.

Des questions fusèrent de partout, ainsi que quelques menaces, auxquelles Philip et Ben Maitland prirent le temps de répondre patiemment. Cette conférence improvisée dura plus d'une heure. Enfin, peu à peu, la foule commença à se disperser. Jill et Philip arrivèrent à l'aéroport juste à l'heure de leur vol.

Comme leur avion s'apprêtait à décoller, Jill se tourna vers Van Horn.

— Vous avez été génial, lui dit-elle. Même vers la fin, quand ces excités ont commencé à lancer des injures et des menaces, vous les avez ramenés à la raison avec une habileté vraiment extraordinaire !

— Il ne reste qu'à espérer que les experts se prononceront en notre faveur. On ne peut pas se permettre de perdre ce contrat.

Tandis que l'avion gagnait de l'altitude, il installa sa serviette sur ses genoux.

— Comment avez-vous trouvé Cyrus ? demanda-t-il à Jill.

— Pas tout à fait dans son assiette, mais il était content d'être de retour parmi nous. Et moi donc ! Je ne me vois pas prendre la direction de la B & A.

— Existe-t-il des pistes sérieuses, maintenant que Wally a rouvert l'enquête ?

Jill n'avait pas très envie de discuter de l'affaire avec une personne extérieure à la famille.

— Pas vraiment, répondit-elle d'un air évasif.

— Je me sens tellement impuissant, Jill ! dit Philip. Si seulement je pouvais vous aider en quoi que ce soit !

— Vous nous apportez bien plus de réconfort que vous ne le pensez, Philip, affirma-t-elle en posant la main sur son bras. Vous nous aidez en restant avec nous. Et puis, vous ne paniquez jamais face aux coups durs : vous gardez toujours la tête froide et cette sérénité qui font votre réputation !

Il lui tapota la main d'un geste affectueux et paternel, tout en souriant — ce qui lui arrivait rarement, ces derniers temps.

— C'est pour ça que je suis payé. Et je ne peux pas me plaindre de mon salaire ! Somme toute, je n'ai aucun mérite.

Le lendemain matin, Jill se trouvait dans son bureau quand sa secrétaire vint lui annoncer :

— Jill, Jerry Kranski est là. Il veut vous voir.

— Qu'il entre, Cathie. Je vais le recevoir.

Les coudes appuyés sur la table, un sourire affectueux aux lèvres, Jill regarda le jeune homme pénétrer dans son bureau d'un pas hésitant. Elle s'émerveilla de la métamorphose qui s'était opérée en lui. Avec son pantalon sombre, son pull blanc et sa coupe de cheveux impeccable, elle aurait pu le prendre pour un jeune architecte suivant un stage à la B & A.

— Comment ça va, Jerry ?

— Bien, merci, répondit-il avec un coup d'œil nerveux à la ronde.

— Bill Taggart m'a dit que vous faisiez un boulot formidable, à l'imprimerie !

— C'est que le travail est superintéressant. En plus, j'apprends beaucoup de choses sur le métier d'architecte.

— Alors, c'est parfait, dit Jill. Qui sait ? Vous allez peut-être devenir architecte, un jour !

— Peut-être.

Jill était ravie de revoir son jeune sauveur, mais elle regrettait qu'il ne se sentît pas plus à l'aise en sa présence.

— Je peux faire quelque chose pour vous, Jerry ? lui demanda-t-elle en espérant le tirer de son mutisme.

— Pas vraiment, répliqua-t-il en s'installant sur le siège qui faisait face au bureau de la jeune femme. Je ne voudrais pas que vous pensiez du mal de moi… que j'ai l'habitude d'écouter aux portes ou je ne sais quoi… Mais il y a quelque chose que vous devez savoir.

— A quel propos ?

— A propos d'une conversation que j'ai entendue.

— Une conversation ? Ici, à la B & A ?

— Non. Dans cet immeuble en construction conçu par la B & A, dans la 34e Rue. Le night-club, c'est ça ?

— C'est ça, confirma Jill en hochant la tête. Une création de Bob Freeman.

— Oui. M. Freeman m'y a envoyé, il y a quelque temps, pour livrer un jeu de plans. Je devais les remettre à l'inspecteur des travaux finis.

— Chuck Abernathy ?

Jill détestait cet individu, et elle tremblait chaque fois qu'il travaillait sur l'un de leurs projets. Abernathy adorait pinailler, et il relevait systématiquement les défauts les plus minuscules. Il dramatisait, et faisait perdre un temps considérable à tout le monde.

— C'est bien lui, dit Jerry d'un air un peu plus décontracté. J'ai eu du mal à le trouver. J'ai dû partir à sa recherche. C'est comme ça que j'ai entendu cette conversation. Il parlait de la B & A avec quelqu'un.

— Et que racontaient-ils ?

— M. Abernathy donnait des directives à l'homme qui était avec lui : il lui disait qu'il devrait désormais suivre le cahier des charges, y compris pour le grand magasin conçu par la B & A. Il l'a précisé à cause du dépôt qui s'est effondré dans South Street, l'autre jour. Le chauffage était mis, et il a eu peur.

— Quel dépôt ?

— Vous n'en avez pas entendu parler ? C'est arrivé mardi. Le deuxième étage, où ils entreposent toutes les machines lourdes, s'est écroulé, et un homme a été tué.

Mardi. C'était le jour où elle était partie dans les Catskill avec Frankie et Ashley. Avec tous les événements qui s'étaient accumulés, elle n'avait même pas écouté les infos.

— Maintenant, l'ingénieur des travaux publics veut tester le béton sur cet immeuble. C'est pour ça qu'Abernathy est effrayé. Je l'ai entendu dire à l'autre homme de faire en sorte que l'ingénieur des travaux publics tienne sa langue parce que, autrement, il faudrait payer une montagne de fric. Et l'autre a promis d'arranger ça.

« Le salaud ! » songea Jill. Ainsi, il recevait des pots-de-vin de la part d'un entrepreneur malhonnête. Elle aurait dû s'en douter depuis longtemps !

— Merci de m'avoir avertie, Jerry. Je vais faire un rapport là-dessus immédiatement. Et l'ingénieur des travaux publics voudra peut-être t'interroger lui-même.

— Pas de problème, dit Jerry en haussant les épaules.

— Au fait, qui était l'autre homme ?

— Je ne l'avais jamais vu, avant, mais l'inspecteur en bâtiment l'appelait Pete.

Jill se figea. Mulligan ?

— De quoi avait-il l'air ? demanda-t-elle.

— Assez grand, pas mal de sa personne, des cheveux noirs très épais. Il est parti au volant d'une Mercedes noire.

« On te tient enfin, Mulligan ! » pensa Jill avec un plaisir extrême.

34.

Plusieurs tests avaient démontré que le béton utilisé dans la construction du dépôt dans South Street n'avait pas la qualité requise, et Pete Mulligan n'avait pas pu contester ces faits.

Vers 16 heures, ce jour-là, l'entrepreneur avait été arrêté et inculpé d'homicide par négligence.

L'enquête avait conduit à d'autres révélations. La société qui produisait le béton défectueux appartenait à Gino Pugliese. Un mandat d'arrêt avait immédiatement été établi contre lui, mais on n'était pas encore parvenu à lui mettre la main dessus.

Le bruit courait à Manhattan qu'il avait quitté le pays.

En dépit de ses protestations véhémentes, Chuck Abernathy avait été suspendu de ses fonctions en attendant le procès.

Olivia était venue regarder les derniers événements de l'affaire à la télévision, dans le bureau de Jill.

— Je me sentirais beaucoup mieux si Gino était en garde à vue, confia Olivia à sa cousine. Mais, finalement, s'il a déguerpi, ce n'est pas plus mal.

— De toute façon, il n'a plus aucune raison de se venger de toi, maintenant, répliqua-t-elle. Ce n'est pas toi qui as fait tomber Mulligan : c'est Jerry.

— Le gosse n'aura pas de problèmes à cause de ça ?

— J'en doute fort. Pugliese est en fuite, et Mulligan n'a plus personne pour faire le sale boulot à sa place. Et puis, toute la ville parle de ces pratiques contraires à l'éthique professionnelle. Franchement, tu peux oublier Mulligan. Il n'a plus aucun pouvoir.

— Mais pourquoi tous ces gens qui en font des gorges chaudes n'ont-ils pas protesté plus tôt ? Dans l'affaire du béton défectueux, ils auraient pu éviter la mort d'un homme.

— La peur, Olivia, est un ressort très puissant de l'âme humaine. Et Mulligan savait exactement comment l'insuffler aux gens.

Comme sa cousine se levait pour partir, Jill ajouta :

— A propos, comment s'est passée ta première rencontre avec les Joueurs Anonymes, hier soir ?

Pour la première fois, Jill vit sa cousine rougir.

— Bien ! Tu avais raison : Yvan est un type formidable, ajouta-t-elle en s'empourprant de plus belle.

Jill sourit en ajoutant d'un air espiègle :

— C'est aussi un beau garçon, n'est-ce pas ?

— Euh… en effet.

Si sa cousine tombait enfin amoureuse d'un homme de qualité comme Yvan, Jill se sentirait aux anges ! Elle plaignait Olivia de n'avoir jamais fréquenté que des paumés et des coureurs de dot. Avant qu'elle pût lui poser d'autres questions, la jeune femme déclara qu'elle avait un rendez-vous urgent, et quitta son bureau.

Peu avant 5 heures de l'après-midi, Jill se dit qu'elle n'allait pas tarder à rentrer afin de préparer un dîner pour elle et Dan, quand sa secrétaire pénétra dans son bureau, l'air soucieux.

— Jill, Philip Van Horn a oublié de signer le contrat de bail pour la location des bureaux de la B & A. Que faut-il faire ? Je les renvoie au propriétaire demain, à la première heure ?

— Mais pourquoi Philip ne peut-il pas signer ça demain matin ? Il arrive toujours tôt.

— Demain, il part pour Boston : il doit assister à un symposium. Il ne sera de retour que vers l'heure du déjeuner.

Jill consulta sa montre, puis décida :

— Donnez-moi le contrat, Cathie. Je vais l'apporter chez Philip, à Staten Island, et je ferai en sorte qu'il soit sur votre bureau demain matin, à 9 heures.

— A demain, Vera, dit Cynthia Parson en raccompagnant sa baby-sitter jusqu'à la porte.

Cynthia était de bonne humeur, comme chaque fois qu'elle rentrait à 17 heures. Elle referma la porte, puis regagna la cuisine. Comme elle passait devant le salon, elle jeta un coup d'œil sur sa fille qui regardait calmement une vidéocassette.

Cynthia poussa un soupir. Elle avait espéré que le voyage à Disneyworld améliorerait l'état de Molly, mais ces quelques jours de vacances avaient été pénibles, pour elle comme pour la petite fille.

Craignant que le cas de Molly ne fût incurable, elle s'était précipitée chez le Dr Madeas. Le thérapeute l'avait quelque peu rassurée : le traitement était long ; il fallait être patient.

— Il ne faut pas considérer ce voyage comme un échec, avait-il ajouté, mais comme une expérience qui vous a beaucoup appris. Molly n'est pas encore prête à vivre comme tout le monde.

Dans la cuisine, Cynthia brancha le petit téléviseur installé sur le comptoir, tout en mettant dans le four allumé un plateau avec quelques brownies. Molly raffolait des brownies. Peut-être le délicieux arôme provenant du four allait-il amener un sourire sur ses lèvres.

Elle voulut l'appeler… et se figea.

Cette voix de baryton qu'on entendait à la télévision… Cynthia l'aurait reconnue entre mille !

Elle regarda l'écran.

Un homme s'adressait à une foule rassemblée devant un immeuble d'aspect officiel. La cinquantaine et des poussières. Un mètre quatre-vingts. Elégamment vêtu. Il avait un physique agréable.

Juste derrière lui se tenait Jill Bennett.

Cynthia se mordit la lèvre jusqu'au sang en écoutant la fin de son discours :

« … a arrêté les travaux d'excavation jusqu'à ce que soient achevées les recherches permettant de se prononcer sur l'authenticité du document qui nous a été soumis. »

La main crispée sur sa bouche, Cynthia regardait fixement l'écran. C'était bien le même homme, celui que Dan Santini tentait si désespérément de retrouver.

L'homme que Cynthia connaissait sous le nom de Jack Smith.

La maison de Philip se trouvait dans le quartier chic de Todt Hill. Les belles résidences étaient entourées de pelouses impeccables, au sud de la voie express qui traversait Staten Island.

Philip et sa femme Barbara avaient acheté leur élégante demeure blanche de style colonial, peu après leur mariage, en 1965. Jill n'était pas venue leur rendre visite depuis bien longtemps.

Elle avait appelé Philip de sa voiture et, lorsqu'elle arriva, il la fit entrer immédiatement. Il s'était déjà changé, et portait un pull marine et un pantalon kaki.

— Je regrette que vous ayez dû faire tout ce chemin à cause de ma distraction, dit-il en secouant la tête d'un air navré.

— Ne vous inquiétez pas. J'espère que vous avez votre copie du contrat. Cathie n'a pas pu la retrouver.

— Elle est au premier étage. Je l'ai emportée, l'autre jour, pour le relire à tête reposée.

D'un geste de la main, il désigna à Jill une pièce, au fond du couloir.

— Allez donc vous installer dans mon cabinet : je vous rejoins tout de suite.

L'intérieur du cabinet, parfaitement rangé et d'aspect assez sévère, renfermait les sculptures et les tableaux du maître de maison. Au lieu de s'asseoir, Jill se mit à les examiner. Elle était en train d'admirer une sculpture Remington quand son regard tomba sur une caisse ouverte sous le bureau de Philip. Elle ne s'y serait pas arrêtée si elle n'avait pas aperçu un objet qui en dépassait : un petit ours en peluche, vieux et usé jusqu'à la corde.

Son cœur se serra. C'était elle qui avait offert cet ours à Blair, peu avant que sa jeune amie ne partît vivre dans l'Oklahoma.

Les yeux mouillés de larmes, Jill s'accroupit devant la caisse pour en sortir le jouet. Elle se souvenait du nom que Blair avait donné à l'ourson : Gomez, comme le personnage principal de sa série télévisée préférée, *Addams Family.*

Jill jeta un coup d'œil à l'intérieur de la caisse, et constata que Philip y gardait tout un bric-à-brac qu'il avait dû rapporter de l'université de Pennsylvanie, après la mort de Blair.

La jeune femme souleva un trophée de natation, et laissa ses doigts glisser sur la longue silhouette de bronze. Tout comme son père, qui excellait dans tous les sports, Blair avait été une bonne nageuse, et elle avait remporté plusieurs prix, à New York, avant de partir vivre dans le Sud-Ouest avec sa mère.

Sous la statuette se trouvait un petit recueil de poèmes de John Keats. Comme toute jeune fille romantique, Blair adorait Keats.

Curieuse de voir les poèmes que Blair avait dû lire peu avant sa mort, Jill ouvrit le livre à l'endroit marqué avec un mince ruban bleu. Comme elle le feuilletait, une photo tomba sur le sol.

Jill la ramassa…

… et se sentit prise de vertige.

La photo montrait Blair en train de contempler un homme avec adoration. Leurs mains entrelacées ne laissaient aucun doute sur la nature de leurs relations.

Mais les yeux de Jill restaient rivés sur l'homme séduisant qui souriait à la caméra, l'air heureux comme un roi.

Cet homme, c'était son père.

35.

Jill regardait la photo, les yeux écarquillés. Blair et son père ? Non, c'était trop ridicule, trop monstrueux, trop… obscène.

Elle retourna la photo. Au dos, elle vit la preuve irréfutable qu'ils avaient eu des rapports tout autres qu'amicaux. Dans une écriture fleurie de jeune fille, Blair avait écrit :

« Juillet 1996 — une journée inoubliable dans le Delaware avec mon bien-aimé Simon. »

Jill crut qu'elle allait s'évanouir.

— Qu'est-ce que vous avez osé faire ?

Au ton furieux de la voix de Philip, elle releva brusquement la tête, cherchant en vain une réponse.

— Je…

— Donnez-moi ça !

Comme elle se relevait, il lui arracha la photo des mains avec colère, puis poursuivit :

— Je voudrais bien savoir de quel droit vous fouillez dans mes affaires.

Stupéfaite par la rapidité avec laquelle il avait oublié son ton courtois et posé, Jill tenta de se défendre.

— Je n'étais pas en train de fouiller. Je faisais le tour de la pièce quand j'ai vu cette caisse…

Soudain, elle s'interrompit, bouche bée.

— Vous le saviez.

— Je savais quoi ? demanda Philip en clignant des yeux.

— Blair et mon père, répliqua-t-elle en désignant la photo qu'il tenait à la main. Ils étaient amants, n'est-ce pas ?

Elle fut elle-même surprise d'avoir pu prononcer ces mots qui lui paraissaient monstrueux. Elle lança un coup d'œil vers la caisse, sous le bureau, et conclut :

— Oui… fatalement, vous étiez au courant !

Un long silence s'installa dans la pièce pendant que Philip continuait à fusiller Jill du regard. Il était encore plus pâle que d'habitude, et serrait nerveusement les mâchoires. Jill n'entendait rien d'autre que les battements affolés de son cœur.

— Non, je ne le savais pas, dit-il d'une voix basse, imprégnée d'une telle haine que Jill frissonna. Je n'avais aucune idée de ce que ce salopard avait fait à ma fille. C'est seulement après avoir trié les affaires de Blair que…

Il s'interrompit pour prendre une longue inspiration saccadée.

— Oh, mon Dieu ! s'écria Jill en s'agrippant au rebord du bureau.

L'horrible vérité lui apparut d'un seul coup, et il lui sembla que son cœur s'arrêtait de battre.

— C'est donc vous ! C'est vous qui avez tué mon père !

Philip plissa les yeux, et fit un pas en avant. Son corps semblait tendu à se rompre.

— Vous ne pouviez pas laisser tomber, n'est-ce pas, Jill ? Quand vous avez une idée dans le crâne, vous êtes incapable d'abandonner. En dépit de tous les conseils, de tous les avertissements que vous avez reçus, vous avez absolument tenu à jouer les Miss Marple.

Jill continuait à le regarder fixement, avec une expression d'horreur.

— Vous l'avez fait ! Vous avez assassiné mon père !

— Je ne vous permets pas de me juger ! cria-t-il. Ce n'est pas moi qui ai profité de l'innocence d'une jeune fille, qui l'ai mise enceinte et qui l'ai obligée à se faire avorter contre son gré.

— Blair ? C'était Blair qu'il avait amenée à la clinique ?

Philip eut un petit rire rauque.

— Difficile à croire, hein ? Un homme d'une telle intégrité, un homme qui inspirait tant de respect et d'admiration. En réalité, ce n'était qu'un lâche, incapable d'affronter ses responsabilités. Il a tué ma fille.

— Non, dit Jill. Il n'aurait pas pu…

— Bien sûr, il ne l'a pas étranglée de ses mains, mais ça revient au même. Elle s'est tuée à cause de lui, à cause de ce qu'il lui avait fait.

— Comment le savez-vous ? demanda Jill.

Elle recula d'un pas. Elle sentait qu'elle devait s'éloigner de ce fou, s'échapper avant qu'il ne la tue, elle aussi.

— C'est Amy, sa camarade de chambre, qui me l'a appris. Elle était au courant pour l'avortement, et elle a vu l'état de Blair se détériorer d'une façon dramatique, après ça. Ma fille avait perdu l'appétit, elle pleurait, chaque soir, avant de s'endormir, et elle n'avait plus envie de rien…

— Amy savait-elle que Blair et mon père étaient amants ?

— Non. Blair gardait cette liaison secrète. Voilà pourquoi, après sa mort, j'ai engagé un détective. Ma seule raison de vivre était de retrouver le fils de pute qui avait fait ça à ma fille et de le tuer de mes mains.

Tout en continuant sa lente progression vers la porte, Jill demanda :

— Et vous l'avez trouvé.

— Pas tout de suite.

A son tour, il se mit à avancer vers elle d'un pas naturel, presque lent, comme s'il voulait lui montrer qu'elle n'arriverait pas à lui échapper.

— Le détective n'a rien découvert. Simon avait dissimulé toutes les traces avec un savoir-faire époustouflant… Dire que j'ai cherché à le sauver du courroux de Pete Mulligan ! lança-t-il dans un éclat de rire sarcastique. Et j'ai même marché quand il m'a supplié de garder son sale petit secret ! Je suppose qu'il a dû bien rigoler, ce soir-là !

— Pourquoi avez-vous engagé un privé, alors que vous aviez chez vous une preuve irréfutable ? demanda Jill en désignant la photo.

— Je ne l'ai pas découverte tout de suite, répondit-il d'une voix morne, presque inaudible. Après la mort de Blair, je n'étais capable de rien. Je suppose que j'étais déprimé… Je n'ai même pas eu la force d'aller à l'université chercher les affaires de mon enfant… Amy me les a apportées. J'ai donné ses vêtements à un organisme de charité, et je n'ai gardé que cette caisse. Amy avait emballé tous ces objets en pensant que je voudrais les garder, à la différence des vêtements. Il y a quatre semaines, j'ai enfin eu le courage de commencer à défaire les paquets…

Soudain, il plongea son regard dans celui de Jill.

— C'était Thanksgiving. Pendant que la famille Bennett festoyait à cœur joie, moi, j'étais en train de découvrir la hideuse, la monstrueuse vérité à propos de ce que votre père avait fait à ma fille.

— C'est donc à ce moment-là que vous avez trouvé la photo, dit Jill qui cherchait désespérément à gagner du temps pour réduire la distance qui la séparait de la porte d'entrée.

— Non seulement j'ai trouvé cet abominable cliché, mais j'ai aussi découvert la décharge qu'on avait fait signer à ma fille, à la clinique Alternatives.

— Mais pourquoi n'avez-vous pas affronté mon père, à ce moment-là ?

— Parce que je suis avocat, Jill. Je connais l'importance des preuves. La clinique n'allait, évidemment, pas divulguer des informations sur ses patientes. Or, j'en avais besoin… Je suis donc retourné chez mon privé. Ça lui a pris du temps, mais il a fini par dénicher une infirmière qui a accepté de m'aider. Je crois que vous l'avez rencontrée : c'est Cynthia Parson.

Tout en s'éloignant petit à petit, Jill s'interdisait de penser à la tragédie de Blair, à l'angoisse et au désespoir qui l'avaient menée au suicide. Plus tard, elle pourrait s'abandonner au chagrin en pensant à la malheureuse enfant. Maintenant, elle devait tout faire pour sortir d'ici. Vivante.

— Ainsi, vous êtes allé à Livingston Manor et vous avez froidement tué mon père ?

— Non. Ce n'était pas mon intention. Naturellement, au début, j'y avais pensé. Mais, ensuite, j'ai compris que tout ce que j'allais y gagner, c'était des années de prison. Voyez-vous, j'avais en tête un plan bien plus astucieux. Je voulais le détruire — professionnellement et personnellement. Je voulais que ses collègues, ses clients, le pays tout entier soient au courant de sa sale petite aventure avec ma fille et de ce qu'il l'avait forcée à faire. Je voulais que sa femme le quitte, et que sa fille ne puisse plus le regarder en face. Mon but, c'était qu'il finisse comme moi : seul et désespéré.

Emporté par son monologue, Philip s'était immobilisé. Quant à Jill, adossée à la vaste bibliothèque, elle n'osait plus faire un pas, de peur qu'il ne se ruât sur elle. Elle devait l'inciter à continuer son récit. Ce n'était, d'ailleurs, pas très difficile. Philip avait besoin de vider son sac, de parler enfin à cœur ouvert, de raconter tout ce qu'il avait manigancé. Il devait être persuadé qu'elle admirait son intelligence, son esprit supérieur, qui lui avaient permis de tromper tout le monde pendant si longtemps.

— Pourquoi avez-vous fini par l'assassiner, malgré tout ?

— Parce qu'il a poussé le bouchon un peu trop loin.

— Comment ça ?

— Lorsque je suis arrivé au chalet, Simon était ivre et d'une humeur de chien. Il m'a envoyé au diable. Il n'avait aucun remords, aucun chagrin au sujet de Blair.

— Je refuse de vous croire.

— Je ne m'attendais pas à autre chose de votre part, dit Philip d'une voix étrangement distante. Vous l'avez placé sur un tel piédestal que vous ne le voyez pas tel qu'il était.

— C'est vrai, je le prenais pour un homme idéal.

— Il y a une seconde, vous le défendiez, dit Philip en plissant les yeux.

— C'était mon père. Mais je ne suis pas aveugle, loin de là. Je sais qu'il s'est souvent conduit d'une manière lamentable et qu'il vous a fait du mal.

Un sanglot sec secoua Philip.

— C'est à Blair qu'il a fait du mal ! Elle ne pouvait pas vivre avec l'idée qu'il avait tué son bébé, le bébé qu'elle désirait tant. Si seulement elle m'avait mis au courant ! Je l'aurais ramenée chez nous, je l'aurais aidée à élever son enfant… Mais, au lieu de se confier à moi, elle s'est tournée vers lui.

Bien que tout son être fût tendu vers le désir de rester en vie, Jill sentit ses yeux se remplir de larmes.

— Je suis désolée, Philip. Si seulement je pouvais…

Avec horreur, elle le vit tendre la main vers la cordelette qui maintenait les lourds rideaux verts et l'arracher d'un mouvement sec. Puis, avec un regard menaçant, il s'avança vers elle, tenant la cordelette à deux mains.

Saisie par la terreur, Jill se sentit défaillir.

36.

— Parfait ! s'exclama Dan en atterrissant à Park Place. J'achète cette petite merveille !

Frankie, dont la cheville bandée était posée haut sur un coussin, donna un coup de poing sur le canapé.

— Ce n'est pas juste, oncle Dan ! Comment tu fais pour tomber toujours sur Park Place ?

— C'est vrai, confirma Nick : regarde tout ce que tu as déjà acheté. C'est incroyable !

Dan compta ses faux billets de Monopoly avec un petit rire triomphant.

— Arrêtez de geindre et donnez-moi ce que vous me devez !

Comme Nick, qui s'était assigné le rôle de banquier, recomptait les billets, Maria passa la tête par la porte du salon.

— On te demande au téléphone, Dan. Une femme de Fairfax, en Virginie.

Dan se leva d'un bond en marmonnant :

— Désolé, les garçons ; j'essaie de faire vite.

Cynthia Parson lui laissa à peine le temps de dire bonjour.

— Je sais qui est Jack Smith, déclara-t-elle d'une voix tremblante.

— Je croyais que vous n'étiez pas capable de l'identifier, répliqua Dan d'un air sceptique.

— J'ai reconnu sa voix. Il a fait un discours qui a été transmis à la télévision. C'était à Richmond. Il s'y trouvait avec Jill Bennett.

— Quoi ?

— Il parlait à la foule rassemblée sur la place de la mairie. J'ai tout juste capté quelques mots de la retransmission sur ma chaîne locale.

Dan se sentit parcouru par un frisson glacé. Une seule personne avait accompagné Jill à Richmond : Van Horn.

— Vous avez entendu son nom ?

— Philip Van Horn.

— Vous êtes sûre que c'est le même homme ?

— Certaine. J'ai reconnu son accent, en particulier sa façon de ne pas prononcer le « r » dans certains mots.

Cynthia avait raison. Philip vivait à New York depuis des années, mais il n'avait pas complètement perdu son accent de Boston.

— Merci, Cynthia.

Sachant qu'elle avait dû rassembler tout son courage pour lui passer ce coup de téléphone, il ajouta :

— Ne vous inquiétez pas trop : je ferai tout ce que je pourrai pour éviter de mentionner votre nom.

Mais, à en juger par le ton sur lequel elle lui dit au revoir, elle n'était pas vraiment rassurée.

Après avoir raccroché, il composa immédiatement le numéro de Jill. Elle lui avait assuré qu'elle quitterait son bureau de bonne heure pour se faire une beauté avant leur dîner « en amoureux ».

Après quatre sonneries, le répondeur se mit en marche. Dan raccrocha.

Il tenta ensuite de la joindre à la B & A, mais le service de sécurité lui annonça que tout le monde était déjà parti.

Ce fut alors que la peur lui noua le ventre. Quelque chose ne collait pas. Si Jill avait changé ses plans à la dernière minute, elle n'aurait pas oublié de l'en avertir.

Il alla chercher sa veste, qu'il avait laissée sur le dossier d'une chaise, et sortit de la poche intérieure un petit calepin où il avait noté le numéro d'Ashley, le jour où elle lui avait téléphoné en catastrophe, pour la prier de venir à New York.

Ashley n'avait aucune nouvelle de Jill, et elle fut immédiatement gagnée par l'inquiétude de Dan.

— Je ne comprends pas, dit-elle d'une voix tendue. Je pensais que vous deviez sortir, tous les deux, ce soir.

— C'est ce qui était prévu… Ecoute, Ashley, si elle t'appelle, dis-lui de s'enfermer chez elle et de n'ouvrir à personne.

— Dan, tu me fais peur !

— Pour l'amour du ciel, essaie de la retrouver.

Il appela ensuite la résidence new-yorkaise des Bennett, et parla à Amanda. Elle dînait avec un vieil ami, et elle n'avait pas vu Jill depuis la veille. Quant à Cyrus, il se montra extrêmement inquiet.

Tandis que Maria lui jetait de brefs regards soucieux, Dan réfléchissait à l'éventualité que Jill se trouvât chez Van Horn. Que pouvait-il faire pour le savoir ? Lui téléphoner en jouant les idiots, et lui demander innocemment s'il avait vu Jill.

Quand le service des renseignements lui apprit que le numéro n'était pas attribué, Dan raccrocha brutalement, et appuya son front contre le mur, en s'efforçant de raisonner de façon logique.

— Quelque chose ne va pas ? lui demanda Joe, qui venait de rentrer.

— Je sais qui est le tueur, annonça Dan d'un ton lugubre. Philip Van Horn.

— Qu'est-ce qui te fait penser ça ?

— Je ne peux pas te l'expliquer maintenant. Il faut d'abord que je trouve Jill.

Le visage de Joe se durcit.

— Tu penses qu'elle est avec lui ?

— Je l'ignore. J'espère que non. J'ai déjà appelé toutes les personnes chez qui elle aurait pu se rendre. Elle est introuvable.

— Tu as essayé cette secrétaire que tu trouves si gentille ? Pas celle de Jill, mais l'autre.

Cecilia ! Comment n'y avait-il pas songé plus tôt ?

Elle répondit sur le ton un peu brusque qu'elle avait toujours au bureau. Mais, dès qu'elle eut reconnu Dan, sa voix s'adoucit.

— Dan, pourquoi…

— Je suis terriblement pressé, Cecilia, dit-il aussitôt. J'ai peur que Jill ne soit en danger. Avez-vous une idée de l'endroit où elle a pu aller ?

— Non, mais Cathie le sait peut-être. De quelle sorte de danger s'agit-il ?

— Je n'ai pas le temps de vous l'expliquer. J'ai besoin de l'adresse et du numéro de téléphone de Philip Van Horn. Il me faudrait aussi celui de Cathie.

Il s'attendait qu'elle lui déclarât qu'elle n'avait pas le droit de divulguer ce genre de renseignements, mais elle n'en fit rien. En revanche, elle le supplia de la rappeler dès qu'il aurait localisé Jill.

Lorsque Dan appela Van Horn, la ligne était occupée. Après plusieurs tentatives, il renonça momentanément, et composa le numéro de Cathie.

— Oui, je sais où elle est allée, lui répondit la jeune secrétaire. Elle est chez Philip Van Horn. Il avait oublié de signer…

Mais Dan avait déjà raccroché.

— Elle est chez Van Horn, répéta-t-il à Joe.

D'un même geste, les deux frères saisirent leur veste.

— Je préviens Maria, et je viens avec toi ! lança Joe.

Quelques instants plus tard, installés dans la Land Rover, ils fonçaient vers la voie express qui conduisait à Staten Island.

Jill s'efforça de détacher les yeux de la cordelette que Philip tenait entre ses mains. Elle recula d'un pas, et contourna rapidement le bureau, afin que le meuble la séparât de Van Horn.

— Dommage que vous n'ayez tiré aucune leçon de cette nuit dans MacDougal Street ! lui dit-il. Vous auriez pu éviter bien des soucis. Mais vous êtes trop têtue pour laisser tomber, n'est-ce pas ?

Il tendit la cordelette entre ses mains, puis reprit :

— Votre père était trop têtu, lui aussi. Il n'arrêtait pas de m'insulter, et il continuait à répéter que ses relations avec Blair ne me regardaient pas. Il refusait de reconnaître qu'il était responsable de sa mort. Enfin, quand je lui ai annoncé que j'allais le réduire à néant, il m'a répondu par un éclat de rire. Savez-vous ce qu'il m'a conseillé ? D'oublier tout ça et de vivre ma vie ! Comme si la mort de ma fille ne comptait pas !

De nouveau, il eut un petit rire qui ressemblait étrangement à un sanglot.

— C'est à ce moment-là que j'ai perdu la tête. J'ai pris ce qui m'est tombé sous la main — c'était un candélabre de bronze —, et je l'ai frappé de toutes mes forces.

Jill ferma les yeux. Elle se sentait envahie par une douleur déchirante, insupportable, en apprenant enfin comment son père était mort. Certes, il s'était comporté de manière vile et lâche, et impardonnable, mais Dan avait raison : en dépit de tout cela, elle l'aimait toujours.

— Pourquoi avoir simulé un accident ? demanda-t-elle à Philip, hypnotisée par la cordelette qu'il tenait entre les mains.

— Je n'avais pas le choix… Ou, plutôt, si, j'en avais un, mais je l'ignorais. Si j'avais su que Cyrus venait de passer voir Simon, je n'aurais pas touché au corps, et j'aurais laissé votre oncle porter le chapeau. Mais Simon n'avait pas mentionné cette visite. J'ai donc tout fait pour tenter d'éviter une enquête de police. Je suis allé déposer ma voiture dans le virage si dangereux qui se trouve à un kilomètre du chalet. Puis je suis revenu, j'ai lavé le candélabre et essuyé tous les objets que j'avais touchés. Ensuite, j'ai mis le corps de Simon dans sa jeep, et je suis retourné sur la route. Après avoir lancé la jeep dans le précipice, j'ai repris ma voiture, et je suis rentré chez moi.

Tout en luttant contre les images terrifiantes qui hantaient son esprit, Jill posa une dernière question :

— Comment saviez-vous que mon père était au chalet ?

Philip éclata de rire, comme s'il s'était agi d'une bonne plaisanterie.

— Il m'a appelé de sa maison dans les Catskill pour me dire qu'il serait en retard à notre réunion de lundi, et que je devrais commencer sans lui. J'ai insisté pour que nous discutions du contenu de cette réunion, mais il m'a envoyé promener en me disant qu'il n'était pas d'humeur à parler de ça. Il m'a même raccroché au nez. Mais j'ai décidé de ne pas me laisser faire…

Il baissa les yeux vers la cordelette, puis regarda Jill avec une curieuse expression : mélange d'étonnement, de mépris et de pitié.

— Pourquoi avez-vous l'air tellement effrayé ? lui demanda-t-il. Vous avez peur de mourir ? N'avez-vous donc aucune compassion pour Blair ? Songez à ce qu'elle a traversé à cause de votre père.

— Mais si, je…

— C'était une enfant innocente, tandis que lui incarnait le mal. Il ne l'a jamais aimée ! Il l'a séduite parce qu'elle était jeune et belle. Quand elle s'est retrouvée enceinte, il n'a pas eu le courage de l'assumer, et il l'a forcée à se faire avorter.

Brusquement, sans qu'elle s'y fût attendue, Jill se sentit révoltée, à bout de patience, écœurée par cet homme qui ressassait ses griefs.

— Je n'approuve nullement les erreurs de mon père, mais, après tout, votre fille s'est suicidée. Alors que vous, vous avez commis un meurtre. Et c'est vous qui osez parler d'innocence ? Pensez donc au neveu de Dan ! Vous l'auriez tué sans aucune pitié ! Un enfant de six ans !

— Je n'avais pas le choix, Jill. Vous étiez devenue trop gênante. Quand votre secrétaire a révélé que vous alliez au chalet, seule avec le gosse, j'ai décidé d'agir. Naturellement, j'ignorais que votre amie devait vous accompagner.

— Vous l'auriez tuée, elle aussi !

— Si je l'avais voulu, elle serait morte, à l'heure qu'il est.

Jill chercha, à tâtons, un objet dans la bibliothèque qui se trouvait derrière son dos, afin de s'en servir comme d'une arme : un cadre, un coupe-papier, une statuette… Mais les rayonnages ne contenaient que des livres bien serrés les uns contre les autres.

— Et maintenant ? demanda-t-elle en s'efforçant de cacher le désespoir qui perçait dans sa voix. Vous avez l'intention de me supprimer, moi aussi ?

— Toujours le même problème, Jill : je n'ai pas le choix ! Vous en savez trop.

Ils n'étaient séparés que par le bureau d'acajou, et Philip pouvait la rejoindre en deux enjambées. A présent, il semblait même s'amuser de sa panique, et prenait tout son temps.

Soudain, le regard de Jill tomba sur la lampe posée sur le bureau. Elle avait la forme d'une cruche et semblait assez lourde. Elle devait pouvoir l'attraper… Mais, en même temps, il fallait distraire l'attention de Philip.

— Cathie sait que je suis ici, déclara-t-elle après s'être éclairci la voix. J'ai promis de la prévenir dès que j'aurais le contrat signé. Elle ne va pas tarder à vous appeler ici…

Il sourit en lui désignant l'appareil décroché.

— Je vous ai devancée, Jill. A tous points de vue. Inutile de chercher une issue.

— En tout cas, Cathie sait que je suis ici.

— Non. Elle sait que vous aviez l'intention de venir chez moi, rien de plus. Et ça fait si longtemps que vous n'êtes pas passée par ici ! Personne ne sera étonné d'apprendre que vous avez raté un virage et abouti dans la zone du ferry qui est un véritable coupe-gorge. La police supposera que vous vous êtes égarée, puis que vous êtes descendue de voiture pour demander le chemin de ma maison et que ce geste vous a été fatal. Une mauvaise rencontre est si vite arrivée !

« C'était maintenant ou jamais », se dit Jill.

Elle saisit le rebord du bureau à deux mains, et le fit basculer. Tous les objets qui s'y trouvaient posés dégringolèrent sur le sol.

37.

Joe installa son gyrophare sur le toit de la Land Rover au moment où Dan s'engouffrait dans l'avenue Shore Parkway, à cent kilomètres à l'heure.

Tout en manœuvrant habilement entre les voitures, il écoutait Joe appeler, depuis son portable, un collègue à Brooklyn.

— J'ai besoin du numéro de téléphone du commissariat le plus proche du quartier de Todt Hill, à Staten Island, disait-il. Dépêche-toi, Ron : c'est hyperurgent.

L'instant d'après, il composa le numéro qu'il venait de noter, et expliqua la gravité de la situation au policier de garde.

En voyant ses mâchoires contractées, Dan comprit qu'il avait du mal à obtenir l'aide demandée.

— Non, lieutenant Delaney, dit Joe d'un ton patient. Je n'ai pas de preuves formelles que Van Horn est un assassin. Non, je ne vous demande pas non plus de faire irruption dans sa maison, l'arme au poing. Mais la vie d'une femme est en jeu. Tout ce que je vous demande, c'est d'envoyer un véhicule à cette adresse et de vérifier si la situation n'est pas inquiétante.

Après un instant de silence, Joe eut un soupir exaspéré.

— Vous voulez dire que tous vos véhicules sont mobilisés par cet accident sur l'autoroute ? demanda-t-il d'un ton incrédule.

Sans crier gare, Dan arracha l'appareil des mains de Joe.

— Ici Dan Santini, annonça-t-il d'un ton glacial. Lieutenant Delaney, si vous n'envoyez pas immédiatement une voiture à l'adresse indiquée, je vous tiendrai pour personnellement responsable si quelque chose arrive à Jill Bennett. Ensuite, je conseillerai à votre chef de choisir des types un peu moins débiles que vous pour protéger nos concitoyens. Vous m'avez bien compris ?

— Inutile de vous en prendre aux flics, Santini, rétorqua le policier. On dirait qu'on a l'accident le plus meurtrier de toute l'année sur l'avenue Hylan. Je doute qu'il me reste des voitures disponibles... Si j'en trouve une, je l'envoie à Todt Hill. O.K. ? Sinon, j'appellerai à la rescousse le commissariat voisin.

— Merci, fit Dan en rendant le téléphone à Joe. Essaie encore d'appeler Van Horn.

Joe hocha la tête, composa le numéro, et raccrocha peu après.

— Toujours occupé. Il a dû décrocher.

— Ce n'est pas bon signe, marmonna Dan.

La voie express de Staten Island était inondée de voitures quand Dan s'y engagea, et même le gyrophare ne parvint pas à faciliter leur progression.

— Prends la route de Richmond, commanda Joe en désignant une sortie. Ça ira plus vite.

Dan s'exécuta. Il était dans un état de nerfs épouvantable.

— Je te jure, Joe, s'il touche à un seul de ses cheveux, je lui tords le cou comme à un poulet.

Quand la table se renversa sur lui, Philip fit un bond de côté en lâchant un chapelet de jurons. Jill voulut ramasser la lampe, mais elle avait roulé trop loin. Elle fonça alors vers le couloir, mais Philip la suivit de près.

Il la rattrapa avant qu'elle eût atteint la porte d'entrée, et ils roulèrent ensemble sur le parquet de chêne.

L'instant d'après, il l'écrasait de tout son poids, comme au cours de la nuit terrible dans MacDougal Street, deux semaines et demie plus tôt.

La seule différence, c'était que, maintenant, elle pouvait voir son visage.

Jill luttait désespérément, avec ses ongles, avec ses pieds. A un moment, elle réussit même à lui faire lâcher la cordelette, mais elle savait que c'était une victoire à la Pyrrhus. Elle avait affaire à un forcené, un fou, que rien ne pouvait plus arrêter dans sa volonté de tuer.

Brusquement, alors qu'elle se débattait toujours, elle sentit quelque chose d'acéré sous son bras. Elle chercha l'objet à tâtons, et finit par l'empoigner. C'était un fragment de la lampe qui s'était brisée. L'éclat de verre était tranchant comme un rasoir.

Philip lui écrasait la poitrine de son genou, et penchait la tête vers elle. Jill concentra son attention sur son visage déformé par la haine et, d'un geste sec, elle lui planta l'arme dans la joue.

Il laissa échapper un hurlement inhumain, et recula d'un pas, tout en portant la main à sa joue ensanglantée avec une expression incrédule.

Jill se releva aussi vite qu'elle le put, et se précipita vers la porte d'entrée. Par chance, elle n'était pas fermée à clé. Quand elle fut dehors, elle s'élança droit devant elle, en espérant pouvoir atteindre la résidence voisine.

Soudain, tandis qu'elle hésitait sur la direction à prendre, la cour s'illumina.

— Police !

Jill fut aveuglée et s'arrêta net. Puis elle poussa un cri de terreur quand Philip vint la heurter à toute volée.

— Restez où vous êtes, Van Horn !

— Dan ! s'écria-t-elle.

Elle voulut courir vers lui, mais Philip la poussa violemment, et se dirigea en courant vers les bois qui s'étendaient au sud de son pavillon.

Dan se précipita vers Jill pour l'empêcher de tomber.

— Tu n'as rien ? Ça va ? lui demanda-t-il en la tenant par les épaules.

Comme elle lui faisait signe que oui, il la confia à Joe.

— Occupe-toi d'elle. Il faut que je rattrape Van Horn.

Dans sa jeunesse, Dan avait passé beaucoup de temps à Staten Island, et il connaissait le coin comme sa poche. Il savait donc parfaitement où Philip se dirigeait : à High Rock Park. De là, il avait toutes les chances de gagner Greenbelt, une forêt de deux cents hectares, à partir de laquelle on pouvait rejoindre plusieurs autoroutes.

Philip avait toujours été très sportif, et le désespoir lui donnait des ailes, mais Dan était plus jeune, et son entraînement quotidien lui conférait un avantage incomparable. Il pouvait déjà entendre la respiration saccadée et les gémissements de Philip.

Dan rejoignit rapidement Van Horn. Quand il ne resta plus qu'un mètre entre eux, il prit son élan, sauta, et atterrit sur le dos du fuyard.

Ils tombèrent tous les deux, et roulèrent sur la pente de la colline. Puis Dan réussit à clouer Philip au sol.

— Salopard ! Fumier ! marmonna-t-il en le frappant sauvagement au visage.

Il entendit un os craquer, mais il frappa une nouvelle fois.

— Espèce de salaud ! Misérable lâche ! Tu t'attaques aux femmes ? Et aux enfants ?

Le troisième coup fit gémir Van Horn.

— Arrêtez ! Je vous en supplie ! Je suis blessé…

Mais Dan ne l'entendait même pas. Aveuglé par la fureur, il attrapa l'homme par le col de sa chemise, et le remit debout pour le frapper de nouveau. Il l'aurait volontiers réduit en chair à saucisse si Joe ne l'avait pas arrêté.

— Assez, Dan ! Allez, ça suffit, je te dis ! Tu vas le tuer.

Dan tenta de se libérer de l'emprise de son frère.

— Je n'ai pas encore fini avec lui.

Mais Joe était aussi fort que son frère.

— Si, tu as fini. Laisse la loi faire le reste.

Deux policiers en uniforme couraient dans leur direction. Philip se tordait de douleur, et se tenait le visage en gémissant.

— C'est terminé, vieux frère, dit Joe en s'adressant une nouvelle fois à Dan. Allons rejoindre Jill.

Elle aussi courait vers eux. Quand elle les eut enfin rejoints, elle se jeta dans les bras de Dan.

— Et maintenant, qu'est-ce qui va se passer ? demanda Olivia.

Dans le salon d'Amanda se tenaient Cyrus, Stephanie, Olivia et Jill, mais c'était Dan qui mobilisait l'attention. Tous les yeux étaient tournés vers lui.

— Je viens de parler avec Wally, annonça-t-il. Philip devra faire face à plusieurs accusations. Il est inculpé de meurtre dans le comté de Sullivan, de tentative de meurtre à New York City, et de tentative de meurtre à Staten Island. Son avocat va essayer d'obtenir un arrangement. Il cherchera à réduire les charges si Van Horn plaide coupable pour un délit moins grave.

— Ça veut dire que cette ordure a des chances de s'en tirer ? demanda Cyrus.

— J'en doute. Si un arrangement est possible, Van Horn évitera le procès, mais il passera quand même de longues années en prison.

— Philip Van Horn ! s'écria Amanda. Mon Dieu, je n'arrive toujours pas à y croire ! Je le connais depuis vingt-cinq ans. On lui donnerait le bon Dieu sans confession !

Jill s'approcha de sa mère et la prit par la taille.

— Si ça peut te rassurer, maman, moi non plus, je ne l'ai jamais soupçonné.

Amanda leva les yeux vers Jill, et lui toucha affectueusement la joue.

— Ma petite fille, si grande, si belle, si déterminée ! Tu n'as jamais songé à renoncer, hein ?

— Je t'en prie, Amanda, ne lui fais pas trop de compliments ! dit Cyrus avec une feinte sévérité. Songe que son obstination a failli la tuer !

Jill lui lança un regard plein de tendresse. Elle était heureuse de ne plus se sentir gênée en sa présence.

— Ne te fais pas de souci pour moi, oncle Cy, répliqua-t-elle avec un petit rire. Dan me surveille de près, désormais !

— Je l'espère bien !

Cyrus et Dan échangèrent un regard, et Jill fut ravie de constater que l'animosité qui avait longtemps existé entre les deux hommes fondait comme neige au soleil.

— Dites-moi, Dan, reprit Amanda, c'était bien Philip qui écoutait notre conversation, le jour où Jill me parlait du voyage de Simon à Washington ?

Dan acquiesça d'un signe de tête, et précisa :

— Philip passait tout son temps à écouter aux portes. Il espérait toujours devancer Jill afin de parer chacun de ses coups. Il a fait des pieds et des mains pour ça. Il a appris, par exemple, qu'elle devait aller à Fairfax, en écoutant le répondeur de Cathie. Puis il est allé dans son bureau, il a pris le carnet où elle avait écrit l'adresse de la clinique, et il a eu recours à un vieux truc qui est encore en usage dans la police.

— Lequel ? demanda Stephanie.

— Il a noirci du bout de son crayon la feuille blanche où le stylo de Jill avait laissé des traces en creux sur le papier.

— Et la jeune infirmière ? Est-ce qu'elle travaille toujours dans cette clinique ? Elle n'a pas eu de problèmes ? s'enquit Amanda.

— Wally dit qu'elle n'en aura pas. Le district attorney du comté de Sullivan a déjà déclaré qu'elle ne serait pas poursuivie. Professionnellement, elle aurait pu se retrouver dans de sales draps. Elle ne pouvait plus continuer à mentir au Dr Laken, et elle a fini par tout lui raconter. Il était furieux. Il lui a fait la morale, mais, finalement, il ne l'a pas virée. Elle est bien trop précieuse !

Amanda poussa un petit soupir de soulagement.

— Comme c'est généreux de sa part ! Je suis tellement contente pour cette jeune femme.

Pendant que Dan continuait à répondre aux questions, Jill attira sa mère à l'écart.

— Maman, est-ce que tu étais au courant de cette aventure entre papa et Blair ?

— Seigneur, jamais de la vie ! Si je l'avais su, j'aurais peut-être fini par divorcer.

— Mais tu soupçonnais qu'il te trompait.

Amanda s'absorba dans la contemplation de ses ongles dont le vernis rose pâle lui seyait si bien.

— Oui, reconnut-elle enfin. Je savais même qu'il devait aller à Washington, ce jour infâme où Blair… Enfin… Je l'ai entendu téléphoner à l'aéroport pour changer de destination, mais j'ignorais la raison exacte de son voyage.

— Pourquoi ne me l'as-tu pas dit, quand je t'ai posé la question ?

— Comment t'expliquer ? Je n'avais pas envie qu'on sache que Simon me trompait. Je ne voulais pas ternir sa mémoire. Je ne voulais pas que vous pensiez du mal de lui.

Elle remarqua le regard perplexe de Jill.

— Je sais, tu dois trouver ça bizarre, mais, au fond, c'est tellement simple ! Je l'aimais. Et il m'aimait, lui aussi. Il avait cette faiblesse, et moi… je l'acceptais, parce que, en fin de compte, il revenait toujours vers moi. Et aussi parce que c'était un mari merveilleux, à sa manière.

— Oh, maman ! s'écria Jill en laissant les larmes ruisseler sur ses joues. Je t'aime tant !

— Moi aussi, ma chérie. Moi aussi.

Une heure plus tard, Jill et Dan étaient de retour dans l'appartement de la jeune femme.

— Tu veux un café ? demanda Jill en se dirigeant vers la cuisine. Je crois que ce ne serait pas une mauvaise idée. Je doute qu'on dorme, cette nuit : on est trop excités.

— Je n'ai rien contre cet état, répliqua Dan en souriant. La dernière fois que tu étais excitée, tu m'as fait une merveilleuse surprise.

Jill lui rendit son sourire, mais s'abstint de répondre. Cette nuit aurait dû être consacrée à la fête et aux projets d'avenir, mais elle n'était pas d'humeur à faire la fête, et son avenir sans Dan lui paraissait long et triste à mourir. Il allait rentrer à Chicago, reprendre ses cours et, bientôt, Jill Bennett ne serait plus pour lui qu'un lointain souvenir.

Mais, en attendant, il était encore là. Il la prit dans ses bras, et lui demanda :

— Qu'est-ce qui ne va pas, Petite Flamme ? Tu es muette comme une carpe depuis que nous avons quitté ta mère. Je ne te reconnais pas !

— Je suis un peu fatiguée, c'est tout.

— Ne dis pas de bêtises. Ça ne prend pas avec moi ! Alors, qu'est-ce qu'il y a ?

Jill lui jeta un regard noir. Il ne comprenait donc pas ? Il ne voyait pas que l'idée de le perdre une nouvelle fois lui déchirait le cœur ?

— Dis-moi, que dois-je faire pour te rendre le sourire ?

« Reste avec moi. Dis-moi que tu m'aimes », lui répondit-elle en pensée.

Mais non ! Elle n'allait pas s'humilier en le suppliant de rester ! S'il était capable de la quitter après tout ce qui s'était passé entre eux… eh bien, c'est qu'il ne méritait pas son amour, et il n'y avait rien à regretter !

— Quelques tours de magie, peut-être ? suggéra Dan. Autrefois, cela te rendait toujours joyeuse et de bonne humeur.

— Ce n'est plus de mon âge, répliqua Jill.

— Erreur ! C'est pour tous les âges.

Il approcha la main de ses cheveux, et feignit d'en tirer une jolie rose en papier qu'il lui tendit en s'inclinant.

Jill sourit tristement.

— Ah ! Nous n'en sommes pas encore aux éclats de rire, dit-il, mais je ne fais que commencer. Voyons !

Il fit lentement le tour de la cuisine, s'arrêtant pour inspecter tous les meubles. Devant le placard, il leva les bras, et fendit l'air en dessinant une croix, plusieurs fois.

— Abracadabra !

Puis il ouvrit la porte du placard, et en sortit une douzaine de roses rouges d'une beauté féerique. Il s'inclina de nouveau devant Jill en lui présentant le bouquet. Cette fois, elle éclata de rire.

— Comment fais-tu ? C'est incroyable ! s'exclama-t-elle en enfouissant son visage dans les fleurs.

— Je suis incapable de te mentir. C'est Ashley qui s'est chargée des roses.

— Comme c'est gentil !

— Bon… J'ai réussi à te faire rire, mais ai-je restauré ta foi en la magie ?

Devinant qu'il avait d'autres atouts dans sa manche, elle secoua la tête en signe de dénégation.

— La dame est toujours incrédule ! Bien.

Il plaça les mains au-dessus du bouquet, puis dessina une nouvelle croix en répétant « abracadabra ». Enfin, il prit une rose dans le bouquet, et la tendit à la jeune femme en disant :

— C'est peut-être cette fleur qui te rendra ta confiance dans la magie.

Jill respira le parfum suave de la rose, et l'examina. Soudain, elle retint son souffle : au cœur de la rose, un diamant brillait de mille feux. Les yeux agrandis par la stupeur, elle sortit le diamant… et faillit pousser un cri de surprise : en réalité, c'était une bague — une bague de fiançailles.

Jill ne put retenir des larmes de bonheur.

— Est-ce bien… ? Tu me demandes… de t'épouser ?

Avec un air solennel, Dan lui prit la bague pour la glisser à son doigt.

— Oui. Et j'espère que tu vas accepter.

— Mais ton travail ? Comment vas-tu faire ?

— J'aimerais terminer le semestre à Glenwood. Ça veut dire que, jusqu'en mai, nous ne nous verrons que les week-ends. Après, je viendrai enseigner à l'université de New York. Mon transfert est déjà prévu : le professeur chargé du cours de psychologie criminelle appliquée s'apprête à prendre sa retraite… Voilà pourquoi j'étais tellement occupé, ces derniers jours.

— Oh, Dan !

— Ça veut dire oui ?

Elle avait peur que sa voix la trahît. En guise de réponse, elle se jeta dans les bras de Dan.

38.

Toute l'élite new-yorkaise s'était précipitée au théâtre Aquarius, le soir de la première de la nouvelle pièce de Lilly Grant. Quand Dan et Jill se joignirent à la foule élégante et enthousiaste, le théâtre était déjà plein à craquer.

Jill, belle à couper le souffle dans sa robe rouge garnie de perles de la même couleur, jeta autour d'elle un regard étonné.

— Les rumeurs ne disaient-elles pas que le spectacle était voué à l'échec ? demanda-t-elle à Dan.

— C'était sans compter sur les miracles de la publicité ! répliqua-t-il.

A la différence d'Amanda et du reste de la famille qui avaient refusé de donner des interviews à la presse, Lilly avait accueilli reporters et journalistes à bras ouverts. Elle était parvenue à esquiver les questions sur le meurtre de Simon et à diriger leur attention sur le seul sujet qui lui importait vraiment : elle-même. Et la pièce qu'elle s'apprêtait à jouer, bien entendu.

Depuis quarante-huit heures, on voyait l'actrice partout, et les producteurs, qui avaient vite compris qu'elle avait le vent en poupe, avaient investi jusqu'à leur dernier sou dans une campagne publicitaire de grande envergure.

Incapable de résister à un tel assaut médiatique, le public new-yorkais s'était précipité en masse vers les guichets.

Enfin, la veille, Luke Mansfield, le metteur en scène, avait annoncé avec un sourire radieux que le théâtre affichait complet pour les trois semaines à venir.

Dix minutes plus tard, au moment où le rideau se levait, Jill s'agrippa au bras de Dan.

— J'ai peur, chuchota-t-elle. Tant de choses dépendent de cette première ! La carrière de Lilly peut prendre un nouveau départ, ou…

Dan lui caressa tendrement la main.

— Détends-toi, Petite Flamme. Elle en a vu de toutes les couleurs, et elle s'en est toujours sortie.

Jill lança un coup d'œil à la ronde.

Amanda et les autres membres de la famille Bennett étaient assis loin derrière Jill et Dan. Mais ils devaient tous se retrouver dans la loge de Lilly, après le spectacle.

Lentement, la lumière s'éteignit, et Lilly apparut sur la scène dans le froufrou de la soie et l'éclat des bijoux. Vêtue d'une tunique gris perle des années 20, un long fume-cigarette nacré à la main, elle était l'image même de l'élégance et du raffinement. Comme elle s'avançait d'un pas majestueux, le public l'applaudit chaleureusement pour lui témoigner sa fidélité.

Et lorsque, une heure et demie plus tard, le rideau tomba sur la dernière réplique, ce fut un tonnerre d'applaudissements qui éclata dans la salle, et des bravos enthousiastes s'élevèrent de partout, dans le vieux théâtre, rappelant à la comédienne ses plus grands triomphes.

Et quand Lilly salua, deux mille spectateurs se levèrent pour une ovation debout.

Tout en suivant Dan à travers la foule, en direction des coulisses, Jill essuya discrètement une larme.

— Elle était magnifique, n'est-ce pas ?

Dan enlaça les épaules de sa fiancée, et la serra contre lui.

— Plus que ça. Je parie qu'elle va tenir le haut de l'affiche pendant au moins dix ans.

Juste avant d'atteindre la loge de Lilly, où exclamations joyeuses et tintement de verres laissaient deviner qu'on sablait le champagne, Jill s'arrêta pour attirer Dan à l'écart.

— Tu sais, dit-elle avec un sourire mystérieux aux lèvres, je ne t'ai jamais vraiment remercié pour tout ce que tu as fait pour moi, durant ces dernières semaines.

Dan se tourna vers elle, et plongea son regard dans le sien. Une lueur de désir s'alluma dans ses yeux.

— Et tu envisages de me remercier comme je le mérite ?

Jill laissa échapper un petit rire.

— Eh bien… je me sens d'une humeur assez généreuse, ce soir.

— Dans ce cas, on va peut-être déserter le théâtre, et dîner en tête à tête à la maison ?

— Je peux aussi te donner une partie de ton cadeau tout de suite.

— Parce qu'il se divise ? demanda Dan en haussant les sourcils.

— Il se partage !

Jill ouvrit son petit sac à main, qui était de la même couleur rouge vif que sa robe, et en sortit une carte qu'elle tendit à son compagnon.

Dan la prit, puis la tourna et la retourna dans ses mains. Hormis le signe : plus, marqué à l'encre bleue, il n'y avait rien d'autre sur la carte.

Il eut un sourire perplexe, puis regarda Jill au fond des yeux. Il remarqua alors un éclat inhabituel dans ses prunelles : elles brillaient comme des astres, et son teint était rose d'émotion. Jamais il ne l'avait vue plus radieuse, plus rayonnante de beauté et de bonheur.

— Qu'est-ce qui se passe, Petite Flamme ? Tu veux que je fasse un numéro de magie avec ça ?

— C'est mon tour, Dan. Et c'est tout simple… Il faut être positif avec ça.

— Je vois, dit-il.

Mais, en réalité, il ne voyait rien du tout. Jill lui prit la main, et la posa sur son ventre.

— Positif, lui murmura-t-elle à l'oreille. Comme… un test de grossesse.

Dan mit quelques secondes à comprendre ce qui lui arrivait. Puis sa stupéfaction fit place à une expression de bonheur absolu.

— Tu veux dire… ?

Jill acquiesça d'un signe de tête éloquent.

— Je suis enceinte. J'ai fait deux tests pour en être complètement sûre. Les deux m'ont donné le même résultat.

Avec un hurlement de joie sauvage qui fit surgir de sa loge Lilly et ses admirateurs, Dan Santini souleva sa fiancée dans ses bras et l'embrassa passionnément.

REMERCIEMENTS

Comme un roman n'est jamais le travail d'une seule personne, je voudrais remercier ceux et celles qui n'ont pas ménagé leur peine pour m'aider :

David W. Doelp, architecte, chef de projets au Kling Lindquist, pour avoir répondu avec patience, compréhension et finesse à mes nombreuses questions. Si j'ai commis des erreurs, ou pris des libertés dans l'intérêt du récit, c'est à moi qu'il faut les imputer.

Rosemary Rys, directrice de la communication au Kling Lindquist, pour m'avoir fait visiter toute la maison et m'avoir fourni quantité d'informations.

Bridget McQuate, directrice de la communication au AIA Philadelphia, pour avoir merveilleusement dressé le portrait de quelques femmes architectes parmi les plus talentueuses d'aujourd'hui.

Robert G. Martin, de Bell Atlantic Properties, pour avoir organisé à mon profit une visite passionnante et merveilleusement éclairante d'un des gratte-ciel les plus impressionnants de Philadelphie.

Bob Clarke, de Livingston Manor, New York, pour avoir partagé avec moi sa passion et sa connaissance de cette ravissante région des monts Catskill.

Et, enfin et surtout, mille mercis à mes éditrices Diane Moggy, Amy Moore et Laura Shin pour leur soutien et leur enthousiasme sans égal.

DANS LA MÊME COLLECTION

Par ordre alphabétique d'auteur

BARBARA BRETTON	*Le lien brisé*
JASMINE CRESSWELL	*La Manipulatrice*
JASMINE CRESSWELL	*Le secret brisé*
JASMINE CRESSWELL	*La mort pour héritage*
MARGOT DALTON	*Amnésie*
WINSLOW ELLIOT	*L'innocence du mal*
LYNN ERICKSON	*Le Prédateur*
TESS GERRITSEN	*Présumée coupable*
HEATHER GRAHAM	*L'invitation*
HEATHER GRAHAM	*L'ennemi sans visage*
HEATHER GRAHAM	*Le complot*
HEATHER GRAHAM	*Soupçons*
GINNA GRAY	*Le voile du secret*
GINNA GRAY	*La cavale*
KATHRYN HARVEY	*La clé du passé*
CHRISTIANE HEGGAN	*Miami Confidential*
CHRISTIANE HEGGAN	*L'Alibi*
CHRISTIANE HEGGAN	*Intime conviction*
GWEN HUNTER	*Faux diagnostic*
GWEN HUNTER	*Virus*
PENNY JORDAN	*De mémoire de femme*
PENNY JORDAN	*La femme bafouée*
R.J. KAISER	*Qui a tué Jane Doe ?*
ALEX KAVA	*Sang Froid*
ALEX KAVA	*Le Collectionneur*
ALEX KAVA	*Les âmes piégées*
ALEX KAVA	*Obsession meurtrière*
RACHEL LEE	*Neige de sang*
RACHEL LEE	*Le lien du mal*
CARLA NEGGERS	*L'énigme de Cold Spring*
MEG O'BRIEN	*Le piège*
MEG O'BRIEN	*En lettres de sang*
MEG O'BRIEN	*Pluie de sang*
MEG O'BRIEN	*La déchirure*

.../...

DANS LA MÊME COLLECTION

Par ordre alphabétique d'auteur

EMILIE RICHARDS	*Le refuge irlandais*
EMILIE RICHARDS	*Mémoires de Louisiane*
EMILIE RICHARDS	*Le testament des Gerritsen*
EMILIE RICHARDS	*L'héritage des Robeson*
EMILIE RICHARDS	*L'écho de la rivière*
HELEN R. MYERS	*Mortelle impasse*
NORA ROBERTS	*Le cercle brisé*
NORA ROBERTS	*Possession*
NORA ROBERTS	*Et vos péchés seront pardonnés*
NORA ROBERTS	*Tabous*
NORA ROBERTS	*Coupable innocence*
NORA ROBERTS	*Maléfice*
NORA ROBERTS	*Enquêtes à Denver*
NORA ROBERTS	*Crimes à Denver*
FRANCIS ROE	*L'engrenage*
FRANCIS ROE	*Soins intensifs*
JOANN ROSS	*La femme de l'ombre*
TAYLOR SMITH	*Le carnet noir*
ERICA SPINDLER	*Rapt*
ERICA SPINDLER	*Black Rose*
ERICA SPINDLER	*Le venin*
ERICA SPINDLER	*La griffe du mal*
ERICA SPINDLER	*Trahison*
ERICA SPINDLER	*Cauchemar*
ERICA SPINDLER	*Pulsion meurtrière*
ERICA SPINDLER	*Le silence du mal*
CHARLOTTE VALE ALLEN	*L'enfance volée*

6 TITRES À PARAÎTRE EN MARS 2006

MIRA

Composé et édité par les
éditions Harlequin
Achevé d'imprimer en décembre 2005

par

LIBERDÚPLEX

Dépôt légal : janvier 2006
N° d'éditeur : 11810

Imprimé en Espagne